JULES GRAY
Todschwarze Nacht

AF288864

Über die Autorin

Jules Gray hatte als Rechtsanwältin unter anderem mit Straf-recht zu tun, bevor sie ihren Beruf an den Nagel hängte, um sich ganz dem Schreiben zu widmen. Krimis und Thriller sind ihre große Leidenschaft. Zu Hause ist Jules Gray in einer Großstadt – auch wenn sie von einem kleinen Cottage in Cornwall träumt.

JULES GRAY

TOD
SCHWARZE
NACHT

THRILLER

Lübbe

Die Bastei Lübbe AG verfolgt eine nachhaltige
Buchproduktion. Wir verwenden Papiere aus nachhaltiger
Forstwirtschaft und verzichten darauf, Bücher einzeln
in Folie zu verpacken. Wir stellen unsere Bücher in
Deutschland und Europa (EU) her und arbeiten mit den
Druckereien kontinuierlich an einer positiven Ökobilanz.

NACHHALTIG
PRODUZIERT

Originalausgabe

Copyright © 2024 by Bastei Lübbe AG,
Schanzenstraße 6 – 20, 51063 Köln

Vervielfältigungen dieses Werkes für das Text- und
Data-Mining bleiben vorbehalten.

Textredaktion: Friederike Haller, Berlin
Umschlaggestaltung: zero-media.net, München
unter Verwendung von Motiven von
© FinePic®, München (2) und © Getty Images/fhm
Satz: hanseatenSatz-bremen, Bremen
Gesetzt aus der Bembo
Druck und Verarbeitung: GGP Media GmbH, Pößneck

Printed in Germany
ISBN 978-3-404-19238-0

2   4   5   3   1

Sie finden uns im Internet unter:
luebbe.de
Bitte beachten Sie auch: lesejury.de

Prolog

Als sie aufwachte, wusste Jenny nicht, wo sie sich befand. Erschöpft schaute sie sich um. Sie lag auf einer harten Matratze in einem kleinen Raum. Es war totenstill. Ein schwaches rötliches Licht leuchtete an der Decke, ansonsten war es düster. Nur Mauern, keine Fenster.

Sie rieb sich über die Augen. Echt jetzt, wie viel hatte sie getrunken, dass sie nicht mal mehr wusste, wo sie sich zum Pennen hingelegt hatte? Sie hätte schwören können, dass sie gestern Abend in der Mall ...

Oder hatte sie alles nur geträumt?

Livie? Wo war Livie? Sie fuhr auf. Wenn sie ihre geliebte Ratte beim Schlafen erdrückt hatte ... Magensäure stieg beißend ihre Kehle nach oben, sie musste ein paarmal schlucken.

Aber sie hatte den Mantel gar nicht an, in dessen großen Taschen Livie meistens saß. Zum Glück. Oder hieß das ...? O Gott, war Livie abgehauen? Wenn der Mantel auf dem Boden lag, dann war es ohne Weiteres möglich, dass sie weggelaufen war. Jenny stemmte sich von der Matratze hoch, schaute sich im ganzen Raum um. Keine

Spur von dem Kleidungsstück oder ihrer einzigen echten Freundin.

Sie taumelte zur Tür. »Livie.« Ihre Stimme klang rau. »Livie, meine Kleine, wo bist du?« Sie drückte die Klinke nach unten. Die Tür ging nicht auf. Jenny rüttelte, zog und schob. Drückte erneut die Klinke. Nichts. Klemmte die Tür oder … oder war sie hier eingesperrt? Scheiße.

Sie rüttelte fester. Die Tür rührte sich nicht. Schweiß sammelte sich in ihren Handflächen. Sie musste hier raus. Livie suchen. Die würde sonst echt verdursten und verhungern, und sie selbst auch. Und dann konnte sich niemand mehr um ihre Ratte kümmern. Tränen brannten in ihren Augen. Scheiß Alkohol. Warum hatte sie gestern so viel getrunken?

Wieder rüttelte sie an der Klinke. Nichts. Sie trat und hämmerte jetzt, so fest sie konnte, gegen die Tür. »Hilfe!«, schrie sie. »Hilfe!«

Sie schrie, bis ihre Kehle brannte. Irgendwann sank sie in die Knie. Bekam einen Hustenanfall, der sie durchschüttelte.

Sie hatte keine Ahnung, wie lange sie verzweifelt im Halbdunkel gesessen hatte, als sie plötzlich ein Geräusch von draußen hörte. Hoffnungsvoll richtete sie sich auf. »Hallo? Bitte helfen Sie mir!«, rief sie.

Ein Schlüssel drehte sich im Schloss und die Tür wurde aufgerissen. Im dunklen Flur stand ein muskulöser, schwarz gekleideter Mann mit einer Sturmmaske über dem Gesicht. Jenny wusste sofort, wer das war. Schreckliche Angst kroch ihr durch die Eingeweide.

»Falls du das Vieh hier suchst«, sagte der Mann kalt und

hob ein kleines Fellbündel hoch, das über und über mit Blut beschmiert war. »Ich habe sie bei lebendigem Leib ausgeweidet. Das werde ich auch mit dir machen, aber noch nicht gleich. Erst wirst du noch den Köder für mich spielen.«

Kapitel 1

Die Lichter im Festsaal funkelten golden und hell. Dröhnender Applaus erfüllte den Raum. Lous Herz schlug schnell, als sie in dem ungewohnten schwarzen Abendkleid an den dicht besetzten Zuschauerreihen vorbei vor zur Bühne schritt. Wahnsinn, dass der Moderator gerade wirklich ihren Namen genannt hatte! Dass ihre Reportage über die Kinder alkoholkranker und drogenabhängiger Eltern aus den Talbergbaracken den Preis für die beste investigative Berichterstattung gewonnen hatte!

Lou stieg die Stufen zur Bühne nach oben. Sie hatte es geschafft. Für Nneka, Sarah, Levin und die anderen Kinder und Jugendlichen. Jetzt würden die Politiker und das Jugendamt und all die anderen hoffentlich nicht mehr wegschauen, sondern endlich helfen.

Ihre Knie wurden weich, als ihr Blick für einen Moment über das Publikum streifte. Politiker, Journalisten, Prominente – alles, was Rang und Namen hatte, war heute hier. Auch der Chefredakteur der überregionalen Zeitung, für den sie die Reportage als freie Journalistin geschrieben hatte. Sie streckte die Hand aus, um die Gratulationen des

Moderators entgegenzunehmen, als sie das laute, wütende Hupen eines Autos und das Quietschen von Bremsen vernahm.

Sie zuckte zusammen. Es dauerte eine Weile, bis sie richtig zu sich kam und kapierte, dass sie nicht auf der Bühne stand, sondern nur von damals geträumt hatte. Ihr Rücken und der Nacken schmerzten, sie musste auf der verdammten Bank eingeschlafen sein. Es war mittlerweile Abend und ekelhaft kalt. Mit eisigen Händen rieb sie sich über die Augen.

Die Hupe und das Quietschen waren verstummt, aber das monotone laute Rauschen der Stadtautobahn, die hinter einer graffitibedeckten Lärmschutzwand vorbeiführte, drang immer noch an ihr Ohr. Die niemals schlafende Lebensader eines Ungetüms.

Lou bewegte ihre Finger, um sie aufzuwärmen, dann tastete sie ihre Hosentasche ab. Gott sei Dank, der Fünfer, den sie mit dem Sammeln von Flaschen verdient hatte, war noch da. So ein Glück hatte man nicht immer, das hatte sie vor zwei Monaten in ihrer ersten und einzigen Nacht in einer stinkenden Notschlafstelle schmerzlich erfahren. Ihr Handy, ihr Geld, ihre Armbanduhr, sogar die halb volle Colaflasche – alles weg. Nur die Kette von Ellie, die sie nie ablegte, hatte sie noch um den Hals hängen gehabt; für einen Außenstehenden war sie ja auch nichts wert. Eine einfache Schnur mit der aufgefädelten, bunt angekritzelten Aufreißlasche einer Getränkedose.

Mit steifen Gelenken setzte Lou sich auf und zog ihre dicke rote Jacke zurecht. Ihr Magen knurrte, wie eigentlich immer, seit sie auf der Straße lebte. Mit den Fingern kämmte sie sich durch die braungrauen lockigen Haare, die dringend einen Haarschnitt gebraucht hätten. Die Luft war so kalt, dass sie beim Einatmen im Hals wehtat. Anzeichen der Kältewelle, deren Beginn für diese erste Dezemberwoche angekündigt worden war.

Sie ballte die Fäuste. Keine Ahnung, wie sie den Winter hier draußen überstehen sollte. *Ob* sie ihn überstehen würde.

Sie erhob sich. Es war müßig, darüber nachzudenken. Sie musste schauen, dass sie etwas zu essen auftrieb, und danach …

Die panischen Hilfeschreie einer Frau gellten durch die Luft.

Lous Mund wurde trocken. Für einen Moment wusste sie nicht, ob sie sich die Schreie nur einbildete, ob sie mitten in einem ihrer Albträume …

Dann wurde ihr wieder klar, wo sie sich befand, und sie rannte los. In ihren Ohren rauschte das Blut.

Die Schreie, die jetzt in ein verzweifeltes Wimmern übergingen, schienen aus Richtung des kaputten Reiterdenkmals zu kommen, das am Ende des Wegs hinter dichtem dornigem Gestrüpp im kleinen Invalidenpark stand. Nachdem Lou einige Stechpalmen hinter sich gelassen hatte, konnte sie im Licht der Straßenlaternen die Wiese beim Denkmal sehen. Ein Mann mit kahlrasiertem Schädel und heruntergezogener Jeans kniete dort über einer liegenden jungen, zierlichen Frau mit hellrosa Haaren, die sich verzweifelt wehrte, wimmerte und schrie. Ihr Pulli war hochgeschoben, ihre Brüste nackt. Der Mann versuchte, ihr die Hose herunterzureißen, während er sie mit der anderen Hand brutal am Boden fixierte. Neben den beiden lagen ein großer pinkfarbener Rucksack und einige leere Bier- und Schnapsflaschen.

Ein dunkelhaariger Typ mit schweren Springerstiefeln und einer Bomberjacke stand ein paar Schritte entfernt dabei und schaute offensichtlich amüsiert zu. Er trug den schwarz-weißen Schal der radikalen Stadtguards, Arschlöcher, die behaupteten, für Sicherheit zu sorgen, indem sie wohnungslose Menschen mit allen Mitteln aus der Innenstadt vertrieben.

Die junge Frau weinte. Lous Atem beschleunigte sich. Die Bilder vor ihren Augen vermischten sich mit denen in ihrem Kopf. Von Ellie, wie sie dagelegen hatte, während das Leben nach und nach aus ihrem Blick verschwunden war. Wut stieg in Lou auf, Wut, die sie kaum kontrollieren konnte, und ihr wurde heiß. Mit schnellen Schritten marschierte sie auf den Kahlköpfigen und die Frau zu.

»Hör auf«, schrie sie den Mann an. Alkoholdunst und Schweißgestank waberten ihr entgegen. Sie steckte die linke Hand in die Jackentasche. Fuck. Ihr Tränengas war im Zelt. Sei's drum. So nah bei der Frau hätte sie es sowieso nicht verwenden können.

Der Kahlköpfige sah für einen Moment auf, mit einem Blick, als sei Lou ein lästiges Insekt. »Eifersüchtig, du hässliche Bitch?« Er spuckte in ihre Richtung, bevor er sich wieder der halb nackten Frau zuwandte und deren Brüste betatschte.

»Ich habe gesagt, du sollst aufhören!« Aus den Augenwinkeln beobachtete sie den Dunkelhaarigen, der sein Bier auf eine Bank gestellt hatte und näher torkelte. Er stolperte, musste schon ziemlich viel getankt haben. Plötzlich hielt er ein Klappmesser in der rechten Hand. Mit schwerer Stimme lallte er: »Verpiss dich, dreckige Asoziale.«

»Ihr lasst jetzt sofort die Frau in Ruhe!«

»Die Landstreicherin hat sich hier rumgetrieben und die öffentliche Sicherheit gestört. Sie gehört uns«, behauptete der Kahlköpfige.

»Sie gehört überhaupt niemandem. Also lass sie auf der Stelle gehen!«

Auf dem Boden wimmerte die junge Frau verzweifelt, der Kahlgeschorene hatte ihr mittlerweile die Hose heruntergerissen und machte sich an ihrem Slip zu schaffen.

Wenig Chancen, dass jemand sie hier hörte, trotzdem versuchte Lou zunächst, andere auf sich aufmerksam zu machen. »Hilfe! Helfen Sie mir! Hilfe!«, rief sie.

Vergeblich.

Der Dunkelhaarige schwankte ungerührt näher, das Messer auf sie gerichtet. Lou überlegte einen Moment, wich gleichzeitig ein Stück zurück. Riss dann den Reißverschluss ihrer Jacke auf, schlüpfte heraus, wickelte sich das Kleidungsstück um den linken Arm. Im nächsten Augenblick erreichte der Typ sie und hob die Klinge.

Lou machte einen Schritt auf ihn zu, zog mit einem kurzen Schrei den umwickelten Arm ruckartig hoch und blockte den Messerarm des Mannes, schlug zeitgleich mit der rechten flachen Hand in sein Gesicht. Verfehlte die Nase, weil der Typ den Kopf bewegte. Verdammt.

Der Kerl zog das Messer zurück, es schnitt durch ihre

Jacke, sie spürte die Klinge dicht über ihrer Haut. Die Jacke löste sich, fiel zu Boden. Bevor der Typ das Messer noch einmal heben konnte, setzte sie mit dem rechten Ellenbogen in Richtung seines Kopfs nach. Traf ihn voll unters Kinn, hörte den Kieferknochen knacken, sein Kopf schnellte nach hinten. Er brüllte. Sie schlug noch einmal zu, direkt auf die Nase, und dieses Mal traf sie. Der Dunkelhaarige sackte röchelnd zu Boden, Blut lief ihm übers Gesicht.

Der Kahlköpfige, der ihnen den Rücken zudrehte und ihren kurzen Kampf offenbar nicht bemerkt hatte, drückte immer noch die Frau auf den Boden, die verzweifelt mit ihm rang und ununterbrochen schrie.

Lou rannte in Richtung der beiden, trat auf etwas Rundes, rutschte aus und knallte mit der Schulter auf die gefrorene Wiese. Schmerz raste durch ihren Körper. Für einen Moment blieb ihr die Luft weg. Sie stöhnte und rappelte sich wieder hoch. Suchte und fand mit den Augen das, worauf sie ausgerutscht war, eine leere Schnapsflasche, und griff nach dem Flaschenhals. Stand auf. Sie spürte Ellies Kette auf ihrer Haut und umklammerte die eiskalte Schnapsflasche, ging die letzten Schritte auf den Typen zu.

Bevor sie ihn erreichte, drehte der Kahlköpfige sich um, grunzte wütend. Ruckartig stemmte er sich ein Stück hoch, wollte sich offensichtlich auf sie stürzen. Sie wich zur Seite, aber es gelang ihm dennoch, ihre Nase mit seiner Faust zu streifen. Sie ignorierte den aufflammenden Schmerz, wirbelte zu ihm herum und schlug ihm die Flasche auf den Kopf. Das dumpfe Geräusch, mit dem Glas auf Knochen traf. Mit einem erstaunten Ausdruck in den Augen kippte der Typ zur Seite.

Mit dem Fuß stieß Lou ihn von der jungen Frau weg, die sich aufrappelte, die Hose hochzog, ihren Rucksack griff und davonrannte.

Der Kahlköpfige stöhnte, und Lou hob die Flasche erneut. Doch der Kerl blieb zur Seite gedreht auf der Wiese liegen. Sie schaute sich nach dem zweiten um. Und nach ihrer Jacke; in dieser Eiseskälte das Wichtigste, das sie besaß.

Leider hatte der Dunkelhaarige das offenbar auch kapiert. Er schien härter im Nehmen, als sie gedacht hatte. Wahrscheinlich spürte er keine Schmerzen, weil er so betrunken war. Gerade erhob er sich schwankend, ihre Jacke, die er vom Boden aufgelesen hatte, hielt er triumphierend in der Hand. Bevor sie irgendetwas tun konnte, sah sie wie durch Nebel, dass der Typ sein Messer in das Futter stieß. Er fluchte, riss und schnitt, zerfetzte die Jacke in kleine Teile, die sich auf dem Rasen verteilten. Den verbliebenen Rest riss er in zwei Stücke, das Innenfutter quoll heraus. Wie Blut.

»Dich stech ich auch gleich ab, Asoziale!«, brüllte er. Wieder und wieder stieß er sein Messer in die Überbleibsel von Lous Kleidungsstück, während er auf sie zuwankte, offensichtlich außer sich vor Wut.

Neben ihr regte sich der Kahlköpfige. Rappelte sich nun ebenfalls hoch.

Sie musste abhauen. Ihre linke Schulter tat höllisch weh, damit würde sie nicht mehr kämpfen können, außerdem hatte sie keine Lust, gegen zwei Männer gleichzeitig anzutreten. Aber sie war wie gelähmt. Ihre Jacke. Wie sollte sie denn ohne Jacke in so einer kalten Nacht …?

Blut rann aus ihrer Nase, lief warm über Lippen und Kinn, tropfte auf ihren alten Wollpulli.

»Wir müssen weg hier! Weg! Komm schon. Schnell!« Die Schreie der jungen Frau rissen sie aus ihren Gedanken. Sie stand am Rand der Wiese und winkte hektisch in Lous Richtung. Wie aus einer Trance fuhr Lou auf und rannte ihr entgegen und, als sie sie erreichte, hinter ihr her.

»Ihr dreckigen Schlampen!«, hörte sie den Dunkelhaarigen brüllen.

Erst als sie den Rossmarkt erreichten, einen Platz, in dessen heller Straßenbeleuchtung noch zahlreiche Menschen ihre Weihnachtseinkäufe tätigten, wurden sie langsamer und blieben schließlich stehen. Lou schaute sich um. Niemand war ihnen gefolgt.

Sie lehnte sich an einen Laternenpfahl und rang nach Luft. Die junge Frau verharrte in ihrer Nähe, setzte ihren Rucksack ab und holte vorsichtig etwas kleines Schwarz-Weißes heraus, das sie leise vor sich hinmurmelnd in ihre Jackentasche steckte. Dann schwang sie den Rucksack wieder auf den Rücken und musterte Lou, genauso schwer atmend.

Lou erwiderte den Blick. Sie spürte, wie ihre Knie weich wurden, als sie an den Kampf zurückdachte. Das war gerade noch mal gut gegangen. Sie hatte den Dunkelhaarigen bei ihrem ersten Schlag nicht richtig getroffen, und wenn die Jacke nicht gewesen wäre, hätte er ihr den verdammten Arm zerschnitten. Ein Anfängerfehler. Ihr Krav Maga war sichtlich eingerostet. Und falls einer der beiden Typen sie erkannt hatte und zur Polizei …

Extrem unwahrscheinlich, schalt sie sich selbst. Die gingen garantiert nicht zur Polizei. Zudem war es dunkel gewesen und die Typen sturzbesoffen und gestresst und sie sah jetzt völlig anders aus, hatte abgenommen, und die Haare waren viel länger. Abgesehen davon lag die Sache lange zurück. Trotzdem, ein kleines Risiko blieb. Ihr Gerichtsverfahren und das, was die Öffentlichkeit für »die schockierende Wahrheit« hielt, war oft genug durch die Medien gegangen.

Sie holte tief Luft, Blut aus ihrer Nase lief in ihren Rachen, und ihr wurde ein wenig übel. Wenn die Polizei mitkriegte, dass sie sich in dieser Stadt herumtrieb und damit gegen ihre Bewährungsweisungen verstieß, die ihr genau das verboten … Ein zweites Mal würde sie den Knast nicht ertragen. Das Eingesperrtsein, die Enge, das stete Aufeinandertreffen mit den anderen Frauen. Nie allein sein zu können.

Die eisige Luft drang durch ihren Pullover, ließ sie erschaudern. Verdammt noch mal. Im Moment war das Gefängnis ihr geringstes Problem. Es war teuflisch kalt, und sie hatte keine Jacke mehr. Vielleicht würde sie in dieser Nacht einfach sang- und klanglos abkratzen. Und wenn es schlecht lief, bekäme sie sogar den einen oder anderen »Nachruf« in der Presse gratis obendrauf. Die ehemals preisgekrönte Journalistin Lou Endres, die nach ihrer Entlassung aus dem Knast nach kurzer Obdachlosigkeit erfroren im Leichenschauhaus lag. Es würde einige geben, die das als verdiente Strafe ansahen.

Sie hustete, spuckte blutigen Schleim auf den Boden. Aus den Augenwinkeln sah sie, dass einige der vorbeieilenden Leute ihr lädiertes Gesicht und die Blutflecken auf ihrem Pulli anstarrten, bevor sie schnell den Kopf abwandten und weitergingen.

»Brauchst du ein Taschentuch? Wegen deiner Nase?«, fragte die junge Frau mit den hellrosa Haaren. Sie war offenbar wieder zu Atem gekommen, stand nun neben ihr und tätschelte unbeholfen ihren Arm. Lou stieß sich von dem Laternenpfahl ab.

»Wieder besser?«

»Geht schon.« Lou machte einen Schritt zur Seite, sie mochte es nicht, wenn jemand dicht bei ihr stand oder sie sogar anfasste.

»Hast du keine Jacke?« Die junge Frau musterte sie.

»Die hat das Arschloch gerade zerschnitten.«

Die junge Frau riss die Augen auf. »Echt jetzt? Hab ich gar nicht ... O Scheiße. Ist dir sehr kalt? Ich hab leider all meine warmen Klamotten an, sonst würd' ich dir was leihen.«

»Passt schon.« Mit den Fingern tastete Lou ihre Nase ab. Sie schien nicht gebrochen zu sein, und die Blutung ließ spürbar nach.

Die Frau streckte ihr einige Papiertaschentücher entgegen, die Lou nahm und vorsichtig gegen ihre Nasenlöcher drückte.

»Danke. Echt danke für gerade. Du warst so was von cool.« Die Frau kam schon wieder näher und klopfte Lou auf die schmerzende Schulter.

Lou biss die Zähne zusammen und wich erneut ein Stück zurück. »Keine Ursache. Und bei dir? Alles so weit klar?«, knirschte sie. Jetzt, wo das Adrenalin nachließ, brachte die Kälte ihre Haut trotz des dicken Wollpullis zum Brennen.

»Geht schon. Wäre echt schlimmer gewesen, wenn du nicht …« Die Frau nestelte an einem schmutzigen Freundschaftsbändchen an ihrem Arm herum. »Der hat gesagt, er hat jedes Recht, mich zu ficken, weil ich Abschaum bin. Weil ich auf der Straße …« Ihre Stimme kiekste weg, sie sah auf den Boden. »Egal. Wo hast du das gelernt? Ich mein', das mit dem Kämpfen? Das würde ich auch gern können.«

»Ist lange her.«

»Echt cool auf jeden Fall. Ich bin übrigens die Jenny.«

»Lou.« Ein wenig zögerlich. Aber auch die junge Frau schien sie trotz der Medienberichte nicht zu erkennen. »Hi, Lou«, sagte sie nur und strich sich eine Haarsträhne aus dem Gesicht. Sie hatte schwarze, abgekaute Fingernägel, eine schorfige Lippe und einen Ring im rechten Nasenflügel. Ihre Schneidezähne standen auf charmante Art ein wenig schief, ihre Lider trugen viel zu dick lila Schminke. Kajal zog sich in dunklen Tränenlinien übers Gesicht. Jenny war zierlich, hübsch und sehr jung, aber man sah ihr an, dass sie schon zu lange draußen überleben musste. Sie hatte diesen leeren Blick, der nichts mehr erwartete.

Schrecklich, wenn man so jung bereits Platte machen musste, dachte Lou. Sie selbst hatte sechsundvierzig Jahre lang immerhin ein Dach über dem Kopf gehabt, auch wenn das nicht immer …

»Du lebst auch hier draußen und hast keine Wohnung, oder?«, fragte Jenny.

Lou nickte.

»Du bist aber noch nicht lange in der Stadt. Ich habe dich noch nie gesehen.«

Lou schüttelte den Kopf. »Seit zwei Monaten ungefähr.«

Jenny lächelte wissend, setzte ihren Rucksack erneut ab und holte umständlich eine große zusammengefaltete Jutetasche heraus, die oben einen Reißverschluss hatte, und hielt sie Lou mit verschämter Miene hin. »Hier. Ein kleines Geschenk. Die ist echt ganz neu. Als Dank für vorhin. Mehr … mehr hab ich leider nicht.«

»Aber das kann ich nicht …«

»Bitte.« Jenny streckte ihr weiterhin die Tasche entgegen.

Lou bedankte sich und nahm sie schließlich. Sie konnte sie gut gebrauchen, und Jenny schien es wichtig zu sein. Sie hängte sie über die Schulter.

Kurz standen sie sich wortlos gegenüber, dann grüßte Lou mit der Hand. »Ich verzieh mich dann mal wieder. War nett, dich kennengelernt zu haben.«

»Willst du nicht … willst du mit zum Feuersee kommen? Da war ich schon Ewigkeiten nicht mehr, weil ich in einer ganz anderen Ecke der Stadt … Aber beim Hilfsmobil gibt's bestimmt was zu essen.« Jenny zeigte auf den Eingang der U-Bahnstation und machte Anstalten, Lou schon wieder am Arm anzufassen.

Lou machte einen Schritt rückwärts. Eigentlich wäre sie lieber wieder allein gewesen. Aber das Hilfsmobil beim Feuersee war auch ihre erste Wahl.

»Okay«, sagte sie schließlich zögerlich.

Jenny setzte ihren Rucksack wieder auf. »Was hast du gemacht, bevor du hierher …« Sie zeigte auf die Straße vor sich.

Lou spürte ein unangenehmes Ziehen im Bauch. Dachte kurz darüber nach, einfach irgendetwas zu erfinden. Tat es dann aber doch nicht. »Ich war Journalistin.«

Jennys Augen weiteten sich. »Boah, wie geil! Krass! Ich hab noch nie eine echte Journalistin kennengelernt! Echt jetzt! Aber ich hab mal einen Film gesehen, auf Youtube, über zwei Reporterinnen, die was über ein Tierheim berichten wollten. Da muss man megaviel schreiben, so viel würde mir gar nicht einfallen.«

Die Bewunderung, die in ihren Augen leuchtete, ließ Lou den Blick senken. Langsam setzte sie sich in Bewegung Richtung U-Bahnstation.

Jenny folgte ihr. »Aber wieso bist du jetzt hier? Wenn du Journalistin warst?«

Lou kniff die Lippen zusammen. Über das, was passiert war und was das aus ihr gemacht hatte, sprach sie nie.

Kapitel 2

Ein schneidender Wind war aufgekommen, der den Geruch nach Heizungsrauch mit sich führte. Lou zitterte vor Kälte, als sie gemeinsam mit Jenny die große U-Bahnstation betrat. Ins grelle Neonlicht. Immer noch presste sie das Taschentuch gegen die Nase.

Jenny redete viel und schnell. Sie lispelte stark. Obwohl sie aussah wie 16, war sie wohl schon 21 Jahre alt und lebte seit vier Jahren auf der Straße, davor hatte sie immer wieder bei ihrem Stiefvater oder in verschiedenen Wohngruppen gewohnt. In der Schule war sie gemobbt worden, deshalb hatte sie vor dem Hauptschulabschluss abgebrochen.

»Eines Tages hatte ich die Schnauze voll. Ich bin einfach abgehauen«, erzählte sie gerade. »Ich hab niemanden, zu dem ich gehöre, hatte ich noch nie, weißt du, nur Livie. Was für ein Glück, dass die im Rucksack war, als dieses Arschloch mich angegriffen ... Ich wusste, dass die beiden nichts Gutes wollen. Jedenfalls hab ich sie in Sicherheit gebracht. In den Rucksack, weißt du? Aber meistens trag ich Livie im Mantel rum, ganz dicht bei mir.« Sie blieb stehen, griff vorsichtig in die Tasche ihres bunten, abgewetzten Mantels und holte eine junge schwarze Ratte mit weißen Flecken hervor. Lou stoppte ebenfalls.

»Das ist Livie. Sag Hallo zu Lou.« Jenny hob die Ratte ein Stück in Lous Richtung. »Die ist meine beste Freundin«, fuhr sie fort. »Menschen enttäuschen dich nur.«

Lou sagte nichts darauf.

»Selbst hier auf der Straße lachen die manchmal über mich, weißt du? Weil ich so komisch rede«, fügte Jenny leise hinzu. Und dann, in Richtung der Ratte: »Aber wir brauchen niemanden, gell, meine Kleine?« Sie gab dem Tier einen Kuss auf den Rücken, bevor sie es zurück in ihre Manteltasche setzte.

Kurzes Schweigen trat ein. Lou wusste genau, wie es war, auf sich allein gestellt zu sein.

»Ich bin so froh, dass der Kleinen nichts passiert ist, echt«, wiederholte Jenny irgendwann und kramte in ihrer Hosentasche. Sie standen mittlerweile im großen, hellen Eingangsbereich der U-Bahnstation, in dem es einige Läden gab und eine niedrige Skulptur mit einer golden glänzenden Weltkugel als Kopf. Durchsagen, eilige Schritte und Stimmengewirr mischten sich zu einer städtischen Geräuschkulisse. Wenigstens war es nicht so kalt wie draußen und windgeschützt.

»Ein Glück, dass das vorhin viel besser gelaufen ist als bei der Steffi ihrer Ratte«, fuhr Jenny fort. »Kanntest du die Steffi?«

Lou schüttelte den Kopf.

»Die kam aus der Oststadt, da wo auch die Bahnlinie durchgeht, weißt du? Ständig high, die Steffi, echt jetzt.

Ist in ihrem Schlafsack verbrannt. In der Nähe vom alten Sportpark. Vor ungefähr vier Wochen war das.«

»Ach ja, von der Sache habe ich gehört. Ich wusste nur nicht, dass die Tote Steffi hieß. Schrecklich.« Lou erschauderte.

»Ich finde das auch echt schrecklich, auch wenn ich die Frau nicht so mochte. Und was ich echt nicht kapier', ist, warum die alle immer nur über die Steffi reden. Wie übel ihr Tod war.« Jenny durchwühlte ihre andere Hosentasche. »Dabei hat die Steffi doch so viele Downer eingeworfen, dass sie ohnmächtig geworden und dann direkt am Feuer eingepennt ist. Hätte die ja nicht machen müssen, dann wär sie auch nicht gestorben. Aber ihre Ratte, die konnte echt gar nichts dafür. Trotzdem ist die in ihrem Käfig verdurstet. Weil die Steffi die ja nicht mehr füttern konnte. Hab ich gehört. Das finde ich noch viel schlimmer. Weil die gar nichts dafür konnte, die Ratte.«

»Ich finde beides schlimm.«

Jenny zog eine kleine Plastiktüte hervor, in der sich zwei Apfelschnitze befanden. Einen davon hielt sie an ihre Jackentasche, woraufhin sofort der kleine, schwarze Kopf mit den langen Schnurrhaaren auftauchte, mit winzigen, scharfen Zähnen den Apfel packte und verschwand. Jenny lächelte, während sie das andere Apfelstück umständlich wieder verstaute.

Lou trat von einem Fuß auf den anderen. Die Bahn würde erst in siebzehn Minuten fahren, und obwohl es in der Eingangshalle deutlich wärmer als draußen war, musste sie in Bewegung bleiben, damit die Kälte nicht bis in ihr

Inneres kroch. Unwillig schüttelte sie den Kopf. Als Journalistin hatte sie auch schon unangenehme Winternächte draußen verbracht, damals mit der Kamera im Anschlag. Der Verlust einer Jacke hätte sie niemals von einer Story abgebracht. Und nun musste sie da eben auch durch. Nur dass es jetzt lebensgefährlich …

»Ich hab mich echt gefragt, was die Steffi in der Nacht im alten Sportpark gemacht hat«, meinte Jenny nachdenklich und riss Lou damit aus ihren Gedanken.

»Wahrscheinlich hat sie ein ruhiges Plätzchen gesucht, wo sie ungestört Drogen konsumieren konnte? Wenn sie so viele Downer genommen hat?«, vermutete sie.

Jenny schüttelte entschieden den Kopf. »Nee, nicht beim alten Sportpark. Da ist es so was von unheimlich in der Nacht.« Sie rieb sich die Schultern und senkte die Stimme. Die Art, wie sie dastand, ein wenig gebückt, wirkte kindlich und gleichzeitig viel zu erwachsen. »Die haben einen uralten Friedhof kaputt gemacht, als die den Sportpark gebaut haben, hast du das gewusst? Anscheinend haben die die Knochen einfach in den Feuersee gekippt. Und die Toten sind natürlich echt sauer, weil die gestört wurden. Zu so was geht niemand bei Nacht, selbst wenn der alleine sein will, echt jetzt. Und die Steffi hat schon lange Platte gemacht. Die wusste, wo es gefährlich ist.«

»Du weißt das doch bestimmt auch, oder? Also was hast du vorhin im Park zu suchen gehabt?«, konnte Lou sich nicht verkneifen zu fragen. »Ich bin zwar noch nicht lange hier, aber dass der Invalidenpark ebenfalls keine besonders gute Gegend ist bei Nacht, das weiß ich bereits.«

»Keine Ahnung, nichts Besonderes«, gab Jenny zurück. Sie klang schuldbewusst. Vielleicht nahm sie Drogen, hatte sich dort welche besorgt und wollte es nicht zugeben? Der Invalidenpark war ein beliebter Umschlagplatz. Vielleicht wurmte es sie aber auch nur, so leichtsinnig gewesen zu sein.

»Du warst doch auch da.« Jenny strich sich die Haare aus dem Gesicht.

Lou schüttelte den Kopf. »Ich bin auf der Bank eingepennt, das ist was anderes. Außerdem weiß ich, wie man sich wehrt.« Sie räusperte sich. »Du musst die beiden Arschlöcher anzeigen.«

»Auf keinen Fall!«, fuhr Jenny auf. Entfernte sich ein paar Schritte von Lou. Blieb dann aber doch wieder stehen. »Ich geh sicher nicht zu den Bullen!« Sie scharrte mit dem Fuß über den Boden.

»Probleme?«

»Das geht dich einen Scheiß an.« Jenny drehte sich um und stapfte einfach davon.

Früher wäre ihr diese Reaktion seltsam erschienen. Heute konnte Lou sie verstehen, sie mied die Polizei ja ebenfalls. Und über ihre Vergangenheit redete sie auch nicht. Sie sah Jenny nach, bevor sie langsam am Zeitschriftenkiosk vorbeiging, der gerade schloss, und machte einen großen Bogen um eine Frau mit einem Schäferhund an der Leine. Wenn sie ehrlich war, erleichterte es sie, wieder allein zu sein.

Ihre Nase hatte aufgehört zu bluten, und sie nahm das blutgetränkte Taschentusch aus dem Gesicht, steckte es zwischen den Unrat eines überquellenden Mülleimers und warf einen Blick in das spiegelnde Kunstobjekt in der

Mitte der Eingangshalle. Sie sah furchtbar aus. Ihre Nase war rot und geschwollen und ihren dicken Wollpulli zierten Blutflecken und vertrocknete Blätter. Immerhin war ihre übrige Kleidung sauber, und die Haare hatte sie am Morgen gewaschen. Es gelang ihr mal mehr und mal weniger, aber sie bemühte sich um ein gepflegtes Auftreten, damit nicht jeder auf den ersten Blick erkannte, dass sie auf der Straße lebte. Das war ihr wichtig, genauso wie eine tägliche Dusche. Gelegentlich fragte sie sich, wieso eigentlich. Es gab keinen Weg zurück. Nicht für sie. Sie saß in einem schwarzen, dunklen Loch mit glatten Wänden, aus dem es kein Entrinnen gab. Zusammengepfercht mit den Geistern der Vergangenheit.

Auf dem Bahnsteig traf sie Jenny wieder, die reumütig aussah und mit einer kleinen Schnapsflasche in der Hand zu ihr herübertrottete. Sie streckte ihr die Flasche hin. »Friedensangebot?«

»Ich trinke nicht«, meinte Lou. »Nicht mehr.«

Jenny nahm selbst einen Schluck. »Tut mir leid wegen gerade«, brachte sie heraus.

Lou zuckte die Schultern. »Schon okay.«

Jenny sah erleichtert aus, steckte den Schnaps ein und sagte: »Du bist echt nett. Wir könnten uns zusammentun. In den Nächten wäre das echt viel sicherer. Es gibt hier draußen eine Menge kranker Arschlöcher. Was meinst du?«

In Lou zog sich alles zusammen. Sie starrte auf die Anzeigetafel und tat so, als habe sie die Worte nicht gehört. In diesem Fall konnte sie nicht helfen. Sie war immer eine einsame Wölfin gewesen und würde immer eine bleiben. Für das Zusammenleben mit anderen war sie nicht geschaffen.

Jenny schien auf eine Antwort zu warten, als die nicht kam, knibbelte sie wieder an ihrem Freundschaftsarmbändchen herum, das sie am rechten Handgelenk trug. Es lag etwas schrecklich Verlorenes in der Art, wie sie dastand. Das versetzte Lou einen Stich.

Als endlich die U-Bahn einfuhr, stiegen sie wortlos ein. Herrliche Wärme umfing sie. Lou ließ sich auf den bequemen Sitz sinken, lehnte sich zurück und versuchte, nicht weiter über Jenny nachzudenken. Ein Abendessen, danach würden sie wieder getrennte Wege gehen.

Ein Mann, der mit zwei kleinen Kindern gegenübersaß, stand auf und schob seine Sprösslinge etliche Sitzreihen weiter. Einige andere Fahrgäste taten so, als wären sie beide gar nicht da. Als wären sie unsichtbar. Lou verschränkte die Arme. Immer noch besser, als angepöbelt, bespuckt oder tätlich angegriffen zu werden. Oder beim Schlafen angepinkelt, wie das einem Kollegen passiert war, als ein Mitglied der Stadtguards seinen Nachtplatz entdeckt hatte. *Für eine sichere, ausländer- und obdachlosenfreie Innenstadt*, damit warben die Idioten mittlerweile sogar auf Flyern.

Jenny sprach nicht mehr und spielte weiterhin mit dem Freundschaftsbändchen. Einmal lugte der kleine schwarze Fellkopf kurz aus ihrer Manteltasche und zauberte erneut das strahlende Lächeln auf das Gesicht der jungen Frau.

So könnte sie in einem anderen Leben aussehen, schoss es Lou durch den Kopf. Als sich ihre Blicke trafen, senkte sie schnell den Blick. Zu spät, Jenny interpretierte den kurzen Moment offensichtlich als Beginn weiterer Konversation.

»Wo pennst du eigentlich?«, fragte Jenny.

»In … in einem Zelt«, bekannte Lou. Merkte die Frau nicht, dass sie lieber ihre Ruhe hatte?

»In einem großen?«

Lou zuckte unwillig mit den Schultern.

»Wo steht es denn?«

»Ist doch egal.« Lou wandte sich zum Fenster um.

»Aber dann könnte ich doch bei dir bleiben, oder? Wenn du ein eigenes Zelt hast.« Jenny fasste sie schon wieder am Arm an. »Da wo ich bisher untergekommen bin, musste ich nämlich weg. Ich weiß gerade nicht, wo ich hin soll. Ich hab echt Angst alleine. Bitte, bitte.«

Lou sagte nichts, schaute nur nach draußen auf die Betonwand des Tunnels, ein saures Gefühl im Magen. Sie musste die junge Frau wieder loswerden, so schnell es ging. Denn aus irgendwelchen Gründen fing Lou an, ihr helfen zu wollen. Aber sie konnte ja nicht mal sich selbst helfen. Sie konnte nicht auch noch Verantwortung übernehmen für jemand anderen. Und wieder versagen. Außerdem war es auch für Jenny besser, wenn Lou sie nicht mit in den Abgrund zog. Zumal Jenny vermutlich sowieso verschwinden würde, sobald sie kapierte, dass sie den Namen Lou Endres irgendwo in den Medien schon mal gehört hatte. Und das hatte sie mit Sicherheit. Lous Mund war wie ausgedörrt.

»Wir Frauen müssen echt zusammenhalten und uns gegenseitig schützen«, fuhr Jenny indessen fort. »Ich kenn' mich gut aus, ich könnte dir ein paar Sachen zeigen, wo du zum Beispiel eine neue Jacke ...«

»Ich glaube, ich bin lieber allein«, unterbrach Lou sie leise.

Jenny sah aus, als habe sie ihr eine Ohrfeige gegeben. »Okay. Verstehe«, murmelte sie nur und wandte sich wieder ihrer Jackentasche zu, in der sich die Ratte bewegte.

Fuck, dachte Lou. Für einen Moment hasste sie sich und ihr Leben noch mehr als sonst.

Kapitel 3

Die hellbraune Katze hatte aufgehört zu schreien. Sie war mittlerweile zu schwach. Todesqual stand in ihren Augen. Nur ihr kleines Herz pochte noch, schnell, panisch, ließ das Leben aus den Schnittwunden rinnen.

Er nahm das Skalpell, setzte zum letzten präzisen Schnitt an. Ein Zucken noch, dann rührte sich das Tier nicht mehr. Er stieß die Klinge tief in den noch warmen Katzenbauch.

Musste an sein erstes Eichhörnchen denken. Dad hatte ihn gezwungen, es zu fangen. Damit er die Rote Arbeit lernte. So hatte Dad das genannt. Die Rote Arbeit. Wenn er die toten Wildschweine und Rehe aufgebrochen hatte. Bis zu den Ellbogen gebadet im Blut, weil er die Organe herausgeholt hatte. Einmal war auch ein erstickter Fötus dabei gewesen.

Dad hatte dabei immer von Ehrfurcht vor dem genommenen Leben gesprochen, vom Einklang mit der Natur und dem Kreislauf von Werden und Vergehen. Vom Dienst, den man dem Wald erwies, indem man überzähliges Wild entfernte.

Nur er wusste, was sein Dad wirklich gefühlt hatte: Töten bedeutete Gott sein.

Er spürte die Macht durch seine Adern rinnen, als er sich das *warme Blut der Katze auf seine nackten, kalten Arme rieb. Sein Atem bildete weiße Wölkchen im Mondlicht. Das schwarze Wasser des Feuersees schwappte ans Ufer. Die Luft roch nach Eisen und Rauch und feuchtem Schlamm.*

Seine bloßen Füße berührten das eisige Wasser. Der Schmerz schärfte seine Sinne, er konnte das Leuchten und Funkeln fernster Galaxien sehen. Er streckte die Arme aus, spürte das Weltall in seiner ganzen Ewigkeit. Es gehörte nur ihm. Er war der Gott der Nacht. Der Herr der Angst.

Die Katze war nur ein kleiner Vorgeschmack gewesen, wie bei den letzten Malen. Er fühlte sich schon lange bereit für die wahre Jagd. Und endlich war der Zeitpunkt gekommen, auch der Öffentlichkeit zu zeigen, dass er der Auserwählte war. Seine Macht ging weit über die seines Dads und aller anderen Menschen hinaus. Selbst Fleur konnte ihm nichts anhaben. Nicht mehr.

Er watete tiefer in den See. Mitten hinein in Fleurs Reich. Adrenalin rauschte durch seinen Körper.

Er dachte an die junge blonde Obdachlose, die er diesmal ausgesucht hatte. Und daran, wie er sie erst jagen, später erlegen, mit der Strohblume versehen und dann, das erste Mal, auch ganz öffen zur Schau stellen würde. Diesmal würden selbst die Bullen erkennen, dass es kein Unfall gewesen war. Er war der Auserwählte. Er musste seine Macht nicht mehr verstecken.

Ein erregender Schauer durchfuhr ihn.

Kapitel 4

An der Haltestelle *Feuersee* stiegen Lou und eine geknickt aussehende Jenny aus. Die dunkle Abendluft war hier noch kälter als in der Südstadt und umhüllte sie neblig feucht.

Jenny beschleunigte ihren Schritt, und Lou versuchte nicht, sie einzuholen, sondern schlenderte langsam hinterher, auch wenn sie vor Kälte bibberte. Es stank ekelhaft nach modrigem Wasser.

Der Feuersee war vor Jahrzehnten das Herzstück eines Naherholungsgebiets am Stadtrand gewesen, in dem sich die gestressten Großstädter von ihren Jobs in den Banken und Kanzleien der Innenstadt erholt hatten, aber er war schon lange kein schöner Anblick mehr. Da, wo auf alten Postkarten bunte Tretboote gelegen hatten, verrotteten jetzt ein altes Sofa und anderer Sperrmüll im matschigen Nass. Hinter dem großen See erhob sich entfernt die triste Hochhaussiedlung des Katzenbachviertels, und direkt nebenan auf dem Feuerseeplatz ragten die dicken Pfeiler der neuen Stadtautobahnbrücke in die Höhe, die über einen Ausläufer des Gewässers hinwegführte.

Immer wieder tauchte die Gegend in den Negativschlagzeilen auf: Schlägereien, Drogen, Prostitution, illegale Müllentsorgung. Vor drei Monaten war sogar eine wohnungslose Frau an der Uferböschung an einer Überdosis gestorben. Ihre Leiche hatte zwischen dichtem Gestrüpp gelegen und war bereits von Tieren angenagt gewesen, als man sie gefunden hatte, die Spritze noch im Hals, das Besteck zum Erhitzen des Heroins neben sich.

Damals hatte Lou noch in der Zeitung davon gelesen. Eine Wohnungslose ohne Namen, die nichts hinterlassen hatte als eine Plastiktüte voller Kleider, ein abgegriffenes Foto ihrer Mutter und eine getrocknete rosa Strohblume, vermutlich eine Erinnerung an eine schönere Zeit.

Mittlerweile wusste Lou, dass die Tote Esma geheißen hatte. Dass sie in ihrem früheren Leben einmal Busfahrerin des Jahres gewesen war. Außerdem hatte sie jahrelang mit ihrer Sucht gekämpft, war einige Zeit vor ihrem Tod clean gewesen und hatte dann einen Rückfall erlitten.

Lou erschauderte und beschleunigte ihren Schritt.

Trotz all der trostlosen Hässlichkeit war der Feuerseeplatz am Südufer des Gewässers, auf dem früher klassische Konzerte abgehalten worden waren und den nun an vielen Stellen Gras und dorniges Brombeergestrüpp überwucherte, so was wie ein Zuhause für die, die kein Zuhause hatten. Sie selbst kreuzte ebenfalls fast jeden Abend hier auf, auch wenn sie den Kontakt mit den anderen sonst lieber mied. Aber es gab Toiletten und die Möglichkeit, sich bei Regen unterzustellen. Und bis auf sonntags kam jeden Tag das Hilfsmobil für ein paar Stunden vorbei und lockte mit einer warmen Mahlzeit.

Auch jetzt parkte es am Rand der freien Fläche, und es duftete herrlich nach würziger Suppe, als sich Lou in der Schlange am Ausgabetisch anstellte, einem klapprigen Campingmodell mit rostigen Beinen. Einige der Wohnungslosen kannte sie flüchtig und grüßte sie mit der Hand. Ein paar nickten ihr zu, die meisten schauten allerdings weg. Ein Mann namens Juri spuckte in ihre Richtung auf den Boden. Straßenehre, dafür hielt er seine Geste vermutlich, dabei hatte er keine Ahnung von nichts. Lou hätte ihm am liebsten ins Gesicht geschlagen, zwang sich aber zur Besonnenheit.

Auch eine junge Frau mit langen blonden Haaren, die Nylah hieß und die Lou nicht ausstehen konnte, starrte sie mit zusammengekniffenen Augen böse an, bevor sie sich abwandte und anfing, mit einer anderen Frau zu tuscheln. Lou glaubte, ihren Namen zu hören. Im Zusammenhang mit einigen Schimpfwörtern. Sie tat, als höre sie nichts. Wenigstens waren heute keine Hunde in unmittelbarer Nähe, so weit, so gut.

Jenny stand weiter vorne in der Schlange und ignorierte sie. Nur der fast zahnlose Mike, der sich mit einer Frau mit vielen Piercings im ganzen Gesicht unterhielt, die unsagbar traurig aussah, schien sichtlich erfreut, Lou zu sehen, und grinste sie an.

Lou nickte ihm zu. Sie fror erbärmlich, und ihre Nase schmerzte immer noch, aber die Aussicht auf etwas Warmes im Bauch überwog alles. Ihr Magen knurrte laut, als sie endlich eine Schale mit dampfendem Gulasch, ein Brötchen, eine Banane und eine große Tasse heißen Tee bekam. Ihre

Beine wurden ganz zittrig, so schwach fühlte sie sich plötzlich, so dankbar war sie für die Mahlzeit.

Sie stellte sich an eine windgeschützte Stelle zwischen den Pfeilern der Stadtautobahn. Dort lagen ein paar Betonbrocken herum, die man als Tisch verwenden konnte. Über ihr raste der Verkehr dahin. Sie bebte vor Kälte und schlang ihr Essen hinunter, während sie einem Gespräch zwischen dem ebenfalls abseits von den anderen stehenden Matze, dem kräftigen Tobi, der früher Lkw-Fahrer gewesen war, und einer abgemagerten Frau mit verstrubbelten schwarzen Haaren, die Destiny hieß, lauschte.

»Die Babsi wollte sich vorbereiten. Auf die Kältewelle, weißte? Hat letztes Wochenende versucht, in so 'nen Altkleidercontainer reinzukommen«, erzählte Matze gerade aufgebracht, während er mit einem glühenden Kippenstummel durch die Luft fuchtelte. »Bähm. Eingequetscht. Das war's. Muss ein scheiß qualvoller Tod gewesen sein. Das wünscht man niemand. Nee, das wünscht man niemand. Und dann noch für nix.« Er gestikulierte wild mit der Hand. Der glühende Kippenstummel zwischen seinen Fingern war so kurz, dass die Glut beinahe seine Haut berührte. »Für absolut nix. Der Container war nich' mehr in Betrieb, kannste das glauben? Ausrangiert war der. Direkt hinterm Westbahnhof. Deshalb hat's auch ein paar Tage gedauert, bis die die gefunden haben.« Er warf seine Zigarette auf den Boden, trat mit seinem löchrigen Turnschuh darauf herum.

Lou lief ein eisiger Schauder den Rücken hinunter. Was für ein furchtbarer, sinnloser Tod. Nur weil diese Frau gefroren hatte. Empörend, dass solche Dinge in Deutschland passierten.

»Das macht Chrystal mit dir«, fuhr Matze fort. »Blöd im Kopf, richtig blöd. In einen leeren Container reinklettern, das gibt's doch gar nich'. Was für eine Scheißidee.«

Tobi nickte, er war selbst seit zehn Jahren abhängig von Chrystal Meth und Alkohol, das wusste Lou.

»Die war doch höchstens fünfundzwanzig, die Babsi. So jung sollte keiner abtreten«, fügte Destiny hinzu. Sie hatte die tiefe Stimme einer langjährigen Raucherin. »Die hatte noch das ganze Leben vor sich. Eine Schande ist das.« Sie trank einen Schluck aus einer Bierflasche. Ihre Hand zitterte ungesund.

»Wir leben wie die Tiere und wir verrecken wie die Tiere«, meinte Tobi. »Kümmert aber kaum jemanden. Denk doch zum Beispiel mal an Wasja. Erst Anfang dreißig, als der an Corona abgekratzt ist. An einer Bushaltestelle mitten in der City. In der Hauptverkehrszeit. Und Angel war auch nicht viel älter, als der den Herzinfarkt hatte.«

Lou ging hinüber zur Mülltonne und warf ihre leere Suppenschüssel aus Plastik hinein. Knallte den Deckel wütend zu. Babsi, Esma, Steffi, Wasja, Angel. Alles junge Menschen, von denen keiner die Möglichkeit gehabt hatte, nach einem langen, erfüllten Leben friedlich in seinem Bett zu sterben. Und es stimmte, was Tobi gesagt hatte: Es kümmerte kaum jemanden. Jedenfalls nicht lange. Eine Randnotiz höchstens, wenn eine anonyme »Obdachlose« oder »ein Mensch ohne festen Wohnsitz« erfror oder an einer Überdosis oder einer Krankheit starb. Selbst schuld, wurde dann hinter vorgehaltener Hand getuschelt, in Deutschland muss ja niemand obdachlos sein, es gibt genug staatliche Hilfen. Aber man muss sich halt auch drum kümmern.

Sie ballte die Hände zu Fäusten. Hätte sie nicht erlebt, was sie erlebt hatte, hätte sie vielleicht auch so einen Bullshit geglaubt.

Über ihr dröhnte die Stadtautobahn. Vom Feuersee waberte dichter werdender Nebel über den Platz herüber.

Ihre Zähne klapperten, als sie aus dem Windschatten der Autobahnpfeiler hinaus zurück auf den offenen Platz trat, während sie die ungegessene Banane in die riesige Jutetasche gleiten ließ, die Jenny ihr geschenkt hatte. Verflucht, war ihr kalt, trotz des dicken Pullis. Aber heute würde sich wohl keine Lösung mehr für ihr Jackenproblem finden lassen. Auf der einen Seite war sie fast froh darüber, die Sache zu verschieben. Denn das Einzige an ihrem Leben hier draußen, an das sie sich mit Sicherheit nie gewöhnen würde, war es, Bittstellerin zu sein. Sie hasste es abgrundtief. Doch jemand mit ihrer Vergangenheit fand keinen neuen Job. Wenn sie wieder eine Jacke haben wollte, würde sie also zwangsläufig irgendwo darum betteln müssen.

Sie machte ein paar Schritte. Ein kräftiger Windstoß erfasste sie und sie zitterte unkontrolliert. Konnte kaum Luft holen, weil sich ihr Oberkörper vor Kälte plötzlich verkrampfte. Verdammt. Sie hatte noch einen weiten Weg vor sich bis zum Bannwäldchen, in dem ihr Zelt mit ihrem Schlafsack und weiteren Pullis stand, selbst wenn sie die U-Bahn nahm. Das würde hart werden. Und wenn sie auf dem Weg nicht erfror, würde sie wahrscheinlich krank werden, und das war bei den Temperaturen gefährlich genug. Nicht dass sie Angst vor dem Sterben hatte, aber eine Sache wollte sie noch erledigen, bevor sie abtrat.

Entsprechend würde sie wohl oder übel ihren Stolz hinunterschlucken müssen. Statt Richtung U-Bahn ging sie also hinüber zum Hilfsmobil. Die hatten manchmal gespendete Kleidung oder Decken für Notfälle im Regal. Außerdem konnte sie vielleicht den wortkargen Dr. Bayer, einen Arzt, der hier an zwei Tagen in der Woche die Leute umsonst behandelte, wegen ihrer lädierten Nase konsultieren. Sie musste sich nur beeilen, denn die Mitarbeiter fingen bereits an, die Kisten zusammenzupacken.

Zähneklappernd und bibbernd klopfte sie an die Seitentür des Hilfsmobils, hinter der sich ein provisorischer Behandlungsraum befand. Sie war schon einmal dort gewesen, um sich eine Aspirin zu holen.

Dr. Bayer war nicht da, aber die freundliche, schüchterne Krankenschwester Ende dreißig, die Viola hieß. Sie trug Zöpfe und einen schlabbrigen, viel zu großen Kapuzenpulli; etliche Tattoos rankten sich ihren Hals hinauf, Blumen und chinesische Schriftzeichen. Mit einem einladenden Lächeln bat sie Lou ins enge Innere des umgebauten Transporters.

Auf den ersten Blick erkannte Lou, dass das Kleiderregal, in dem sonst die gespendeten Anziehsachen lagen, gähnend leer war. Kein Wunder bei der Kälte in den letzten Tagen. Verdammter Mist.

Sie rieb ihre eisigen Hände aneinander, spürte kaum noch ihre Finger. Vielleicht konnte sie Mike fragen, ob der ihr eine Decke leihen ... Allerdings hatte der nicht so ausgesehen, als könne er in so einer kalten Nacht etwas entbehren. Genauso wenig wie die wenigen anderen, die sich gelegentlich mit ihr unterhielten.

»Setzen Sie sich doch. Was ist denn mit Ihrem Gesicht passiert?«, fragte Viola in diesem Moment und riss Lou aus ihren Gedanken.

»Kollision mit ein paar miesen Typen. Ich glaube, meine Nase ist nicht gebrochen, aber ich bin mir nicht sicher.« Sogar ihre Stimme zitterte vor Kälte. Während sie sprach, sah Lou sich weiter in dem kleinen engen Hilfsmobil um. Nirgends stand eine Kiste herum, in der sich vielleicht ein letztes warmes Teil zum Anziehen befinden konnte. Lediglich am Haken an der Wand hing eine dicke schwarze Jacke, die Viola gehören musste.

Die Krankenschwester sagte: »Dr. Bayer ist heute leider nicht da, aber ich schau mal, ob ich Ihnen trotzdem helfen kann.« Als sie Lous Nase vorsichtig abtastete, rutschte ihr Ärmel nach oben und gab den Blick auf weitere Tattoos frei. Noch mehr Blumen und die Namen *Nick, Lucy und Mami* in einem Herz. Lou wandte den Blick ab.

Schließlich verließ die Krankenschwester das Hilfsmobil, um Lou ein paar Schmerztabletten aus ihrem eigenen Auto zu holen, weil das Medizinschränkchen keine mehr enthielt.

Lou lehnte sich für einen Moment auf dem Sitz zurück. Wieder glitt ihr Blick zu Violas Jacke. Sie sah warm und kuschelig aus und konnte von der Größe her passen.

Sie schluckte mehrfach. Das ging nicht. Sie konnte einer Frau, die sogar ihre eigenen Schmerztabletten hergab, um anderen ehrenamtlich zu helfen, nicht einfach die Jacke klauen. Das war abscheulich, und abgesehen davon würde ein solcher Fehltritt, wenn er herauskam, und das würde er bestimmt, dazu führen, dass man ihre Bewährung widerrief. Das war die Jacke nicht wert. Sie würde es ja wohl schaffen, dieses Wochenende zu überstehen, verdammt. Sie hatte eine Decke und den Schlafsack im Zelt und … Sie biss sich auf die Lippe, bis sie Blut schmeckte.

Es war einfach zu kalt. Bibbernd öffnete sie den Reißverschluss der neuen, großen Jutetasche und stand auf. Die Jacke würde hineinpassen. Sie würde abhauen, bevor Viola zurückkehrte. Die Krankenschwester war mit dem Auto da und würde also nicht erfrieren auf dem Heimweg. Und was die Bewährung anging: Sollten die ihr doch erst mal nachweisen, dass sie die Jacke genommen hatte. Täglich kamen so verdammt viele Leute zum Hilfsmobil – wer wollte da sicher sein, ab wann die Jacke gefehlt hatte? Außerdem würde sie das Kleidungsstück ja auch gar nicht richtig klauen, sondern nur ausleihen und anonym zurückgeben, sobald sie wieder eine eigene …

In diesem Moment ging die Tür des Mobils auf und Viola kam zurück. Lou zuckte zusammen.

Die Krankenschwester lächelte sie arglos an und streckte ihr ein Blister mit Tabletten entgegen. »Gute Besserung«, sagte sie.

Schnell verließ Lou das Hilfsmobil, froh darüber, dass ihr die Entscheidung abgenommen worden war.

Am halb abgebauten Ausgabetisch holte sie sich einen zweiten heißen Tee, um sich für den Heimweg zu rüsten. Sie würde das hinkriegen. Was einen nicht umbrachte, machte einen hart – wenn sie eins gelernt hatte in ihrem Leben, dann das.

Eine Windböe fegte über den Platz, und Lou stöhnte auf. Ihr ganzer Oberkörper zitterte. Ihre Füße fühlten sich an wie Eisklumpen. Hoffentlich würde sie keine Erfrierungen davontragen. Sie fing an zu hüpfen und sich die Arme zu reiben, verschüttete beinahe den Tee. Verdammt noch mal, keine hundert Meter weit würde sie es schaffen.

Unschlüssig schaute sie sich um, ob sie nicht doch jemanden entdeckte, den sie um Kleidung bitten konnte. Als sie sich Richtung U-Bahnstation wandte, ertönte ein lauter wütender Schrei. Ein Mann mit dichtem Bart, der, wie sie glaubte, Benni hieß und offenbar zu spät dran war und deshalb nichts mehr zu essen bekommen hatte, trat gegen den Karton mit den leeren Suppenschälchen. Vincent, ein kräftiger Neunzehnjähriger mit hellen langen Haaren, der sein Freiwilliges Soziales Jahr bei den Streetworkern des Hilfsmobils absolvierte, versuchte vergebens, ihn zu beschwichtigen.

»Ich will aber was essen«, motzte Benni und machte Anstalten, Vincent am Revers seines Wintermantels zu packen. Sie sollte hinübergehen, um zu helfen.

Lous Zähne schlugen aufeinander. Die Kälte fraß sich durch ihre Glieder, brannte, drang immer tiefer in ihren Körper ein. Sie konnte gar nicht mehr klar denken. Sie musste in die U-Bahnstation, wo es wenigstens nicht windete und …

Die Diskussion an der Essensausgabe wurde hitziger, und Rolf, der freiwillige Helfer, der die Suppenausgabe betreute, trat zwischen Benni und Vincent und bemühte sich zu schlichten, während sich Nylah, Jenny und Mike gestenreich einmischten. Als aus Worten Beschimpfungen wurden, trat Viola aus dem Hilfsmobil und eilte ebenfalls hinüber, in der Hand eine Packung Müsliriegel.

Die Tür zum Hilfsmobil war angelehnt. Durch den Spalt konnte Lou die schwarze Jacke am Haken sehen. Sie warf einen Blick zu der Krankenschwester hinüber, die mit Benni sprach – und dem Hilfsmobil den Rücken zukehrte.

Für eine Sekunde zögerte sie noch. Dann hastete Lou zurück, stieg ins Innere des Mobils, stopfte die Jacke mit steifen, halb erfrorenen Händen in ihre Jutetasche, zog den Reißverschluss zu und schlüpfte wieder ins Freie.

Kapitel 5

So schnell sie konnte, lief Lou zur U-Bahnstation hinüber. Die nächste Bahn zur Katzenbachsiedlung fuhr erst in fünfundzwanzig Minuten, der Bahnsteig war ausgestorben. Verdammt. Wenn Viola den Diebstahl bemerkte, und das würde sicherlich sehr bald passieren, würde sie mit Sicherheit als Erstes hier suchen und sie finden.

Lou spürte, wie sich ihr Puls beschleunigte, eilte die Treppen wieder nach oben und hastete zur alten Landstraße hinüber, die abseits vom Seeufer zur Katzenbachsiedlung führte. Ein weiter Weg. Aber sie hatte jetzt eine Jacke, die sie im Laufen überstreifte. Für einen Moment war ihr übel vor Scham, als sie an Viola dachte. Doch dann zog sie den Reißverschluss bis zum Kinn zu und schüttelte die Bedenken ab. Sie hatte keine Wahl gehabt, verflucht.

Das Kleidungsstück schlabberte und roch stark nach Tabak. Außerdem sah es aus wie eine Männerjacke. Aber die Wärme war herrlich.

Als sie das kleine Wäldchen erreichte, das etwa einen Kilometer entfernt vom Feuerseeplatz begann, verlangsamte Lou ihre Schritte und verließ die Landstraße, die eine große

Kurve an den Feldern vorbei fast bis zum Katzenbach hinüber machte – ein Umweg von bestimmt dreißig Minuten –, und betrat einen Waldweg. Die Bäume gaben Windschutz, dafür verdichtete sich der Nebel, der vom See herüberwaberte, zwischen den Stämmen zu grauen Schwaden. Die Büsche am Ufer drüben konnte sie nur noch erahnen. Das Wasser plätscherte, als liefe jemand darin herum. Irgendwo schrie ein Tier schrill und in Todesangst, bevor es schlagartig verstummte.

Lou schluckte. Keine gute Gegend, um allein unterwegs zu sein. Selbst als Frau, die sich verteidigen konnte. Vor allem, weil ihre Schulter nach wie vor wehtat. Sie musste einfach zusehen, dass sie schnell ins Katzenbachviertel kam.

Zügig ging sie über den feuchten Waldweg, schaute sich immer wieder um und lauschte in den Nebel, aber offenbar war weder Viola noch die Polizei hinter ihr her. Und würden sie das überhaupt – wegen einer Jacke?

Ihr Herzschlag beruhigte sich. Wahrscheinlich würde sie ungeschoren mit ihrer »Leihe« davonkommen. Niemand hatte sie beobachtet, da war sie sich sicher. Alle Blicke waren auf Benni und den Tumult mit den Streetworkern gerichtet gewesen.

Nach etwa einer halben Stunde strammen Fußmarsches erreichte sie ein hohes Gitter, das eine schattendurchzogene Landschaft aus löchrigen Tennisplätzen einrahmte, in deren aufgeplatzten Bodenbelag Büschel von trockenen Gräsern wuchsen. Daneben erstreckte sich ein Fußballfeld mit einem umgestürzten Tor in die Schwärze der Nacht.

Der große alte Sportpark. Der Ort, an dem vor einem Monat diese Steffi verbrannt war. Und laut Jenny Gespenster umgingen. Auf Lous Armen stellten sich die Härchen auf.

Sie quetschte sich durch ein Loch im Gitter. Unter ihren Füßen knirschten Steinchen, ihr Atem ging keuchend. Zwischen den Tennisplätzen hindurch führte ein schmaler Pfad mit nur noch einer intakten Straßenlaterne, deren Licht milchig und schwach durch den Nebel schimmerte. Die blattlosen Büsche, die am Wegesrand standen, wirkten wie düstere Monstergestalten, die mit dürren Fingern in die Nacht grapschten. Am Rand des Pfads lag abgerissenes Flatterband. Rechter Hand ragte das Vereinsgebäude aus dem Nebel, hinter dessen eingeschlagenen Scheiben finstere Schwärze herrschte. Tote Augen, die sie mit leerem Blick anklagend anstarrten.

Ellies Augen.

Sie erreichte einen Skatebordplatz mit einer weiteren flackernden Straßenlaterne. Irgendwo raschelte es kaum hörbar in der Dunkelheit. Lou passierte das Gebäude, so schnell sie konnte, wandte den Kopf ständig in alle Richtungen um. Die Muskeln ihrer Schultern verkrampften sich schmerzhaft.

Sie war weit davon entfernt, abergläubisch zu sein, aber sie konnte eindeutig verstehen, was Jenny damit gemeint hatte, dass sich hier niemand freiwillig bei Nacht aufhielt.

Verflucht. Sie musste mal wieder runterkommen. Es war unheimlich, klar. Aber es gab keine Geister. Und in der Dunkelheit lauerte auch sonst nichts und niemand, nur ein bisschen Nebel. Sie war allein, denn wer sollte sich sonst um diese Zeit und bei dem eisigen Wetter hier draußen aufhalten?

Lou eilte gerade an der Halfpipe vorbei, die sich schemenhaft im Nebel erhob, als sie Schritte hinter sich hörte.

Kapitel 6

Jede Faser in ihrem Körper spannte sich an. War doch die Polizei wegen der Jacke hinter ihr her? Ihr Herzschlag verdoppelte sich.

Unsinn, die würden sich doch auf jeden Fall bemerkbar machen.

Lou blieb für eine Sekunde stehen und warf einen Blick nach hinten. Niemand zu sehen. Aber der Nebel war auch verdammt dicht. Sie lauschte in die Nacht. Ging dann zügig weiter. Das Geräusch, das sie gehört hatte, war verstummt. Hatte sie sich die Schritte nur eingebildet? Oder war da jemand stehen geblieben, nur weil sie sich umgedreht hatte? Das war im Zweifel kein gutes Zeichen.

Lou beschleunigte ihren Schritt noch mehr, rannte beinahe. Es war immer besser, einem Kampf auszuweichen, als einen zu kämpfen. Und falls sie hier draußen in der einsamen Dunkelheit von jemandem verfolgt wurde, der sich die Mühe machte, stehen zu bleiben, wenn sie stehen blieb, wäre das mit Sicherheit eine ganz andere Nummer als die beiden besoffenen Idioten, die vor Stunden Jenny angegriffen hatten.

Wieder schaute sie sich um. Der Skatebordplatz lag neblig und menschenleer im schwachen Licht der Laterne. Da war nichts. Wahrscheinlich hatte sie sich das Gehgeräusch nur eingebildet.

Dennoch. Abhauen war das Sicherste. Sie brachte den düsteren Weg, der aus dem Sportpark herausführte, mit hektischen Schritten hinter sich und sprintete dann über einen einsamen Parkplatz, der in die schmale, rissige Landstraße mündete, die gut in einen bedrückenden Film über die Endzeitapokalypse gepasst hätte. Auch das mit Graffiti bedeckte zerfallene Bushaltestellenhäuschen mit den seltsamen schwarzen Flecken fügte sich in dieses Szenario.

Ihre Turnschuhe rutschten auf dem sandigen Asphalt, sie trat auf Flatterband, verheddert sich darin, strauchelte, rannte weiter. Nebel hing weiterhin in der Luft und der modrige Geruch des Feuersees, der linker Hand an den alten Sportpark grenzte.

Immer wieder warf Lou einen Blick zurück, während sie die Landstraße entlang hastete. Einmal blieb sie erneut kurz stehen und lauschte keuchend in die Nacht. Nichts zu sehen oder zu hören. Aber ihr vom Leben auf der Straße geschärfter Instinkt flüsterte in ihrem Kopf, dass sie nicht allein war. Fuck. Und es war noch immer verdammt weit bis zum Katzenbachviertel.

Als sie völlig außer Atem war, pausierte sie im Schatten einer Tanne. Horchte. Keine Schritte oder auffällige Geräusche zu hören. Die Wiesen und das Gestrüpp um sie herum schwarz und still, entfernt das leise Brummen der Stadtautobahn. Das Gefühl der Bedrohung blieb, legte sich um sie wie ein zu enger Mantel. Sie atmete ein paarmal tief aus und ein, ihre Lungen brannten.

Schließlich setzte sie ihren Weg fort. Hoffentlich in die richtige Richtung – seit einer Weile konnte sie weder die Lichter des Katzenbachviertels noch das Seeufer mehr sehen, da sie eine kleine Senke durchquerte. Die Gegend mit ihren knorrigen Tannen und den morastigen Wiesen kam ihr auch nicht bekannt vor. Sie schwitzte in der geliehenen Jacke, und die Gulaschsuppe in ihrem Magen fühlte sich an wie ein Stein.

Als sie die Senke endlich hinter sich gelassen hatte, erkannte Lou erleichtert, dass sie immer noch in der Nähe des Sees lief. Sie folgte der Straße, nach und nach lichtete sich der Nebel. Am Horizont tauchte die Hochhaussiedlung auf, die in schwarzen Rechtecken in den Nachthimmel ragte. Gott sei Dank, sie war auf dem richtigen Weg.

Lou holte keuchend Luft. Ihr Herzschlag pochte in ihren Ohren. Sie drosselte ihr Tempo. Hätte jemand sie überfallen wollen, hätte er das mit Sicherheit im alten Sportpark oder in der unübersichtlichen Senke getan. Denn warum bis hierhin warten? Bestimmt hatte sie nur den Hall ihrer eigenen Schritte gehört.

Ihre Anspannung ließ trotzdem nicht nach, als sie weiter durch die Dunkelheit stapfte, zumal die Häuser des Brennpunkt-Randbezirks mit der bräunlichen Dunstglocke darüber noch ziemlich weit entfernt waren. Sie schätzte, dass sie mindestens fünfzig Minuten strammen Fußmarsch vor sich hatte, ehe sie bei ihrem Zelt anlangen würde. Der Gedanke an den heißen Tee, den sie dort auf dem Kocher zubereiten konnte, trieb sie vorwärts. Vielleicht hatte sie ja sogar noch ein wenig Lust zu lesen.

Danach würde sie hoffentlich vor Erschöpfung schlafen, statt von ihren Erinnerungen heimgesucht zu werden, wie so oft. Nächte voller Albträume, Schuld und panischer Angst. Stunden, in denen ihr Puls raste. In denen sie dazu verdammt war, das Grauenhafte immer und immer wieder zu erleben. Ellies Gesicht, die Verzweiflung in ihren Augen, später die furchtbaren, unerträglichen Geräusche aus dem Nebenzimmer und dann … Lou ballte die Hände so zu Fäusten, dass es schmerzte.

Der Weg gabelte sich bei einigen großen Büschen, und Lou zögerte kurz. Die Siedlung lag hinter dem See, deswegen nahm sie die linke Abzweigung. Eine Art Feldweg, der noch löchriger aussah als die Straße, von der sie gerade kam. Ihr Atem ging pfeifend. Zur Not konnte sie quer über die Wiese und am Ufer entlang …

Hinter ihr knackte es laut, das Geräusch schien aus den Büschen zu kommen.

Sie zuckte zusammen. Spannte ihre Muskeln an. Der Nebel, der um das Gebüsch herumkroch, bewegte sich, schien zu tanzen. Sie rannte wieder los, ihre Schritte hämmerten laut in der totenstillen Nacht. Da war *doch* etwas gewesen, ganz sicher. Jemand verfolgte sie.

Sie rannte und rannte, bis ihre Lungen platzen wollten. Sie konnte nicht mehr. Plötzlich ragte vor ihr etwas auf. Eine menschliche Gestalt.

Lou schrie vor Schreck auf, stoppte abrupt, stürzte aber sofort weiter, als sie erkannte, dass der Nebel und ein Baumstumpf ihr einen Streich gespielt hatten. Verdammt noch mal.

Obwohl sie ihre Beine kaum noch spürte und Schleim ihre schmerzenden Lungen füllte, rannte sie weiter, an einer kleinen Baustelle vorbei. Eine lose Plane flatterte, gab den Blick auf einen grauen Transporter frei. Verdammt, was machte ein Fahrzeug hier draußen um diese Zeit?

Sie drehte beim Rennen immer wieder den Kopf, um die Gegend abzuscannen. Nichts. Vielleicht war sie auch einfach paranoid geworden in letzter Zeit. Das war es, was dieses beschissene Leben hier draußen und der Knast mit einem machten – ein gottverdammtes Nervenbündel. Trotzdem behielt sie ihr Tempo bei. Sie musste doch endlich in der verdammten Katzenbachsiedlung …

Hinter ihr raschelte es erneut. Sie fuhr herum, schaute zurück.

Diesmal war da eindeutig jemand auf dem Weg. Ein bulliger Typ in einer schwarzen Weste, aus der trotz der Kälte nackte, muskulöse Arme ragten, die mit irgendwas beschmiert waren. Er trug eine Sturmmaske über dem Gesicht, einen Rucksack auf dem Rücken und ein großes Messer in einer Scheide am Gürtel. Der Kerl bewegte die Arme wie der Hauptdarsteller in einem asiatischen Kampfsportfilm. Wie gelähmt starrte Lou ihn an. Was für eine kranke Scheiße war das denn?

Jetzt setzte er sich lautlos in Bewegung, kam auf sie zu. Zückte sein Messer. Egal wie gut sie vor Jahren mal Krav Maga beherrscht hatte, hier gab es nur eine Option: abhauen.

Die Angst, die ihr durch die Glieder fuhr, löste ihre Erstarrung. Ließ sie ihre letzten Reserven mobilisieren. Sie hetzte los. Der Mann folgte ihr, sie hörte die hämmernden Schritte hinter sich.

Der Weg führte direkt auf die Bahngleise zu, die mit einem Zaun … O verdammt. Ihr Herz raste. Nein, der Weg war nicht zu Ende. Gott sei Dank, ein paar Meter weiter führte er in eine Unterführung hinab. Der Eingang ein stockdunkles Loch. Ein perfekter Platz, um jemanden unbemerkt abzustechen. Verdammte Scheiße. Aber es war immerhin ein Weg.

Lou rannte, wie sie noch nie gerannt war, hinein in den dunklen Schlund. Der Boden am Eingang war glitschig, und sie rutschte beinahe aus. Glitt ein Stück. Schwankte. Rappelte sich wieder auf, sprintete weiter.

Ein Gestank nach Urin, gemischt mit dem nach Fäkalien und Fäulnis, hüllte sie ein. Sie rannte, rannte, rannte. Warf einen panischen Blick zurück. Die Silhouette ihres Verfolgers zeichnete sich gegen den Eingang des Tunnels ab.

Ihr Herzschlag dröhnte ihr in den Ohren. Sie musste hier weg, er durfte sie nicht einholen. Sie hatte den Ausgang der Unterführung beinahe erreicht, der Boden stand hier über mehrere Meter unter knöcheltiefem, eisigem, stinkendem Wasser, das Lous Hosenbeine durchnässte. Sie spürte es kaum. Sie lief, das Wasser spritzte durch die Luft. Sie erreichte den Ausgang, noch einmal drehte sie sich um.

Der Typ war am Rande der großen Pfütze stehen geblieben, betrat sie aber nicht. Zog stattdessen mit geübten Bewegungen einen Bogen und mehrere Pfeile aus seinem Rucksack.

Kapitel 7

Ein Sirren in der Luft, etwas prallte ein paar Stufen unter ihr gegen die Treppe. O Gott, dieser Vollkranke schoss auf sie! Lou sprintete die Stufen hoch, den Weg entlang, auf die entfernten Werbetafeln zu, die im der Katzenbachsiedlung vorgelagerten Industriegebiet West leuchteten. Sie achtete nicht auf das Brennen ihrer Lunge. Ein Blick zurück. Der Typ war nicht zu sehen, verharrte er immer noch in der Unterführung?

Sie rannte weiter, erreichte nach etwa zehn Minuten den Pfad, der durch die düstere Schrebergartensiedlung am Katzenbach führte. Steinchen spritzten zur Seite, als sie über den Kies lief. Ein Ast peitschte ihr ins Gesicht, kratzte über die Haut.

Obwohl sie wenig später noch einmal das Gefühl hatte, in einem der Gärten hinter einer dichten schwarzen Hecke seltsame Geräusche zu hören, erreichte sie die Katzenbachsiedlung ohne weitere Zwischenfälle und blieb am Meinungsfreiheitsdenkmal stehen, weil sie einfach nicht mehr konnte. Ihre Knie gaben nach, und sie sank auf den Sockel der Statue. Straßenlaternen erhellten den Platz, und es waren Leute auf der Straße, offenbar Mitglieder einer der Gangs aus dem Viertel, die lautstark vor einer heruntergekommenen Kneipe mit dem Namen *Joker* feierten. Licht und Leute. Mehr Sicherheit gab es für Wohnungslose nicht.

Ihr Herz klopfte viel zu schnell. Sie schmeckte salzigen Schleim in ihrem Hals, röchelte beim Atmen. Stöhnte. Ihr war übel. Hatte der Typ wirklich auf sie geschossen? Großer Gott.

Eine Weile blieb sie keuchend sitzen. Schaute sich immer wieder um. Da war niemand mehr, jedenfalls kein verrückter Bogenschütze. Sie hatte ihren Verfolger abgeschüttelt.

Für einen Moment lehnte sie sich zurück. Was für ein beschissener Tag.

Als sie die Augen schloss, tauchte das Bild des Typen in ihrem Inneren auf, die Gestalt mit den nackten Armen, dem Messer und dem Bogen. Wer zum Teufel war das gewesen? Wieso hatte dieses kranke Arschloch sie verfolgt und auf sie *geschossen*? Hatte er etwas gegen Obdachlose? Gegen Frauen? Oder gar etwas gegen sie persönlich? Oder war sie einfach zur falschen Zeit am falschen Ort gewesen? Sie biss sich auf die Lippe. Zumindest hatte er von ihr abgelassen, hatte sie also wohl nicht unbedingt töten wollen. Trotzdem. Was für eine unheimliche Geschichte.

In einem normalen Leben hätte sie jetzt ein Handy und würde das Arschloch bei der Polizei anzeigen und danach in ihre Wohnung gehen und die Tür hinter sich abschließen, heiß duschen, anschließend in ein kuscheliges Bett kriechen und sich die Decke über den Kopf ziehen. Nur leider war ihr Leben kein normales. Sie konnte den Vorfall auch nicht einfach melden. Weil das Gericht ihr verboten hatte, sich in dieser verfluchten Stadt aufzuhalten und ein Verstoß dagegen sie zurück in den Knast brächte.

Sie presste die Lippen aufeinander. Sie musste sich etwas überlegen, wenn auch nicht mehr heute. Denn den Typen nicht anzuzeigen, kam auch nicht infrage.

Lange saß sie da, bis der Schweiß getrocknet war und sie zu frieren anfing. Ihre dreckige Hose war bis zum Oberschenkel nass und entsprechend kalt und stank nach der ekelhaften Pfütze in der Unterführung. Sie musste sich irgendwo aufwärmen, bevor sie zu ihrem Zelt aufbrach.

Sie zögerte, weil sie so verdreckt ungern unter Leute gehen wollte, aber dann beschloss sie, dass ihr keine Wahl blieb. Sie würde die fünf Euro, die sie immer noch in der Tasche hatte, im *Joker* anlegen. Glücklicherweise die Art von Kneipe, in der vermutlich niemand Anstoß an ihrem Aussehen nehmen würde.

Sie stieß sich von dem Denkmal ab. War so fertig, dass sie ihre Beine kaum noch trugen. Und sie hatte sich die Füße wundgescheuert bei ihrer Flucht. Alles tat ihr weh.

Durch die betrunkenen Gangmitglieder hindurch wankte sie in die Raucherkneipe und dort direkt an den Tresen, der sich klebrig anfühlte unter ihren schlammbespritzen Fingern. Für einen Moment schoss ihr der verlockende Gedanke durch den Kopf, ein Bier zu nehmen. Sie war schon so lange trocken, da würde dieses eine … Nach dem vollkommen surrealen Erlebnis gerade brauchte sie etwas, um runterzukommen.

Der Kellner schaute sie an. Sie atmete zweimal tief durch. Bestellte doch nur einen Kaffee, der beinahe ihr gesamtes restliches Geld aufzehrte.

Mit der schmuddelig aussehenden Tasse setzte sie sich in die hinterste Ecke der Kneipe. Gab mehrere Beutel Zucker in das wässrige Gebräu und schlürfte es langsam. Neben ihr am Tisch saß ein alter Mann, der einen Kurzen nach dem anderen in sich hineinschüttete. Sie war froh, dass sie nicht mehr genug Geld übrig hatte.

Lange starrte sie auf den Tisch und dachte über ihren Angreifer nach. Konnte das einer dieser widerlichen Stadtguards gewesen sein? Der Typ hatte zwar keinen entsprechenden Schal getragen und sein Verhalten war auch untypisch gewesen, denn einen Schlafenden anpinkeln und große Reden schwingen war eher das Ding dieser Schwachsinnigen als ein direkter Angriff – zumal mit Pfeil und Bogen! –, aber man wusste natürlich nie, was für Typen sich im Umfeld solcher Vereinigungen herumtrieben.

Langsam fuhr sie mit den Fingern die Rundungen ihrer Tasse nach. Irgendwann schweiften ihre Gedanken ab. Die rauchige Hitze, die im Raum herrschte, machte sie trotz des Kaffees schläfrig.

Wenig später brach sie auf. Ihre Haare stanken nach Rauch, aber ihre schlammige Hose und das T-Shirt, das sie unter ihrem Pulli trug, waren einigermaßen getrocknet. Die Turmuhr einer nahe gelegenen Kirche schlug Mitternacht, als sie den gut erleuchteten Weg am Katzenbach entlang zwischen den Hochhäusern hindurchging. Die Nacht war eisig, aber wenigstens hatte sie nicht mehr das Gefühl, dass jemand sie verfolgte. Und hier, etwas entfernt vom See, hatte sich zum Glück auch der Nebel gelichtet.

Hinter den Gebäuden schlug sie den Weg Richtung Bannwald ein. Die Erschöpfung umfing sie wie eine dumpfe Hülle. Sie sehnte sich nach ihrem Zelt. Dem einzigen Ort, an dem sie so etwas wie Sicherheit verspürte, seit sie kein Dach über dem Kopf mehr hatte.

Allerdings wollte sich das Sicherheitsgefühl nicht wie sonst einstellen, als sie ihren geheimen Pfad in den Wald hinein betrat. Sie hatte den Typen zwar abgeschüttelt, doch es war eine gruselige Vorstellung, dass so ein krankes Arschloch da draußen herumlief und sie nur durch eine Zeltwand von ihm getrennt sein würde. Wenn sie schlief, wäre sie ihm hilflos ausgeliefert.

»Das ist Schwachsinn«, flüsterte sie. Niemand außer Mike wusste, wo ihr Zelt stand. Sie hatte es gut versteckt und außerdem Vorkehrungen getroffen, durch die sie hören würde, wenn sich jemand näherte. Nicht nur einmal hatte sie ein nachtaktiver Waldbewohner aus dem Schlaf geschreckt, wenn er die feinen Schnüre im Vorbeihuschen berührt und damit das feine Bimmeln zahlreicher Glöckchen über ihrem Kopf ausgelöst hatte.

Trotzdem.

Lou rang für einen Moment mit sich, dann stapfte sie weiter in den Wald hinein. Es gab sowieso keine anderen Möglichkeiten. Die Notschlafstellen waren um diese Zeit bereits geschlossen und außerdem voll. Auch wollte sie dort nicht hin. Und in einem Erfrierungsschutzraum war es wahrscheinlich noch gefährlicher als alleine draußen im

Wald. Erst vor ein paar Tagen hatte sie von einer Frau gehört, die dort auf einer der Toiletten vergewaltigt und zusammengeschlagen worden war. Abgesehen davon ertrug sie die Nähe und den Geruch so vieler Menschen und Hunde, die auf engem Raum zusammengepfercht waren, einfach nicht.

Bliebe der Bahnhof. Oder einer der Bankautomaten- räume in der Innenstadt. Allerdings lief sie dort Gefahr, dass die Polizei sie aufgriff oder zumindest kontrollierte. Nein, das Zelt blieb die beste Option.

Zehn Minuten später langte sie endlich bei ihrer Behausung an. Gut versteckt hinter dichtem Gestrüpp, das den Boden überwucherte. Alles noch so, wie sie es hinterlassen hatte. Lou öffnete den Reißverschluss, spähte ins Innere. Unberührt. Sie atmete auf. Dann holte sie ihren Wasserkocher aus dem Zelt, stellte ihn auf und goss Wasser aus dem Kanister, den sie am Morgen erst aufgefüllt hatte, in ihren alten Topf. Ihre Hand war so schwach, dass sie kaum das Feuerzeug bedienen konnte. Als die Flamme endlich brannte, richtete sie sich auf. Für eine Sekunde war sie geblendet vom Feuer und sah nur schemenhaft, wie sich eine Gestalt aus dem Schatten eines immergrünen Gestrüpps löste und auf sie zukam.

Lou sprang auf, stolperte ein paar Schritte weg von ihrem Zelt, blieb an einer Wurzel hängen und stürzte. Der Schmerz, der durch ihre lädierte Schulter schoss, als sie auf den hart gefrorenen Boden krachte, war so stark, dass ihr schwarz vor Augen wurde.

Kapitel 8

Lou kam wieder zu sich, weil jemand sich über sie beugte. Sie wollte sich aufbäumen, schreien, wegrennen, aber die Schmerzen in ihrer Schulter pochten so heftig, dass sie sich nicht rühren oder gar wehren konnte, sondern nur ein Wimmern zustande brachte. Ihr Herzschlag raste. Der Typ mit Pfeil und Bogen. Er hatte sie doch weiter verfolgt.

Dann erkannte sie, dass die Person, die bei ihr kniete, eine Frau war.

»Ich bin Dr. Steiner, ich bin Notärztin und werde Ihnen helfen«, sagte sie.

Was ging hier vor sich? Was war passiert? War sie überfallen worden? Bestohlen? Oder wollten die sie wegen der Jacke festnehmen? Lou versuchte erneut sich aufzurichten, aber die Schmerzen hielten sie zurück.

»Ich denke, Sie sollten uns ins Krankenhaus begleiten, damit wir ein Röntgenbild von Ihrer Schulter machen können. Haben Sie sonst noch Schmerzen?«, erkundigte sich die Ärztin. Hinter ihr erblickte Lou Jenny. Was zur Hölle machte die denn hier? Woher wusste sie, wo das Zelt stand?

»Krankenhaus?«, fragte Dr. Steiner erneut.

Lou dachte an ihre Bewährung. Schaute sich um. Uniformierte entdeckte sie nicht. »Wird die Polizei erfahren, wenn ich … also, wenn ich ins Krankenhaus komme?«

Die Ärztin schüttelte den Kopf. »Schweigepflicht«, sagte sie.

Lou nickte. »Okay, dann komme ich mit.« Ihr Blick fiel erneut auf Jenny. »Was tust du hier? Was ist passiert?« Ihre Stimme klang seltsam kraftlos.

»Das … das tut mir echt leid«, murmelte Jenny und beugte sich zu ihr herunter. Die Spitzen ihrer hellrosa Haare berührten Lou beinahe. »Ich … Also ich wollte halt noch mal mit dir reden. Du warst aber so schnell weg. Niemand wusste, wo du wohnst, aber dann hab ich Juri gefragt, und der … der hat es mir erzählt, weißt du?«

Lous sowieso verspannte Muskeln verkrampften sich noch mehr. Woher wusste Juri, der ihr vorhin beim Hilfsmobil vor die Füße gespuckt hatte, wo ihr Zelt stand? Sie hatte es niemandem verraten. Erst recht nicht ihm. Aber möglicherweise hatte er es von Mike erfahren. Der quatschte viel, wenn er betrunken war.

»Dann bin ich eben ins Katzenbachviertel gefahren und in den Wald gelaufen. Ist ganz schön gruselig hier draußen, echt jetzt.« Jenny schüttelte sich. »Und ich wusste ja nicht, ob das wirklich dein Zelt ist oder wem das sonst gehört. Ich dachte, ich warte lieber ein Stück im Wald drin. Ist sicherer. Auch für Livie.« Jenny lächelte zaghaft. »Deshalb hab ich mich auf den Baumstumpf da hinter den Büschen gesetzt und eine geraucht. Ich muss weggepennt sein. Jedenfalls … Ich hab was gehört, bin aufgestanden, hab dich gesehen und

wollte gerade ›Hallo‹ sagen, da bist du wie bescheuert weg-
gehüpft und gestolpert. Ich wollte dich echt nicht erschre-
cken. Bitte, das musst du mir glauben.« Jenny stand gebückt
da, in einer Haltung, als erwarte sie Schläge. »Ein Glück, dass
ich ein Handy hab. Da konnte ich wenigstens Hilfe rufen.«

Im Hintergrund werkelte die Notärztin gemeinsam mit
einem Sanitäter am Notfallkoffer herum.

Lou runzelte die Stirn. »Ich verstehe trotzdem noch
nicht, was du hier willst. Ich habe doch gesagt, dass ich lieber allein bin.«

Jenny schaute auf den Boden. »Aber ich hab doch nichts
mehr, wo ich sonst hinkann. Echt jetzt«, flüsterte sie. »Ich
wollte nicht allein draußen pennen. Und in eine Notschlafstelle will ich auch nicht. Du bist die Einzige, die
mir … Du kannst dich so gut verteidigen, und ich habe
gehofft … Ich finde dich echt nett und dachte, vielleicht
magst du mich auch ein bisschen. Ich meine, du hast dein
Leben für mich riskiert, deshalb dachte ich …« Sie brach ab.
Tränen glitzerten in ihren Augen.

Lou schaute weg.

»Wir müssen jetzt fahren«, bemerkte Dr. Steiner, und sie
und der Sanitäter halfen Lou aufzustehen. Die beiden stütz-
ten sie, als sie langsam über den mit kahlen Brombeerranken überwucherten Boden Richtung Straße humpelte. Lou
konnte die Nähe und die Berührungen der beiden kaum
aushalten. Am liebsten wäre sie abgehauen.

Jenny lief neben ihnen her.

Lous Schulter fühlte sich an, als drehe jemand ein Messer
darin herum, trotz des Schmerzmittels, das sie bekommen

hatte. Sie biss die Zähne zusammen und fragte Jenny: »Wo hast du denn bisher gelebt?«

»Im Eisenbahnviertel.«

Das erklärte immerhin, wieso sie sich noch nie begegnet waren. Das Eisenbahnviertel war ein ehemaliges Schrottplatzgelände weit außerhalb der Stadt, das seit Jahren nicht mehr benutzt wurde. Einige ausrangierte Waggons standen noch dort, in denen mittlerweile Menschen ohne feste Wohnung lebten.

Lou machte einen falschen Tritt, und der Schmerz fraß sich durch ihre Schulter. Für einen Moment musste sie stehen bleiben, weil sie Angst hatte, erneut ohnmächtig zu werden. Die Notärztin fühlte ihren Puls und brachte sie dazu, sich auf einem dicken umgefallenen Baumstamm niederzulassen. Schwarze Punkte flimmerten vor Lous Augen. Als sich ihre Sicht wieder klärte, glaubte sie, eine Bewegung irgendwo ganz tief im Wald auszumachen. Aber als sie in die Schwärze zwischen den Tannen starrte, war da nichts. Verdammt. Sie musste endlich mal wieder runterkommen. Sie hatte diesen komischen Möchtegernkampfsportler und Bogenschützen abgeschüttelt.

Lou holte ein paarmal tief Luft, bis der Schwindel nachließ. Jenny tätschelte vorsichtig ihren Arm. Lou versuchte, ihn wegzuziehen, aber ihre Schulter schmerzte zu sehr.

Als sie weitergingen, fragte sie Jenny: »Wieso gehst du nicht wieder zurück ins Eisenbahnviertel?«

Jenny räusperte sich mehrfach. Dann schaute sie Lou von der Seite her an. »Ich ... ich habe da bei ... bei jemand gewohnt, und ich ... ich habe keine Lust mehr auf das, was der von mir will, damit ich bei ihm unterschlüpfen darf, kapiert? Es ist ziemlich … ekelhaft.« Sie schluckte. »Aber wenn man als Frau alleine ist abends … Das da draußen im Park war nicht das erste Mal, weißt du? Nur dass letztes Mal halt niemand kam und mir geholfen hat.« Plötzlich klang ihre Stimme hart. »Aber wenn du mir nicht helfen willst, kann ich natürlich auch zu meinem widerlichen Stiefbruder … Nur da will ich echt auch nicht hin. Ich würde viel lieber bei dir wohnen.« Ihre Augen sahen leer aus, als sie fortfuhr: »Schon klar. Nichts ist umsonst. Ich kann dafür bezahlen, wenn ich bei dir schlafen darf, echt jetzt. Jeden Tag, wenn du willst.« Sie kramte einen zerknitterten Zehn-Euro-Schein aus ihrer Hosentasche und hielt ihn Lou hin. Vermutlich ihr einziges Geld. »Ich hab Angst«, sagte sie leise. »Du bist nett. Ich hab wirklich niemanden, wo ich hinkann.«

Lou merkte auf einmal, wie müde sie war. »Steck dein Geld wieder ein«, murmelte sie. Sie wollte nur noch weg. Allein sein. Aber sie wollte Jenny, die den Schein zusammenrollte und zurück in die Tasche schob, auch nicht mitten in der Nacht draußen stehen lassen. Schon gar nicht, wenn durchgeknallte Typen mit riesigen Messern und Schusswaffen in den Büschen lauerten.

Nur, was sollte sie tun?

Schließlich kamen sie beim Krankenwagen an. Lou kletterte ins Innere, und Jenny blieb mit ihrer Ratte, die sie auf die Hand genommen hatte, auf der Straße stehen und sah mit großen Augen durch die Tür zu ihr herein.

»Lass uns morgen in Ruhe noch mal über alles reden«,

sagte Lou. »Aber für heute Nacht musst du was anderes finden.«

Jenny strahlte mit einem Mal übers ganze Gesicht. »Danke«, sagte sie. »Ich wusste, dass du echt nett bist.«

»Geh in eine Notschlafstelle, falls noch eine offen ist, oder wenigstens in den Hauptbahnhof. Versprich mir das. Es sind wirklich kranke Leute unterwegs.«

Jenny kräuselte die Lippen. »Nee, ich warte lieber vor dem Krankenhaus auf dich.«

»Dann steig ein.«

Als Lou später in ein Zweibettzimmer geschoben wurde und den seligen Luxus eines Bettes genoss, dachte sie lange nach. Sobald sie aus dem Krankenhaus herauskam, würde sie Jenny helfen, eine vertrauenswürdige Person zu finden, mit der sie sich zusammentun konnte. Jemand, der weder über sie lachte noch Sex als Gegenleistung verlangte. Anschließend würde sie ihr Zelt abbauen und weiterziehen. Weit weg. Es war sowieso Schwachsinn gewesen, in diese Stadt zurückzukommen. Sich einzubilden, sie könne doch noch etwas ausrichten, trotz ihrer Niederlage. Was hatte sie erwartet? Dass ein Wunder geschah? Dass sie ihr Leben zurückbekam? Lächerlich.

Sie musste endlich gehen und niemals wiederkommen. Sich eingestehen, dass sie ein für alle Mal verloren hatte.

Wo auch immer sie in Zukunft lebte und was auch immer sie tat, auf jeden Fall wollte sie wieder allein sein. Sie schluckte das schlechte Gewissen hinunter. Sie war verdammt noch mal nicht für Jenny verantwortlich.

Egal, wie sehr die sie an Ellie erinnern mochte.

Am nächsten Morgen wurde Lou von einer strahlenden, ein wenig nach Alkohol riechenden Jenny mit einem Cappuccino vor der Klinik erwartet. Gemeinsam wanderten sie in die Innenstadt, weil keine von ihnen genug Geld für die Fahrkarte übrig hatte. Lou erzählte Jenny von den Erlebnissen in der letzten Nacht. Seltsamerweise fing Jenny an zu grinsen.

»Sah der Bogenschütze aus wie ein durchgeknallter Soldat aus so einem Science-Fiction-Film?«, fragte sie.

Lou wiegte den Kopf hin und her. Die schlammverkrustete Hose kratzte an ihren Unterschenkeln. »Nicht ganz. Er hatte nackte Arme unter einer Weste und ...«

»Ja, genau so was in der Art! O Mann, gibt's die immer noch! Die sind harmlos«, sagte Jenny.

Lou schaute sie mit hochgezogenen Augenbrauen an. »Er hat mit Pfeil und Bogen auf mich geschossen.«

»Das war kein echter Pfeil und Bogen, echt jetzt. Das ist alles Plastik. Von diesen Durchgeknallten gab's mal einen, der sich sogar bis an den Feuerseeplatz verirrt hat«, erläuterte Jenny und kicherte. »Die spielen irgend so ein Kriegsspiel. Mit Farbpatronen oder so. Echt bekloppt. Die Stadt hat das zwar schon Anfang letztes Jahr verboten, weil einer von denen ein Auge verloren hat, aber hey, das muss ja nicht heißen, dass die aufgehört haben.« Sie schüttelte den Kopf.

»Sein Messer hat ziemlich echt ausgesehen. Und der Bogen auch«, warf Lou ein. »Außerdem: Wenn es ein Spiel war, wo waren denn dann die anderen?«

Jenny zuckte die Schultern. »Scheiß Gegend da draußen, sag ich doch. Aber der Typ war bestimmt harmlos. Sonst hätte er dich doch richtig angegriffen.«

Lou nickte nachdenklich. Ein Spieler. Das war nicht gänzlich ausgeschlossen und würde immerhin erklären, wieso der Typ sie nicht weiter verfolgt hatte. Trotzdem blieb es eine beunruhigende, seltsame Begegnung, die sie vielleicht doch der Polizei …

»Schau mal, da würde ich so was von gern arbeiten«, unterbrach Jenny mit sehnsüchtiger Stimme Lous Gedanken.

»Wo denn?«

Jenny wies auf das Schild, das Autofahrer zum Zoo in der Südvorstadt leitete. »Tierpflegerin, das wär echt mein Traum.«

»Wieso versuchst du dann nicht, eine zu werden?«

Jenny schüttelte den Kopf, sie sah traurig aus. »Das schaff ich nicht.«

»Aber …«

»Ich will da echt nicht drüber reden«, beharrte Jenny. Plötzlich klang sie abweisend. »Und was willst du mir schon erzählen? Du hast ja selbst keinen Job.«

»Bei mir ist das was anderes«, sagte Lou. Sie hatte ihre Chance auf ein normales Leben verspielt und würde keine Anstellung mehr bekommen. Weil sie Lou Endres war. *Die* Lou Endres. Vielleicht hatte sie auch einfach keine Kraft mehr, sich …

»Wieso ist das bei dir was anderes?«, fragte Jenny.

Lou schaute weg. »Das hat seine Gründe.«

In der breiten Haupteinkaufsstraße mit den teuren Geschäften, in der es so kurz vor Weihnachten vor Menschen und leider auch vor Hunden wimmelte, machten sie halt, um

Flaschen zu sammeln und, in Jennys Fall, um Passanten um Geld anzuhauen.

Lous Schulter war zwar nicht gebrochen, aber stark gezerrt, und sie trug eine Schlinge, um sie ruhigzustellen. Dr. Bayer, der Stationsarzt, der gelegentlich auch zum Hilfsmobil kam, war nach der Visite morgens noch einmal mit mürrischem Blick in ihr Zimmer gekommen und hatte wissen wollen, was genau passiert war. Hatte sich zusätzlich nach ihrer Nase erkundigt und die Kratzer in ihrem Gesicht begutachtet. Ob sie verprügelt worden sei und wieso sie allein draußen im Wald schlief.

Seine Neugier, oder was immer dahintersteckte, war Lou gehörig auf die Nerven gegangen, und sie hatte ihn trotzig angeschwiegen und nicht mal ein Wort über den Bogenschützen verloren. Gleichzeitig plagte sie die ständige Angst, Dr. Bayer könne die Polizei rufen, weil er vielleicht Violas Jacke, die in ihrer offenen Jutetasche gesteckt hatte, gesehen und erkannt hatte. Zum Glück war das aber nicht passiert. Und irgendwann war der Arzt endlich gegangen. Der Geruch nach Zigarettenrauch, der ihm anhaftete und der überhaupt nicht zu der antiseptischen Duftnote im Krankenhaus passte, hatte noch lange, nachdem er die Tür zugeknallt hatte, im Zimmer gehangen.

Während Lou versuchte, gehandicapt, wie sie mit ihrer schmerzenden Schulter war, in den Mülleimern nach Pfandflaschen zu wühlen, scannte sie mit dem Blick immer wieder die Menschenmenge ab. Es war albern, dennoch hatte sie jetzt, am helllichten Tag, ein wenig Sorge, so offen mit der geklauten Jacke herumzulaufen. Denn man musste inzwischen von Diebstahl sprechen – die Jacke war so schlammverspritzt, die konnte sie nie im Leben zurückgeben.

Egal wie unwahrscheinlich es war, dass jemand das geklaute Kleidungsstück in diesem Getümmel erkannte, sie musste sich auf jeden Fall so schnell wie möglich etwas Neues zum Anziehen besorgen.

Etwas berührte sie am Unterschenkel und sie zuckte zurück. O Gott, ein großer grauer Hund stand direkt hinter ihr und schnüffelte an ihrem Bein. Sie erstarrte. Konnte sich nicht mehr rühren. Stierte bloß auf das Tier.

»Der tut nichts. Der schnuppert nur«, hörte sie. Der Hund wurde von ihr weggezogen.

Sie verharrte in ihrer Bewegungslosigkeit, auch als das Tier längst außer Sichtweite war. Erst als jemand grob von hinten gegen sie stieß, kam sie zu sich und ging langsam weiter zum nächsten Mülleimer. In ihren Ohren gellte das Gebell von zwei ganz anderen Hunden.

Jenny und sie arbeiteten drei Stunden, bis sie genug zusammenhatten, um sich mit Falafeln gefüllte Fladenbrote und zwei Flaschen Wasser zum Mittagessen kaufen zu können. Es war ein kalter, sonniger Tag. Ihr Atem bildete Wölkchen in der frostigen Luft, als sie über den Weihnachtsmarkt schlenderten und die köstlichen Brottaschen aßen. Ein paar Minuten beinahe Normalität.

Danach wollte Lou zu ihrem Zelt fahren, um endlich die schlammverschmutzte Hose und den blutbespritzten Pulli vom Vortag gegen frische Kleidung zu tauschen, während Jenny beschloss, ein paar ihrer Bekannten am Hauptbahnhof zu treffen. Gemeinsam machten sie sich auf den Weg zur U-Bahn.

Am Hauptmannstor, einem der historischen Stadttore, das ein Zugang zum Marktplatz und dem Weihnachtsmarkt war, stolperten sie beinahe über den fast zahnlosen Mike, der seine Beine trotz der klirrenden Kälte ungeschützt auf dem Kopfsteinpflaster ausstreckte. Sein rechtes Hosenbein war hochgekrempelt, verschorfte, nässende Hautstellen waren zu erkennen. Er trug nur noch einen Schuh, und die Zehen des anderen Fußes in den löchrigen Socken sahen ungesund dunkel aus. Passanten strömten mit ihren vollgefüllten Taschen um ihn herum, einige stiegen über seine Beine hinweg, niemand beachtete ihn. Normalerweise quatschte Mike jeden an, streckte den Leuten seine Geld-Angel in den Weg und riss Witze. Heute allerdings lehnte er vornübergebeugt an der kalten Wand und schien so betrunken oder zugedröhnt zu sein, dass er sich kaum aufrecht halten konnte. Seine Hand umklammerte eine Flasche Korn, die langsam auslief. Offenbar hatte er sich übergeben. Der Gestank nach Erbrochenem war schwer erträglich. Lou musste sich richtiggehend überwinden, sich zu ihm hinunterzubeugen.

Als sie ihn an der Schulter anstupste, um zu fragen, ob alles in Ordnung sei, reagierte er nicht. Sie wiederholte die Geste, bis er irgendwann nuschelte: »Dodo … Leen«, bevor sein Kopf noch weiter nach vorn sackte.

»Ich bin Lou.« Sie rüttelte an seinem Arm. »Hey, Mike. Mike, wach auf!«

Er regte sich nicht.

»Jenny, ruf den Notarzt«, sagte sie zu ihrer Begleiterin, die ihr Handy bereits gezückt hatte.

Lou stupste Mike erneut an. Sie mussten ihn irgendwie dazu bringen, dass er vom eisigen Boden aufstand, denn er saß nicht einmal auf einer Unterlage. Und offenbar hatte er sich verletzt, denn an seinem rechten Ärmel klebte getrocknetes Blut. Sie boxte ihn etwas kräftiger gegen die Schulter. Mike brummte, Spucke lief aus seinem fast zahnlosen Mund.

Einer der Vorbeilaufenden blieb stehen und fragte, ob sie Hilfe brauchten. Lou nickte, und der Mann versuchte nun ebenfalls, Mike aus seiner lethargischen Haltung herauszuholen. Aber der schien immer weiter abzudriften.

»Mike«, wiederholte Lou besorgt.

Keine Antwort. Verdammt noch mal.

Mike gehörte zu den wenigen Menschen, mit denen Lou sich gelegentlich unterhielt. Ein schwieriger, manchmal unangenehmer Typ, der immer wieder in Schlägereien geriet und der den Großteil seines Lebens im Knast oder auf der Straße verbracht hatte. Aber auch jemand, der sie nicht mied oder verurteilte und der immer zur Stelle war, wenn jemand Hilfe brauchte. Er hatte ihr damals das Hilfsmobil gezeigt, als sie hungrig auf der Suche nach Nahrung durch die Stadt gestreift war. Und ihr geraten, ihr Zelt im Bannwald aufzuschlagen, wenn sie Ruhe vor den Stadtguards haben wollte. Er kannte jeden hier draußen und kümmerte sich, jedenfalls wenn er clean war, um die hoffnungslosesten Fälle. Er stellte keine Fragen, das schätzte sie am meisten.

Mike murmelte erneut etwas vor sich hin, das Lou nicht

richtig verstand, seinem Tonfall nach zu urteilen schien es jedoch sehr wichtig zu sein. Vielleicht ein Name? Ayleen?

»Mike, ich habe dich nicht verstanden«, sagte sie. »Hast du gerade *Ayleen* gesagt? Wer ist Ayleen? Was ist mit ihr?«

»Ai ... leenscharten. Schreberarten.«

»Ayleen? Schrebergarten?«, fragte Jenny.

Mike bewegte den Kopf, es schien ein Nicken zu sein, noch mehr Spucke rann ihm aus den halb geöffneten Lippen. Dann wurde sein Körper von einem plötzlichen Krampfanfall geschüttelt.

Im nächsten Moment bahnten sich Sanitäter ihren Weg zu ihnen. »Lassen Sie mich bitte zu ihm durch«, sagte einer der Männer, und Lou wollte gerade Platz machen, als Mike sich hochbäumte und sie mit aufgerissenen Augen am Arm packte.

»Blut«, stammelte er. Und etwas, das wie »tot« klang.

Kapitel 9

Er starrte aus dem Fenster und ignorierte das Wimmern im Nebenzimmer, das immer verzweifelter wurde. Noch einmal ließ er die vergangene Nacht Revue passieren. Gut, dass er sich im Griff gehabt und die hässliche alte Schlampe nicht gleich in der Unterführung erschossen hatte. Oder im ehemaligen Sportpark. Auch wenn sie es verdient gehabt hätte.

Wut stieg wieder in ihm hoch, eiskalte Wut. Er umklammerte das Fensterbrett mit der rechten Hand, so stark, dass seine Finger ganz weiß aussahen. Sog Luft langsam durch die Nase ein und stieß sie durch zusammengebissene Zähne wieder aus.

Letzte Nacht hatte er alles richtig gemacht. Obwohl die obdachlose Schlampe es gewagt hatte, ihn zu bestehlen und seine Pläne zu durchkreuzen, war er ruhig geblieben. Überlegen. Er war der Jäger. Sie nichts als ein weiteres Stück Wild. Zähes, altes Wild vielleicht, aber nicht mehr. Der Kreislauf des Lebens.

Sie war ihm nicht entkommen. Er hatte sie gehen lassen. Der Pfeil, den er auf sie abgefeuert hatte, war nur eine Warnung gewesen. Das Auto hatte zu weit weg von der Unterführung geparkt, er hätte die Leiche nicht entsorgen können. Die Sicherheit des Jägers kam immer vor dem Beutemachen, das hatte Dad ihm eingeschärft.

Wieder sog er Luft ein. Er würde die Schlampe für alles bestrafen, wenn der Tag gekommen war. Bevor er ihr Leben nahm. Sehr bald.

Er griff sein Handy vom Fensterbrett, entsperrte es und beobachtete den kleinen roten Punkt auf der digitalen Karte, der sich im Moment am Marktplatz befand. Die Schlampe hieß Lou, so viel wusste er seit dem Vormittag schon. Lou Endres. Er ließ den Namen mit dem Atem durch seine Lippen gegen die Fensterscheibe fließen. Der Hass, den er verspürte, prickelte unangenehm auf seiner Haut.

Langsam legte er das Handy zurück auf den Sims und wandte sich zur Tür, die ins Nebenzimmer führte. Das Wimmern war leiser geworden, der Sklavin ging langsam die Luft aus, während sie auf ihren Herrn wartete. Gut so. Er drückte die Türklinke nach unten. Das ängstliche Jammern verstummte abrupt.

Er hatte einiges für die Sklavin vorbereitet. Jetzt würde sie lernen müssen, dass sie vorsichtiger sein musste. Dass sie ihre Aufgabe schlecht erledigt hatte. Sehr schlecht. Sie hätte die Jacke mit dem Peilsender niemals aus den Augen lassen dürfen.

Er lächelte. Zwar musste er die Sklavin heute am Leben lassen, da sie noch nützlich für ihn war. Aber nach dem, was er gleich mit ihr vorhatte, würde sie in Zukunft keine Fehler mehr machen, dessen war er sich sicher.

Kapitel 10

»Kennst du eine Ayleen?«, fragte Lou Jenny beunruhigt, nachdem die Sanitäter Mike auf einer Trage abtransportiert hatten. Sie waren auf dem Weg zum Stehcafé am Marktplatz, da Lou sich die Hände waschen wollte, die nach Erbrochenem rochen.

Jenny schüttelte den Kopf. »Nee. Ist vielleicht die Tochter von Mike? Ich glaub, der hat eine Tochter. Lebt aber bei einer Pflegefamilie.«

»Ist sie tot oder schwerkrank oder so?«

Jenny runzelte die Stirn. »Nee, glaub ich eigentlich nicht. Aber keine Ahnung.«

»Irgendwas wollte er uns sagen«, überlegte Lou. »Es klang dringend. Könnte da wirklich jemand gestorben sein? In einem Schrebergarten?« Sie fuhr sich über die Stirn, dann fügte sie hinzu: »Vielleicht sollten wir die Polizei anonym …«

»Die Bullen sind nicht nötig, echt jetzt.« Jenny schaute sie ernst an. »Ich mein', ich kenn den Mike jetzt schon sehr, sehr lange. Der hat mir mal mit Geld ausgeholfen, als ich echt in der Scheiße gesteckt hab. Ich glaube, der hatte gerade nur einen Horrortrip, der war völlig im Sack, das hast du doch gesehen. Wenn der drauf ist, dann bildet der sich immer Sachen ein. Oder er erinnert sich an Erlebnisse, die schon total lange vorbei sind. Nicht, dass wir den Bullen was Falsches erzählen und den Mike ohne Grund in Schwierigkeiten bringen. Der hat genug Probleme, echt jetzt.« Sie räusperte sich. »Wir können denen eh nichts erzählen. Wir wissen ja nicht mal, was genau der Mike gemeint hat. Der hat nicht besonders deutlich gesprochen. Du glaubst doch nicht, dass die Bullen mit der großen Kavallerie ausrücken, nur weil ein besoffener Penner unverständliches Zeug gemurmelt hat. Und selbst wenn die Bullen bei ihm nachfragen, wird der niemals mit denen reden.«

Jenny hatte recht. »Dann sollten aber zumindest wir zu klären versuchen, was dahintersteckt«, schlug Lou vor. »Um ganz sicher zu sein, dass diese Ayleen wirklich nur eine Drogenfantasie ist, und, falls sie doch real sein sollte, dass es ihr gut geht.«

Jennys Augen leuchteten auf. »Wie cool. Klar, wir finden heraus, ob ihr etwas passiert ist!« Sie streichelte den Kopf ihrer Ratte, der aus der Manteltasche lugte. »Wie echte Journalistinnen. Du bist ja eine echte Journalistin.« Sie klang begeistert.

Lou ballte die Hände zu Fäusten. »Nein, ich bin keine Journalistin mehr«, stieß sie hervor, schärfer als beabsichtigt. »Wir suchen eine Frau, die in Gefahr sein könnte, und wir helfen Mike damit. Das ist alles.«

Jenny runzelte die Stirn, sagte aber nichts darauf.

Lou senkte den Kopf, betrachtete ihre schlammverkrustete Hose und die lädierten alten Schuhe. Sie *war* keine Journalistin mehr. Den Dingen auf den Grund gehen wollte sie trotzdem. Zusätzlich vibrierte die Dringlichkeit, die in Mikes Worten geklungen hatte, in ihr.

Als Erstes rief Jenny mit ihrem Handy zwei Bekannte an, die schon lange in der Innenstadt Platte machten, aber keiner von ihnen kannte eine Ayleen. Deswegen machten sich Lou und Jenny auf den Weg, um sich in den Kleingartenkolonien umzuschauen.

»Es gibt ganz schön viele Schrebergärten in der Stadt«, sagte Jenny. »Aber ich kenn die alle! Und ich weiß, an welchen Orten der Mike seine Tage verbringt und wo der schläft. Außerdem war der ja gestern Abend beim Feuersee. Und da in der Nähe suchen wir.«

»Das ist eine hervorragende Idee! Genauso würde ich auch vorgehen.« Lou nickte.

Jenny strahlte übers ganze Gesicht.

In der Nähe des Feuersees und der sonstigen Plätze, an denen sich Mike regelmäßig aufhielt, gab es laut Jenny drei Schrebergartensiedlungen. Die Kleingärten beim Katzenbachviertel, bei deren Erwähnung Lou mit einem Schauder an ihre Flucht vor dem gestörten Typen letzte Nacht dachte, die ihr mittlerweile surreal wie ein Albtraum vorkam; die Kolonie beim Westbahnhof und eine kleine Ansammlung von Gärten in der Nähe des Messegeländes beim Flughafen draußen.

Jenny hatte noch ein wenig Geld vom Betteln übrig und kaufte für sie beide Viererkarten für den öffentlichen

Nahverkehr. Sie begannen bei den Schrebergärten am Westbahnhof, die am nächsten lagen, eine Reihe gepflegter Parzellen mit brutal heruntergeschnittenen, winterkahlen Bäumen, kleinen Holzhütten und vielen Gartenzwergen direkt
an der Bahnlinie. Die Gegend war menschenleer, lediglich
ab und an fuhr zischend ein ICE oder ein TGV vorbei. Im
Schatten der Gartenhäuschen glitzerte immer noch Frost
auf den Gräsern, auch wenn die Mittagssonne mittlerweile
ihren höchsten Punkt erreicht hatte.

Jenny tat Lous Bedenken, es könne sich um Hausfriedensbruch handeln, ab, ließ Lou ihren Rucksack halten und
kletterte über einige der Zäune, um sich in den nicht von
außen einsehbaren Gärten umzusehen.

»Nichts. Echt gar nichts«, sagte sie, als sie nach einiger Zeit
das Ende der kleinen Schrebergartensiedlung erreicht hatten.
Sie klang ein wenig enttäuscht. Ihre Wangen waren rot vor
Kälte, genauso wie ihre Hände. Auch Lou hatte das Gefühl,
ihre Finger kaum noch zu spüren. Wahrscheinlich sinnlose
Zeitverschwendung, was sie hier taten. Sie sehnte sich nach
ihrem Zelt. Dort wäre sie allein, zumindest für eine Weile, sie
hätte heißen Tee und sogar eine dicke lange Unterhose, die
sie auf einem Flohmarkt geschenkt bekommen hatte. Außerdem wollte sie endlich ihre Kleider wechseln. Trotz der
Dusche am Morgen im Krankenhaus stank sie nach Schweiß
und dem modrigen Schlamm aus der Unterführung.

Und dennoch. Zuerst mussten sie sichergehen, dass nicht
irgendwo in einem Schrebergarten eine tote oder verletzte
Frau lag.

»Dann also weiter zum nächsten«, sagte Jenny in diesem

Moment, als habe sie Lous Gedanken erraten, und hauchte sich in die Hände.

Nach einem kurzen Fußmarsch und einer weiteren U-Bahnfahrt erreichten sie das Messegelände. An einem Stand auf dem Parkplatz verschenkte eine Frau Zuckerwatte an die Messebesucher, und Jennys Augen glänzten selig, als sie den Stab mit der rosa Wolke darauf in den Händen hielt. Auch Lou musste schlucken, weil das süße Kunstwerk sie an ihre Jugend erinnerte, an den glücklichen Teil bei ihren Pflegeeltern Janine und Lukas. Die nach dem Gerichtsverfahren den Kontakt zu ihr vollständig abgebrochen hatten.

Verdammt, sie wollte nicht darüber nachdenken. Es spielte keine Rolle mehr, die konnten sie mal. Sie war darüber hinweg.

»Zuckerwatte. Das hat sich aber richtig gelohnt«, grinste Jenny, nachdem sie die Süßigkeit verschlungen hatten und in Richtung der nächsten Schrebergartensiedlung marschierten. Über ihnen dröhnten im Minutentakt die Flugzeuge, die vom nahe gelegenen Flughafen in den Himmel aufstiegen.

Auch in der zweiten Kleingartenkolonie entdeckten sie nichts Auffälliges. Die inzwischen tiefstehende Sonne ließ die Bäume lange Schatten werfen, und es wurde langsam Zeit, sich über das Abendessen und die Nacht Gedanken zu machen. Da das Hilfsmobil am Sonntag nicht am Feuerseeplatz stand, mussten sie sich etwas anderes überlegen, und Jenny schlug vor, später zurück zum Weihnachtsmarkt zu fahren und, wenn die Stände schlossen, nach übrig gebliebenem Essen zu fragen.

»Ich mach das manchmal«, sagte sie. »Die sind echt sehr spendabel. Einmal hab ich sogar eine ganze Tüte gebrannte Mandeln bekommen.«

Lou schüttelte den Kopf. »Ich bettle nicht. Lieber gehe ich hungrig ins Bett.«

Jenny rollte die Augen.

»Lass uns lieber weitermachen, damit wir bald fertig sind.« Lou spürte dumpfe Müdigkeit durch ihre Glieder kriechen. Außerdem taten ihre Schulter und ihre von der Flucht aufgescheuerten Füße weh, trotz der Schmerztablette, die sie eingeworfen hatte, und die Kälte machte ihr sogar mit Violas Jacke zu schaffen. Wenn die Nacht wolkenlos blieb, würde es unerträglich werden, selbst im Schlafsack. Abgesehen davon bereitete ihr die Vorstellung, möglicherweise das Zelt mit Jenny teilen zu müssen, Kopfschmerzen. Angespannt stieß sie die Luft aus, eine weiße Wolke in der eisigen Kälte.

Jenny gähnte. »Dann lass uns mal weiterziehen.«

Auf einmal überfiel Lou ein ungutes Gefühl. »Dieser Typ gestern. Bei der Unterführung. Das ist gar nicht so weit weg von den Schrebergärten beim Katzenbachviertel. Und die liegen verdammt abgelegen, und es wird bald dunkel«, sagte sie.

»Die Typen sind harmlos, wie gesagt. Außerdem war das gestern und nicht heute«, bemerkte Jenny, während sie ihre Ratte mit einem Kanten Brot fütterte. »Und du kannst doch echt gut kämpfen. Und wir sind zu zweit.« Sie schien nicht im Mindesten besorgt.

Lou kniff die Lippen zusammen. Sie wollte ja auch wissen, was es mit dieser Ayleen auf sich hatte. Und wenn sie allein gewesen wäre, hätte sie sich weniger Gedanken gemacht. Aber seit sie diese verdammte Jenny an ihrer Seite … Sie verschränkte die Arme. »Ich bin mit meiner Schulter ziemlich gehandicapt. Hast du wenigstens Tränengas?«

Jenny stellte ihren Rucksack auf den Boden und wühlte darin herum. Förderte schließlich eine große Dose Hundeabwehrspray zutage. »Zufrieden?«

Lou nickte.

Jenny kannte eine Abkürzung von der U-Bahnstation im Katzenbachviertel zu den Schrebergärten, sodass sie weniger als zwanzig Minuten brauchten, bis sie die große Trauerweide erreichten, die in einer der ersten Gartenparzellen stand. Lou war ein wenig außer Atem, aber immerhin fror sie nicht mehr so schlimm. Mittlerweile ging die Sonne in einem dunkelrosa Flammenmeer unter. Bald würde es dunkel sein. Besser, sie beeilten sich.

Entfernt war das Rauschen der Stadtautobahn zu hören. Ihre Schritte knirschten auf dem Boden. Die Gärten erstreckten sich rechter Hand bis hinüber zum Katzenbach. Dahinter wucherte kilometerweit Gestrüpp. Auf der anderen Seite lagen das Industriegebiet und die Bahnlinie mit der Unterführung. Die dichten immergrünen Hecken, die zu beiden Seiten des Wegs wuchsen, wirkten wie düstere Mauern, hinter denen sich jemand verbergen konnte. Oder die einem Fluchtmöglichkeiten verbauten.

Jenny wirkte inzwischen genauso angespannt wie Lou, stapfte aber entschlossen den Pfad entlang, das Hundeabwehrspray in der zur Faust geballten rechten Hand.

Im Vorbeilaufen probierte Lou, ob die etwa mannshohen Gartentore verschlossen und wie durchlässig die Hecken waren. Wenn sie beide nämlich nicht durch den Bewuchs kamen, dann konnte auch diese Ayleen nicht in einen der Gärten hineingelangt sein, sie wären hier bald fertig und Lou konnte endlich, endlich in ihr Zelt zurückkehren und sich umziehen. Nachdem sie Jenny in der Anlaufstelle für junge Erwachsene untergebracht hatte. Diese Idee war ihr gerade gekommen, als sie an der Klinke eines Gartentors gerüttelt und im Hinterkopf wieder die sie fast körperlich quälende Vorstellung gehabt hatte, dicht an dicht mit ihrer Begleiterin in ihrem Zelt schlafen zu müssen. Sie ertrug das einfach nicht.

Mittlerweile war es dämmrig und die Straßenlaternen leuchteten. Jenny hatte ihre Handytaschenlampe eingeschaltet und trug sie in der linken Hand.

Sie waren weit in die große Schrebergartensiedlung vorgedrungen, als Lou ein Loch in der Hecke entdeckte. Einer der Büsche war abgestorben und reckte nur noch ein paar morsche Zweige in die Luft. Auf dem Boden lagen abgebrochene Äste, und die glitzernde Rauschicht auf den Gräsern war unter dem Busch an einigen Stellen zerstört, als hätte sich vor nicht allzu langer Zeit jemand dort hindurchgezwängt. Die Muskeln in Lous Genick verspannten sich unangenehm.

Jenny krabbelte sofort unter den Ästen durch, und Lou hätte sie am liebsten zurückgezogen. Sie zögerte, bevor sie ebenfalls durch das Loch schlüpfte. Sie konnte sie unmöglich allein in der Dunkelheit verschwinden lassen.

Die Gärten hinter der Hecke, so erkannte sie im verbleibenden Dämmerlicht und dem Leuchten eines langsam am Horizont aufsteigenden, beinahe vollen Mondes, lagen in mehreren Reihen hintereinander, getrennt lediglich durch am Boden liegende Holzbalken, die man leicht übersteigen konnte. Zwischen den Parzellen führte ein ordentlich gepflasterter Weg hindurch. Lou und Jenny folgten ihm an gepflegten Beeten, gezimmerten Komposthaufen und dunkelbraunen Hütten mit Wimpeln von Fußballvereinen vorbei bis zum Katzenbach, der hier erstaunlich breit war und leise glucksend durch die Landschaft floss.

Der Weg machte eine Kurve und führte in riesigen S-Formen an weiteren Gärten vorbei, wieder vor zu den Hecken und erneut zurück zum Bach. Sie hatten gerade eine Parzelle mit einem Trampolin passiert, als Lou an einer der Hütten, die in der letzten Reihe zum Fluss hin stand, ein eingeschlagenes Fenster bemerkte. Das kurze Gras dort war offenbar erst vor Kurzem niedergetrampelt und der Frost abgestreift worden. In einem Beet entdeckte sie außerdem eine Vertiefung, die aussah wie der Abdruck eines großen nackten Fußes.

Mit dem Schuh scharrte Lou am Rand des Rechteckes in der Erde. Die oberste Schicht war locker und sandig, darunter schien der Boden hart gefroren zu sein. Es bestand also durchaus die Möglichkeit, dass der Fußabdruck erst vor Kurzem und nicht bereits vor dem Beginn der Kältewelle entstanden war. Ayleens Fußabdruck?

Hatte die Frau etwa hier übernachtet und war erfroren? Man hörte immer wieder, dass den Leuten kurz vor dem

Erfrierungstod heiß wurde und sie sich entkleideten. Fieberhaft schaute Lou sich um. Umrundete die Hütte. Doch nirgends lag Kleidung oder gar eine Tote. Zum Glück.

»Krass. Schau mal. Glaubst du, das ist Blut? Das ist echt voll schwer zu erkennen in dem Licht«, flüsterte Jenny, die den Boden mit ihrer Taschenlampe ableuchtete. Sie klang schockiert.

»Was?!« Lou ging zu Jenny hinüber. Tatsächlich haftete an einigen, wenigen Gräsern eine dunkle Flüssigkeit, die den glitzernden Frost verfärbte. Lous Schulterblätter verkrampften sich. Angespannt folgte sie mit den Augen dem Strahl von Jennys Taschenlampe, der nun die Umgebung ableuchtete. Sie spähte über die Wiese und hinüber zu dem dunklen, breiten Bach, der ungerührt durch die Nacht floss, und ans gegenüberliegende, mittlerweile stockdunkle Ufer.

Der Bach hatte Plastiktüten und allerlei sonstigen Unrat mitgeführt, die an den ins Wasser hängenden Wurzeln der Uferbäume hängen geblieben waren und im schwachen Licht glitzerten. Ein wenig unterhalb von der Stelle, an der sie standen, hatte sich am gegenüberliegenden Ufer etwas verfangen, das wie der Rücken eines toten Tiers aussah. Eine rötliche Katze vielleicht oder ein Marder. Möglicherweise war es auch nur ein Plüschspielzeug, das war schwer zu erkennen, da das Licht von Jennys Taschenlampe nicht ausreichte, um die Stelle richtig zu erleuchten. Nicht weit entfernt lag ein alter Buggy auf einer Sandbank, vielleicht war das Plüschtier dort herausgefallen. Ekelhaft, dass einige Leute ihren Müll einfach in die Landschaft warfen.

Lou wandte sich ab. Wieder streifte ihr Blick den kleinen

Fleck auf der Wiese, der aussah wie Blut. »Lass uns in die Hütte schauen und dann abhauen«, sagte sie.

Jenny nickte. Gemeinsam gingen sie zum Häuschen zurück. Wenn man den Arm durch die kaputte Scheibe streckte, konnte man die Tür öffnen. Lou stieß sie auf. Ein Geruch nach Benzin und Äpfeln wehte ihnen entgegen.

Jenny leuchtete ins ordentliche Innere des Häuschens, an dessen Wänden Werkzeuge hingen. Sensen, Sicheln, Hämmer, Schaufeln. In der Ecke stand ein Rasenmäher mit einem umgefallenen Kanister daneben; offenbar kam daher der Benzingeruch. An einer Wand stapelten sich mehrere Kisten mit Obst, ansonsten war der Schuppen leer. Lou atmete auf. Jenny bediente sich an den Äpfeln. Und auch Lou nahm sich zwei heraus und ließ sie in ihre Jutetasche gleiten. Sie verließen die Hütte und verschlossen die Tür wieder.

»Keine Ahnung, was hier passiert ist, aber es sieht nicht so aus, als ob diese Ayleen …« Lou stockte. Neben dem Häuschen, halb verborgen hinter einer Wand aus ordentlich geschichteten Holzscheiten und neben einer dichten Hecke lag ein abgenutzter Rucksack mit dunklen Flecken und einem festgezurrten Schlafsack. Daneben in der Hecke hing eine große, mit Schlieren verschmutzte Plastiktüte.

»Jenny, leuchte bitte mal da hin«, sagte Lou, ein unangenehmes Kribbeln im Nacken.

Auf dem schmutzigen hellgrauen Rucksack befanden sich Flecken und Fingerabdrücke, die eindeutig aussahen wie getrocknetes Blut.

»Verdammt«, brachte Lou heraus. Gemeinsam näherten sie sich der Tüte. Auch die Schlieren darauf verwandelten sich im Licht in Blutspuren. Lou schauderte, zog die Tüte dennoch vorsichtig mit einem Stock aus den Büschen. Mit steif gefrorenen Fingern öffnete sie sie, und Jenny leuchtete hinein.

»Fuck!« Lou zuckte zurück. Trotz der Kälte war der eisenhaltige Blutgeruch unverkennbar. Brechreiz stieg in ihr hoch, als sie den Inhalt genauer in Augenschein nahm: In der Tüte lagen eine blutdurchtränkte, kleine rosa Babydecke, eine blutige Rassel und eine Thermoskanne.

»O Scheiße«, stieß Jenny aus, das Entsetzen war ihr anzuhören. »Glaubst du, diese Ayleen ist … ein Baby? Ist da ein Baby …?« Sie räusperte sich, »… ein Baby gestorben?«

»Ich weiß es nicht.« Lou richtete sich auf. Innerlich fühlte sie sich plötzlich wie erstarrt. Mechanisch ging sie zu dem Rucksack zurück. Jenny leuchtete ihr. Auf dem Rucksack befand sich ein Namensschild. *Ayleen Strasser*. In Schnörkelschrift mit Edding geschrieben.

Offenbar war diese Ayleen nicht das Kind, aber vielleicht die Mutter? Hatte sie hier draußen ihr Baby getötet, verdammte Scheiße? Oder konnte es eine Totgeburt … Wo war das tote Baby überhaupt? Und wo diese Ayleen? Hielt sie sich noch irgendwo in der Gegend auf? Immerhin stand ihr Rucksack hier. Lous Hände fingen unkontrolliert an zu zittern.

»Wir müssen die Polizei rufen. Sofort«, sagte sie bestimmt. Man konnte unter dem Radar leben müssen und vom Justizsystem halten, was man wollte, aber das hier war eindeutig ein Fall für die Kripo. Sie ging ein zweites Mal um das Häuschen herum, spähte widerwillig hinter die Hecke.

Gott sei Dank kein totes Baby. Gott sei Dank. Sie konnte alles ertragen, aber nicht das. Keine toten Kinder. Ihr Herz pochte laut, ihre Hände bebten, als ihr Blick wieder auf den blutigen Inhalt der Tüte fiel.

Im Hintergrund hörte sie Jenny würgen. Sie berührte Ellies Kette um ihren Hals, atmete zweimal tief ein, bevor sie einen weiteren Busch umrundete. Ihr war schlecht, und ihre Zunge klebte ihr pelzig am Gaumen. Doch auch hinter dem Strauch fand sie zum Glück nichts als frostigen Boden.

»Lass uns erst abhauen, bevor wir die Bullen rufen«, hörte sie Jenny zwischen zusammengebissenen Zähnen hervorbringen, bevor die sich den Geräuschen zufolge erneut übergab.

Lou nickte. Sie half Jenny, die am Rand eines Beets kniete und immer noch würgte, aufzustehen. Eilig kehrten sie zum Loch in der Hecke zurück und liefen über den Weg Richtung Katzenbachsiedlung.

In was für eine grausame Geschichte waren sie da reingeraten? Was zum Teufel war in diesem Garten passiert? Und was hatte Mike damit zu tun? Denn er schien ja irgendetwas zu wissen. Hatte er nur etwas beobachtet? Was diese Ayleen getan hatte vielleicht? Oder steckte er selbst mittendrin in dieser Scheiße? Denn zufällig war er wohl kaum in dieser düsteren Ecke der Schrebergartensiedlung gewesen!

Kapitel 11

Als sie beinahe wieder in der Katzenbachsiedlung angekommen waren, informierte Jenny die Polizei, ohne ihren
Namen zu nennen, und legte sofort nach dem Anruf wieder
auf und schaltete ihr Handy aus. »Ich hab die Rufnummer-
unterdrückung angemacht. Damit die nicht wissen, wer angerufen hat«, flüsterte sie.

Lou war sich nicht sicher, ob das wirklich half, sagte aber
nichts. Ihre Gedanken kreisten um Mike, Ayleen und die
blutige Babydecke. Mike geriet öfter in Schlägereien. Und
er hatte schon einige Haftstrafen wegen Körperverletzung
abgesessen. War es möglich, dass er einem Baby etwas getan
hatte? Hatte er sich deshalb bis zur Besinnungslosigkeit zugedröhnt? Um seine Schuldgefühle zu betäuben?

Oder hatte diese Ayleen dem Baby Gewalt angetan? Und
Mike daraufhin dieser Ayleen? Oder ...

»Lass uns abhauen«, wisperte Jenny. Sie war totenblass.
Ihr Make-up verschmiert. »Ich kenne ein Hochhaus, wo wir
im Keller ...«

»Nein, ich denke, wir müssen mit Mike reden«, unterbrach Lou sie.

»Aber …«

»Es wäre doch schon interessant zu wissen, wieso er heute Mittag so dicht war, dass er kaum sprechen konnte. Und wieso er offenbar wusste, dass jemand tot ist. Und von dem Schrebergarten und dem Blut wusste er auch.«

»Mike würde nie … Er würde nie …« Jenny würgte wieder, übergab sich aber nicht. »Und wir wissen doch gar nicht, ob überhaupt ein Baby …« Sie brach ab.

Lou nickte. »Genau deswegen müssen wir mit ihm reden.«

Sie nahmen die U-Bahn Richtung Innenstadt, da Lou vermutete, dass Mike sich noch im Krankenhaus befand. Auf dem Weg dorthin schluckte sie eine weitere Schmerztablette.

Ihr erstes Ziel war das Uniklinikum, und tatsächlich wurden sie bereits am Bushaltestellenhäuschen vorn an der Hauptstraße fündig. Mike saß auf einem der Sitze und trank aus einer Schnapsflasche.

Mit Jenny im Schlepptau hielt Lou direkt auf ihn zu. »Hallo, Mike«, rief sie ihm entgegen.

Er sah auf und verzog das Gesicht. »Was … macht ihr denn hier?« Er wirkte desorientiert und angetrunken, wenn auch weniger als am Mittag. »Ich war im Krankenhaus.« Mit seiner Schnapsflasche zeigte er irgendwohin in die Nacht, wohl in die Richtung, in der er die Uniklinik vermutete. »Keine Ahnung, wie ich da hingekommen bin. Hab mich jedenfalls vorhin selbst entlassen.« Er hob die Flasche. »Das macht mich besser gesund.«

»Mike, du kennst doch eine Ayleen, oder?«, erkundigte sich Lou.

»Klar. Hab ich gestern erst gesehen.« Mike trank einen Schluck. »Die war lange weg. In München und Berlin. Bestimmt ein paar Jahre. Hab immer gedacht, die hat den Ausstieg geschafft. Aber vor etwa zwei Monaten stand die einfach wieder da. Auf ihrem alten Platz vorm Aldi.« Erneut setzte er die Flasche an die Lippen.

Eine Gruppe junger Männer, den Schals zufolge Stadtguards, näherte sich in diesem Moment der Bushaltestelle, einer knurrte im Vorbeigehen: »Asoziales Pack. Erschießen sollte man euch.«

Lou erwiderte nichts, aber innerlich krampfte sich alles in ihr zusammen. Hoffentlich würden die einfach weitergehen und keinen Ärger anfangen.

»Fickt euch«, murmelte Jenny, allerdings so leise, dass selbst Lou, die direkt neben ihr stand, es kaum hören konnte.

Einer der Typen drehte sich dennoch um. »Hast du was gesagt?«, fuhr er sie an, aber Jenny tat so, als wisse sie von nichts, und die Typen gingen zum Glück weiter.

Mike lehnte sich zurück.

»Wir haben gerade über Ayleen geredet«, nahm Lou den Faden wieder auf, als die Kerle endlich außer Sichtweite waren. »Hat sie ein Baby?«

Mike runzelte die Stirn. Schien fieberhaft nachzudenken. »Möglich«, sagte er dann. Seine Stimme klang auf einmal seltsam hoch. »Keine Ahnung. Warum?«

»Hatte sie gestern ein Baby dabei?«

Mike verzog den Mund. »Quatsch. Was für ein Baby? Ich war dicht, aber nicht so.«

»Aber eine große Plastiktüte?«

»Vielleicht. Weiß nicht.«

»Wann genau hast du Ayleen das letzte Mal gesehen?«, fragte Lou.

»Bist du jetzt ein scheiß Bulle, oder was? Warum willst du das wissen?« Mike klang aggressiv.

»Weil du gesagt …«

»Beim Hilfsmobil«, unterbrach Mike sie. »Es war beim Hilfsmobil. Hab mit ihr gequatscht.«

»War das die Kleine mit dem gepiercten Gesicht? Mit der du gegessen hast?«, erkundigte sich Jenny.

Jetzt fiel auch Lou die traurig aussehende, schmächtige junge Frau ein, mit der Mike in der Schlange der Essensausgabe gesprochen hatte.

Mike nickte.

»Was ist mit ihr passiert?«, hakte Lou nach. »War sie verletzt gestern Abend?«

Mike sah auf einmal besorgt aus. Mit der Hand fuhr er sich über die Stirn und fragte: »Wieso verletzt?«

»Du hast heute Mittag ihren Namen gesagt und das Wort ›Blut‹, und es hat sich so angehört, als würdest du befürchten, dass sie oder irgendjemand tot ist«, erklärte Lou. »Und über einen Schrebergarten hast du auch was erzählt.«

»Ayleen? Tot?« Mike fiel beinahe die Flasche aus der Hand. Er wirkte mit einem Mal zutiefst beunruhigt.

Lou wusste nicht, ob er bluffte oder nicht. Eigentlich konnte sie sich das nicht vorstellen, dafür erschien er ihr zu betrunken. Hatte er vom Alkohol einen Blackout gehabt und erinnerte sich nicht mehr daran, was passiert war? Oder nur nicht mehr daran, was er erzählt hatte?

Sie beobachtete ihn genau, während sie sagte: »Jenny und ich sind in die Schrebergartensiedlung gegangen. Wir haben eine Tüte gefunden, in der eine blutige Babydecke lag.«

In Mikes Augen schlich sich etwas, das aussah, als kapiere er plötzlich einen furchtbaren Zusammenhang. »Ayleen ... O Scheiße. Tot? Ist sie wirklich tot? Ich habe gedacht, sie sagt das nur vor sich hin mit der Überdosis und dass sie bei Dodo sein will.« Er rieb sich übers Gesicht, seine Stimme klang mehr als angespannt. »Ich ... Hat sie sich selbst ... ? Ich hätte nicht weggehen dürfen, das wusste ich. Hätte sie hinbegleiten sollen. Aber ich hab dringend Stoff gebraucht. Immer nur Stoff, Stoff, Stoff. Deshalb bin ich in die Stadt gefahren. Deshalb habe ich sie nicht davon abgehalten. Es ist meine Schuld. Ich wollte danach noch in den Schrebergarten gehen, hab es dann aber einfach vergessen.« Sein Gesicht verzog sich, sein ganzer Körper wippte hin und her, als habe er Schmerzen. Hastig trank er aus seiner Flasche. »Wo ist sie?«, brachte er schließlich heraus.

»Wissen wir nicht.« Lou zuckte die Schultern. »Wir haben, wie gesagt, eine blutige Babydecke gefunden. Und Ayleens Rucksack. Keine Ahnung, was mit ihr los ist.«

Es dauerte eine Weile, bis die Information zu Mike durchdrang, aber dann starrte er sie an. »Also habt ihr sie nicht ... ihr habt sie gar nicht tot ...?«

»Was ist passiert?«, hakte Lou nach. »Wohin hättest du sie begleiten sollen? Und wer ist Dodo?«

»Ja genau, das will ich auch wissen«, sagte Jenny.

Mit seinem alten Turnschuh klopfte Mike auf den Asphalt und schwieg. Er schien nachzudenken. Schließlich rieb er sich mit der Hand erneut über die Stirn und brachte heraus: »Ist Ayleen nicht im Schrebergarten?«

»Nein, nicht, dass wir wüssten. Wer ist Dodo?«, fragte Lou erneut. Ihr Atem bildete weiße Wölkchen in der eisigen Nacht. Die Luft brannte in der Lunge.

Jenny neben ihr verschränkte die Arme. Auch sie schien zu frieren.

»Wir haben gegessen. Beim Hilfsmobil. Ayleen und ich«, murmelte Mike, ohne Lous Frage zu beachten. »Später haben wir Gras geraucht. Matze kam noch dazu und vielleicht noch jemand, weiß nicht mehr genau. Crack und Kokain haben wir auch … Wegen der Beerdigung. Letzte Ehre und so. Ayleen war fertig. Ist ja auch echt schrecklich.« Wieder nahm er einen kräftigen Schluck, die Pulle war mittlerweile beinahe leer.

»Was für eine Beerdigung, Mike?«, fragte Jenny.

»Na die von Dodo.« Mike stieß auf und hustete. »Der ist tot. Einfach abgekratzt. Dabei war der noch ganz jung.«

»Wer, verdammt noch mal, ist Dodo?« Lou unterdrückte den Impuls, Mike an der Schulter zu packen, um die Antwort aus ihm herauszuschütteln.

»Ayleens Hund. So ein Mischling.« Mike klang auf einmal erschöpft. »Der war anscheinend den ganzen Tag schon komisch, hat die Ayleen erzählt. Hat sich kaum noch gerührt und nur gefiept. Saß in ihrer Tasche. Und wir … als wir so zusammen rauchen … plötzlich ist dem Vieh Blut aus der Schnauze gelaufen. Der hat so gejault, dass man es fast nicht ertragen hat. Und sich gewälzt. Ging lange. Irgendwann habe ich ihn … ich habe ihn erlöst. Mit einem

Stein. Weil Ayleen gesagt hat, sie schafft das nicht.« Er zeigte auf seinen blutbespritzten Ärmel. Trank, setzte schließlich die Flasche wieder ab. »War der zweite oder dritte Hund von einem von uns, der in letzter Zeit verreckt ist. Wenn du mich fragst, stimmt was mit dem neuen Hundefutter nicht, das die von der Tafel kriegen.« Mike faltete die Hände über der Flasche. Sie zitterten.

Jenny, die Mikes Schilderungen wie versteinert gelauscht hatte, nickte. »Biggis Hund war vor Längerem auch echt krank. Der ist aber nicht gestorben. Die war bei der Tierärztin. Und die hat gesagt, das war vielleicht Rattengift. Weil die Biggi immer am Katzenbach spazieren geht. Und da bekämpft die Stadt gerade Ratten.«

Mike verzog grimmig das Gesicht. »Wäre das erste Mal, dass die von der Stadt was Sinnvolles machen. Hoffentlich haben die ein paar von den scheiß Viechern erwischt. Habe jedes Mal Angst, dass mich eins in der Nacht annagt. Ist alles schon passiert.«

»Es ist mies, dass so intelligente Tiere einfach getötet werden«, schimpfte Jenny und legte die Hand schützend über ihre Manteltasche.

Mike lächelte nur müde sein beinahe zahnloses Lächeln.

»Ayleen hat also ihren Hund beerdigt, und ihr habt dabei Crack genommen?«, kam Lou auf das eigentliche Thema zurück. »Und sie hat gesagt, sie will sich mit einer Überdosis umbringen?«

Mike schüttelte langsam den Kopf. »Nee, nee, das war alles vor der Beerdigung. Dass mit dem Crack und so. Haben ziemlich viel reingezogen, nachdem ich Dodo mit dem

Stein ... Matze hatte was dabei. War spät und scheißkalt, das Hilfsmobil war schon weg. Ayleen wollte ... Die wollte zu den Schrebergärten, um da den Dodo zu begraben. Einer von den Gärten gehört irgendeinem Typen, den sie von irgendwoher kennt, und der hat es ihr erlaubt. Sie hat ihn angerufen. Hajo oder Hansjörg oder so.«

»Ayleen ist allein zu den Schrebergärten gegangen?«, fragte Lou. »Mit dem toten Hund?«

Mike schien erneut zu überlegen, schließlich nickte er. »Das denke ich. Aber ich weiß es ja nicht genau. Matze hat vielleicht mehr Ahnung. Jedenfalls ist sie zur U-Bahn runter, die zum Katzenbachviertel fährt. Matze und ich sind später irgendwann in die Stadt gefahren, um uns neuen Stoff zu besorgen, und da war sie nicht mehr an der Haltestelle. Da war überhaupt niemand mehr. Muss sehr spät gewesen sein, wahrscheinlich die letzte Bahn. Keine Ahnung, was dann war oder was die Ayleen in der Nacht gemacht hat. Bin erst im Krankenhaus wieder aufgewacht.« Er stellte die Flasche neben sich auf die Bank, fummelte eine zerknickte Schachtel aus der Tasche und zündete sich eine Zigarette an. Tief saugte er den Rauch ein, während er auf den frostig glitzernden Asphalt starrte.

»Wie hat der Hund denn ausgesehen?«, erkundigte sich Jenny.

Mike schüttelte sich. »Hässlich war der wie die Nacht. Aber die hat den geliebt wie ein Kind.«

»Dann hat die ihren toten Hund bestimmt in die Babydecke eingewickelt. Weil die so traurig war und ihn nicht ständig anschauen wollte. Und dann hat die den in die Tüte gepackt, um ihn zu transportieren«, mutmaßte Jenny. Ihre Augen glänzten feucht. »Daher kommt das Blut. Und dann hat sie ihm vermutlich in dem Garten ein Grab ...«

»Da war aber kein Grab.« Lou musste plötzlich an das tote Tier im Katzenbach denken. »Rotes Fell?«, fragte sie. »Sah der Hund ein bisschen aus wie eine Katze?«

Mike nickte langsam. »Wie'n Fuchs.«

Lou runzelte die Stirn. »Ich fürchte, sie hat ihn nicht begraben«, sagte sie. »Sie hat ihn einfach in den Katzenbach geworfen.«

Jenny schlug die Hand vor den Mund. »Ich hab das tote Tier auch gesehen«, stieß sie hervor. Sie schien eine Weile nachzudenken, schließlich schüttelte sie den Kopf. »Nein. So was macht niemand. Echt nie im Leben. Niemand würde seinen Hund einfach in einen Bach werfen.«

»Kommt drauf an, wie viel die Ayleen noch geraucht hat«, gab Mike zu bedenken.

Jenny schüttelte erneut energisch den Kopf.

Kurz war es still. Lou musste plötzlich wieder an den großen, tiefen Abdruck des nackten Fußes denken. Im Beet vor der Hütte mit dem eingeschlagenen Fenster. Diese Ayleen, die sie beim Hilfsmobil gesehen hatte, war schmächtig gewesen und konnte unmöglich so große Füße gehabt haben. War also noch jemand in dem Garten gewesen?

»Könnte dieser Hajo oder Hansjörg dabei gewesen sein, als Ayleen Dodo beerdigen wollte?«, erkundigte sie sich.

»Keine Ahnung, wie gesagt. Ich kenn den Typen nicht mal.« Mike zuckte mit den Schultern und rauchte. Manchmal hustete er. Es klang nicht gesund.

Eine Weile sprach keiner. Schließlich hob Mike den Kopf. Er hatte Tränen in den Augen. »Ich hätte sie begleiten sollen«, murmelte er. »Scheiße. Die war völlig fertig. Und ich hab sie mit dem toten Hund allein da sitzen lassen. Wenn die sich was angetan hat in dem Garten, bin ich schuld.«

»Bisher wissen wir noch nichts«, versuchte Lou, ihn zu trösten. »Und wir haben uns in dem Garten umgeschaut. Dort ist sie nicht.«

Was keinesfalls hieß, dass sie sich nichts angetan hatte. Oder ihr nichts angetan worden war.

Denn nicht nur die Sache mit dem einfach in den Bach geworfenen toten Hund war merkwürdig. Auffällig war auch, dass Ayleens Rucksack einfach in dem Garten gestanden hatte. Nicht mal unter einem Dach oder in der Gartenhütte. Man versteckte seine Sachen doch und schützte sie vor Regen, wenn man vorhatte, sie später wieder abzuholen.

»Wir sollten diese Ayleen suchen«, sagte Lou.

»In dem Schrebergarten? Aber da wimmelt es doch jetzt bestimmt von Bullen«, bemerkte Jenny.

Lou nickte. »Deshalb denke ich eher, wir sollten die Plätze abklappern, an denen sie regelmäßig ...«

»Wenn die sich den goldenen Schuss gesetzt hat, bin ich schuld«, wiederholte Mike und rieb sich so fest übers Gesicht, das rote Striemen entstanden. »Sind viel zu viele gestorben von uns in letzter Zeit, verdammte Scheiße. Als ob wir verflucht wären hier. Was ist mit dieser Welt los?« Er nahm die Flasche wieder hoch und leerte sie auf ex. »Scheiß Drogen. Scheiß Straße. Scheiß Winter.«

Kapitel 12

Um Ayleen zu finden, machten sich Lou und Jenny mit dem ziemlich betrunkenen Mike im Schlepptau auf den etwa dreißigminütigen Fußmarsch hinüber zum Straßenstrich an der Römerstraße, wo Ayleen Mike zufolge seit ihrer Rückkehr in die Stadt anschaffen gegangen war. *Endstation Römerstraße Hölle*, hatte jemand auf den zerbeulten Altglascontainer gesprüht, der am Anfang der tristen Straße stand. Eine verlebt aussehende Prostituierte lehnte an einer Litfaßsäule vor einem schmuddeligen Club, dessen rote Leuchtreklame flackerte. Es stank nach altem Pommesfett und Urin.

Wer in die Römerstraße kam, um Geld zu verdienen, hatte nichts mehr zu verlieren, das war deutlich zu erkennen.

Mike führte sie zielstrebig hinter einen heruntergekommenen Sechzigerjahrebau, auf dessen großem, nur von mehreren Leuchtreklamen schwach erleuchtetem Parkplatz sich der Schwerstabhängigenstrich befand. Hier konnte man für wenig Geld alles kaufen, was man sich nur vorstellen konnte.

Einige abgemagerte Frauen und zwei Männer standen

Zigarette oder Crackpfeife rauchend und Bier trinkend herum. In einer dunklen Ecke des Platzes parkten Autos, in denen offensichtlich gerade Kunden Dienste in Anspruch nahmen.

Eine Frau mit fettigen schwarzen Locken, hohen Stiefeln und großen, in ein Mieder eingeschnürten Brüsten kam auf Mike zugestöckelt. »Mikey, Schätzchen«, sagte sie mit rauchiger Stimme. »Schön, dich mal wieder zu sehen.« Ihre Hand, in der sie eine selbstgedrehte Zigarette hielt, bebte wie Espenlaub.

»Ich suche Ayleen, Debbie«, sagte Mike, seine Stimme klang verwaschen. Auf dem Weg hierher hatte er eine weitere halbe Flasche Schnaps, gemischt mit Cola, getrunken. Immer wieder hatte er die Flasche auch Jenny gegeben.

»Die ist nicht hier, Mikey. Was willst du von ihr?«

»Ich mache mir Sorgen, dass der was passiert ist«, lallte Mike. »Ich muss die finden. Hab aber keine Ahnung, wo die gerade sein könnte.«

Bevor Debbie antworten konnte, trat einer der Männer hinzu und sagte: »Hier ist die Ayleen seit gestern nicht mehr gewesen. Hat mich schon gewundert. Die kommt normalerweise jeden Morgen. Und manchmal noch ein paarmal am Tag. Aber heute den ganzen Tag nicht.«

Debbie lachte kehlig. »Du bist ein Halsabschneider, Rashid. Hat die Ayleen vielleicht langsam auch gemerkt und sich einen anderen Dealer gesucht.«

Rashid schüttelte den Kopf. »Ich habe den besten Stoff. Das weiß sie.«

»Die ist heute aber wirklich den ganzen Tag nicht hier

aufgeschlagen. Hat noch gar nichts gearbeitet«, meinte Debbie nachdenklich. »Eigentlich schon komisch. Weil, die braucht doch immer dringend Geld. Außerdem hatten wir ja den Termin.« Sie gestikulierte mit den ungesund zitternden Händen.

»Welchen Termin?«, fragte Lou.

Die Frau schaute sie an, als habe sie erst jetzt ihre Anwesenheit bemerkt. Dann sagte sie: »Ayleen stand auf der Liste. Wegen der Wohnung. Housing first, weißt du, Schätzchen? Tja, die Wohnung ist jetzt bestimmt weg.« Sie zuckte die Schultern. »Wäre eh nichts für die Ayleen gewesen. Die wollte immer frei sein wie ein Vogel, weißt du?« Sie zupfte an ihrem zu dünnen Mantel herum.

Lou nickte, bevor sie sich verabschiedete und den Platz überquerte, um noch andere Frauen nach Ayleen zu befragen. Aber niemand hatte sie an diesem Tag gesehen.

Wenig später waren Lou, Jenny und Mike frierend und hungrig Richtung Südstadt unterwegs, um einen von Ayleens Lieblingsplätzen aufzusuchen, direkt vor dem Eingang eines großen Supermarkts. Dort saß sie laut Mike täglich und bat Passanten um eine kleine Spende, wenn sie nicht gerade in der Römerstraße auf dem Strich arbeitete. Doch auch vor dem Supermarkt fanden sie keinen Hinweis auf Ayleen, und als Mike Ludo ansprach, einen ebenfalls wohnungslosen Mann, dessen Revier hier verlief, schüttelte der nur den Kopf und meinte müde: »Die war heute gar nicht hier.«

»Das muss nichts zu bedeuten haben. Die hat sich bestimmt irgendwo zugeballert, und morgen taucht die wieder auf«, lallte Mike. Er war mittlerweile so betrunken, dass er beim Laufen schwankte. Auch Jenny wirkte beschwipst, als sie von Mike wissen wollte: »Weißt du vielleicht, wo Ayleen immer übernachtet? Dann könnten wir da noch schauen.«

»In dem leer stehenden Baumarkt, glaub ich. Draußen in Klostermühle. Der im Frühjahr abgerissen werden soll.« Mike zuckte mit den Schultern.

Lou runzelte die Stirn. Der alte Baumarkt befand sich verdammt weit außerhalb der Stadt. Und sie hatten kein Geld mehr für eine Fahrkarte dorthin. Zudem war das eine gefährliche Gegend und sie würden dort, abgesehen davon, dass sie Hausfriedensbruch begehen müssten, von den anderen illegalen Bewohnern mit Sicherheit nicht mit offenen Armen empfangen werden. Die wenigen intakten Zimmer im ehemaligen Baumarkt waren hart umkämpft, und abendliche Besucher, die in der Szene grundsätzlich als potenzielle Übernachtungsgäste angesehen werden mussten, nicht gern gesehen. Es gab häufig Randale, und ständig hielt sich die Polizei dort auf – ein weiterer Grund, sich vom leer stehenden Baumarkt in Klostermühle fernzuhalten.

Lou verschränkte die Arme. »Mit wem hat Ayleen am meisten zu tun? Wer könnte noch wissen, wo sie steckt?«

Mike fuhr sich mit der Hand übers Gesicht. »Die Steffi war ihre beste Freundin, aber die ist ja tot. Und sonst …« Mikes Gesicht hellte sich plötzlich auf. »Pillen-Petra«, rief er. »Mit der können wir sprechen. Wenn die ihr Handy aufgeladen hat jedenfalls.« Ungeschickt kramte er ein Smartphone aus der Tasche seiner Jacke. Es dauerte eine Weile, bis er die Nummer in seinem Adressbuch gefunden und gedrückt hatte. Während er sprach, wurde sein Tonfall immer besorgter. Schließlich legte er auf. »Pillen-Petra war bis vor ein paar Stunden draußen in Klostermühle«, berichtete er tonlos. »Ayleen ist da aber nicht gewesen. Gestern Nacht hat die auch nicht dort gepennt, nachdem sie in dem Schrebergarten … Scheiße noch mal.« Er hustete wieder. »Aber das muss nichts zu sagen haben. Das muss wirklich nichts zu sagen haben.« Wie ein Verdurstender trank er aus seiner Flasche. »Bestimmt schläft die irgendwo nur ihren Rausch aus. Ganz bestimmt.«

»Aber doch nicht so lange. Echt jetzt«, wandte Jenny ein.

»Doch, das kann schon sein. Das kann sein.« Wieder kippte Mike Schnaps.

»Aber wo könnte sie das denn machen? Es ist so kalt, und wenn sie draußen pennt, ist das lebensgefährlich«, ließ Jenny nicht locker.

»Die Ayleen macht schon lange Platte. Die kennt sich aus.« Mike klang, als wolle er vor allem sich selbst überzeugen.

»Wir könnten die Krankenhäuser abtelefonieren«, schlug Lou vor.

Jenny nickte. Sie versuchten es, aber nirgends war eine Ayleen Stüven eingeliefert worden.

Während Lou telefonierte, trat Mike von einem Bein aufs andere, kratzte sich am Arm und in den Haaren. »Ihr geht es bestimmt gut. Ich muss jetzt jedenfalls noch was erledigen«, nuschelte er schließlich, ließ die beiden Frauen unvermittelt stehen und wankte davon. Vermutlich zum nächsten Dealer.

Lou starrte ihm hinterher. Nichts erreicht, also war die Sache erledigt? Ihrem ehemaligen Journalistinnenherz versetzte das einen Stich, doch so war es eben. Hier draußen galten andere Regeln, und ihnen gingen die Optionen aus. Sie folgte Jenny zur U-Bahnstation.

»Glaubst du, diese Ayleen liegt irgendwo erfroren herum? Oder hat sich wirklich umgebracht?« Jennys Stimme klang tonlos. »Oder was könnte sonst passiert sein? Wieso ist sie nirgends?«

»Keine Ahnung.« Lou fuhr sich durch die Haare. Wieder musste sie an den Abdruck im Garten denken. »Da war so ein großer, nackter Fußabdruck in dem Beet«, berichtete sie. »Ich dachte erst, er stammt von dieser Ayleen, aber sie ist viel zu schmächtig dafür, denke ich.«

»Könnte der von diesem Bekannten sein? Dem der Garten gehört?«, überlegte Jenny. »Vielleicht war der Fuß deshalb nackt, weil der Typ die Ayleen vergewaltigt hat? Und danach hat er sie getötet, damit sie nicht redet?«

Die Bahn kam, und sie stiegen ein. »Bestimmt hat das Schwein auch den toten Hund in den Fluss geworfen.« Jenny flüsterte. Noch immer sah sie blass aus.

Lou schüttelte den Kopf. »Dafür haben wir bisher keinen Anhaltspunkt.«

»Der arme Hund, also echt«, murmelte Jenny wütend. »Warum ist die Ayleen eigentlich nicht mit dem zur Tierärztin gegangen? Wenn der so krank war?«

»Was weiß ich.« Lou war erschöpft, und ihr Blick schweifte ziellos durch die Bahn, während Jenny weiter über Ayleen und Dodo spekulierte. Im Abteil saß noch ein

Pärchen, das sich die ganze Zeit küsste. Daneben eine Frau mit lila Haaren. Ein Vater mit einem Baby in einem Tragerucksack lehnte neben der Tür. Zwei Jugendliche daddelten auf ihren Handys. Ganz am Ende des Waggons saß ein kräftiger Typ mit roten Turnschuhen, dessen Beinmuskeln sich deutlich durch die enge Hose abzeichneten. Ein typischer Besucher des großen Fitnesscenters zwei Haltestellen weiter. Er trug eine dicke dunkelgrüne Jacke, eine Mütze, eine FFP2-Maske und eigenartigerweise eine verspiegelte Skibrille. Obwohl sie seine Augen nicht sehen konnte, hatte Lou das Gefühl, dass er in ihre Richtung starrte. Seltsamer Typ. Sie beobachtete ihn einen Moment lang, ehe sie ihre Aufmerksamkeit wieder auf Jenny richtete.

»Vielleicht wusste die Ayleen nichts von der kostenlosen Tierärztin und dachte echt, sie kann sich die Behandlung nicht leisten«, vermutete die gerade. Dann schlug sie sich mit der flachen Hand an die Stirn. »Ach nee, jetzt verstehe ich das, es war ja Samstag gestern, da hatte die Tierärztin zu. Na klar, das ist die Lösung! Deshalb ist die nicht hingegangen. Weil die Tierklinik, die kostet ja echt ziemlich viel.« Sie wirkte aufgebracht. Packte Lou ständig am Arm, was die dazu veranlasste, immer mehr zur Seite zu rücken. »Aber wo ist Ayleen jetzt?«

»Vielleicht hat Mike recht, und sie schläft in irgendeiner Notschlafstelle ihren Rausch aus und taucht bald wieder auf«, antwortete Lou.

Vielleicht aber auch nicht. Komisch war es schon, dass den ganzen Tag niemand Ayleen gesehen zu haben schien und sie offenbar nicht einmal zu ihrem Dealer gegangen war, den sie sonst sicherlich täglich aufsuchte. Oder dass sie in der Nacht zuvor nicht an ihrem Schlafplatz geschlafen hatte, an dem sie sogar ein richtiges Bett haben sollte, wie eine der Frauen in der Römerstraße berichtet hatte.

Natürlich konnte das auch einfach bedeuten, dass Ayleen so plötzlich weitergezogen war, wie sie aufgetaucht war. Lou spürte, dass sie Kopfschmerzen bekam, und rieb sich über die Stirn.

»Mike hat das alles nur gesagt, weil der einen Grund wollte, damit er die Suche abblasen kann. Weil der einen Affen schiebt und echt dringend Stoff braucht. Hast du nicht gesehen, wie der geschwitzt und gezittert hat?«, fragte Jenny ein wenig herablassend. »Bei der Sache mit der Ayleen stimmt echt was nicht. Niemand würd' seinen Hund einfach in einen Bach werfen. Die hat den doch lieb gehabt. Der hatte sogar eine Babydecke und eine Rassel. Und die hat doch sogar über Selbstmord geredet, weil die wegen dem Tod von dem Dodo so fertig war. Und dann ist die doch extra zu dem Schrebergarten gegangen, um den zu beerdigen. Warum hätte die da hingehen sollen, wenn sie den einfach ins Wasser schmeißen wollte? Das macht keinen Sinn, echt jetzt. Da hätte die den gleich in den Feuersee werfen können.« Sie holte ihre Ratte heraus und küsste sie auf den Rücken. »Gell, Livie, das macht echt keinen Sinn.« Vorsichtig setzte sie das Tier zurück. »Und den Rucksack hätte die da doch auch nicht einfach stehen lassen, mitten in dem Garten. Nicht mal versteckt hatte die den!«

»Ich weiß, es ist merkwürdig«, bestätigte Lou.

Eine Weile schwiegen sie. Alles, was Jenny gesagt hatte, ergab Sinn.

Und trotzdem plagten Lou Zweifel. Sie erinnerte sich an die Tage vor vielen Jahren, an denen sie so besoffen gewesen war, dass sie kaum hatte laufen können. Manchmal war sie tagelang einfach von der Bildfläche verschwunden. Und wer wusste, was für Psychosen irgendwelche Drogen auslösten; vielleicht war Ayleen nicht Herrin ihrer selbst gewesen, als sie den Hund ins Wasser geworfen und den Rucksack verlassen hatte. Vielleicht hatte sie sich tatsächlich in einem der anliegenden Schrebergärten getötet, und Jenny und sie hatten sie nur nicht entdeckt und …

Der Typ mit der verspiegelten Sonnenbrille stand in diesem Moment auf und kam den Gang entlang. Immer noch schien sein Blick starr auf sie und Jenny gerichtet. Ganz dicht ging er an ihnen vorbei, streifte sie sogar. Sie konnte den säuerlichen Gestank riechen, den Raucher ausdünsteten. Und einen leichten Geruch nach Desinfektionsmittel. Er flüsterte etwas.

An der Haltestelle beim Fitnesscenter stieg der Typ zum Glück aus. Auch das küssende Pärchen verließ die Bahn und hinterließ auf der Ablage am Fenster zwei große Kaffee-to-go-Becher. Jenny stand auf und ging hinüber, schaute in die Becher.

»Noch fast voll und sogar warm. So viel Glück muss man erst mal haben«, sagte sie begeistert, griff nach den Getränken und kam zurück. Einen der Becher reichte sie Lou.

»Wir müssen unbedingt rausfinden, was passiert ist. Also:

Was machen wir als Nächstes?« Jenny legte ihre freie Hand erneut auf Lous Arm.

Lou entzog sich ihr. »Was essen. Und uns dann an einen Schlafplatz verkriechen, an dem wir nicht erfrieren. Wir haben keine Chance, Ayleen in dieser Riesenstadt heute noch zu finden. Morgen können wir weiter rumfragen, ob jemand sie gesehen hat. Und mit Matze sollten wir sprechen. Wenn wir Glück haben, treiben wir sogar diesen Hajo oder Hansjörg vom Schrebergarten auf. Ich denke, wir werden die Frau unversehrt irgendwo …«

»Echt jetzt, wir sollten lieber gleich weitersuchen. Nicht erst morgen.« Jennys Hand landete auf Lous Schulter.

»Ich verstehe dich. Aber es ist wirklich sinnlos. Heute können wir nichts mehr ausrichten. Es ist eisig kalt, verdammt. Und wenn wir noch stundenlang weiter auskühlen, ist das hier unsere letzte Nacht, kapierst du das nicht?« Das einzig Richtige war es, jetzt etwas zu essen aufzutreiben und dann zu ihrem Zelt zu gehen und in den Schlafsack zu schlüpfen.

Lou rieb sich erneut über die Stirn. Jetzt würde sie Jenny wohl oder übel doch mitnehmen müssen, damit die nicht auf der Straße erfror. Denn für die Anlaufstelle war es mittlerweile zu spät, und in den Erfrierungsschutzraum würden sie keine zehn Pferde bringen. In ihrem Zelt hatte sie Decken und dicke Klamotten.

»Außerdem haben wir die Polizei informiert«, fügte sie hinzu und trank einen Schluck Kaffee. Die Brühe war lauwarm und viel zu stark gesüßt.

»Die Bullen, klar.« Jenny klang entrüstet. »Du glaubst

doch nicht etwa, dass die nach einer drogensüchtigen Obdachlosen fahnden, nur weil die einen oder zwei Tage nicht an ihrem gewöhnlichen Aufenthaltsort aufgekreuzt ist, oder? Und weil da eine Decke mit Hundeblut liegt? Echt jetzt, wenn wir die Frau nicht suchen, macht das niemand!«

Lou lehnte den Kopf gegen die U-Bahnscheibe und schloss die Augen. Sie wusste, dass Jenny recht hatte. Trotzdem war es heute zu spät und zu kalt. Abgesehen davon lautete die brutale Wahrheit, dass, falls diese Ayleen irgendwo im Freien ihren Rausch ausgeschlafen hatte, es mittlerweile sowieso zu spät war und man ihr nicht mehr helfen konnte.

»Sie könnte in Not sein«, insistierte Jenny. »Überleg doch mal: Wenn jemand einen Schlafplatz in dem alten Baumarkt hat, dann geht der doch da hin, wenn es so arschkalt ist wie in der letzten Nacht. Da pennt man doch nicht draußen. Also echt.« Sie zupfte an ihrem Freundschaftsarmbändchen, schien nachzudenken. »Wir können wenigstens nach Klostermühle fahren und schauen, ob sie nicht doch da ist«, meinte sie dann. »Heute noch. Man kann sich nicht darauf verlassen, was die Pillen-Petra erzählt. Die kenn ich.«

Lou strich sich die Haare aus dem Gesicht. »Und wenn sie *nicht* da ist, wovon ich ausgehe, wissen wir auch nicht mehr, oder? Ist eine scheiß Gegend da beim alten Baumarkt. Ich habe außerdem kein Geld mehr für eine Fahrkarte nach Klostermühle.«

»Wir fahren schwarz.«

Lou schüttelte den Kopf. »Wir bringen uns in Lebensgefahr, wenn wir irgendwo draußen auf der Straße in Klostermühle stranden, weil wir die letzte Bahn verpassen. Ich will nicht, dass du erfrierst, nur weil irgendeine Frau ihren Rausch in einem Erfrierungsschutzraum ausschläft und vergessen hat, Mike das mitzuteilen.«

»Die schläft nicht ihren Rausch aus. An der Sache stimmt was nicht. Entweder ist die in einer Notlage, oder die wurde ermordet. Und wenn ich ganz ehrlich bin, glaube ich eigentlich, die wurde umgebracht«, beharrte Jenny. »Ganz echt. Und wir müssen den Täter finden, weil es sonst niemand tut. Das ist doch eine richtig große Story. Du bist Journalistin und …«

»Ayleen wurde nicht ermordet. Dafür gibt es nicht den kleinsten Anhaltspunkt. Außerdem wäre Mörder zu finden sowieso Sache der Kripo. Abgesehen davon bin ich, wie gesagt, keine Journalistin mehr! Ich lebe auf der Straße, falls du das noch nicht gemerkt hast.« Lou spürte, wie plötzlich heiße Wut in ihr hochstieg.

»Na und? Du warst mal Journalistin und weißt, wie man so was macht.« Jenny klang aufgeregt. Sie gestikulierte mit dem Kaffeebecher in der Hand.

Lou starrte aufgewühlt aus dem Fenster auf die vorbeiziehenden Betonwände des U-Bahntunnels.

»Die Ayleen ist eine von uns«, setzte Jenny erneut an. »Und wenn ihr Mörder …«

»Es gibt keinen Mörder, verdammt. Und selbst wenn, wäre es verrückt, ihn mitten in der Nacht und bei den Temperaturen zu suchen. Ende der Diskussion.«

»Wenn du mir nicht hilfst, mach ich es eben allein«, murrte Jenny.

»Von mir aus. Ich kann dich ja offenbar nicht abhalten.«
Lou zog ihre Schulter ruppig unter Jennys Hand weg. Dabei
verschüttete sie Kaffee auf den Boden.

»Aber … ich weiß doch gar nicht, wie man so Sachen
rausfindet. Oder wie man das dann schreiben muss. Bitte,
hilf mir doch. Wir könnten die Story später verkaufen. Ich
habe gehört, dass Fernsehsender viel Geld für so was …«

»So funktioniert das nicht«, unterbrach Lou. »Und ich
will auch nicht. Ich habe mit dem Job aufgehört und werde
nie wieder damit anfangen.« Es war schwer genug gewesen,
sich damit abzufinden. Alle Hoffnung auf einen Neuanfang
in sich abzutöten. Sie würde nicht noch einmal hoffen, nur
um wieder auf die Schnauze zu fallen. Abgesehen davon gab
es hier keine Mörderstory und auch wirklich gar nichts, das
sie heute noch für Ayleen tun konnten.

Jenny fauchte: »Stimmt das also, was die anderen gestern
am Feuersee über dich erzählt haben? Dass du gar keine
gute Journalistin warst, sondern Lügengeschichten erfunden
hast? Dass du in Wirklichkeit gar nichts kannst? Und dass
du das vertuschen wolltest und deshalb ein Haus angezündet …«

»Halt den Mund!« Jetzt reichte es. Lou stand auf und
ging zur Tür. Die nächste Haltestelle war *Marktplatz*.

Jenny folgte ihr. »Hilfst du mir deshalb nicht? Weil du
hier keinen Preis gewinnen und dich nicht in den Vorder-
grund stellen kannst?«

Lou kniff die Lippen zusammen. Sie umklammerte
die Haltestange an der Tür. Ihr war eiskalt. Die dreckver-
schmierte Hose kratzte unangenehm an ihrem Unterschen-

kel. Sie wollte nur noch weg hier. Ihre Ruhe haben. Als die Türen aufgingen, stürmte sie nach draußen. Jenny blieb ihr dicht auf den Fersen. Packte sie schon wieder am Arm.

»Die anderen haben mir gesagt, dass du eine sensationsgeile Reporterin warst und für deine Storys im wahrsten Sinne des Wortes über Leichen gegangen bist. Aber ich …«

Lou riss sich los und hastete den Gang entlang Richtung Rolltreppe. So, als habe sie nichts gehört.

»Ich hab es denen erst nicht geglaubt. Echt«, rief Jenny. »Aber als ich vor der Klinik gewartet hab, hab ich im Internet alles nachgelesen. Dass du echt im Gefängnis warst und so. Dass die Beweise bei deiner Verurteilung eindeutig waren.« Sie klang beinahe stolz.

»Was willst du dann noch von mir?« Lou blieb ruckartig stehen und drehte sich um. Jenny prallte beinahe mit ihr zusammen. »Warum bist du nicht abgehauen wie alle anderen auch? Wenn du doch anscheinend alles weißt? Hast du dir gedacht, es wäre aufregend, eine Kriminelle kennenzulernen, die über Leichen geht? So wie du es jetzt aufregend findest, einen Mörder zu suchen? Stehst du auf Gefahr? So ein bisschen Abwechslung, um dich von dir selbst und deinem elenden Leben abzulenken?« Sie schnaubte, stieß Jenny von sich. »Oder wolltest du nur jemanden kennenlernen, auf den du herunterschauen und dich dann ein bisschen besser fühlen kannst? Denn so ist es doch, oder? Jeder scheiß Dealer hier draußen, der ›nur‹ wegen Drogendelikten oder Körperverletzung im Knast saß, denkt doch, er sei ein Opfer der ach so bösen Umstände und viel, viel besser als ich. Sie spucken mich an, verdammt.«

Vielleicht hatte sie das alles sogar verdient. Aber die Wahrheit, die alle zu kennen glaubten, war trotzdem eine ganz andere. Sie spürte, wie sich die Bitterkeit, die sich über die Jahre in ihr aufgestaut hatte, Bahn brach.

Jenny war knallrot geworden und nestelte an ihrem Armbändchen herum.

»Du hast keine Ahnung, von nichts!«, fauchte Lou. »Und jetzt lass mich in Ruhe! Ich weiß schon, warum ich lieber allein bin.« Sie ging weiter. Bestieg die Rolltreppe und fuhr nach oben.

Jenny folgte ihr. »Es stimmt aber überhaupt nicht.« Ihre Stimme klang auf einmal kläglich.

»Was stimmt nicht?«, fuhr Lou sie an.

»Ich … ich denk nichts Schlechtes über dich. Ganz echt. Ich schau auch nicht auf dich runter. Du bist stark. Du hast mir geholfen. Davor hat mir noch nie einer so geholfen. Dass der sich für mich geprügelt hat und so. Du bist echt nett und bestimmt kein schlechter Mensch. Es ist mir egal, was du gemacht hast. Du hast sicher einen Grund dafür gehabt. Warum du das Haus angezündet hast und das Au-Pair-Mädchen …«

»Verschwinde«, zischte Lou, während sie hinaus auf die Straße stapfte.

»Warte. Bitte, geh nicht weg«, flehte Jenny leise, die zu ihr aufgeschlossen hatte und versuchte, sie an der Jacke zu packen. Lou beschleunigte ihren Schritt.

Eine Weile gingen sie schweigend hintereinander her zwischen den Weihnachtsmarktständen und den Menschenmassen hindurch über den Marktplatz. Lichter funkelten in allen Farben. Es roch nach Bratwürstchen und Glühwein. Irgendwo spielte jemand *O du Fröhliche* auf einer Geige.

In Lous Kopf rasten die Gedanken. Irgendwie ergab plötzlich alles Sinn. Jenny hatte sich ihr nicht deswegen angeschlossen, weil sie nichts über ihre Vergangenheit gewusst hatte, sondern gerade wegen der Gerüchte, die über sie kursierten. Jenny hatte sich wahrscheinlich gedacht, dass die anderen sie in Ruhe lassen würden, wenn sie mit einer gefährlichen Straftäterin abhing. Warum nur hatte sie es zugelassen, dass Jenny ihr so nahe gekommen war? Warum war sie überhaupt in dieser verfluchten Stadt, die sie nie wieder hätte betreten sollen? Wenn sie sich doch anscheinend so toll damit abgefunden hatte, nie wieder als Journalistin zu arbeiten? Ihr Atem ging keuchend.

»Warte doch.« Schon wieder Jenny. Was wollte die denn noch?

»Verschwinde, ich will dich nicht bei mir haben. Wollte ich noch nie, verdammt«, knurrte Lou und stapfte zwischen den Ständen durch davon.

Diesmal folgte ihr Jenny nicht.

Erst als Lou eine ruhigere Seitenstraße erreicht hatte, in der nur noch vereinzelte Buden standen, blieb sie stehen. Ihre Schulter tat trotz der Schlinge wieder höllisch weh und ihr Magen knurrte laut. Und kalt war es, das war ja nicht zum Aushalten. Verdammte Jenny.

Lou spürte, wie Erschöpfung ihren Körper flutete, die Glieder zittrig werden ließ, es reichte ihr für heute. Sie wollte nur noch was essen und dann in ihr Zelt kriechen und schlafen. Der Kaffee-to-go, den sie immer noch in der

Hand trug, war mittlerweile kalt, trotzdem nippte sie daran. Schlug den Weg in Richtung einer der wenigen Suppenküchen ein, die jetzt noch geöffnet hatten.

Als sie in die düstere Schottenstraße einbog, stieß sie beinahe mit einem muskulösen Typen zusammen, der eine FFP2-Maske, eine Mütze und trotz der Dunkelheit eine verspiegelte Skibrille trug. Der seltsame Mann, den sie vorhin in der Bahn gesehen hatten! Was für ein merkwürdiger Zufall, dass sie ihm noch einmal … Der Typ blieb stehen, sie sah es aus den Augenwinkeln. Jetzt drehte er sich um und kam zurück, geradewegs auf sie zu. Verdammt.

Im Kopf ging sie die Möglichkeiten durch. Angreifen und fragen, was zur Hölle das Arschloch wollte, oder abhauen. Sie entschied sich für Letzteres. Der Typ sah aus wie ein Bodybuilder, und die Art, wie er ging, hatte etwas Aggressives.

Sie ging eilig ein paar Schritte, aber er beschleunigte ebenfalls, das hörte sie. Sie drehte den Kopf. Er hatte sie beinahe eingeholt, seine Hand streckte sich nach ihr aus, offenbar wollte er ihre Brust … Sie wich im letzten Moment zur Seite.

»Lassen Sie mich in Ruhe!«, sagte sie laut.

Der Typ lachte leise und bösartig, ihr lief ein Schauer über den Rücken. Dann streckte er erneut die Hand aus. Reflexartig schüttete sie ihm den Kaffee ins Gesicht und rannte los. Bog in eine belebte Gasse ein, die zurück zum Marktplatz führte.

Wenig später tauchte sie in der wuseligen Menschenmasse auf dem Weihnachtsmarkt unter. Erst jetzt warf sie einen Blick zurück. Der Typ war zum Glück verschwunden.

Kapitel 13

Das Wasser des aufgestauten Flusses war schwarz und morastig. Weiße Würmer und schleimige Fische wohnten darin. Und die grausame Frau aus dem See, die Fleur hieß und die Gewässer der ganzen Welt beherrschte, aber immer wieder hierher zurückkam. Aus dem Schlamm reckten sich fette Blutegel nach oben.

Der kleine, magere Junge stand zitternd am Ufer. Splitterfasernackt. Die trockenen Gräser stachen ihm schmerzhaft in die Fußsohlen. Er hatte Tränen in den Augen.

»Hör auf zu heulen, du feiger Schwachkopf. Und wasch dir endlich die Pisse ab«, zischte Cathérine. »Du bist ekelhaft. Kein Wunder, dass deine Mutter abgehauen ist.«

Der Junge rührte sich nicht. Das dunkle Wasser bewegte sich bedrohlich. Fleurs Gesicht war darin zu sehen. La Femme du Lac. Sie lauerte unter der Oberfläche. Um ihn zu töten. Weil er nicht artig gewesen war und in die Hose gemacht hatte. Schon wieder.

Cathérine hatte ihn nur deshalb hergebracht. Sie wollte Dad endlich ganz für sich allein haben, nachdem Maman weg …

Cathérine packte ihn grob am Arm. Zerrte ihn noch näher ans Wasser. Seine Zehen berührten die dunkle Brühe. »Los jetzt, du gestörter Feigling. Wasch dich! Ich habe noch anderes zu tun!« Sie gab ihm eine Ohrfeige. Und noch eine. Stieß ihn dann. Er verlor den Halt. Taumelte zur Seite. Konnte sich gerade noch fangen. Er sackte in die Knie. Sah die fetten Blutegel, die sich im Schlamm wanden. Und Fleurs Fratze, die ihm aus dem Wasser entgegen-starrte. Vor Ekel und Angst bekam er kaum noch Luft.

Die Erinnerung war so stark, dass ihm beinahe schwarz vor Augen wurde. Er schaffte es gerade noch in einen düsteren Hauseingang. Dort nahm er die Skibrille und die Maske ab, wischte mit dem linken Ärmel panisch das ekelhafte Zeug von der Haut, das die Schlampe ihm ins Gesicht gespritzt hatte, dann presste er seine im-mer noch nasse Stirn gegen den eiskalten Stein. Umklammerte den Griff des Messers in seiner Jackentasche.

Die Schlampe war gerissener, als er gedacht hatte. Hinterfot-zig. Sie erinnerte ihn irgendwie an Cathérine. Nein, nicht an Cathérine. Sie erinnerte ihn an … Ihm wurde brennend heiß, als ihm die Erkenntnis durch den Kopf schoss. Das schwarze Wasser. Als sie seine Jacke aus dem Hilfsmobil gestohlen hatte und später in der Unterführung durch das schwarze Wasser auf dem Boden geflüchtet war … Und jetzt hatte sie schon wieder etwas auf ihn gespritzt. Das war kein Zufall. Er presste seine Stirn so fest gegen den Stein, dass es schmerzte. Er hätte wissen müssen, dass es keine Zufälle gab!

Und er hätte wissen müssen, dass Fleur, die Frau aus dem See, es nicht hinnehmen würde, dass es ihm gelungen war, sie zu überlis-ten. Damals, als er sein erstes Eichhörnchen getötet und seine Angst vor ihr und dem Wasser verloren hatte, weil er sich mit dem Blut eingerieben hatte.

Er schlug seine Stirn gegen den Stein. Immer und immer wieder.

Es war kaum vorstellbar, aber es musste so sein. Fleur war aus dem Wasser gestiegen, um ihn zu holen. Sie gab sich als Obdachlose aus und nannte sich Lou. Clever, das konnte man nicht anders sagen, aber zum Glück hatte er sie jetzt durchschaut. Was bedeutete, dass er seine Pläne ändern musste.

Als er langsam zu seinem Transporter zurückging, konnte er in seinem Kopf die anderen Kinder aus Clairvaux-les-Lacs das Ende des Reims singen hören: Wenn sie dich auswählt, dann ist es zu spät. Bettle und renne, flüchte und fleh – aber niemand entkommt der Frau aus dem See.

Er sog die Luft durch die Nase ein und stieß sie durch die Zähne wieder aus.

Sie hatte ihn ausgewählt, damals schon. Aber er würde das Unmögliche schaffen. Er *würde* der Frau aus dem See nicht nur entkommen. Sondern sie besiegen. Sie töten. Sich ihre Macht einverleiben.

Er lächelte grimmig.

Kapitel 14

Lou streifte eine Weile über den hell erleuchteten Weihnachtsmarkt, bis sie sich sicher war, dass der eigenartige Typ mit der verspiegelten Skibrille ihr tatsächlich nicht gefolgt war. Sie schüttelte den Kopf. Dass sie ihn wiedergetroffen hatte, war nur ein Zufall gewesen. Der Kerl war nicht wirklich gefährlich, sondern nur ein komischer, widerlicher Arsch, der sie hatte antatschen wollen. Nicht der Erste, der Wohnungslose für vogelfrei hielt. Und sicher nicht der Letzte. Lou seufzte. Wie die meisten hatte er nicht damit gerechnet, dass sie sich wehren würde. War stocksteif stehen geblieben, als er ein bisschen Kaffee ins Gesicht bekommen hatte, der bescheuerte Idiot. Wenn es nicht so traurig wäre, hätte sie gelacht.

Sie stolperte über einen Bordstein, konnte sich gerade noch auffangen. Hunger und Erschöpfung ließen sie taumeln, sie musste sich endlich ums Abendessen kümmern, statt über irgendwelche Spinner nachzudenken. Den Gedanken an die Suppenküche verwarf sie dennoch, da sie keine Lust verspürte, noch einmal durch die düstere Schottenstraße zu gehen.

Stattdessen konnte sie bei der Notschlafstelle in der Nähe der Römerstraße vorbeischauen, die hatten meistens Vesperpakete und manchmal sogar Pizza da. Allerdings gab es dort auch viele Hunde, da die Besitzer frisches Wasser und Futter für ihre Tiere bekamen.

Vielleicht sollte sie tun, was Jenny vorgeschlagen hatte: Warten, bis der Weihnachtsmarkt schloss, und nach Übriggebliebenem fragen, das andernfalls weggeschmissen würde. Sie kniff die Lippen zusammen. Jenny. Wo steckte sie jetzt wohl?

Bestimmt eine halbe Stunde tappte Lou ziellos zwischen den Buden herum. Ihre Wut war verflogen. Sie fragte sich, wieso sie so gemein zu der jungen Frau gewesen war. Jenny konnte nicht wissen, wie die Wahrheit aussah. Sie hatte ihre Informationen über *Lou Endres* aus dem Internet und von irgendwelchen Schwätzern und wusste außerdem nicht, wie man richtig recherchierte. Und selbst wenn. Niemand hatte sich je die Mühe gemacht, tiefer zu graben. Weder ihre eigenen Kollegen noch ihre Pflegeeltern. Und was Ayleen anging, wollte Jenny einfach das Richtige tun. Nebenbei vielleicht noch ein wenig Abwechslung und Sinn in ihr Leben bringen – wer konnte ihr das verübeln?

Lou fuhr sich durch die Locken. Auch wenn sie recht damit hatte, dass es sinnlos war, heute noch etwas zu tun, sollten sie morgen weitersuchen. Sogar wenn die Frau wirklich so verzweifelt gewesen war wegen ihres toten Hundes und eine Überdosis genommen hatte und man ihr nicht mehr helfen konnte. Dann sollte ihre Leiche wenigstens nicht unentdeckt …

Lou blieb wie angewurzelt stehen. *Überdosis.* Es waren verdammt viele Frauen in den letzten Monaten an einer Überdosis oder zumindest unter starkem Drogeneinfluss gestorben, wenn sie jetzt so darüber nachdachte: Esma, die die Spritze noch im Hals stecken gehabt hatte. Steffi, die zu nah an einem Feuer eingeschlafen und verbrannt war, weil sie so viele Drogen intus gehabt hatte, dass sie sich nicht mehr hatte retten können. Auch diese Babsi, die in den Container geklettert war, hatte offenbar zu viel konsumiert.

Und nun war Ayleen verschwunden, und auch sie hatte unter starkem Drogeneinfluss gestanden, wenn man Mikes Schilderungen Glauben schenkte.

Lou schürzte die Lippen. Vermutlich waren die vielen Toten einfach eine schreckliche, den schlimmen Lebensumständen geschuldete Häufung von Zufällen. Esma war am Ufer des Feuersees und Babsi am Westbahnhof in einem Container gestorben. Steffi war im Sportpark verbrannt. Und Ayleens Spur verlor sich in der Schrebergartensiedlung. Es waren also völlig andere Umstände, die … Lous Hände wurden plötzlich feucht. Andere Umstände vielleicht. Aber verdammt, alle toten Frauen waren in einem recht kleinen Zeitraum in einem überschaubaren Radius rund um den Feuersee und die Katzenbachsiedlung gestorben, und Ayleen war dort verschwunden.

Lou atmete tief durch. Sie musste mal wieder runterkommen. Die Gegend war ein Brennpunktbezirk, in dem es jede Menge Schwerstabhängige gab. Noch mehr, seit die Stadtguard-Idioten die Leute aus der Innenstadt vertrieben. Und sie hatte nicht die geringste Ahnung, ob diese Ayleen wirklich verschwunden war oder nicht doch aus einem vollkommen harmlosen Grund …

Trotzdem.

Lou blickte zur Turmuhr der Kirche. Jenny war offenbar nicht mehr hier, aber sie hatte ja gesagt, sie würde später, wenn die Weihnachtsmarktstände schlossen, herkommen und nach Essen fragen. Bis dahin würde sie ebenfalls wieder hier sein. Davor jedoch konnte sie etwas klären – und dabei gleich noch zu Abend essen.

Sie wandte sich um und ging Richtung Hauptbahnhof. Sie hatte kein Ticket mehr und zum Bahnhof war es ziemlich weit zu Fuß, aber dort verteilten an kalten Abenden wie diesem Freiwillige Kaffee und Kekse. Und dort hing auch öfter dieser Matze herum, von dem Mike gesprochen hatte. Vielleicht traf sie ihn ja an und er hatte wirklich etwas mitbekommen, das Mike entgangen war.

Ihre aufgescheuerten Füße und ihre Schulter machten sich den ganzen Weg über schmerzhaft bemerkbar. Ihr Magen knurrte wütend, und sie war halb erfroren von dem langen Fußmarsch, als sie endlich ankam. Dennoch ging sie nicht gleich in das große Bahnhofsgebäude, da sie Matze auf dem von kahlen Bäumen umrahmten Vorplatz erspähte.

Der junge bärtige Wohnungslose hockte auf einer Isomatte im Schneidersitz auf einer der Bänke, aß ein belegtes Brötchen und spülte mit Bier nach. Seine fettigen schwarzen Haare standen wirr vom Kopf ab.

»Hi, Matze«, sprach Lou ihn an. »Sag mal, du hast doch gestern Abend Ayleen gesehen, oder?«

»Ich rede nicht mit Kriminellen, die andere foltern, um an Informationen zu kommen. Hab ich dir schon gesagt, oder?«

Sie ging nicht darauf ein, obwohl sie dem Typen am liebsten eine geknallt hätte. Arrogantes Arschloch. Abgesehen davon, dass sie nie jemanden auch nur im Ansatz gefoltert hatte, war er selbst ebenfalls auf Bewährung draußen, wenn auch »nur« wegen Raubüberfall.

»Ich suche Ayleen«, sagte sie.

»Kenn ich nicht.« Sein Mund war voll mit halb zerkautem Brötchenbrei.

»Sie wurde vermutlich Opfer eines Gewaltverbrechens«, trug Lou ziemlich dick auf. »Und du warst einer der Letzten, der sie lebend gesehen hat. Gestern Abend, am Feuersee.«

Vorsicht schlich sich auf einmal in Matzes Blick. »Und warum genau interessiert dich das noch mal?«, fragte er.

»Wie gesagt, ich suche die Frau.«

»Wenn ich nicht mit dir rede: Folterst du mich dann auch?« Er feixte.

»Du kannst mich mal.« Sie zwang sich, ruhig weiterzusprechen. »Ich habe Ayleens Rucksack gefunden. Mit ihrem Schlafsack daran. Ihr toter Hund lag achtlos im Fluss. Und da war ein großer Fußabdruck in der Erde. Ich will einfach nur sichergehen, dass es ihr gut geht, verdammt. Ist dir das scheißegal? Sind in letzter Zeit nicht genug Leute gestorben?«

Matze biss erneut von seinem Brötchen ab. Während er kaute, strich er sich über seinen ungepflegten nikotingelben

Bart. »Wo hast du den Rucksack gefunden?«, wollte er nach einer Weile wissen.

»In der Schrebergartensiedlung beim Katzenbach. Mike macht sich ebenfalls Sorgen.«

Matze schien eine Weile nachzudenken. Schließlich schob er den letzten Rest seines Brötchens zwischen die Zähne. Kaute mit offenem Mund, trank einen Schluck Bier und rülpste vernehmbar.

»Weißt du, was sie in der Nacht noch gemacht hat?« Es fiel Lou schwer, die Ungeduld aus ihrer Stimme zu verbannen.

»Das Übliche. Nehme ich an.« Matze grinste bösartig. »Was sie gerade vermutlich auch macht.«

»Was ist das Übliche?«

»Na, anschaffen. Und danach die Kohle in Stoff anlegen. Der Kreislauf des Lebens.«

Lou runzelte die Stirn. »Mike meinte, sie wollte gestern Abend ihren Hund beerdigen.«

Matze kramte in der Tasche seines grauen Parkas und holte ein Päckchen Tabak heraus. Wühlte mit seinen gelb gefleckten Fingern darin herum und förderte Filter und Papierchen zutage. »Kann schon sein. Ich nehme an, den hat sie noch irgendwo verscharrt, bevor sie ficken gegangen ist. Ehrliche Meinung? Der wurde nicht vergiftet. Die Alte hat dem einfach was Falsches zu fressen gegeben. Mike musste das jaulende Scheißvieh totschlagen. Keine Ahnung, wie man so einer einen Hund überlassen kann. Und die wurde auch von niemandem verfolgt.« Er leckte an dem Papierchen, klebte einen Filter hinein. Dann zeigte er mit dem

Zeigefinger an seine Stirn und meinte: »Ist alles nur da drin bei der. Die checkt echt gar nichts mehr.« Er füllte das Papierchen mit Tabak.

Lou wurde noch kälter, als ihr sowieso schon war. »Sie hat erzählt, dass sie verfolgt wurde?«

»Irgendein durchgeknallter Typ. Freier wahrscheinlich.« Matze machte eine wegwerfende Handbewegung. »Sie war vorher schon psycho, aber in letzter Zeit hat sie angefangen, völlig durchzudrehen, wenn du mich fragst. Hat sich Sachen eingebildet. Nachdem ihre Freundin im alten Sportpark draußen gestorben ist, die Steffi. War zugegebenermaßen eine scheiß Geschichte. Aber die hat auch viel zu viel geballert, die Steffi. War die ganze Zeit drauf. Hat sich vernachlässigt. Nur noch auf Zeitungen gepennt. Mit Fleecedecken drüber. Direkt am Feuer.« Er schüttelte den Kopf. »Das brennt wie Zunder. Das weiß man doch.« Er rollte seine Zigarette zusammen, leckte das Papierchen erneut ab. »Sie hat zum Glück nicht gemerkt, wie sie abgefackelt ist. Ist vorher ohnmächtig geworden. Wegen der Benzos und dem K. Hat der Doc vom Hilfsmobil jedenfalls erzählt.«

»K?«

»Ketamin. Die Bullen waren nach der Sache natürlich ebenfalls da. Haben rumgefragt. Auch, wo Steffi den Stoff herhatte und so. Ist ja logisch in so einem Fall.« Matze steckte sich die Zigarette in den Mund, zündete sie an. Ein Zug von Selbstgefälligkeit lag in seinem Blick, und Lou hatte den Eindruck, dass er sich in der Rolle des Berichterstatters gefiel. Sie sagte nichts.

»Der Tod war eindeutig ein Unfall«, fuhr Matze fort. »Die Ermittlungen wurden dann ja auch eingestellt.«

»Aber Ayleen dachte, Steffis Tod sei kein Unfall gewesen? Oder was meinst du mit ›sie hat sich Sachen eingebildet‹?«, hakte Lou nach.

Matze saugte an seiner Zigarette, inhalierte den Rauch tief. Es dauerte eine Weile, ehe er weitersprach. »Na ja«, sagte er dann herablassend, »das mit den Benzos und so, das hat Ayleen misstrauisch gemacht. Hat angefangen rumzufaseln, die Steffi hätte nie was anderes als Koks angerührt. Die hätte genau wie sie ausschließlich bei Rashid gekauft, und der hätte nicht mit was anderem gedealt. Ist doch Schwachsinn.« Erneut schüttelte er den Kopf. Nahm einen letzten Zug an der Kippe und warf sie dann auf den Boden. Während er den Rauch in der Lunge behielt und nur langsam ausatmete, bemerkte er gepresst: »Die Steffi hat alles genommen. Echt alles. Und bei Rashid habe ich höchstpersönlich schon Pillen gekauft, die definitiv kein Koks waren.« Er lachte heiser auf. »Die Bullen haben Ayleen mehrfach gesagt, dass Steffis Tod ein Unfall war. Keine Anzeichen für Fremdverschulden und so weiter. Haben ihr ins Gewissen geredet. Sie soll einen Entzug machen. Damit sie wieder klar denken kann und ihr nicht das Gleiche passiert und so. Kurz danach hat sie erzählt, dass der durchgeknallte Freier draußen im Klostermühle-Baumarkt an ihrem Bett gestanden hätte. Sie wäre in der Nacht aufgewacht. Der durchgeknallte Freier hätte sie angeglotzt. Wäre dann aber verschwunden.« Er spuckte auf den Boden. »Ayleen ist richtig panisch geworden. Hat gemeint, der Typ sähe aus wie ein Monster und könnte Steffis Mörder gewesen sein. Komisch nur, dass sonst niemand ›das Monster‹ gesehen hat. Ehrliche Meinung? Das waren Halluzinationen. Die Alte hat nur einen Weg gesucht, mit Steffis Tod besser klarzukommen. Hat einen Schuldigen erfunden. Damit sie sich nicht mit ihrem eigenen Scheiß wie ihrer Drogensucht auseinandersetzen muss. Das hat der Doc vom Hilfsmobil auch gemeint. Dass das verständlich ist.« Er klang jovial und ging Lou fürchterlich auf die Nerven.

»Hat Ayleen sonst noch was über diesen Freier erzählt?«, erkundigte sie sich.

»Nur noch, dass der Monstertyp anscheinend gelabert hat, dass er auf junge Frauen steht. Und weil Steffi jung war und Ayleen auch jung ist …« Matze zuckte die Schultern. »Paranoid ist die. Ich meine, wer steht denn nicht auf junge Frauen? Deshalb die gute Unterkunft im Klostermühle-Baumarkt aufgeben …« Er betrachtete Lou abschätzig. »War sowieso nicht das erste ›Monster‹, das Ayleen gesehen haben will«, fügte er hinzu. »Einmal ist ihr auch die Nebelwölfin begegnet. Die, die im Bannwäldchen umgehen soll und sich, bähm, die unschuldigen Spaziergänger holt. Und mit Kobolden hat Ayleen auch schon geredet, wenn sie high war. Total psycho, die Alte. Und die Steffi war genauso. Hat ständig was über rote Schuhe gefaselt. Dass sie vor roten Schuhen Angst hat. Ich meine, geht's noch?« Er lachte gemein.

»Rote Schuhe? Weißt du Genaueres darüber?«

Matze schüttelte den Kopf. »Nee, da gab es nichts weiter. Nur Angst vor roten Schuhen, einfach so. Das meine ich ja: durchgeknallt, die Alte. Beide völlig durchgeknallt.«

»Ist ›das Monster‹ noch mal wiedergekommen? Hat Ayleen da was erzählt? Oder war das eine einmalige Sache?«

Matze puhlte einen neuen Filter und ein Papierchen aus der Tüte auf seinem Schoß. »Keine Ahnung. Aber die Ayleen ist ja auch nie wieder nach Klostermühle zurückgegangen, sondern hat sich in der alten Fabrik am Hallberg einquartiert. Wenn du mich fragst, ist das da viel gefährlicher. Ach ja, und die hat vermutet, dass das Monster auch ihren Hund getötet hat. Deshalb wollte sie auch nicht mehr alleine draußen schlafen. Völlig durchgeballert, die Alte.«

»Verdammt.« Lous Schultermuskeln verkrampften sich. »Aber wenn sie Angst hatte, wieso ist Ayleen dann mitten in der Nacht mutterseelenallein zu den Schrebergärten gefahren, um ihren Hund zu beerdigen?«

Matze zuckte die Schultern. »Spricht dafür, dass sie selbst weiß, dass der durchgeknallte Monster-Freier nicht real ist, oder?«

»Vielleicht spricht es aber auch nur dafür, dass sie nicht dachte, dass er in der Schrebergartensiedlung lauern könnte. Oder dass sie sehr traurig war und einfach ihren Hund beerdigen wollte. Oder, oder, oder«, erwiderte Lou.

»Wie auch immer. Jedenfalls gibt es keine Monster. Das hat sie dann ja jetzt vermutlich kapiert.«

»Wenn sie noch lebt.«

»Warum sollte die nicht mehr leben? Die ist draußen am Hallberg.« Matze zündete sich eine neue Kippe an. »Fängst du jetzt auch an zu spinnen?«

Sie stieß wütend die Luft durch die Lippen aus. Zwang sich, nicht auf die unverschämte Frage einzugehen. »Was anderes: Ayleen kennt doch anscheinend den Typen, dem dieser Schrebergarten gehört. Weißt du irgendwas über den?«

Matze blies Rauch aus. »Keinen Plan, wer das ist, aber die Alte hat bestimmt zehn Minuten mit ihm mit meinem Handy telefoniert. Weil ihrs mal wieder leer war. Zum Glück hab ich die Flatrate.«

Sie hatte sich geschworen, nie wieder zu recherchieren. Deshalb würde sie jetzt nicht ... »Könntest du mal in deinem Handy nachschauen und mir vielleicht die Nummer geben?«, fragte sie.

Mit der Nummer in der Tasche ging sie schließlich in den Bahnhof hinein, um nach den Freiwilligen, die kostenloses Essen an Wohnungslose ausgaben, Ausschau zu halten. Unwahrscheinlich, dass dieser Hajo oder Hansjörg der durchgeknallte Freier war. Sonst hätte Ayleen ihn wohl kaum angerufen. Trotzdem sollte sie mit ihm sprechen. Sobald sie eine Möglichkeit gefunden hatte, ohne eigenes Handy bei ihm anzurufen.

Jenny, dachte sie. Sie musste unbedingt Jenny wiederfinden. Nicht nur wegen des Anrufs. Sie wollte sich entschuldigen. Und auch wenn Ayleen vermutlich wirklich nur in der alten Fabrik am Hallberg steckte und es nicht unwahrscheinlich war, dass sie unter Drogenfantasien litt – der durchgeknallte Monstertyp ging Lou nicht aus dem Kopf. Und Jenny war ganz allein irgendwo da draußen unterwegs. Sie hatte der jungen Frau doch helfen wollen. Vor ihrem geistigen Auge schob sich Ellies Gesicht vor das von Jenny.

Sie hatte schon einmal versagt. Mit furchtbaren Folgen. Das durfte nicht wieder passieren.

Mit einem dampfenden Becher in der einen und einem Früchtebrot in der anderen Hand schlug Lou wenig später den Weg Richtung Innenstadt ein. Sie fühlte sich ausgelaugt und durchgefroren bis in den letzten Winkel ihres Körpers und fluchte leise vor sich hin. In ihrer Schulter pochte es. Trotzdem war da etwas in ihr, das sie an früher erinnerte. Als sie noch Journalistin gewesen war. Morgen würde sie versuchen, diesen Hajo oder Hansjörg ausfindig zu machen und mit weiteren Leuten zu sprechen. Nur um sicherzugehen, dass sie sich irrte und kein gefährlicher Monstertyp mit roten Schuhen in dieser Stadt herumlief, der möglicherweise Frauen tötete. Sie blieb abrupt stehen. Rote Schuhe. In der U-Bahn. Der Typ mit der verspiegelten Sonnenbrille hatte rote Turnschuhe getragen.

Sie lachte wütend auf. *Fängst du jetzt auch an zu spinnen*, feixte Matzes Stimme in ihrem Ohr. Sie war übermüdet. Sie musste einfach nur schlafen.

Sobald sie Jenny gefunden hatte.

Sie warf einen Blick auf die Uhr über dem Eingang einer Bank. Der Weihnachtsmarkt machte um 22:30 Uhr zu. In einer guten halben Stunde. Sie musste sich beeilen.

Ihr Atem bildete weiße Wölkchen in der eisigen Luft, als sie Richtung Markplatz zurückmarschierte. Um ein wenig abzukürzen, ging sie die um diese Zeit ruhige Parkstraße entlang, die sie normalerweise mied, weil hier eine der überregionalen Zeitungen residierte, für die sie gelegentlich geschrieben hatte.

Sie schaute starr geradeaus und schritt zügig aus. Erst als sie das Redaktionsgebäude hinter sich gelassen hatte, drosselte sie ihr Tempo. Am Ende der Straße gab es vor allem Anwaltskanzleien und Architekturbüros und …

Plötzlich wurde sie von hinten grob an der Jacke gepackt. Viola, dachte sie. Dann schoss ihr der Typ mit der verspiegelten Brille durch den Sinn. Ihr blieb fast das Herz stehen, und sie drehte sich mit einer ruckartigen Bewegung um, hieb auf den Arm, der sie festhielt. Der Schmerz, der ihr bei der schnellen Bewegung durch die Schulter fuhr, ließ Sternchen vor ihren Augen tanzen.

Kapitel 15

Der Abend war eisig. Seine Finger fühlten sich steif an, als er den Transporter auf die Stadtautobahn lenkte. Hinter sich hörte er leises Stöhnen, die blonde Schlampe kam offenbar wieder zu sich. Zum Glück hatte er sie allein aufgreifen können. Wenn die Nächte so kalt waren, war es manchmal schwierig, die Schlampen zu jagen, denn sie übernachteten öfter drinnen. Und selbst tagsüber waren sie nicht leicht anzutreffen und häufig in Gesellschaft.

Er trommelte mit den Fingern aufs Lenkrad, während er fuhr. Es hatte eine Weile gedauert, bis er seinen Schock über seine Begegnung mit dieser Lou verwunden hatte, die, da war er sich mittlerweile absolut sicher, in Wirklichkeit Fleur, die Frau aus dem See, war. Aber jetzt war er wieder ruhig und konzentriert. Er hatte kapiert, dass Fleur ihn nur hatte verwirren wollen. Um ihn daran zu hindern, sein Meisterstück zu vollenden. Damit er nicht damit an die Öffentlichkeit trat und jeder sehen konnte, wer er war. Weil sie ihn um seine Macht beneidete.

Doch da hatte sie die Rechnung ohne ihn gemacht! Er war Gott. Er badete sogar in ihren Gewässern. Sie war schwach. Lächerlich schwach. Er hatte seine Angst überwunden, als er damals das Eichhörnchen getötet hatte. Und ein paar Jahre später

Cathérine, die ihm als Kind so groß und mächtig vorgekommen war.

Ein Grinsen stahl sich auf sein Gesicht, als er an den Blick in Cathérines Augen dachte, in jenem Moment, als sie kapiert hatte, dass er nicht deshalb zurückgekommen war, um Dad zu besuchen. Als er ihr einen ihrer hässlichen, stinkenden Strohblumenkränze, die er einst stundenlang für sie hatte flechten müssen, während die scharfen Stiele seine Kinderfinger zerschnitten und zerstochen hatten, ins Gesicht geschlagen hatte. Als er seine Hände um ihren Hals gelegt und sie sich in die Hose gemacht hatte.

Fleur war genauso schwach wie Cathérine.

Trotzdem musste er vorsichtig sein. Heute würde er etwas weiter vom Feuersee entfernt parken als sonst, um die Rote Arbeit zu erledigen. Zügig lenkte er den Transporter auf den schmalen Pfad, der in das kleine Waldstück führte.

Kapitel 16

Als Lous Sicht sich wieder geklärt hatte, blickte sie in die kalten Augen einer Frau mit dem schwarz-weißen Schal eines Stadtguards. Am Gürtel ihrer Jeans trug die Fremde einen Schlagstock. Sie sah aus, als würde sie ihn ohne zu zögern einsetzen.

»Was tust du hier?«, schnarrte die Frau.

»Das geht Sie einen feuchten Dreck an«, zischte Lou.

Die Frau musterte Lous von der Schlägerei im Park ramponiertes Gesicht und ihre Schlinge. Ein Mann, ebenfalls mit Stadtguard-Schal, trat nun hinzu.

»In letzter Zeit gab es hier einige Diebstähle«, sagte die Frau. »Wir möchten sichergehen, dass sich kein Gesindel in der Straße herumtreibt. Zum Schutz der Anwohner.« Sie besah ausgiebig Lous verdreckte Hose und ihre Jutetasche und rümpfte die Nase. »Wieso begibst du dich nicht zu den Plätzen, die die Stadt für Menschen wie dich eingerichtet ...«

»Es ist genauso meine Stadt wie Ihre.« Wut stieg in Lou auf. »Was bilden Sie sich eigentlich ein?«

»Na, na, na, wer wird denn gleich aggressiv werden?«,

mischte sich der Mann ein. »Wenn Ihnen das lieber ist, können wir gern die Polizei rufen. Der wir erzählen werden, dass wir beobachtet haben, wie Sie versucht haben, in ein Fenster einzusteigen. Oder Sie verschwinden einfach von hier.«

Das war unglaublich. Was für Arschlöcher. Lous Wut glühte heiß in ihrem Magen. Trotzdem erwiderte sie nichts und drehte um. Sie konnte ihre Bewährung nicht gefährden. Außerdem musste sie sich beeilen, wenn sie noch eine Chance haben wollte, Jenny zu treffen. Hoffentlich war die wirklich auf dem Weihnachtsmarkt. Nicht, dass sie doch alleine nach Klostermühle gefahren war.

Die beiden Idioten begleiteten sie bis zur Hanselgasse, einer engen, dunklen Straße, die zu einer der Hauptverkehrsadern hinüberführte. Kochend vor Wut schlug Lou den Umweg ein und verkniff sich einen gestreckten Mittelfinger, als ihre Eskorte endlich stehen und hinter ihr zurückblieb.

Die Turmuhr der Eberhartskirche schlug Viertel nach zehn, und Lou bewegte sich todmüde vorwärts, an vom Frost weiß glitzernden Büschen und Bäumen vorbei. Kalte stechende Luft in den Lungen. Schließlich nahm sie doch die U-Bahn, auch wenn sie kein Geld mehr für die Fahrkarte bei sich hatte. Ihr Herz klopfte schnell. Aber es waren nur drei Stationen, da würde schon nichts passieren. Zumal die Bahn ziemlich voll war. Lou hatte mittlerweile ein gutes Gespür für Fahrkartenkontrollen entwickelt und würde wachsam sein, wie immer.

Die U-Bahn hielt am Börsenplatz. Bereits durch die

Scheiben entdeckte Lou die vier Kontrolleure, die am Bahnsteig warteten. Verdammt. Zusammen mit einem Pulk Menschen, die vermutlich eins der Weihnachtskonzerte in der Stadt oder ein Restaurant besuchen wollten, verließ sie die Bahn. Zog die Kapuze ihrer Jacke über den Kopf und steuerte auf die Rolltreppe zu.

»Fahrscheinkontrolle«, sagte einer der Kontrolleure und trat den Leuten in den Weg, ein älterer Mann mit der Stimme eines Drill Instructors. Der Pulk wurde langsamer, blieb stehen. Die vier Kontrolleure bildeten eine Kette, sodass niemand der Ausgestiegenen vom Bahnsteig entkommen konnte, ohne an ihnen vorbeizugehen.

Verdammte Scheiße. Die kontrollierten nicht in der weiterfahrenden Bahn. Sondern hier. Lou dachte fieberhaft nach. Sie konnte versuchen, zurück in den Zug … Doch hinter ihr schlossen sich bereits die Türen. Sie ballte die Hände zu Fäusten, während der ältere Mann und seine Kollegen sich von den ersten Leuten die Fahrscheine zeigen ließen. Immer näher rückte sie an die Kontrolleure heran. Was sollte sie machen? Auf gar keinen Fall durften die sie ohne Ticket erwischen.

Hektisch schaute sie sich um. Nur noch wenige Menschen vor ihr. Eine Jugendliche suchte in ihrer Jacke nach der Fahrkarte, die Schlange staute sich zum Glück. Lou betrachtete die Kontrolleure genauer. Der Drill Instructor und sein Kollege, der aussah wie der Türsteher einer Shisha-Bar, kamen nicht infrage. Die junge Braunhaarige mit der hochgeschlossenen Bluse und dem strengen Dutt ebenfalls nicht. Die gingen sichtlich in ihrem Job auf und waren ohne Weiteres in der Lage, sie zu verfolgen. Blieb die blasse Frau mit den erschöpften Gesichtszügen, die sich nicht wohlzufühlen schien in ihrer Haut. Und die glücklicherweise ganz links außen die Fahrkarten anschaute.

Lou glitt langsam in die entsprechende Schlange hinüber. Zog unauffällig die Schlinge von ihrer Schulter, um ihren Arm frei bewegen zu können. Ließ die blasse Frau nicht aus den Augen. Noch vier vor ihr. Drei. Lou machte sich bereit. Als der Mann mit Glatze vor ihr gemächlich in seiner Tasche wohl nach seinem Fahrschein kramte, drängte sie sich an ihm vorbei und sprintete los. Noch bevor die Frau reagieren konnte, war Lou halb die Treppe nach oben gerannt.

»Da haut eine ab«, brüllte es hinter ihr. »Hinterher!«

Sie schaute sich nicht um, hörte aber, dass ihr jemand folgte. Rannte auf die nächste Ebene, an den Gleisen vorbei, die Rolltreppe hoch, die auf den Börsenplatz führte. Hier war viel los, und sie musste sich ihren Weg regelrecht freidrängeln. Auch ihr Verfolger wurde aufgehalten. Leider war es nicht die erschöpft aussehende Frau, sondern der Türsteher, wie sie bei einem kurzen Rückblick erkannte. Er war ihr dicht auf den Fersen. In der Eingangshalle schwenkte sie nach links, hinein in den kleinen Supermarkt, von dem, wie sie wusste, ein Durchgang zum Buchladen führte, und dort vorbei wieder nach draußen und die Auffahrt nach oben. Dorthin, wo die großen Müllcontainer standen. Das einzige Versteck, das ihr auf die Schnelle einfiel. Einen Moment dachte sie nach, dann huschte sie hinter einen der Container und blieb regungslos stehen. Ihr Herz klopfte wild in ihrer Brust. Vor ihrer Nase baumelte eine stinkende Babywindel.

Der Türsteher-Typ rannte an den Müllcontainern vorbei. Sie wartete. Die Kälte kroch ihr in die Knochen, brannte auf der Haut. Sie dachte schon, sie habe den Typen abgehängt, als sie Schritte hörte, die vor den Containern stehen blieben. Fuck.

»Kommen Sie raus!«, sagte eine Stimme und näherte sich Lous Versteck.

Sie trat langsam hinter dem Container hervor, die Hände hinter dem Rücken, in denen sie jetzt mit spitzen Fingern die Windel festhielt. Wenn nötig, würde sie dem Typen das Ding ins Gesicht schleudern und ihn danach fertigmachen.

»Was wollen Sie von mir?«, fragte sie und ging auf ihn zu. Er hielt sie nicht für gefährlich, das sah sie ihm an. Gut so.

»Sie sind schwarz mit der U-Bahn gefahren«, erwiderte er.

»Ich bin heute überhaupt noch nicht mit der U-Bahn gefahren«, behauptete sie. »Weisen Sie mir das erst mal nach.«

»Ganz einfach, da unten sind überall Kameras. Ich rufe die Polizei.« Der Typ zückte sein Handy.

»Und dann?«, fragte sie. »Es ist kurz vor halb elf, wollen Sie nicht lieber Feierabend machen?«

»Netter Versuch. Auf keinen Fall.«

»Aber was genau soll das hier bringen? Ich bin obdachlos. Ich habe kein Geld. Was soll ich denn Ihrer Meinung nach tun? Es ist so kalt, dass ich nicht den ganzen Tag zu Fuß laufen kann. Was ändert sich, wenn Sie mich wegen

Schwarzfahrens anzeigen? Ich werde auch weiterhin ohne Fahrschein mit der U-Bahn fahren müssen. Mich dafür zu bestrafen, ist sinnlos.«

»Ich mache nur meinen Job.« Der Typ senkte das Handy. »Habe ich mir auch nicht ausgesucht.« Er klang nicht unfreundlich.

»Ich muss eine junge Frau finden, damit sie nicht allein draußen übernachten muss. Mir bleibt nicht viel Zeit.« Lou schluckte. »Bitte«, sagte sie dann. »Weil bald Weihnachten ist.« Sie kam sich so schäbig vor, wie sie hier stand und jetzt doch bettelte.

Der Typ erwiderte nichts, musterte sie eine Weile. »Ich feiere kein Weihnachten«, meinte er schließlich. »Aber vielleicht sind Sie mir einfach trotzdem durch die Lappen gegangen?« Er wiegte den Kopf hin und her, dann ging er ein paar Schritte rückwärts und gab den Durchgang zur Straße hin frei. Sie bugsierte die volle Windel in den Container direkt neben sich.

»Danke«, murmelte sie. »Das vergesse ich Ihnen nicht.«

»Schon gut.« Er drehte sich weg und stapfte durch die Kälte Richtung U-Bahn zurück.

Sie schlug den noch verdammt weiten Weg zum Marktplatz ein. Die Luft brannte auf der Haut und schmerzte in den Ohren.

Kapitel 17

Der Weihnachtsmarkt hatte bereits geschlossen und die Stände reihten sich dunkel und verlassen auf dem Marktplatz, als Lou endlich ankam. Einige Verkäufer leerten noch Mülleimer, letzte Besucher standen frierend zusammen, ein Liebespärchen umarmte sich ungerührt von der eisigen Kälte.

Lou durchquerte bibbernd die Gasse zwischen den dicht an dicht stehenden Buden. Jenny war nirgends zu entdecken. Hinter einem der Häuschen am Ende der Reihe vermeinte sie plötzlich, den komischen Typen mit der Tarnjacke und der Brille zu sehen, aber als sie die Ecke erreichte, war da niemand mehr. Vermutlich war es sowieso jemand anderes gewesen, die Statur hatte nicht gepasst, und eine Person in dieser riesigen Stadt dreimal innerhalb so kurzer Zeit zu treffen, wäre sowieso ziemlich unwahrscheinlich.

Sie atmete durch, rief: »Jenny?«, schritt die nächste Reihe ab und die nächste, bis sie den gesamten Weihnachtsmarkt zweimal durchquert hatte. Ging schließlich hinüber zum Hauptmannstor. Unter dem historischen Torbogen hockten ein paar obdachlose Männer mit ihren Hunden auf Isomatten, von denen sie zwei vom Sehen kannte. Einer davon war leider Juri.

Die Hunde verursachten ihr ein kaltes Kribbeln im Genick, aber sie näherte sich der Gruppe dennoch, die Tiere immer im Blick. Glücklicherweise schienen sie zu schlafen.

»Hey«, sagte Lou zu einem kahlköpfigen Typen.

»Was?«, fragte der Typ.

Juri starrte sie mit glasigen, misstrauischen Augen an.

»Ich suche Jenny. Die kleine mit den hellrosa Haaren und dem Ring in der Nase, die immer ihre Ratte in der Manteltasche …«

»Ich weiß. Ich kenn die«, unterbrach der Typ sie. »Hast du verpasst.«

»Hat einer von euch eine Ahnung, wo sie sein könnte? Wollte sie vielleicht nach Klostermühle fahren?«

Einer der Hunde hob den Kopf und knurrte, und Lou machte einen Schritt rückwärts.

»Keine Ahnung.«

Juri meinte: »Die ist vor Kurzem noch hier gewesen und dann gegangen. Mit so einem Typen.« Er lachte dreckig. »Die weiß schon, wie sie ein warmes Bett und ein Frühstück bekommt. Für eine kleine Gegenleistung.« Er machte eine anzügliche Bewegung mit der Hüfte. »Da hat man's leicht, so als Frau.«

Verdammte Scheiße. Lou musste an Matzes Schilderung des komischen Freiers denken. Und an den Typen mit der Maske und der Sonnenbrille. »In welche Richtung sind sie gegangen?«, fragte sie beunruhigt.

»Ich glaube, rüber zum Parkhaus in der Elisabethenstraße.

Vielleicht bläst sie dem Typen da einen? Ist ein beliebter Treffpunkt. Ohne Kameras und ziemlich schummrig.«

Lou machte sich sofort auf den Weg. Ihr Mund war trocken vor Anspannung. Sie war sauer auf Jenny. Wie konnte die so was Gefährliches, Menschenverachtendes tun? Und wieso hatte *sie* die junge Frau alleingelassen?

Das Parkhaus in der Elisabethenstraße war ein finsteres, heruntergekommenes Gebäude, über und über mit Graffiti besprüht. Lou sah sich um, und als sie niemanden in der Zufahrtsstraße entdeckte, betrat sie mit ungutem Gefühl das riesige Gemäuer über die Einfahrt. Die Beleuchtung flackerte, an einigen Stellen war sie auch kaputt. Um diese Zeit standen nicht mehr viele Autos hier, obwohl das Parkhaus niemals schloss.

Lous Schritte klangen hohl und laut zwischen den Betonwänden. Einmal glaubte sie, jemanden flüstern zu hören, aber als sie stehen blieb und lauschte, war da nichts.

Sie hoffte inständig, Jenny und den Typen trotzdem anzutreffen, und ging jedes Stockwerk und sogar das Treppenhaus ab. Aber die beiden waren offensichtlich bereits gefahren. Oder nie hier gewesen.

Dass Jenny sich für ein Dach über dem Kopf prostituieren musste, war beschissen genug, doch was, wenn sie diesmal an den Falschen geraten war? Was, wenn da wirklich jemand Jagd auf junge Frauen machte? Sollte sie zur Polizei gehen?

Lou schürzte die Lippen. Die konnten und würden nichts unternehmen, das wusste sie. Weil Jenny erwachsen war und Lou nichts weiter vorbringen konnte als die wirren Vermutungen einer vorbestraften Journalistin.

Sie verließ das Parkhaus mit einem Grummeln im Magen, schaute sich noch in der näheren Umgebung um und kehrte schließlich zu der Gruppe Männer unter dem Torbogen zurück, weil ihr etwas eingefallen war, das sie bei ihrem hastigen Aufbruch vorhin vergessen hatte zu fragen. »Kennt einer von euch den Typen, mit dem Jenny weggegangen ist?«

»Nee. War so einer mit affigem Bürstenhaarschnitt«, bemerkte einer der Männer.

»Vielleicht der beknackte Stiefbruder von der Jenny«, meinte ein anderer. Er war so zugedröhnt oder besoffen, dass Lou ihn kaum verstand.

»Nee, der Stiefbruder sieht anders aus, und mit dem wär' die sowieso niemals mitgegangen. Die hasst den. Das hat die mir erzählt«, bemerkte ein weiterer Mann.

»Keine Ahnung, was die wann warum macht«, murrte Juri.

»Ist Jenny freiwillig mit dem Mann mitgegangen?«, erkundigte sich Lou.

Juri zuckte mit den Schultern.

»Ja oder nein?«

»Was heißt hier freiwillig? Es ist arschkalt. Sie war alleine. Wo hätte die denn sonst hinsollen?«, fragte er. »Aber er hat sie nicht entführt oder so, falls du das wissen willst.«

Lou nickte. »Wo könnte Jenny sein, falls sie doch alleine unterwegs ist?«

»Die ist nicht allein unterwegs, wie gesagt. Die weiß eben schon, wie sie ein warmes Bett kriegt. Würde ich genauso machen, wenn mich einer wollte.«

»Das will bloß keiner.«

Die Runde brach in lautes Gelächter aus, die Hunde hoben aufgeschreckt ihre Köpfe. Lou wich zurück, ließ die Tiere nicht aus den Augen.

Lou rang lange mit sich, bevor sie sich auf den Weg zurück in die Nähe des Hauptbahnhofs machte, wo die Stadt in einem leer stehenden Schulgebäude einen Erfrierungsschutzraum eingerichtet hatte. Trotz ihrer Sorge um Jenny war sie so müde, dass sie sich kaum noch aufrecht halten konnte. Die eisige Luft brannte auf ihrem Gesicht. Sie spürte ihre Zehen und Finger nicht mehr. Die Kälte war mittlerweile bis in ihr Innerstes gekrochen. Eins stand fest: Heute würde sie Jenny nicht mehr finden. Und bis zu ihrem Zelt schaffte sie es ebenfalls nicht, wenn sie nicht noch mal schwarzfahren wollte. Dafür war der Weg einfach zu weit. In den normalen Notschlafstellen gab es jetzt auch keine freien Plätze mehr, und hier draußen würde sie ohne Schlafsack und Isomatte erfrieren.

Als sie den Erfrierungsschutzraum endlich erreicht hatte, zögerte sie kurz, dann öffnete sie die Tür. Ein bestialischer Gestank nach ungewaschener Haut, Schweiß, Rauch und dreckigen Socken schlug ihr entgegen. Eine Frau hustete sich beinahe die Seele aus dem Leib. Aber immerhin war es warm, alle mitgebrachten Hunde mussten angeleint sein, und Lou bekam ein belegtes Brötchen und eine Thermoskanne Tee. Es dauerte eine Weile, bis sie aufhörte, vor Kälte zu zittern. Die aufgeplatzten Blasen an ihren Füßen sahen böse entzündet aus. Außerdem stank sie selbst ebenfalls nach

Schweiß, obwohl sie sich im Gemeinschaftsklo notdürftig mit der bröckeligen Seife aus dem Spender gewaschen hatte.

Unter mehreren Wolldecken zusammengekauert lag sie wenig später auf einer schmuddeligen Pritsche direkt unter der Tafel in einem der ehemaligen Klassenräume und dachte an Jenny, an ihr Gespräch mit Matze und an die verschwundene Ayleen und die toten jungen Wohnungslosen. Ihr Herz hämmerte in ihrem Brustkorb. Jenny. Im besten Fall war sie irgendeinem ekelhaften Typen ausgeliefert, der die Situation ausnutzte. Im schlimmsten Fall … Daran wollte sie nicht denken. Verdammt noch mal. Wieso hatte sie Jenny im Stich gelassen? Genau wie Ellie.

Lou presste sich die Hände aufs Gesicht. Sie war nicht für Jenny verantwortlich. Die junge Frau war kein Kind mehr und schlug sich seit drei Jahren erfolgreich auf der Straße durch. Sie hätte nicht mit einem dubiosen Typen mitgehen müssen.

Lou wälzte sich auf der durchgelegenen, nach nassem Hund müffelnden Matratze hin und her. Jennys verzweifelte Miene wollte einfach nicht verschwinden; die junge Frau hatte sie um Hilfe gebeten. Und sie hatte ihr nicht geholfen, weil sie zu sehr mit ihren eigenen kleinen Befindlichkeiten beschäftigt gewesen war. Verdammte Scheiße.

Lou brach der Schweiß aus, obwohl sie immer noch fror. Sie streckte die Beine und versuchte, sich in eine andere Position zu drehen. Ihre Schulter schmerzte. Intensiver Crack-Rauch zog vom Nachbarbett zu ihr herüber. Sie presste das Gesicht in das widerliche Kissen.

In dem Raum nächtigten noch zwei andere Frauen, die

ungehemmt Drogen konsumierten, obwohl das hier drin verboten war. Ein Bett war noch leer, das grelle Licht im Raum blendete. Als Lou darum bat, es ausschalten zu dürfen, wurde sie giftig angemotzt. Sie drehte sich zur Wand und legte ein altes T-Shirt über ihre Augen.

Sie war beinahe eingedöst, als Türknallen sie aufschreckte. In den Nachbarbetten setzte ein großes Hallo ein. Lou wandte sich zum Raum und spähte durch die halb geschlossenen Lider hinüber zu den anderen Übernachtungsgästen.

Blumiges Parfüm und der Geruch nach Gras und Alkohol stiegen ihr in die Nase. Eine weitere Frau war gekommen. Nylah. Das hatte gerade noch gefehlt. Sie und Nylah konnten sich gegenseitig nicht ausstehen, seit sie vor einigen Wochen bei der Tafel in einen fiesen Streit geraten waren, weil Nylah Lou eine kriminelle Schlampe genannt und nach ihr getreten hatte.

Nylah warf sich auf das freie Bett und begann lautstark mit den anderen zu quatschen. Während sie und die anderen mehrere Pfeifen rauchten, erzählte Nylah von der »voll unmodischen« grellgelben Neonfarbe ihres neuen Schals, den Fäustlingen und ihrer Mütze, die sie vor Kurzem von Viola bekommen hatte, und gab dann wirre Geschichten darüber zum Besten, dass der Bürgermeister anscheinend plante, mit den Stadtguards zusammenzuarbeiten und alle Wohnungslosen aus der City zu »entfernen«.

»Die Tonia und die Mascha und jetzt auch noch die Biggi – alle nicht mehr auf ihren Plätzen in der Innenstadt. Die dreckigen Stadtguards haben die vertrieben. Da kannst du drauf wetten. Muss man ja nur drauf warten, bis die mal eine Notschlafstelle überfallen.«

Wenig später klärte Nylah ihre Bettnachbarinnen dann noch in voller Lautstärke darüber auf, dass Lou die »*Journalistin mit den Schwefelhölzern* aus dem Fernsehen« sei, die erst ganz kurz wieder aus dem Knast draußen sei.

»Können wir wahrscheinlich von Glück sagen, wenn die das Haus nicht abfackelt oder uns foltert«, kommentierte eine der beiden anderen Frauen.

Nylah lachte gehässig. »Oder wenn sie uns nicht gleich umbringt. Die soll ja schon mal jemanden ermordet haben. Damit nicht rauskommt, dass sie ihre Artikel erfunden hat.«

Wunderbar, dachte Lou zähneknirschend, noch jemand, der die Reportagen gesehen hatte und den Stuss weiterverbreitete, damit irgendwann wirklich alle der Wohnungslosen davon wussten. Dumme Nylah, die damit angefangen hatte.

Nicht, dass sie das nicht schon kannte. *Mit der Presse kommt der Tod*, so was hatten sie damals geschrieben, ihre ehemaligen sogenannten Freunde und Kollegen. *Die Journalistin, die das Feuer zu sehr liebte. Die Folter-Reporterin. Die Lügnerin und Geschichtenerfinderin.* Mit heiligem Zorn hatten die auf sie eingehackt und »das Renommee der Presse«, das von ihr »beschmutzt« worden sei, verteidigt. Niemand hatte sich für die Wahrheit interessiert. Damals nicht und nach ihrer Entlassung aus dem Knast auch nicht, obwohl die Story da noch einmal kurz aufgewärmt worden war.

Auch hier draußen war die Geschichte offensichtlich schon durch viele Münder gewandert und hatte immer spektakulärere und ungeheuerlichere Blüten getrieben. Es grenzte an ein Wunder, dass Nylah nicht auch noch erzählte, Lou sei eine brandschatzende Massenmörderin.

Lou tat, als schliefe sie, während sie unter der Decke ihre Hände zu Fäusten ballte. Ruhig durchatmen. Die konnten sie mal, verdammt.

»Es sind Leute wie die Kriminelle da drüben, wegen denen wir so einen schlechten Ruf haben. Obwohl wir ganz normale Menschen sind«, postulierte Nylahs Bettnachbarin gerade. »Leute wie die ziehen die Stadtguards an.«

Lou kniff die Lippen zusammen. Immerhin näherte sich niemand ihrem Bett.

Als das Gequatsche der anderen endlich aufgehört hatte, lag sie endlos auf ihrer Pritsche wach. Dachte erneut über Ayleen und die toten Frauen und darüber nach, wie ihr Leben so verdammt hatte schieflaufen können. Manchmal blitzten Bilder des Feuers vor ihrem inneren Auge auf, manchmal sah sie ihre Gefängniszelle vor sich oder auch den Moment, in dem sie verhaftet worden war. Aber sobald sie ein wenig wegdöste, tauchte Ellie auf. Wie ihr Pferdeschwanz wippte, wenn sie auf der Schaukel saß. Wie sie Lou mit ihren kleinen Händen mit dem Schmetterlingsring stolz die selbstgebastelte Kette mit dem Dosenverschluss hinstreckte. »Mein Deburtstagsdeschenk für dich, Lou.« Wie sie drei Jahre später ihre Schultüte hielt und mit einem Zahnlückengrinsen lachte. Wie sie wimmernd in ihrem Zimmer lag, während …

Lou schreckte hoch. Ihr Herzschlag pochte bis in ihren Hals. Für einen Moment war sie froh, dass das Licht im Zimmer immer noch brannte. Sie drehte sich zur Wand,

Tränen in den Augen. Was Jenny wohl gerade machte? Ob es ihr gut ging?

Zum Frühstück gab es gespendeten Stollen und eine Tasse Kaffee und wenig später in einer provisorischen Kleiderkammer im ehemaligen Lehrerzimmer endlich neue Unterwäsche, Duschbad, ein Zahnputzset und einen weiteren dicken Pulli. Außerdem gelang es Lou, eine gefütterte Hose zu ergattern, die etwas zu groß und pink, aber dafür herrlich warm war. Leider keine Jacken für die, die schon eine besaßen, und sie konnte ja schlecht erzählen, dass ihr ihre Jacke eigentlich gar nicht gehörte.

Nachdem Lou in einer der ehemaligen Schul-Umkleidekabinen gemeinsam mit acht anderen Frauen geduscht und die Haare gewaschen und geföhnt hatte, ging sie durch einen langen Flur hinüber zum Ausgang. Als sie auf die Straße trat, prallte ihr die Kälte wie eine Mauer entgegen. Raubte ihr beinahe die Luft zum Atmen. Sie verschränkte die Arme, während ihr Blick auf die Bushaltestelle gegenüber fiel. Auf einer der Bänke saß ein Typ mit einer verspiegelten Sonnenbrille, einer FFP2-Maske und einer Kapuze über dem Kopf. Unmöglich, dass das derselbe wie gestern war. Oder doch? Sie schaute ein zweites Mal hin. Die Statur konnte passen. Die Jacke war hingegen nicht grün, sondern schwarz, und die Sonnenbrille sah vollkommen anders aus. Aber der Typ trug rote Schuhe, allerdings Stiefel.

Ein Bus fuhr an die Haltestelle, und als er davonrollte, war der Typ verschwunden.

Lou wandte sich ab. Schalt sich selbst eine Idiotin. Allmählich drehte sie wirklich durch und sah Dinge, die da nicht waren.

Sie beschloss, zur Tafel in der Südstadt zu gehen, weil sie hoffte, dort Jenny anzutreffen. Montags, das hatte die junge Frau ihr erzählt, war das anscheinend der einzige Ort in dieser riesigen Stadt, wo man neben einem anständigen Mittagessen auch Tierfutter bekam. Leider eine gute Stunde Fußmarsch entfernt. Aber das würde sie irgendwie bewältigen. Ihre Blasen hatte Lou so gut es ging mit Pflastern versorgt, und die neue Hose war warm.

Obwohl die Tafel erst in zehn Minuten öffnete, war davor die Hölle los. Nur von Jenny fehlte jede Spur.

Lous Sorge wuchs. Was hatte die Arme in der Nacht erlebt? War sie gar dem Monster begegnet, das auch Ayleen … Verdammt, das war nicht sonderlich wahrscheinlich.

Lou stellte sich an die lange Schlange, die um den ganzen Häuserblock herum bis zum Listplatz führte. Wenn sie schon hier war, konnte sie sich auch etwas zu essen mitnehmen. Und falls sie Jenny nachher hoffentlich irgendwo traf, würde die sich sicherlich über Rattenfutter freuen.

Eine kleine Gruppe Stadtguards protestierte ganz in der Nähe. Sie riefen »Penner raus!« und hielten Schilder hoch, auf denen sie die Verlegung der Tafel »zum Schutz der Anwohner vor Übergriffen« in einen der weit abgelegenen Außenbezirke forderten. Eine Frau, die auf dem Balkon eines Mehrfamilienhauses lehnte, schrie den Demonstranten zu, sie sollten sich schämen und lieber selbst in die Außenbezirke abhauen.

Lou musste lächeln. Es gab jede Menge anständiger Menschen, dachte sie. Überall. Manchmal vergaß sie das.

Gut zwei Stunden später reichte ihr eine freundliche Frau mit einem rosa Kopftuch eine Tüte mit Lebensmitteln über den Tresen. Trockenfutter für Ratten gab es nicht, dafür bekam Lou zwei Karotten und eine kleine Packung Haferflocken. Sie stopfte alles in ihre Jutetasche, in der noch ihr blutbefleckter Pulli und ihre verdreckte Hose steckten.

Danach entschied sie, dass sie unbedingt zu ihrem Zelt gehen, nach dem Rechten schauen und Geld holen musste, bevor sie weiter nach Jenny suchte. Außerdem fiel die Temperatur kontinuierlich, und sie brauchte einen weiteren Pulli.

Lou wanderte zurück zur Hauptstraße und folgte schließlich auf einem müllübersäten Fußweg der Stadtautobahn Richtung Katzenbachsiedlung. An einigen Stellen führte der Weg direkt an der Straße entlang und die Autos rasten an ihr vorbei. Menschen, die irgendwo ein Zuhause und ein normales Leben hatten. Eine Tür, die sie hinter sich zumachen konnten. Lou rieb ihre eisigen Finger. Nicht, dass das in jedem Fall ein guter Ort sein musste, das wusste sie aus eigener Erfahrung. Sie kniff die Lippen zusammen.

Eisiger Wind kam auf, der Staub und Unrat hochwirbelte und in den Augen brannte. Es stank nach Abgasen und den Ausdünstungen der großen Brauerei. Lous Zähne klapperten trotz der gefütterten Hose, als sie endlich am Bannwäldchen ankam. Äste peitschten ihr auf dem engen Weg ins Gesicht. Ihre Schulter in der Schlinge behinderte sie. Als sie um das dichte Gebüsch herumgegangen war, hinter dem sich ihre Bleibe versteckte, blieb sie wie angewurzelt stehen. Für einen Moment hatte sie das Gefühl, keine Luft mehr zu bekommen.

»Was zum Teufel …«, flüsterte sie.

Jemand hatte ihr Zelt und ihren Schlafsack zerschnitten und zerrissen, die Fetzen lagen überall auf dem Boden herum, andere hingen in den Bäumen oder hatten sich im Gestrüpp verfangen. Manche tanzten im Wind. Ihr Zuhause. Ihr einziger, letzter Zufluchtsort. Ihre Beine fühlten sich auf einmal zu schwach an, um den Rest ihres Körpers zu tragen. Ihre Brust war wie zugeschnürt.

Es dauerte eine Weile, bis sie wieder mehr oder weniger klar denken konnte. Aufgewühlt schritt sie über die Lichtung, in der Hoffnung, zumindest einige Habseligkeiten aus dem Zelt wiederzufinden und retten zu können. Stattdessen entdeckte sie etwas entfernt eine große, mit Zweigen und einem Teil ihrer Zeltplane vor dem Wind abgeschirmte Feuerstelle, in der letzte Reste ihrer Kleider kokelten. Der Geruch nach Asche und Rauch ließ sie erschaudern. Rasch wandte sie sich ab und ging zu ihrem ehemaligen Lagerplatz zurück.

Was für Arschlöcher waren das denn gewesen? Hatten die vielleicht etwas mit den beiden Typen aus dem Invalidenpark zu tun, die versucht hatten, Jenny zu vergewaltigen? Sie musste an den Dunkelhaarigen denken, der ihre Jacke zerstückelt hatte. Aber der konnte unmöglich wissen, wo sie wohnte.

Andere Stadtguards? Das wäre möglich. Sie hatte davon gehört, dass einige Anhänger der Gruppe Lager von Wohnungslosen zerstörten, nur so zum Spaß. Unverständlich, woher dieser Hass kam. Warum ließen die sie nicht einfach in Ruhe? Und eigentlich hatte sie gedacht, dass die nicht hier draußen ...

Mit einem Stechen im Magen näherte sie sich dem ausgehöhlten Baum, in dem sie ihre letzten hundert Euro versteckt hatte, ihre neuen Papiere und das einzige Foto von Ellie, auf dem diese stolz eine selbst gebastelte Laterne hochhob. Sie atmete auf, als sie die Plastiktüte entdeckte, und verstaute sie in ihrer Jutetasche.

Alles andere war zerstört. Ihr Zelt, ihre Kleidung und ihr Schlafsack und damit ihre Chance, in nächster Zeit einigermaßen anständig auszusehen und allein zu übernachten. Die restlichen Fotos aus ihrem früheren Leben. Sogar die Pfandflaschen, die sie hatte zurückgeben wollen. Alles, was sie außer dem, was sie am Leib und in der Tasche trug, noch besessen hatte, einfach alles.

Sie sank in die Knie, schlug mit ihrer gesunden Hand wütend auf den gefrorenen Boden.

Irgendwann stemmte sie sich hoch und rieb sich übers Gesicht. Sah sich noch einmal um und bemerkte ein kleines Kreidezeichen, mehrere zackige Linien, an der Tanne hinter dem Platz, auf dem ihr Zelt gestanden hatte. Sie ging hinüber und betrachtete die Zeichnung genauer. Ein Kreis mit Strichen. Vielleicht eine Blume? Und daneben so was wie Wellenlinien. Es sah aus wie eine Art Hinweis.

Sie strich sich nachdenklich über den Mund. Einige Obdachlose verwendeten Kreidezeichen, am liebsten solche mit unauffälligen Motiven, um sich gegenseitig auf Dinge hinzuweisen. Zum Beispiel, dass es bei einem speziellen Bäcker nie etwas umsonst gab. Oder dass bestimmte Schlafplätze nicht sicher waren. War es möglich, dass diese Zeichnung von einem Kollegen stammte? Dass keine Stadtguards, sondern einer von ihnen ihr Hab und Gut zerstört hatte? War das hier vielleicht eine Botschaft, dass die kriminelle Reporterin abhauen sollte? Aber wieso ein Kreis mit Strichen und Wellenlinien?

Sie runzelte die Stirn und dachte nach. Keine Ahnung, was das bedeuten sollte. Abgesehen davon war nie jemand der anderen gegen sie tätlich geworden; selbst Juri hatte lediglich vor ihr ausgespuckt. Sollte das Ganze also nur so aussehen, als sei ein Wohnungsloser für die Zerstörung verantwortlich?

Ein Stich fuhr ihr in den Magen, als ihr ein beunruhigender Gedanke kam. Was, wenn jemand aus ihrer Vergangenheit herausgefunden hatte, wo sie jetzt lebte? Melisande Steinhagen zum Beispiel?

Kapitel 18

Die schwangere Schlampe lag hilflos in ihrem Bett und blickte hoffnungsvoll zu ihm auf. Die Patienten glaubten immer, dass er ihnen helfen würde. So wirkte der weiße Kittel.

Er sagte etwas, das sich beruhigend anhörte. Bat sie, sich frei zu machen.

Sie klappte die Decke zurück und zeigte ihm das Bein mit der entzündeten Wunde. Er tat so, als würde er sich alles genau anschauen.

Schwangere gefielen ihm, auch wenn sie unförmig und hässlich waren. Doch sie taten alles zum Wohl ihres Ungeborenen. Er lächelte. Gleich würde er der Schlampe sehr wehtun. Und sie würde es hinnehmen, weil er behauptet hatte, wenn man die Stelle betäube, könne das dem Fötus schaden. Er spürte die Macht bis in seine Fingerspitzen. Dachte an das Skalpell und die Pinzette und die anderen Instrumente und an all das, was er damit anstellen konnte, wenn er irgendwo allein mit der Schlampe ... Seine Haut kribbelte vor Erregung. Am liebsten würde er die Schlampe gleich hier abstechen.

Genauso wie die Blonde letzte Nacht im Wald. Geil war das gewesen. Unvorstellbar geil. Es hatte lange gedauert, bis er ihr erlaubt hatte zu gehen und ihr nutzloses Leben auszuhauchen. Ein köstlicher Moment. Die Macht war durch seine Adern geflossen, hatte ihn erfüllt. Er war in ihr gewesen, als er das Messer schließlich zum letzten Schnitt … Er spürte, wie sein Schwanz hart wurde. Für einen Moment drohte die Erregung, ihn zu überwältigen, dann hatte er sich wieder unter Kontrolle. Er räusperte sich. Sein Atem ging schnell. Für einen Moment blickte er zum Fenster hinüber. Sog die Luft durch die Zähne ein. Er musste sich beherrschen. Unauffällig bleiben. Weil die scheiß Fotze von Chefärztin ihn nicht leiden konnte. Er war intelligenter und besser als alle anderen, was diese beschissene Akgül natürlich nicht ertragen konnte. Frauen sollten grundsätzlich keine Chefpositionen innehaben, dachte er. Sie logen und betrogen. Die Akgül-Fotze besaß sogar die Frechheit, Patienten zu erfinden, die sich angeblich über ihn beschwert hatten. Schwachsinn, völlig klar. Dennoch hatte er bereits zwei Abmahnungen bekommen, und die Fotze behauptete weiterhin ungestraft, er sei unfähig, und warf ihm regelmäßig vor, in den Fortbildungen nicht aufgepasst zu haben. Er sei mit der Arbeit in der Klinik definitiv überfordert. Vorhin hatte sie ihn sogar einen arroganten, besserwisserischen Versager genannt. Setzte alles daran, dass er rausflog.

Er saugte Luft durch die Nase ein und stieß sie durch die zusammengebissenen Zähne wieder aus.

Natürlich erkannte er, dass diese türkische Fotze das alles tat, weil sie Angst hatte, dass er ihr den Job wegnahm. Das war so einfach zu durchschauen. Trotzdem glaubten ihr die anderen, wenn sie ihnen Scheiße einredete. Sie hatte keine Ahnung, wer er in Wirklichkeit war. Vielleicht sollte er mal zu ihr nach Hause …

Wieder atmete er zischend. Seine Kieferknochen knackten vor Anspannung.

154

Hatte die Schwangere gerade etwas gesagt? Wieso starrte sie ihn so komisch an?

Er musste sich beherrschen. In letzter Zeit entglitt ihm manchmal die Gegenwart.

Er zwang sich zu einem Lächeln. Dann ging er zum Waschbecken und wusch sich die Hände. Zog langsam die Handschuhe über. Er ließ die Schlampen gerne warten. Auf den Schmerz.

Erneut musste er an die Blonde aus der Nacht denken und wie er sich mit ihrem Blut eingerieben hatte. Er keuchte leise, spürte, dass er gleich kommen würde. Er hatte die Leiche nicht versteckt. Und er hatte sie wieder mit der Blume markiert. Er stützte sich am Waschbecken ab. Biss sich auf die Lippe, bis er Blut schmeckte. Der Schmerz holte ihn zurück, ließ seine Erektion abklingen. Trotzdem konnte er nicht verhindern, dass sich seine Mundwinkel zu einem Grinsen verzogen. Die Bullen würden bestimmt auch dieses Mal zu blöd sein, um seine Markierung zu erkennen. Oder dass er sein medizinischen Wissen über Drogen und sonstige Stoffe benutzt hatte, um die Schlampen gefügig und hilflos zu machen. Die Bullen waren wirklich unvorstellbar dumm. Vielleicht waren sie auch auf seiner Seite und sahen den Vorteil? Dass es nämlich der gesamten Population dieser verfickten Stadt diente, wenn er hinging und krankes, überzähliges Wild bejagte. Denn nichts anderes waren diese drogensüchtigen, obdachlosen Schlampen.

Er war ein guter Gott. Und er würde der Menschheit in seiner Güte sogar einen weiteren riesigen Gefallen erweisen, wenn er Fleur beseitigte. Nicht nur einen Gefallen. Er würde die Menschheit retten! Vor der Angst, dem Monster aus der Tiefe.

Deshalb hatte er der Frau aus dem See den Fehdehandschuh hingeworfen, direkt nachdem er mit der blonden Schlampe fertig gewesen war. Er hatte ihr Zelt zerstört und all ihre Sachen verbrannt. Er hatte ihr gezeigt, dass er wusste, wer sie war. Dass er ihr das Penner-Ding nicht abnahm. Sie würde die Zeichnung mit Sicherheit verstehen.

Er wandte sich der Schwangeren zu.

In diesem Moment ging die Tür auf und die widerliche Akgül stürmte herein.

»Was zum Teufel tun Sie hier? Verschwinden Sie!«, herrschte sie ihn an. »Ich hatte Ihnen doch gesagt, dass Sie nicht mehr mit Patienten arbeiten dürfen!« Ihre Stimme klang wie ein Stück Kreide, das wütend über eine Tafel kratzte. Fast wie Cathérine damals.

Er sog noch einmal Luft ein. Dachte an die blonde Schlampe aus dem Wald und an Fleur. Wenn er die Frau aus dem See bezwungen hatte, würde er endgültig unbesiegbar sein. Und diese Akgül würde bereuen, ihn schikaniert zu haben. Er würde sie besuchen.

»Du dreckige Fotze«, sagte er zu seiner Chefärztin. Dann verließ er das Zimmer. Schon lange hätte er das tun sollen.

Er war Gott. Und Gott hatte es nicht nötig, vor einer Fotze zu kriechen.

Er stolzierte aus dem Krankenhaus. Jetzt hatte er endlich genug Zeit, seine Arbeit zu vollbringen. Blutrote Arbeit.

Kapitel 19

Nachdem sie ihren alten Lagerplatz mit dem zerstörten Zelt verlassen hatte, suchte Lou an allen Orten, die ihr einfielen, nach Jenny, fand sie aber nicht. Schließlich ging sie in die neue große Bibliothek, die sich am Rande der Innenstadt neben einem Park befand, um sich aufzuwärmen. Der Schock über die Vernichtung ihres Besitzes saß tief. Sie hatte noch keine Ahnung, wo sie heute die Nacht verbringen sollte. Außerdem machte sie sich größere Sorgen um Jenny, als sie sich zugestehen wollte, auch wenn sie sich einredete, dass es der jungen Frau bestimmt gut ging.

Um sich abzulenken, suchte sie im Internet nach alten Lokalpresseartikeln über in den letzten Jahren verstorbene oder verschwundene Wohnungslose. Sie fand zwei größere Berichte über die im alten Sportpark verbrannte Steffi, in denen auch die unmenschlichen Zustände beschrieben wurden, in der einige der stark abhängigen Obdachlosen lebten. Auch stieß sie auf einen Artikel über Babsis Tod, in dem es ausführlich und sehr theoretisch um Menschenwürde ging und um die Frage, wer die Verantwortung dafür trug, dass ein ausrangierter Container nicht entsorgt worden war. Der Journalist hatte ein grisseliges Foto von der Überwachungskamera eines Supermarkts aufgetrieben, das Babsi anscheinend ein paar Stunden vor ihrem Tod zeigte, eine zu dünne Frau mit einem kindlichen Gesicht, die einen seltsamen, viel zu weiten Mantel und trotz der Kälte Sandalen trug.

Weiterhin fand Lou einige kleine Berichte über weitere verstorbene Menschen ohne festen Wohnsitz; niemand von ihnen wurde namentlich erwähnt. Neben Esma waren noch eine Frau und drei Männer an einer Überdosis gestorben. Keiner davon in der Nähe des Feuersees. Trotzdem notierte sich Lou die wenigen Einzelheiten. Ein Parkhaus. Ein Krankenhaus. Eine Notunterkunft und ein Parkplatz in der Nähe des Flughafens. Eine weitere Frau war im letzten Winter im Stadtpark stark alkoholisiert erfroren. Kaum einen kurzen Einspalter im Regionalteil wert.

Lou gab diverse Suchbegriffe wie »Feuersee«, »Feuerseeplatz« und »Hilfsmobil« ein. Stieß auf ein Interview, das vor einem Monat in der regionalen Tageszeitung erschienen war. Eine Mutter, die ihre seit Kurzem auf der Straße lebende Tochter Vanida suchte. Das letzte Mal gesehen worden war die Siebzehnjährige am Feuerseeplatz, Ende August diesen Jahres.

Lou setzte sich aufrecht hin. Ein angefügtes Foto zeigte eine junge blonde Frau, die offenbar nach einem Reitturnier mit dem Helm in der Hand auf einem Podest posierte. Akribisch suchte Lou die nachfolgenden Zeitungsausgaben durch. Kein Hinweis darauf, dass Vanida wieder aufgetaucht war.

Ihr Puls beschleunigte sich. Dass die Zeitung nicht über ein glückliches Ende der Suchaktion der Mutter berichtete, konnte natürlich viele Gründe haben. Weil sie nichts über die Heimkehr der Ausreißerin wusste zum Beispiel. Oder weil die junge Frau einfach in eine andere Stadt gezogen und dort untergetaucht war. Sie konnte auch Selbstmord begangen haben.

Aber die Nähe zum Feuersee war schon mehr als merkwürdig. Lou gab den Namen der Mutter in die Suchmaschine ein und wurde überraschend schnell fündig. Ulrike Kienzle war Inhaberin einer Tanzschule im Paris-Viertel. Die Internetseite zeigte ein Foto der verschwundenen Tochter mit der Bitte, sich bei ihr zu melden, wenn man irgendetwas über Vanidas Verschwinden wusste.

Lou zögerte lange. Schließlich öffnete sie doch ihr altes Mailpostfach. Nichts als Spam, was zumindest besser war als die Nachrichten direkt nach dem Urteil damals, die ausschließlich Drohungen, Beschimpfungen und merkwürdige Nachfragen von Freunden und Bekannten enthalten hatten. Ohne weiter nachzudenken, tippte sie eine kurze Mail an Vanidas Mutter und bat um ein Treffen.

Als sie vom Bildschirm aufschaute, dachte sie, sie habe am Eingang der Bibliothek hinter einer der Säulen den Typen mit der Sonnenbrille gesehen, doch als sie wütend aufstand und hinging, um ihn zur Rede zu stellen, entpuppte der Mann sich als ein Rentner, der nur entfernt Ähnlichkeit mit dem Kerl aus der Bahn aufwies.

Leider war nach dieser Aktion ihr Computerplatz belegt, und sie setzte sich in die Lyrik-Abteilung, weil man dort meistens ungestört blieb, und dachte über alles nach, was sie herausgefunden hatte. Ihr Instinkt flüsterte ihr zu, dass da draußen irgendetwas ganz und gar nicht stimmte, während ihr Verstand dagegenhielt, dass das Leben auf der Straße eben gefährlich und sie einfach drauf und dran war, Paranoia zu entwickeln.

Sie schürzte die Lippen. Trotzdem: Es verschwanden und starben eindeutig zu viele Menschen rund um den Feuersee. Und niemand schaute genauer hin.

Doch. Sie würde es tun. Sie spürte das alte Feuer in sich aufglimmen. Sie *konnte* die zahlreichen Hinweise nicht einfach so stehen lassen.

Auch wenn sie keine Ahnung hatte, wie sie eine ordentliche Recherche zuwege bringen sollte, ohne Geld oder Presseausweis. Sie erhob sich. Wie auch immer, als Allererstes musste sie Jenny finden.

Draußen wurde es langsam dunkel. Mit ihrer neuen Tageskarte fuhr Lou zum Feuersee. Trotz der Gefahr, dort von Viola mit der geklauten Jacke entdeckt zu werden. Bevor sie die U-Bahn verließ, stopfte sie das Kleidungsstück kurzerhand in die Jutetasche, die nun zum Bersten voll war. Die Schlinge, mit der sie ihre Schulter ruhigstellte, quetschte sie nach kurzem Überlegen auch noch hinein, obwohl der Reißverschluss beinahe aufplatzte. Ohne war sie schneller, falls sie wegrennen musste.

Da sie bereits in der Haltestelle erbärmlich zu frieren anfing, kramte sie nach kurzem Überlegen ihren blutbefleckten, nach Schweiß stinkenden alten Pulli aus der Tasche und zog ihn unter ihren neuen Pullover. Mit zwei Oberteilen übereinander konnte sie es sicherlich kurz aushalten. Sie würde sich Essen und Trinken holen, hoffentlich Jenny treffen und so schnell es ging in die U-Bahnstation zurückkehren und die Jacke wieder anziehen.

Schon beim Anstehen an der Essensausgabe wurde ihr klar, dass das Ganze keine sonderlich gute Idee gewesen war. Die beiden Pullis schützten kaum gegen die Kälte und noch weniger gegen den eisigen Wind, der zwischen den riesigen Pfeilern der Stadtautobahn grausig heulte und ihre Haut zum Brennen brachte. Der Feuersee war in Ufernähe mittlerweile von einer dünnen Eisschicht bedeckt, und das aufgewühlte schwarzgraue Wasser schwappte über die Kanten. Lous Haare wirbelten um ihren Kopf und ohne die schützende Kapuze hatte sie das Gefühl, dass ihr die Ohren abfroren. Aber sie musste Jenny finden. Sie musste wissen, ob es ihr gut ging. Und etwas zu essen brauchte sie auch.

Etwa zwanzig Leute standen vor ihr in der Schlange. Doch weit und breit keine Spur von Jenny. Lou entdeckte nicht mal jemanden, von dem sie wusste, dass er Jenny kannte, auch nicht Mike, der sonst immer hierherkam.

Um sich von der Kälte abzulenken, schaute Lou Vincent dabei zu, wie der hinter dem Ausgabetisch mit Hingabe, aber quälend langsam, Nudelauflauf in Schälchen füllte, Salat dazu gab und das Ganze dann mit einem »guten Appetit« über den Tisch reichte. Immer wieder spähte Lou nervös zum Hilfsmobil hinüber.

Kurz bevor sie ihre Schale mit Nudelauflauf und Salat

bekam, tippte ihr jemand von hinten auf die Schulter. Sie zuckte zusammen, o Gott, Viola. Ruckartig drehte sie sich um.

Hinter ihr stand jedoch Dr. Bayer. Ein kräftiger Typ mit schütterem Haar, der niemals zu lächeln schien und der sie mit einem seltsamen Blick aus seinen grünen Augen beinahe durchbohrte. In der Hand hielt er eine Kippe.

»Haben Sie keine Jacke?«, fragte er.

Lous Magen krampfte sich zusammen. Hoffentlich hatte Viola ihn nicht wegen der Jacke vorgeschickt. Sie räusperte sich. »Leider nicht«, sagte sie. »Mein Zelt wurde gestern Nacht zerstört, und all meine Sachen sind verbrannt.«

»Ich schaue mal, ob ich was für Sie finde. Kommen Sie rüber zum Hilfsmobil, wenn Sie Ihr Essen haben«, brummte der Arzt. »Wo werden Sie die Nacht verbringen?«

»Darüber habe ich noch nicht nachgedacht.«

»Dann tun Sie das mal schnell. Es ist lebensgefährlich kalt.«

Sie nickte. Ihre Zähne klapperten. Der Arzt durchbohrte sie noch einen Moment mit seinem merkwürdigen Blick, den sie nicht deuten konnte, dann wandte er sich abrupt ab und stapfte zum Hilfsmobil hinüber.

Ein paar Minuten später reichte Vincent Lou ihr Essen und eine Flasche Wasser. Sie nahm beides entgegen und folgte Dr. Bayer hinüber zu dem umgebauten Transporter, dessen Tür sperrangelweit aufstand. Sie sah Bayers Rücken, der Arzt kramte in einer Kiste. Zum Glück war er alleine, Viola war heute wohl nicht da.

Lou atmete auf und wartete geduldig vor dem Mobil,

obwohl ihr Magen verzweifelt knurrte und der eisige Wind sie quälte.

Schließlich kam Dr. Bayer mit einem großen, in Plastik verpackten Päckchen und einer dicken Mütze wieder aus dem geräumigen Wagen. »Jacken haben wir gerade nicht, aber wenigstens das hier.« Er hielt ihr das Päckchen entgegen. Es war eine zusammengerollte Bettdecke. »Die können Sie sich umlegen.«

Lou stellte ihr Essen auf einen Betonblock, stülpte die Mütze über, riss die Plastikpackung auf und wickelte ihren Oberkörper in die Decke.

»Sehr, sehr viel besser, danke«, sagte sie zähneklappernd.

Dr. Bayer nickte nur, dann verschwand er im Innern des Mobils und rammte die Tür zu.

Für einen Moment dachte sie darüber nach, ihn nach neuen Schmerztabletten für ihre Schulter und Pflastern für ihre Füße zu fragen, aber dann entschied sie, zuerst etwas zu essen, und begab sich zu ihrem Stammplatz zwischen den Pfeilern der Stadtautobahn, wo es ein wenig windgeschützt war und sie ihre Ruhe hatte. Von hier aus konnte sie außerdem einen Großteil des Feuerseeplatzes überblicken.

Sie war schon beinahe fertig mit Essen, als sie Jenny erspähte, die gemeinsam mit Mike über den Platz schlenderte. Vor Erleichterung wurde ihr ganz flau im Magen. Sie trat hinter dem Pfeiler hervor und winkte.

»Jenny«, rief sie.

Jenny ignorierte sie.

Mike sah in ihre Richtung und grüßte, aber Jenny hielt den Blick starr nach vorne gerichtet und trottete einfach weiter zu einer Gruppe Punks, die gerade ihre Hunde fütterten. Mike folgte ihr und streichelte eines der Tiere.

Lou stopfte sich die letzte Gabel Auflauf in den Mund und ging zu ihnen hinüber, die Decke fest um sich gewickelt. Die Hunde hoben die Köpfe und stierten ihr entgegen, ein großer Bernhardiner erhob sich und tapste auf sie zu. Sie blieb stehen. Starrte den Hund an. Panik breitete sich in ihrem Inneren aus. Glücklicherweise blieb der Bernhardiner ein Stück von ihr entfernt stehen und fraß etwas vom Boden. Zögernd schlug Lou einen Bogen um das Tier, erreichte die Punks.

»Hi, Jenny«, brachte sie heraus.

Jenny reagierte nicht, fixierte den Boden.

»Ich … ich wollte dich um Entschuldigung bitten. Ich habe dich gestern Abend gesucht. Ich habe mir Sorgen gemacht. Und du hattest recht mit dem, was du über Ayleen und so gesagt hast«, sprudelte es aus Lou heraus.

Jenny reagierte immer noch nicht. Sie hatte einen großen blauen Fleck auf einem der Wangenknochen und blutigen Schorf an der aufgeplatzten Lippe.

»Was ist mir dir passiert?«, fragte Lou entsetzt.

Jenny rührte sich nicht und gab auch keine Antwort.

Lou kramte in ihrer übervollen Jutetasche und holte die Karotten und die Haferflocken heraus, die sie am Morgen bekommen hatte. »Ich habe dir was für Livie mitgebracht.«

Ohne hinzusehen griff sich Jenny die Nahrungsmittel. Doch zumindest war ihre Miene nicht mehr ganz so versteinert wie zuvor. Sie brach kleine Stücke von der Karotte ab und steckte sie vorsichtig in ihre Manteltasche.

»Ist Ayleen wieder aufgetaucht?«, erkundigte Lou sich bei Mike, obwohl sie viel mehr interessiert hätte, wieso Jenny einen blauen Fleck im Gesicht und eine blutige Lippe hatte. Wenn das das Schwein gewesen war, bei dem sie übernachtet hatte, dann würde sie, Lou, ihn sich vornehmen.

Mike strich sich mit seinen schmutzigen Händen mehrfach über den Mund und schüttelte den Kopf. Er hatte auf einmal feuchte Augen, fummelte mit ungeschickten Fingern einen Flachmann aus seiner Jacke und trank einen kräftigen Schluck.

»Ich habe die Telefonnummer von diesem Hajo oder Hansjörg herausgefunden, dem der Schrebergarten gehört«, erzählte Lou. »Hier.« Sie streckte Jenny das kleine Stück Pappe hin, auf das sie die Zahlen aus Matzes Handy gekritzelt hatte. »Wir sollten ihn anrufen.«

Jenny sagte nichts und ließ ein weiteres Karottenstück in ihre Manteltasche gleiten. Das erste Mal sah sie in Lous Richtung. »Okay.«

Gemeinsam entfernten sie sich ein paar Schritte von den Punks und ihren Hunden und suchten sich einen windgeschützten Platz zwischen den Säulen der Autobahnbrücke. Mike schlurfte ihnen hinterher. Lou hob Jennys Handy ans Ohr. Jenny stand ganz dicht neben ihr und lauschte. Sie roch nach Erde, einem billigen Kinderparfüm und ungewaschener Kleidung. Und ein wenig nach Alkohol. Es war schön, sie wieder bei sich zu haben. Lou spürte, wie Wut durch ihre Eingeweide schoss, als sie an den Drecksack dachte, bei dem Jenny vermutlich die Nacht hatte verbringen müssen. Wegen ihr.

»Yep?«, bellte eine Stimme in den Hörer, nachdem es am anderen Ende ein paarmal geklingelt hatte.

»Guten Tag, Endres mein Name«, sagte Lou. »Spreche ich mit Hajo?«

»Was wollen Sie?«

»Ayleen hat mir Ihre Nummer …«

»Ayleen?« Der Tonfall veränderte sich plötzlich, klang seltsam aufmerksam.

»Haben Sie zufällig eine Idee, wo sie steckt?«

»Sind Sie von der Polizei?« Der Mann hörte sich mehr als angespannt an, richtiggehend alarmiert.

»Nein, wir sind Freunde von ihr. Ich muss unbedingt mit ihr reden.«

»Woher soll ich denn wissen, wo die ist? Ich habe seit Ewigkeiten nichts mehr von ihr gehört!«

»Hat sie Sie nicht angeruf…?«

»Wie kommen Sie denn auf so eine unsinnige Idee?« Seine Stimme überschlug sich fast. »Lassen Sie mich in Ruhe!«

Dann war nur noch das Freizeichen zu hören. Lous Härchen auf den Armen stellten sich auf. Wieso behauptete der Typ, Ayleen habe ihn nicht angerufen? Sie wählte die Nummer noch ein paar Mal, aber niemand nahm ab.

»Na toll«, bemerkte Jenny schließlich. »Da sind wir ja jetzt echt viel weitergekommen. Wir wissen nicht mal, wie der richtig mit Vornamen heißt. Und den Nachnamen wissen wir gar nicht.«

»Wir fangen gerade erst an«, beschwichtigte Lou.

Mike, der schweigend neben ihnen gestanden und sich

intensiv mit seinem Flachmann beschäftigt hatte, lief plötzlich eine Träne über die Wange, die er eilig fortwischte.

»Die Ayleen steht normalerweise jeden Morgen auf ihrem Platz vor dem Aldi«, murmelte er. »Pünktlich wie ein Uhrwerk. Aber heute nicht und gestern auch nicht. Wo zur Hölle ist sie?«

»Könnte es nicht sein, dass sie einfach weitergezogen ist?«, fragte Lou. »Du hast doch erzählt, dass sie schon mal den Ausstieg geschafft hat, vielleicht …«

»Du redest wie die Bullen«, unterbrach Mike sie ruppig. »Sie hat einen Sohn hier, der bei Pflegeeltern lebt. Sie will ihn unbedingt kennenlernen. Da geht die nicht einfach so weg.«

Jenny nickte ernst.

»Matze hat mir erzählt, dass Ayleen seit Neuestem anscheinend in der alten Fabrik am Hallberg wohnt«, sagte Lou. »Lasst uns da suchen. Und wenn sie nicht dort ist und auch niemand etwas über sie weiß, werden wir zur Polizei …«

»Die Bullen machen eh nichts.«

»Trotzdem sollten wir hingehen.«

Mike schüttelte den Kopf. »Sinnlos.« Aufgebracht setzte er den Flachmann an die Lippen und trank, bevor er ihn in die Manteltasche steckte und versuchte, sich trotz der zitternden Finger eine Kippe anzuzünden. Er fluchte, als ihm das nicht gelang. Schließlich verschwand er mit den Worten, er müsse sich gesund machen, also vermutlich Crack rauchen, in Richtung des heruntergekommenen Toilettenhäuschens. Auf dem Weg dorthin geriet er in Streit mit einem anderen Mann und schrie herum, alle sollten sich verpissen.

Lou und Jenny nahmen die nächste Bahn zurück ins Katzenbachviertel. Als Lou auf ihrem Sitz die Decke ablegte und wieder in ihre Jacke schlüpfte, lächelte Jenny zum ersten Mal an diesem Abend.

»Hat der komische Doc was gemerkt?«, fragte sie.

»Wie meinst du das?«

»Na ja, du hast doch seine Jacke geklaut. Am Samstag. Ich hab's gesehen. Aber keine Sorge, ich verrat echt niemand was. Ich … ich hab ja selbst schon mal die eine oder andere Sache weggenommen.«

»Ich dachte, das sei Violas Jacke«, sagte Lou. »Dr. Bayer war doch an dem Tag gar nicht da.«

Jenny schüttelte energisch den Kopf. »Nee, Viola trägt nur so Waldorfschülersachen. Aus Filz und so. Ihre Jacke ist hellgrün mit blauen Blumen drauf, also echt. Passt gar nicht zu den Tattoos, finde ich.« Sie grinste.

Lou dachte kurz nach. Jenny hatte recht. Offenbar besaß die junge Frau ein ziemlich gutes Gedächtnis, das war Lou schon ein paarmal aufgefallen. Wie auch immer. Jedenfalls hatte der Arzt ja offenbar keinen Verdacht gehegt. Vielleicht war es auch gar nicht seine Jacke gewesen, sondern eine, die sowieso zum Verschenken dagewesen war?

Für die Nacht schlichen sie sich auf Jennys Vorschlag hin in ein Hochhaus im Katzenbachviertel. Dort gab es in der Nähe der Tiefgarage einen Hohlraum unter einer Treppe im

Keller, in den sie hineinschlüpften. Jenny hatte gesagt, keine zehn Pferde brächten sie in eine Notschlafstelle, und Lou verstand sie voll und ganz.

Im Licht ihrer Handytaschenlampe holte Jenny einen kleinen Holzkasten mit einem Gitter als Deckel aus ihrem Rucksack, den sie liebevoll mit etwas Heu auspolsterte. Sie stellte ein winziges Häuschen hinein, setzte Livie in den provisorischen Käfig und schloss sorgfältig das Gitter.

Sie machten es sich unter der neuen Bettdecke auf einigen alten Pappkartons, die sie in den Papiertonnen ein paar Türen weiter gefunden hatten, mehr oder weniger bequem. Die Enge und die körperliche Nähe zu Jenny waren Lou unangenehm, aber sie zwang sich, das Gefühl zu ignorieren. Sie belegte Toastbrot von der Tafel mit Salami und teilte die Sandwiches mit Jenny, die die Schnitten trotz des Abendessens beim Hilfsmobil hungrig in sich hineinschlang.

»Wo warst du gestern Nacht?«, fragte Lou, nachdem Jenny gegessen hatte.

»Ich will nicht darüber reden.« Jenny beugte sich zu Livie und steckte ein Karottenstück in den Käfig.

»Warum hast du einen blauen Fleck im Gesicht? Und was ist mit deiner Lippe passiert?«

»Wieso interessiert dich das? Es geht dich echt einen Scheiß an, klar? Du wolltest ja nicht mit mir zusammen sein.«

»Ich habe das nicht so …«

»Doch, du hast das genau so gemeint. Und jetzt willst du eigentlich auch nicht hier sein.«

»Wieso, verdammt noch mal, habe ich dich dann den ganzen Tag gesucht? Selbstverständlich will ich …«

»Du hast ein schlechtes Gewissen. Mehr nicht. Echt jetzt.«

»Nein, das stimmt nicht. Also nicht nur.«

Sie schwiegen eine Weile und hockten im spärlichen Licht von Jennys Handy. Eine Tür klapperte, das Treppenhauslicht ging an, und Jenny löschte schnell ihr Display. Über ihnen trappelten Schritte, weitere Türen gingen auf und zu, wenig später saßen sie im Dunkeln. Lediglich das grüne Notlicht über dem Eingang zur Tiefgarage leuchtete schwach.

Schließlich machte Jenny ihre Handytaschenlampe wieder an, zog ein kleines Heft aus ihrem Rucksack und fing an zu zeichnen. Eine Weile lauschte Lou dem Kratzen des Bleistifts, bevor sie Jenny von ihrer Recherche erzählte, und dass sowohl Esma als auch Babsi und Steffi innerhalb kurzer Zeit in der Gegend rund um den Feuersee gestorben und Ayleen und diese Vanida dort verschwunden waren.

Jenny setzte den Stift ab, schaute hoch und schien nachzudenken. Irgendwann nickte sie langsam. »Wie sieht diese Vanida aus? Blond?«

Lou nickte erstaunt. »Woher weißt du das?«

Jenny zog die Beine an. »Das macht Sinn«, sagte sie, rückte ein Stück herüber und packte Lou am Arm. Sie klang plötzlich aufgeregt. »Ich hab die Esma und die Steffi gekannt. Die waren beide blond. Also jedenfalls blondiert, im Fall von der Esma. Und die Ayleen hat zumindest helle Haare und diese Vanida auch. Glaubst du, dass das da einen Zusammenhang gibt? Oder ist das nur ein Zufall?«

Lou rückte ein Stück zur Seite. »Ich weiß nicht«, bekannte sie. Aber Jennys Überlegungen machten das Ganze noch verdächtiger. Trieb sich da draußen also tatsächlich jemand herum, der junge, hellhaarige Frauen rund um den Feuersee tötete? Der sich die perfekten Opfer aussuchte, bei denen niemand genau nachfragen würde, weil sie obdachlos und drogenabhängig waren? Ein Serienmörder, den die Polizei übersah?

War das wirklich möglich?

Oder drehte sie einfach durch? Sah sie Zusammenhänge, die es überhaupt nicht gab, weil sie wieder Journalistin sein wollte?

Kapitel 20

Als Lou und Jenny am nächsten Morgen, dem Nikolaustag, vor dem abgesperrten Grundstück der ehemaligen Stahlfabrik am Hallberg standen, wich die eiskalte Nacht langsam einer dunkelblauen Dämmerung. Überall an den Absperrungsgittern hingen Warnschilder mit der Aufschrift *Lebensgefahr* und *Jeder Hausfriedensbruch wird zur Anzeige gebracht.*

Lou und Jenny betraten das Gelände durch eine Lücke zwischen zwei Gittern, die laut klapperten, als sie sich hindurchzwängten. Ein schmaler Pfad führte zwischen verwilderten Büschen hindurch auf den riesigen, baufälligen Gebäudekomplex zu. Der Wind wirbelte alte Zeitungen und Plastiktüten auf.

Schon der Hinweg durch das um diese Zeit vollkommen menschenverlassene Industriegebiet war scheußlich gewesen, aber immerhin hatten Straßenlaternen ihnen den Weg beleuchtet.

Anders als hier. Es gab kein Licht, und Büsche und Sträucher verdeckten die Sicht. Überall raschelte es, und Äste knackten im Wind. Hinter jeder Ecke konnten unangenehme Überraschungen lauern.

Lou verschränkte die Arme. Sie hatte ein saures Gefühl im Magen. Vielleicht war es nur deswegen, weil sie kein Frühstück gehabt hatte. Oder schon wieder unbefugt ein Grundstück betrat. Dabei war sie gerade erst froh gewesen, dass sie in der Nacht niemand in dem Hochhaus entdeckt hatte.

Vorsichtig nahm sie die Schlinge ab, ging in Gedanken mögliche Angriffe und ihre Reaktion darauf durch. Ihr Krav Maga mochte zwar ein wenig eingerostet sein, aber sie war mal richtig gut gewesen. Sie hatte im Knast überlebt und überlebte seit Wochen allein auf der Straße.

Ihr Bauchgefühl schrie ihr trotzdem zu, sie solle ganz schnell von hier abhauen, um Jenny nicht in Gefahr zu bringen.

Ein umgestürzter Baumstamm versperrte den Weg, und sie mussten auf einen erdrückend engen Gang zwischen stachligen immergrünen Hecken ausweichen. Obwohl der Himmel sich langsam aufhellte, war es im Schatten der dichten Vegetation noch düster. Um sie herum raschelte es gespenstisch. Lous Anspannung wuchs, und sie spürte, wie ihre Nackenmuskeln stahlhart wurden. Im nächsten Moment übertönte eine pfeifende Windböe sämtliche Geräusche. Und der Pfad zwischen den Büschen wurde immer schmaler. Gut, dass Jenny Tränengas bei sich trug.

Endlich erreichten sie den halb eingestürzten Eingang des Fabrikgebäudes. Lou bog einen Ast zur Seite, der vor der kaputten Tür herunterhing.

In diesem Moment war das metallische Klappern des Absperrzauns zu hören, so laut, dass sie es sogar über den

Wind hinweg hörten. Als sei jemand brutal durch die Lücke gestiegen. Lou fuhr herum, Jenny ebenso. Durch das dichte Gestrüpp war nichts zu erkennen.

Gleichzeitig setzten sie sich in Bewegung und stürzten durch den Eingang in das stockdunkle Innere der ehemaligen Fabrik hinein. Laut knirschend zogen sie die gesplitterte Tür hinter sich wieder zu. Blieben stehen und spähten durch eine Ritze hinaus. Warteten.

Nichts geschah.

Hätte das Klappern von einem der Bewohner gestammt, hätte der inzwischen an der Eingangstür aufgetaucht sein müssen. Hatte nur der Wind am Bauzaun gerüttelt?

»Vielleicht sollte eine von uns hier Wache halten«, flüsterte Lou. »Und die andere …«

»Nee, ich will bei dir bleiben. Echt jetzt.« Mit einem Mal wirkte Jenny wieder klein und verletzlich, vor allem mit dem blauen Fleck im Gesicht, und Lou verfluchte sich, weil sie sie hierher mitgebracht hatte.

Sie warteten ein paar Minuten, ohne zu sprechen. Doch niemand näherte sich der Fabrik. Lou hatte eine dünne Eisenstange vom Boden aufgehoben und hielt sie kampfbereit in der Hand. Jenny umklammerte ihr Tränengas.

Draußen war es mittlerweile hell geworden, Licht drang durch die kaputten Fenster und füllte den Raum mit schummrigem Dämmerlicht. Es stank widerlich nach Rauch, Crack und Fäkalien.

»Lass uns nach dieser Ayleen suchen oder zumindest nach irgendjemanden, der sie kennt«, sagte Lou, die von dem Geruch beinahe würgen musste, schließlich. Sie konnten nicht ewig hier herumstehen, nur weil der Wind an einem Gitter gerüttelt hatte.

Jenny nickte zaghaft. Gemeinsam drangen sie weiter ins Innere des Gebäudes vor. Überall lagen Müll und Bauschutt und kaputte Flaschen herum. Von der Decke hingen alte, teilweise nicht isolierte Kabel. Außer dem Geräusch ihrer Schritte und dem Heulen des Windes war es merkwürdig still.

Sie verließen den Eingangsbereich und folgten einem schmalen Flur in eine geräumige Halle, in der die Reste eines Feuers glühten. Trotz der kaputten Fensterscheiben und des scharfen Rauchgeruchs raubte ihnen der Gestank nach Fäkalien hier den Atem. Offenbar wurde der Raum als Toilette benutzt.

Im Licht von Jennys Handytaschenlampe gingen sie so schnell sie konnten, aber trotzdem vorsichtig, um nicht in Fäkalien oder Erbrochenes zu treten oder über etwas zu stolpern und in Glasscherben zu landen, hinüber zu einer eingestaubten Glaswand, hinter der sich ein weiterer Flur öffnete. Mehrere Türen gingen von ihm ab. Die Wände waren graffiti- und dreckbeschmiert.

Lou hatte eine Hand gegen ihre Nase gepresst, die immer noch ein wenig geschwollen war. Trotzdem roch sie mehr, als sie riechen wollte. Ekelhaft war das hier. Menschenunwürdig. Eine Welle der Übelkeit stieg in ihr auf, auch Jenny sah im fahlen Licht bleich aus.

Nach ein paar Schritten stießen sie auf eine Isomatte mit einer in einen Schlafsack gehüllten Gestalt. Jenny blieb stehen, während Lou sich der schnarchenden Person vorsichtig näherte. Es war ein Mann mit kurzen, rot gefärbten Haaren. Sie stupste ihn mehrfach an der Schulter an, aber er knurrte nur und drehte sich weg.

Sie schlichen sich vorbei, warfen im Vorübergehen Blicke in die einzelnen Zimmer. In einem der hinteren Räume trafen sie schließlich eine Frau mit Rastalocken, die wach war, Nadja hieß und meinte, sie kenne Ayleen.

»Ey, die pennt normalerweise gleich nebenan, ich zeig's euch.«

Sie folgten ihr einen Raum weiter in ein kleines Kabuff, an dessen Wänden Poster hingen. Eine schmuddelige Matratze mit zwei Wolldecken und einem Kissen darauf lag auf dem Fußboden. Die Decken waren voller rötlicher Tierhaare, aber ordentlich gefaltet. Vier abgenutzte, kaputte Teddybären saßen auf dem Bett und starrten mit ihren Knopfaugen traurig in den Raum. Neben dem Lager, auf einem löchrigen rosa Stofftaschentuch, standen in einem leeren Marmeladenglas einige Plastikblumen. In einer Ecke des Raums klebten Kerzen auf einem umgedrehten Pappkarton, daneben ein leerer Napf und eine riesige Tüte Hundefutter. Es roch modrig nach nassem Tierfell. Außerdem lagen eine Pfeife und Spritzen herum.

»Ey, gemütlich hier, was?«, lächelte Nadja. »Aber die Ayleen ist wohl nicht da. Keine Ahnung, wo die steckt.«

Lou nickte mit einem leichten Kloß im Hals. »Wann haben Sie Ayleen denn das letzte Mal gesehen?«, fragte sie.

Die Frau schien zu überlegen, schließlich zuckte sie mit den Schultern. »Ist schon ein paar Tage her, ey. Keine Ahnung. Am Freitag vielleicht?«

»Ist sie öfters länger weg?«

Wieder zuckte Nadja mit den Schultern. »Weiß ich nicht. Die ist ja erst seit Kurzem hier. Vielleicht wohnt die jetzt woanders? Trotz dem Hanno.«

»Hanno?«, hakte Lou nach, als Nadja nicht weitersprach.

»Einer ihrer Stammfreier. Lauert ihr überall auf. Will sie anscheinend nicht mit anderen teilen. Echt durchgeballert, der Typ, ey. Hat von den Bullen sogar ein Verbot bekommen, dass der sich der Ayleen nicht mehr nähern darf.« Nadja schüttelte den Kopf. »War trotzdem schon mal hier, aber dem haben wir's gezeigt. Der betritt diese heiligen Hallen nicht mehr.«

»O verdammt«, sagte Lou beunruhigt.

»Hanno. Das ist der mit dem Schrebergarten.« Jenny legte ihre Hand auf Lous Arm.

»Was wissen Sie über diesen Typen?«, wollte Lou wissen.

»Ayleen hat gesagt, der ist Lkw-Fahrer. Und eifersüchtig wie sonst was, ey.«

Ein lautes Knallen hallte durch den Raum und ließ die Wände erzittern. Lou und Jenny zuckten zusammen. Nadja lachte. »Ist nur der Seiteneingang«, erklärte sie. »Der kracht immer heftig zu.« Sie ging ein paar Schritte, spähte um die Ecke. »Hallöchen?«, rief sie.

Keine Antwort.

Sie schnalzte mit der Zunge und kam zu ihnen zurück. »Unser Besuch hat sich offenbar verirrt.« Sie lachte erneut.

Lous Muskeln verspannten sich noch mehr. Sie umklammerte die Eisenstange fester. Warf selbst einen Blick um die Ecke. Nichts zu sehen.

»Wissen Sie, ob dieser Hanno gewalttä…«, setzte sie an. In diesem Moment sah sie einen Schatten, der in den Flur einbog.

Instinktiv riss sie die Stange hoch.

Kapitel 21

Der Mensch, der um die Ecke bog, war eine schmächtige Frau mit gepierctem Gesicht, die einen langen verdreckten Mantel und trotz der Kälte große Barfußschuhe trug.

»Was ist denn bei Ihnen falsch gewickelt, ey?«, fragte Nadja und starrte die Stange in Lous Hand an.

Lou senkte die Waffe sofort. »Sorry«, sagte sie. Ihr Blick war auf den Neuankömmling gerichtet. Die Frau sah aus wie …

Jenny machte einen Schritt nach vorne. Auch sie wirkte verwirrt. »Du bist doch die Ayleen, oder?«, fragte sie.

Die Frau nickte. »Wer will das wissen?« Sie hatte eine raue, tiefe Raucherstimme.

»Also ich bin die Jenny«, sagte Jenny. »Gut, dass du hier bist. Wir dachten, du bist tot oder so.«

»Tot? Quatsch.« Die Frau gähnte herzhaft. Sie wirkte erschöpft.

»Wir waren nicht sicher, ob Sie verschwunden sind«, erklärte Lou. Sie kam sich bescheuert vor. »Mike war besorgt und meinte, Sie hätten Ihren Hund beerdigen wollen, seien aber nicht wiedergekommen. Also haben wir in Hannos

Schrebergarten nachgesehen und Ihren Rucksack gefunden. Wir wollten nur wissen, ob es Ihnen gut geht.«

»Nett von euch. Aber ja, ich bin okay.« Ayleen gähnte ein zweites Mal.

Nadja runzelte die Stirn. »Du warst bei Hanno?«

»Nur in seinem Garten.« Ayleen zuckte mit den Schultern. »Der Hanno ist im Grunde kein schlechter Mensch. Ein bisschen aufdringlich vielleicht, aber …«

»Erzähl mir keinen Scheiß, ey.«

»Wieso hast du deinen toten Hund einfach in den Bach geschmissen?«, fragte Jenny empört. »Kein normaler Mensch macht so was.«

Ayleens Blick wurde weich, ihre Augen feucht. »Ich wollte Dodo beerdigen, aber die Erde war gefroren. Da war nur eine ganz kleine Schicht drauf, die locker war. Tiefer als drei Zentimeter bin ich nicht gekommen. Ich hatte ja keine Schaufel. Deshalb habe ich ihn im Wasser bestattet.«

Jenny schnaubte.

Lou betrachtete Ayleens große Barfußschuhe. Damit war dann auch der Fußabdruck erklärt.

»Sie sind der Ansicht, dass Ihr Hund vergiftet worden ist, oder? Und dass auch beim Tod Ihrer Freundin etwas nicht mit rechten Dingen zugegangen ist?«, hakte sie dennoch nach. Alte Reportergewohnheiten ließen sich nur schwer abstellen.

»Vielleicht war's blöd von mir, nachts allein an den Katzenbach rauszufahren. Aber ich wusste nicht, wo ich Dodo sonst …« Ayleen brach ab, fuhr sich mit der Hand über die Haare. Schließlich senkte sie den Blick. »Vielleicht hat er tatsächlich nur was Falsches gefressen«, murmelte sie. Sie sah so schuldbewusst aus, dass Lou sich fragte, ob Matzes Vermutung stimmte und Ayleen ihren Hund versehentlich selbst umgebracht hatte.

»Das alles kommt von diesen scheiß Drogen«, fuhr die Frau fort. »Doc Bayer hat recht. Ich hab nur eine Erklärung für Steffis Tod gesucht. Dabei liegt die Erklärung auf der Hand: Sie hat sich mit dem scheiß Stoff umgebracht. Deshalb ist die verbrannt. Aber das wollte ich nicht wahrhaben.« Sie schüttelte den Kopf. »Alle, die mir was bedeutet haben, sind tot. Ich habe schon überlegt, ob ich auch … Hab ja sogar meinen Rucksack stehen lassen, mir war alles egal. Aber dann hab ich mich anders entschieden und mir ein Beispiel an der Biggi genommen. Die hat vor ein paar Tagen endlich den Absprung geschafft und ist von hier abgehauen. Deshalb war ich gestern bei der Entzugsklinik in Klostermühle und habe einen Termin ausgemacht. In drei Wochen fange ich an.« Sie lächelte traurig. »Vielleicht klappt es ja diesmal.«

»Ich wünsche Ihnen auf jeden Fall viel Glück«, sagte Lou und meinte es von ganzem Herzen.

»Danke.« Ayleens Lächeln wurde breiter. »Aber jetzt muss ich echt pennen.« Sie ging an ihnen vorbei auf ihr Zimmer zu.

»Eine Frage hätte ich noch«, sagte Lou schnell. »Stimmt es, dass Ihre Freundin Angst vor roten Schuhen hatte?«

Ayleen blieb stehen. Ihr Gesichtsausdruck wurde unsicher. »Das … das war eine gruselige Sache«, bemerkte sie dann. »Wahrscheinlich war's nur eine Halluzination, aber einige Tage vor Steffis Tod hat sie rote Schuhe ganz in der

Nähe von ihrem Lagerplatz gefunden. Sie war ja tagsüber gerne drüben bei der Bahnlinie in dem Park. Sie hat die Schuhe anprobiert, aber die waren viel zu groß. Dann hat sie Spritzer auf den Dingern entdeckt. Sahen aus wie Blut, hat sie gesagt. Und dass sie was davon auf ihre Hände bekommen hat. Beim Anfassen. Aber sie ist dann eingepennt und als sie aufgewacht ist, waren die Schuhe weg. Spricht dafür, dass es nicht real war. Trotzdem hatte sie von da an Angst vor roten Schuhen.«

Kurze Zeit später standen Lou und Jenny wieder vor der Fabrik und saugten erleichtert die kalte frische Luft ein. Mittlerweile war es hell geworden, auch wenn grauer Hochnebel die Stadt wie ein Leichentuch einhüllte. Es roch nach Heizungsrauch und Abgasen. In der Ferne war das Rauschen der Stadtautobahn zu hören.

»Ich finde das trotzdem unmöglich, das mit Dodo.« Jenny verzog das Gesicht.

»Er ist tot. Er kriegt es gar nicht mehr mit«, brummte Lou. »Ich bin froh, dass die Frau noch am Leben ist. Wahrscheinlich haben wir uns das mit dem Serienmörder also nur eingebildet, und es verschwinden gar keine Frauen am Feuersee. Dass einige in der Nähe gestorben sind, ist purer Zufall.« Sie lehnte die Eisenstange gegen einen Baumstamm und zwang sich, den Kopf zu schütteln.

Fakt war allerdings: Sie glaubte die Geschichte immer noch. Irgendwas stimmte da nicht, das sagte ihr ihr Instinkt. Egal wie unwahrscheinlich es auch sein mochte.

»Dass Ayleen wieder da ist, hat nichts mit Esma, Steffi

oder Babsi zu tun«, bemerkte Jenny in diesem Moment, die offenbar den gleichen Gedanken gehabt hatte. »Es ist trotzdem komisch, dass die alle beim Feuersee …«

»Ich weiß.«

Lou bog ein paar Zweige zur Seite und zwängte sich in den engen Pfad, der durch den Gestrüppdschungel zurück zur Straße führte. Äste scharrten über ihre Jacke und kratzten sie im Gesicht. »Vielleicht sollten wir aus der Stadt abhauen, bis sicher ist, dass wir uns irren.«

Jenny schüttelte energisch den Kopf. »Nee, echt jetzt. Ich kenne mich nirgends sonst aus. Ich bin hier glücklich.« Eindeutig eine Lüge.

»Wieso versuchst du nicht wenigstens, von der Straße wegzukommen?«, fragte Lou. »Du bist jung und im Gegensatz zu mir hast du keine Vorstrafe, die dir alles verbaut.«

»Sag doch gleich, dass du mich wieder loswerden willst. Dann geh ich«, pampte Jenny.

»So war das überhaupt nicht gemeint, verdammt.« Lou blieb stehen. »Aber ich glaube, du wärst eine wundervolle Tierpflegerin.«

»Ich komm nie mehr von der Straße weg. Aber …« Jenny, die neben ihr gelaufen war, nahm sie plötzlich in den Arm und drückte sie an sich. »Trotzdem danke, Mann.«

Für einen Moment war Lou vollkommen überrumpelt, dann befreite sie sich aus Jennys Armen.

»Ich hab Hunger«, stammelte sie. »Lass uns irgendwo frühstücken.«

Jenny nickte, und gemeinsam folgten sie weiter dem schmalen Pfad. Lou bog um eine Hecke. Glaubte für den

Bruchteil einer Sekunde, einen dunklen Schatten zu sehen, der sich hinter einem besonders dichten Gebüsch bewegte. Sie blieb so ruckartig stehen, dass Jenny gegen sie prallte. Schaute noch einmal hin. Der Schatten entpuppte sich als dicker Zweig, der im Wind schaukelte. Verdammt noch mal. Es reichte jetzt. Niemand verfolgte sie, und wahrscheinlich gab es auch keinen Mörder. Sie versuchte doch nur, die Leere mit irgendetwas zu füllen. Sich vor der Wahrheit zu drücken, dass sie seit Wochen nicht schaffte zu tun, weshalb sie in die Stadt zurück …

In der Nähe klapperte das Gitter, Äste bewegten sich. Eine Frau sprang so schnell hinter einem dichten Gestrüpp hervor, dass Lou nicht mehr reagieren konnte. Sie wurde gerammt und von der Wucht des Aufpralls in die Hecke geschleudert. Äste brachen, spitze Dornen kratzten ihr über Gesicht und Körper. Ihre Schulter schmerzte. Sie hörte Jenny aufschreien. Die Frau stieß auch sie zur Seite, sodass sie neben Lou ins Gebüsch taumelte, und rannte an ihnen vorbei auf die alte Fabrik zu.

»Du dummes Arschloch!«, brüllte Jenny ihr hinterher, während sie sich aufrappelte.

Drei Polizisten tauchten auf. Zwei spurteten der Frau aus dem Gebüsch nach, der dritte blieb bei Lou und Jenny stehen. Lous Herzschlag setzte für einen Sekunde aus. Sie zwang sich, ruhig ein- und auszuatmen und klopfte sich ihre Kleidung ab.

»Was tun Sie hier?«, fragte der Polizeibeamte.

»Wir sind gerade am Gehen«, brachte Lou heraus.

»Ich nehme an, Sie wissen, dass Sie sich unerlaubt

hier aufhalten?« Der Polizist machte ein strenges Gesicht. »Könnte ich bitte Ihre Ausweise …«

In diesem Moment zwängte sich Jenny an ihnen vorbei und stürmte los.

Lou kniff die Lippen zusammen und folgte ihr. Sie holte Jenny ein, als sie gerade durch den Zaun schlüpfte. Gemeinsam rannten sie die Straße hinunter, an dem halb auf dem Gehweg abgestellten Polizeiauto vorbei. Immer wieder warf Lou einen Blick zurück. Doch der Polizist kam nicht hinter ihnen her.

Kapitel 22

Als sie in der U-Bahn saßen, kaute Jenny an ihren Fingernägeln und schaute zum Fenster hinaus. Schließlich sagte sie sehr leise: »Ich hab kurz echt geglaubt, die Bullen sind wegen mir da. Das denk ich immer in solchen Momenten.«

Lou verstand sie nur zu gut. Aber sie sagte nichts dazu und fragte nur: »Das Gericht hat mir verboten, mich in der Stadt aufzuhalten, deshalb meide ich die Polizei. Aber was genau ist dein Problem mit denen? Gibt es einen Haftbefehl gegen dich?«

Jenny zögerte. Spielte an ihrem Armbändchen herum. Zog dann eine kleine Flasche Schnaps aus ihrem Rucksack und leerte sie.

»Weiß ich nicht«, brachte sie schließlich heraus. »Aber ich schulde ihm was. Und der hat mich bestimmt angezeigt. Weil ich … ich hab mir das Geld einfach genommen. Aber es stand mir auch zu, fand ich. Echt jetzt.«

»Du schuldest wem was?«

Wieder dauerte es, bis Jenny antwortete. »Meinem Stiefbruder«, flüsterte sie. »Dem Steffen. Wenn der mich findet, dann wird der mich abstechen. Außerdem hat der einen guten Freund, der ein Bulle ist, weißt du? Und deshalb will ich nicht, dass die Bullen ... Nicht dass Steffen rausfindet, wo ich lebe. Deshalb geh ich auch fast nie in so eine Unterkunft. Weil, wenn der Steffen mich sucht, dann sucht der bestimmt da.« Ihre Stimme kiekste weg. Sie holte Livie aus ihrer Jackentasche, schmiegte ihre Wange kurz an das weiche Fell der Ratte, bevor sie das Tier wieder zurücksetzte.

»Warst du vorletzte Nacht bei ihm? War dein Stiefbruder das mit deinem Gesicht und der Lippe?«

Jenny schüttelte den Kopf. »Das war ein ... ein Bekannter. Also ich kenn den eigentlich nicht, aber er hat gesagt, dass er mich schon mehrmals am Bahnhof gesehen hat und dass ich ihm gefalle.« Sie wurde rot, schaute zu Boden. »Echt durchgeknallt, der Typ. Der wollte voll krasse Sachen. Hab ich so noch nicht erlebt.«

»Was wollte er?«

»Kranke Scheiße. Ich will nicht darüber reden.«

»Wie heißt dieser Bekannte? Was hat er sonst noch gemacht? Ich finde, wir sollte ihn ...«, setzte Lou verärgert an.

»Nein! Dazu ist es echt zu spät. Ich will nicht mehr daran denken, okay? Immerhin hat er mir Geld gegeben, und das Frühstück war auch okay.« Jenny nestelte schon wieder an ihrem Armbändchen herum. Der Schmerz in ihren Augen machte Lou tief betroffen.

»Aber das ist trotzdem kein Grund ...«

»Lass es, Lou. Bitte. Es ist vorbei. Ich will es vergessen. Echt jetzt.«

»Und was ist mit deinem Stiefbruder?«

Jenny klappte den Mantel zur Seite und schob den Pulli

hoch. Drehte Lou den Rücken zu. Kreisförmige weiße Narben waren dort zu erkennen, die aussahen, als habe jemand Zigaretten auf Jennys Haut ausgedrückt.

»Um Gottes willen«, stieß Lou hervor.

Jenny zog ihren Pulli wieder nach unten. »Ma hatte echt nie einen guten Geschmack, was Männer angeht«, bemerkte sie tonlos. »Aber Dani, also mein Stiefvater, der war echt der Abschuss. Ma fand den gut, weil er ein regelmäßiges Einkommen hatte und so und weil es den nicht gestört hat, dass sie den ganzen Tag Schnaps trinkt. Außerdem war er der Einzige, der mit meinem großen Bruder Robi und mir zurechtgekommen ist. Weil wir die Schule geschwänzt haben und mit den falschen Leuten rumgehängt ... Egal.« Sie starrte für einen Moment aus dem Fenster. »Mein Stiefvater hat uns bei jeder Gelegenheit bestraft und eingesperrt. Rumgebrüllt hat er auch. Aber wenigstens hat er uns nur selten geschlagen oder so. Anders als der Steffen. Der hat ja auch bei uns gewohnt, als der Dani eingezogen ist, und alle schikaniert. Der war viel älter als wir und ...« Sie schaute sich in der beinahe leeren Bahn um, bevor sie kaum hörbar fortfuhr: »Ich war neun oder zehn, als der Steffen das erste Mal abends zu mir ins Bett ... Er hat gesagt, wenn ich mit irgendjemand rede, wird er Miffy, also das war mein Meerschweinchen damals, also er wird Miffy ... Ich hab halt gemacht, was er gesagt hat. Wegen Miffy. Ich war zu ängstlich, um abzuhauen. Echt bescheuert. Aber ich war ja noch total jung. Heute würde ich das wahrscheinlich anders machen. Passiert halt«, fügte sie hinzu, es klang betont beiläufig. Brutal beiläufig. »Einmal wollte ich nicht so, wie er das wollte, weil er mir so wehgetan hat, und da hat er ein paar Kippen auf mir ausgedrückt. Und dann hat er … er hat Miffy …« Sie verstummte, kniff die Augen für einen Moment zusammen und wandte sich dann wieder zum Fenster um. »Robi ist deswegen zum Jugendamt gegangen, und Steffen hat wegen Miffy sogar eine Jugendstrafe gekriegt, aber er musste nur irgendwo arbeiten und … Egal. Mit Ma haben sie auch geredet, aber die hat nur gesagt, dass es immer Stress zwischen uns und dem Steffen gibt. Rausschmeißen wollte sie ihn und Dani natürlich nicht, ›bloß‹ wegen einem toten Meerschweinchen. Sie hat gesagt, dass sie keine Ahnung hat, wieso wir uns so brutal streiten. Und irgendwann mussten Robi und ich dann in die scheiß Wohngruppe, weil Ma und Dani gesagt haben, sie halten es nicht mehr aus mit uns. Sie wollten uns halt nicht mehr. Robi ist in der ersten Wohngruppe geblieben, aber ich musste in eine andere und wieder in die nächste. Weil mich nirgends einer wollte, weißt du?« Sie schaute auf den Boden. Zerrte an ihrem Armbändchen.

Lou hätte Jenny am liebsten in den Arm genommen, doch sie konnte nicht. Sie schaffte es aber, ihr zumindest über die Schulter zu streichen.

»Du willst mich doch eigentlich auch nicht«, murmelte die junge Frau. »Das merke ich genau.«

Lou wurde heiß. »Ich …«, brachte sie heraus. Räusperte sich. »Doch«, sagte sie dann. »Doch, ich finde es sehr schön mit dir zusammen.«

Jenny erwiderte nichts und holte erneut Livie aus ihrer Tasche. Ihr war deutlich anzusehen, dass sie Lou nicht glaubte. Den Rest der Fahrt schwiegen sie.

Am Bahnhof kaufte Jenny sich ein Bier und eine weitere kleine Flasche Schnaps. Sie trank schnell. Es war noch nicht einmal zehn Uhr morgens. Lou hätte gern etwas gesagt, aber in Anbetracht dessen, was sie gerade gehört hatte, verkniff sie sich einen Kommentar. Und sie erzählte auch nichts darüber, dass sie wusste, wie es war, in einem Zuhause aufzuwachsen, in dem nichts als Gewalt herrschte.

Aber diesen Steffen würde sie sich vielleicht mal vorknöpfen.

Die nächsten Tage verbrachten Lou und Jenny hauptsächlich am Hauptbahnhof, wo Jenny Bekannte traf und über deren Hunde und Ratten fachsimpelte und sich immer häufiger betrank, und Lou Pfandflaschen aus den Mülleimern zusammensuchte. Außerdem machte Lou einen Abstecher in die nahe gelegene Kleiderkammer und bekam einen Rucksack, neue T-Shirts und einen neuen Pulli. Mit einem Großteil ihres letzten Geldes fuhr sie zwei Stunden mit dem Zug, um in der Kleinstadt, in der sie offiziell lebte, ihrer Meldeauflage nachzukommen. Sie schaute sogar bei ihrer Sachbearbeiterin vorbei. Kein Wohnungsangebot. Kein Job. Was klar gewesen war bei ihrer Vergangenheit. Aber das alles spielte sowieso keine Rolle mehr.

Gegen Abend nahm sie den Zug zurück. Zog ihre Kapuze die ganze Fahrt über weit ins Gesicht, und als die Skyline der verbotenen Großstadt auftauchte, ballte sie die Hände zu Fäusten.

Die Nächte verbrachten Lou und Jenny meistens im Keller des Hochhauses, und einmal, als sie von einem plötzlich einsetzenden Eisregen überrascht wurden, mit einer anderen wohnungslosen Frau in der Aussegnungshalle eines Friedhofs, wo Jenny die ganze Nacht schleichende Schritte und leises Klopfen zu hören glaubte. Da Jenny nach wie vor befürchtete, ihr Stiefbruder könne sie eines Tages bei einer der Notunterkünfte abfangen, mieden sie diese. Wieso Jenny nicht genauso Angst hatte, am Hauptbahnhof oder anderen Treffpunkten der Wohnungslosen entdeckt zu werden, erschloss sich Lou nicht, aber sie fragte nicht nach.

Obwohl sich die Nähe zu ihrer Begleiterin immer beklemmender anfühlte, stellte Lou ihren Vorsatz, für Jenny einen Platz in einem betreuten Wohnprojekt für junge Erwachsene zu finden, zunächst zurück. Jenny würde sich erneut abgeschoben fühlen, und Lou wollte sie kein zweites Mal verletzen.

Als sie am Montagmorgen zum Duschen vor einem der Aufenthaltsräume der Stadt in der Schlange standen, bog plötzlich ein Polizeiauto in die schmale Straße. Hielt an. Eine Polizistin und ihr männlicher Kollege stiegen aus. Hielten direkt auf die Wartenden zu. Jenny drückte sich dicht an Lou. Offensichtlich ging ihr wieder Steffen und dessen Kumpel bei der Polizei durch den Kopf. Lous Herz fing ebenfalls an zu rasen. Sie biss sich auf die Zunge, bis sie Blut schmeckte.

Die Beamten blieben neben der Schlange stehen, und die Frau sagte: »Guten Tag, die Damen und die Herren. Wir suchen Mike Stalder. Und Nylah Lewinski. Hat einer von Ihnen einen von beiden in den letzten Tagen gesehen?«

Lou tat so, als habe sie die Frage nicht gehört und starrte in die undurchdringliche Wolkendecke am Himmel. Die Luft roch nach Schnee. Jenny, die vor zwei Tagen am Bahnhof ziemlich lange mit Mike geredet hatte, schaute auf den Boden und nestelte an ihrem Bändchen herum. Niemand von ihnen würde reden, jedenfalls nichts Sachdienliches. So war es immer. Auch auf der Straße gab es Gesetze.

»Was hat der Mike denn jetzt schon wieder angestellt?«, fragte eine Frau, die komplett in Rot gekleidet war.

»Das können wir leider nicht sagen«, meinte die Polizistin. »Hat jemand von Ihnen eine Idee, wo wir ihn finden können? Oder Frau Lewinski? Es ist wirklich sehr wichtig.«

Eine Frau, die eine Leggins mit Leopardenmuster trug und einen großen, dicken Hund an der Leine führte, krächzte mit rauchiger Stimme: »Die Nylah hab ich seit ungefähr zwei Tagen nicht mehr gesehen. Anfang letzter Woche war sie mal beim Hilfsmobil, glaube ich. Die hat da ständig Klamotten abgestaubt. Ständig. Hab mich schon gefragt, ob die was mit dem Doc hat.« Sie lachte heiser. »Und einmal hab ich sie bei der Tafel getroffen. Vor zwei Wochen.«

»Wir saßen am Marktplatz«, erzählte jemand. »Mittwochmorgen. Danach haben wir die Nylah auch nicht mehr gesehen. Wir wollten uns abends in der Kaiserstraße treffen. Aber die ist nicht gekommen.«

»In der Notschlafstelle in der Kaiserstraße?«, fragte der Polizist.

Die Frau nickte, und er notierte sich etwas.

»Mir ist Nylah schon ewig nicht mehr begegnet«, fügte ein hagerer Mann hinzu. »Und Mike auch nicht.«

»Aber *du* kennst den Mike doch gut«, bemerkte die Frau in Rot und zeigte auf Jenny.

Jenny zuckte nur die Schultern. »Bin ihm auch schon ewig lange nicht mehr über den Weg gelaufen«, behauptete sie.

Der Polizist trat näher an sie heran. »Es ist wirklich sehr wichtig«, wiederholte er die Worte seiner Kollegin. »Sie würden ihm damit helfen. Er hat uns selbst angerufen.«

Jenny sah alles andere als überzeugt aus. »Er ist mal hier und mal da. Hat keinen festen Platz«, sagte sie. Sie wirkte angespannt. Aber so sehr die Polizisten sie auch drängten, sie gab nichts preis. Wahrscheinlich wusste sie wirklich nicht, wo Mike im Moment steckte. Er war viel unterwegs.

»Seien Sie vorsichtig«, meinte der Polizist schließlich, bevor die beiden Beamten zu ihrem Auto zurückkehrten. »Herr Stalder könnte sich in einem Ausnahmezustand befinden und aggressiv reagieren. Wenn Sie ihn sehen, geben Sie bitte der nächsten Polizeidienststelle Bescheid.«

»Wieso Ausnahmezustand?«, rief eine Grünhaarige ihnen hinterher.

Die Polizisten antworteten nicht.

Nachdem sie davongefahren waren und Lou und Jenny geduscht und sich umgezogen hatten, flüsterte Jenny Lou ins Ohr: »Wir müssen den Mike warnen. Dass die den suchen.«

»Aber die Polizei hat uns doch gesagt, dass er aggressiv …«

»Hallo, wir sprechen über den *Mike*. Der gerät schon mal in eine Schlägerei, aber doch nicht mit uns.«

»Er hat ein paar Vorstrafen wegen schwerer Körperverletzung.«

»Und? Du hast auch eine Vorstrafe wegen Brandstiftung und so«, schnappte Jenny. »Ich kenn den Mike aus einer meiner Wohngruppen. Er ist im Grunde so was wie ein älterer Bruder von mir«, fügte sie wieder ruhiger hinzu. »Und Nylah ist die letzte Bitch. Wenn die einen Scheiß über den Mike behauptet hat, dann glaub ich das eh nicht. Der Mike kümmert sich immer um alle. Sogar um die Nylah. Und die Bullen lügen doch, wenn die behaupten, der Mike hätte sie angerufen. Der Mike würde echt jeden anrufen, aber mit Sicherheit niemals die Bullen. Du kapierst es immer noch nicht, aber wir halten hier zusammen und helfen uns.«

Lou nickte schicksalsergeben. »Dann lass uns Mike eben suchen und fragen, was los ist.«

Jenny hatte die Polizisten offensichtlich angelogen. Denn es stellte sich heraus, dass sie eine ziemlich gute Ahnung davon hatte, wo Mike anzutreffen war. Bereits am zweiten Ort, an dem sie es versuchten, einer leer stehenden Garage am Rande der Rotwaldsiedlung, die sich nicht weit entfernt vom Feuersee befand, wurden sie fündig.

Mike saß auf einer kaputten, fleckigen Matratze auf dem Boden und rauchte mit zitternden Fingern irgendeinen widerlich stinkenden Stoff mit seiner Pfeife. Schweißperlen standen ihm auf der Stirn, seine Haare klebten am Kopf.

Seine Jacke war dreckig. Um den Hals trug er einen grellgelben Schal, auf dem sich große braune Flecken befanden. Sie sahen aus wie Blut. Neben Mike stand eine Flasche billigen Schnapses. Er zuckte zusammen, als Jenny ihn ansprach, und es dauerte eine Weile, bis er so weit klar schien, dass er antworten konnte.

»Mike, die Bullen haben nach dir gefragt«, sagte Jenny. »Die haben behauptet, du hättest die angerufen, aber das ist doch Quatsch, oder? Und Nylah suchen die auch.«

»Nylah?« Etwas, das aussah wie Angst, schlich sich in Mikes Blick. Ruckartig bewegte er sein Bein, stieß dabei einen Kanister um. Eine durchdringlich riechende Flüssigkeit sickerte heraus, vielleicht Benzin. Es schien ihn nicht weiter zu kümmern. Er packte Jenny am Arm. »Was ... Nylah? Bitte ... Geht es ihr gut?«

»Die Bullen suchen sie«, wiederholte Jenny.

»Scheiße. O Scheiße. Welchen Tag ... heute?«, lallte Mike verstört.

»Montag. Montag, der 12. Dezember.«

»Montag? Ich habe ... keine scheiß Ahnung, wann ... als ich sie ...« Er brach ab. Saugte an seiner Pfeife. »Ist die ... Scheiße ... wahr?«

»Ist was wahr?«, fragte Lou.

Er sah sie mit seltsam leeren Blick an. Stemmte sich mühsam von der Matratze hoch. Schwankte und musste sich an der Wand abstützen. In der Vertiefung der Matratze, in der er gesessen hatte, lag eine dreckige, neongelbe Mütze. Hatte Nylah nicht von so einem Teil gesprochen, neulich in der Notschlafstelle, und dass sie Mütze und Schal vom

Hilfsmobil bekommen hatte? »Voll unmodisch« – so hatte sie beides bezeichnet.

Lou schluckte, denn auch die Mütze war voller Flecken, die aussahen wie Blut. War irgendetwas schiefgegangen, als Nylah sich einen Schuss gesetzt hatte? Hatte Mike ihr gar dabei geholfen? Lou wusste, dass er gelegentlich anderen Abhängigen dabei assistierte, sich in den Hals zu spritzen. *Service machen* nannte sich das. Hatte Mike vielleicht deswegen den Notruf gewählt?

»Was ist mit Nylah?«, fragte Lou alarmiert. »Wo ist sie?«

Mike torkelte zum Ausgang der Garage, stammelte: »Da ... da hinten ... glaub ich ...«

Sie traten ins Freie. Hinter der Garage erstreckte sich ein verwildertes Stück Land bis hinüber zu den Pfeilern der Stadtautobahn. Dunkle Wolken hingen am Himmel. Die Luft stank nach Abgasen, Rauch und etwas anderem, Scharfem, das Lou nicht identifizieren konnte, das ihr aber eine Gänsehaut verursachte. Mike zeigte auf eine düstere Ecke der verwilderten Wiese, an der zwischen dichtem Gestrüpp eine über und über mit Graffiti beschmierte Glaswand stand, vielleicht die Ruine eines Gewächshauses. Ein paar Meter dahinter gluckerte der Katzenbach durch die kalte, trostlose Landschaft. Erste Schneeflocken schwebten vom Himmel.

»Ich hab ... ich lag hier ... Mit dem Heroin ... war was ... nicht in Ordnung ... hatte einen Shake. Ich weiß ... nicht mehr genau, was dann ... O Gott.« Mit zitternden Fingern deutete Mike auf die Glaswand. Es dauerte eine Weile, ehe er weitersprach: »Ich hab ... sie schreien gehört. Ich hab Nylah schreien gehört. Ich konnte nicht ...

ich hab … ich hab nur gezittert und mich übergeben und bin fast verreckt an dem Heroin. Und dann … das Feuer … Hatte rote Schuhe.«

Lou horchte auf. »Wer hatte rote Schuhe?«, fragte sie.

Mike antwortete nicht. Mit unsicheren Schritten wankte er zur Glaswand hinüber. Lou und Jenny folgten ihm. Der ekelhafte Gestank wurde stärker. Irgendetwas war hier verbrannt. Lou spürte, wie sich alles in ihr sträubte.

Mike stolperte, fiel hin, blieb im winterlich verdorrten Gras sitzen. »Ich wollte … den Notruf, aber ich … Ich glaub, ich hab die Bullen wirklich … Weiß nicht mehr, was genau ich denen erzählt …«

»Mike, was ist mit Nylah? Wo ist sie?«, fragte Jenny, während Lou sich an den beiden vorbei der durch die Graffiti undurchsichtigen Wand näherte. Das Gestrüpp war hier völlig zertrampelt. Und teilweise verbrannt.

Sie hatte ein saures Gefühl im Magen, als sie sich ihren Weg durch Brombeerranken und vorbei an einer kaputten Wäschespinne bahnte.

Bis sie schließlich hinter die Glaswand schauen konnte.

Kapitel 23

Alles in Lou zog sich zusammen. Dort, auf einem grasüber-
wachsenen Stück Boden zwischen den Brombeerranken,
lagen die fast bis zur Unkenntlichkeit verbrannten Überreste eines Menschen. Schwarz und verkohlt und zusam-
mengekrümmt. Auf der Leiche leuchtete goldgelb eine
Strohblume.

Lou presste sich die Hand auf den Mund, taumelte rückwärts, blieb an einer der Ranken hängen. Fing sich gerade
noch. O Gott, war das Nylah? Hatte Mike das getan? Oder
war es möglich, dass Nylah selbst ...

Ihr war speiübel. Sie stürzte noch ein paar Schritte weg,
hinüber zum Katzenbachufer, sank auf die Knie und übergab sich in den Fluss.

»Was ist denn ...?«, hörte sie Jenny fragen, hörte sich
selbst schreien: »Geh nicht da hin! Guck nicht hinter die
Wand, Jenny!«

Aber Jenny ignorierte sie, das sah sie aus den Augenwinkeln. »O Scheiße«, hörte sie die junge Frau Sekunden später
murmeln.

Als der schlimmste Übelkeitsanfall vorbei war, ging Lou

mit weichen Knien zu Mike hinüber, der immer noch in der Wiese saß und die Hände vors Gesicht geschlagen hatte. Auch Jenny stolperte zu ihnen, am ganzen Körper zitternd.

»Mike, was ist hier passiert?«, fragte Lou hart.

Mike antwortete nicht.

»Mike, verdammt noch mal.« Lou rüttelte ihn an der Schulter.

»Lass mich los!«, fuhr er auf. Und dann, leiser: »Ich weiß ... es nicht. Wir haben ... zusammen Stoff ... Viel zu viel ... Und dann ... Scheiße.«

»Und dann *was*?«

»Das ... weiß ich eben nicht.«

»Wieso hast du Nylahs Schal um den Hals und ihre Mütze bei dir in der Garage? Und warum liegt da ein Kanister mit Benzin?«

Mike sah an sich herunter, schien erstaunt, als er das neongelbe Kleidungsstück entdeckte. Er sagte jedoch nichts, zuckte nur mit den Schultern. Irgendwann lallte er etwas, das wie »Schatten« klang.

»Ist das da hinten Nylah? Hat sie sich das selbst angetan?«, fuhr Lou fort, auf ihn einzudringen. »Oder hast du etwas damit zu tun?«

Mike nahm die Hände vom Gesicht und stierte sie verstört an. Schwieg.

»Natürlich hat Mike *nichts* damit zu tun«, mischte sich Jenny ein. »Oder?«

Mike wandte den Kopf in ihre Richtung. Machte eine Bewegung, die ein Kopfschütteln sein konnte. Vielleicht war er aber auch einfach so dicht, dass er sich unkoordiniert bewegte. Dann kramte er in seiner Tasche, zog ein ramponiertes Handy heraus. Streckte es Jenny hin.

»Wähl für mich … die Polizei«, bat er. »Ich weiß … grade die Nummer nicht.«

Jenny tippte und gab das Handy zurück an Mike, der kurz darauf stammelnd erklärte, dass am Rande der Rotwaldsiedlung eine verbrannte Leiche lag.

Lous Hände wurden taub. »Ich darf hier nicht gesehen werden«, raunte sie Jenny zu. »Lass uns gehen. Wir können nichts weiter tun.«

Jenny schüttelte den Kopf. »Ich bleibe. Um den Bullen zu erklären, dass es nicht Mike war.«

Lous Eingeweide verkrampften sich. *Das kannst du nicht wissen*, dachte sie. Und falls Mike doch mit der Sache zu tun hatte, sollte Jenny nicht mit ihm allein bleiben. »Ich denke, dass es besser ist, wenn du mit mir kommst. Die Polizei wird sich sowieso ein eigenes Bild machen«, sagte sie. »Und du bist doch auch nicht scharf darauf, die Bullen zu treffen.«

Jenny schüttelte trotzig den Kopf. »Ich kann den Mike nicht alleine lassen, echt jetzt. Nicht in so einer Situation. Hier geht's um was.«

Verdammt noch mal. Lou ahnte, dass Jenny nicht nachgeben würde. Und ihr selbst blieb nicht mehr viel Zeit. »Okay.« Widerwillig lenkte sie ein. »Dann treffen wir uns später in der Stadt. In der Bibliothek. Kennst du die?«

Jenny nickte.

»Im zweiten Stock.« Lou erhob sich, stapfte durch das gefrorene Gras, an der leer stehenden Garage vorbei und über die marode Straße hinüber zu einem weiteren verwilderten Grundstück. Die Stimme in ihrem Inneren schrie, dass sie abhauen sollte, und zwar schnell. Trotzdem blieb sie hinter einer Hecke stehen. Jenny war hier. Allein mit Mike. Sie konnte nicht einfach verschwinden.

Sie lief an den Sträuchern entlang, bis sie die beiden sehen konnte. Mike saß weiterhin einfach nur da, Jenny hockte neben ihm, schien auf ihn einzureden.

Lou behielt die beiden fest im Auge, bis sie Sirenen hörte. Dann rannte sie über das verwilderte Grundstück, kletterte über einen halb verfallenen Zaun und schlug sich über morastige Wiesen und durch ein kleines Wäldchen bis zum Feuersee. Der Schneefall wurde dichter.

Erst als sie in der U-Bahnstation stand und nach Atem rang, begriff sie wirklich, was passiert war. Dass jemand gestorben und verbrannt war. Nylah wahrscheinlich. Deren gehässigen Worten sie vor ein paar Tagen noch gelauscht hatte. Es musste schon ein paar Stunden her sein, denn die Brandstelle war definitiv bereits erkaltet gewesen, wenngleich es noch widerlich nach verbranntem Menschenfleisch gestunken hatte. Erneut stieg Übelkeit in ihr hoch. Sie kämpfte mit dem Brechreiz, konnte die erste Bahn, die einfuhr, nicht nehmen.

Als Lou etwa eineinhalb Stunden später in der Bibliothek saß, fühlte sie sich immer noch zittrig und verschwitzt. Pro forma hatte sie sich mit einem Lyrikband an den Tisch in ihrer Lieblingsnische gesetzt, aber sie schlug das Buch nicht einmal auf. Das Bild der verbrannten Leiche wollte einfach nicht aus ihrem Kopf verschwinden. Und in ihrer Nase hing der scharfe ekelerregende Brandgeruch.

Nylah. Eine weitere junge blonde Frau. Nicht weit entfernt vom Feuersee. Verdammt noch mal.

Sie musste der Polizei einen Hinweis auf die anderen Toten geben. Auch wenn ihr der Gedanke nicht gefiel, dass sie damit Mike möglicherweise noch tiefer in die Scheiße ritt. Aber falls er mit all dem etwas zu tun hatte … War das denn möglich?

Zügig ging sie ins Untergeschoss der Bibliothek, wo die Rechner standen, und versendete entschlossen das Ergebnis ihrer bisherigen Recherchen.

Es war bereits später Nachmittag, als Jenny sichtlich fertig und nach Alkohol stinkend zu ihr in die Bibliothek kam. Die Polizisten hatten, so erzählte sie, sowohl sie als auch Mike mitgenommen, um sie als Zeugen zu vernehmen.

»Es gibt keinen Haftbefehl gegen mich wegen meinem Halbbruder, glaub ich, das ist echt das einzig Gute«, fügte sie mit einem müden Lächeln an. »Und ich hab einen Cappuccino gekriegt und Wasser für Livie, und die Toiletten waren auch echt okay. Aber ganz ehrlich … diese verbrannte Leiche … Das war so was von schrecklich.« Sie schwieg einen Moment, ehe sie fortfuhr. Lou fiel auf, dass sie noch viel stärker lispelte als sonst. »Die Bullen denken, dass die Tote ziemlich sicher Nylah war. Ich konnte ja echt nicht viel helfen. Nur, dass wir die Leiche gefunden …« Jenny schluckte, nestelte an ihrem Armbändchen. »Aber den Mike haben die dabehalten. Wegen Mordverdacht. Ich durfte kurz zu ihm, bevor ich gegangen bin, aber wir konnten nicht viel reden, weil da ein Bulle danebenstand. Der Mike soll Nylah getötet und dann verbrannt haben. Um seine Spuren zu verwischen. Die glauben echt, der hat die erwürgt oder erschlagen oder so, weil er in letzter Zeit ziemlich viel Stress mit der hatte. Das ist Schwachsinn, echt jetzt. Aber die sagen, er wäre unter Drogen einfach ausgetickt. Und dann hätte er später ein schlechtes Gewissen gekriegt und deshalb die Bullen angerufen. Aber da war der noch so dicht, dass er denen nicht sagen konnte, wo er gerade ist. Nur, dass was mit Nylah war. Deshalb haben die Bullen die beiden gesucht.« Sie räusperte sich. »Der Mike und die Nylah hatten immer Stress, aber die mochten sich. Der würde der doch niemals was tun. Mike rettet Marienkäfer vor dem Ertrinken. Sogar Bienen. Mit der bloßen Hand. Der hat ein echt gutes Herz. Bloß wurde er sein halbes Leben lang von allen verhauen. Kein Wunder, dass der irgendwann angefangen hat zurückzuschlagen.« Sie schnaubte. »Nachdem du abgehauen warst, da bei der Garage … Da hat mir der Mike erzählt, dass er einen Schatten hat wegrennen sehen. Und dann hat er wieder was gefaselt von roten Schuhen. Das hab ich nicht ganz verstanden. Aber ich glaube, er meinte, dass dieser Schatten, der abgehauen ist, rote Schuhe anhatte. Und der Mike hat noch gemeint, dass der Schatten vielleicht auch Nylahs Schal und Mütze zu ihm in die Garage gelegt hat, aber da war er nicht sicher.«

Lou runzelte die Stirn. Sie hatte Mike stets betrunken oder high erlebt. Oder beides. Sie konnte nicht einschätzen, ob er der Typ war, der Leichen verbrannte, um Spuren zu verwischen. Wohl eher nicht.

Doch weswegen sonst hätte ein Benzinkanister bei ihm in der Garage stehen sollen?

»Der Mike kann seinen Anwalt nicht erreichen, weil dem sein Handy aus ist, und die Kanzlei hat heute zu. Ich hab mir den Namen aufgeschrieben. Abbas Saidi«, fuhr Jenny aufgebracht fort. »Der Mike kennt den schon länger, hat er gesagt, der verteidigt ihn immer. Stammt aus der Zeit, als Mike noch in der Wohngruppe gewohnt hat. Mike hat mich gefragt, ob ich da vorbeigehen kann, wo der Anwalt wohnt. Sonst schwatzen die ihm nämlich irgendeinen Pflichtverteidiger auf, und der kennt den Mike ja nicht und hängt sich vielleicht nicht richtig rein, um die Sache schnell zu erledigen. Also, kommst du mit?«

Lou nickte.

Abbas Saidi wohnte in einer ruhigen Straße im Vorort Klostermühle am Rande der Felder in einem schmucklosen Mehrfamilienhaus. Es war dunkel, als sie endlich an seiner Haustür klingelten, aber der Schnee, der mittlerweile alles mit einer dünnen Schicht bedeckte, hellte die Landschaft auf.

Lou fragte sich, wie der Anwalt es wohl auffassen würde, wenn an seinem freien Tag zwei fremde Wohnungslose bei ihm aufkreuzten. Sie biss die Zähne zusammen. Sie war ein Mensch wie jeder andere, verdammt noch mal.

Der Türsummer ertönte, ohne dass jemand über die Sprechanlage gefragt hatte, wer sie waren. Lous Kehle fühlte sich unangenehm trocken an, als sie die knarrende Holztreppe ins dritte Stockwerk hochstiegen. Die Tatsache, dass sie einem Strafverteidiger einen Besuch abstatteten, erinnerte sie schmerzhaft an die Tage, an denen ihr eigenes Leben vollkommen und unwiederbringlich aus den Fugen geraten war. Sie hatte keine besonders gute Erinnerung an Anwälte.

Ein gut aussehender Mann von etwa fünfzig Jahren, der eine blau umrahmte Brille und einen Trainingsanzug trug, wartete an den Türrahmen gelehnt auf sie. Seine grau-schwarzen Haare waren zu einem Pferdeschwanz gebunden.

Jenny, vom Aufstieg ein wenig außer Atem, streckte ihm die Hand hin und keuchte: »Hi, ich bin die Jenny Lanza. Und das ist Lou. Mike Stalder hat mir Ihre Adresse gegeben. Er konnte Sie nicht erreichen.«

Saidi gab ihr ebenfalls die Hand.

»Tut uns leid, dass wir Sie einfach zu Hause überfallen«, fügte Lou hinzu.

Der Anwalt wirkte nicht im Mindesten verärgert. »Manchmal mach ich digital Detox, wenn ich keinen Notdienst habe. Deshalb ist mein Handy aus. Aber meine Stammkundschaft weiß ja, wo und wie sie mich erreichen kann.« Er grinste. »Bitte, kommen Sie doch rein.« Er hielt ihnen die Tür auf. »Ich bin Abbas. Entschuldigen Sie meinen Aufzug, aber ich komme gerade vom Handball. Sie haben Glück, dass Sie mich überhaupt antreffen.«

Nun, der »Aufzug« war um Klassen besser als ihre gefütterte Hose, dachte Lou. Aber nett, dass er so was sagte.

Die kleine Wohnung war gemütlich, allerdings ziemlich chaotisch. Überall lagen Bücher und Zeitschriften herum.

Abbas führte sie in die Küche, wo ein Topf auf dem Herd köchelte und herrlichen Duft verströmte. Ein einzelner Teller, ein Glas und eine halb leere Flasche Apfelsaft standen auf dem Tisch. Sämtliche Schrankwände waren mit Fotos tapeziert; sie zeigten nordische Küsten und gut aussehende Männer.

»Essen Sie einen Teller Kartoffelsuppe mit?«, fragte der Anwalt.

Jennys Augen leuchteten, und auch Lou lief das Wasser im Mund zusammen. Beide nickten.

»Nehmen Sie Platz. Und verraten Sie mir: Was ist denn jetzt schon wieder los mit Mikey?« Abbas seufzte, während er zwei weitere Teller und Gläser aus einer kleinen Spülmaschine holte und auf den Tisch stellte.

»Er ist bei den Bullen, und die sagen, er hat die Nylah ermordet«, erklärte Jenny. »Er konnte Sie nicht erreichen, deshalb ...«

»Verflucht noch eins!«, entfuhr es Abbas. »Ist er schon wieder in eine Schlägerei geraten? Mit einer Frau? Er ist erst Mitte Oktober aus dem Knast gekommen, und ich habe ihm schon so oft gesagt, dass eines Tages einer über die Klinge ...«

»Was genau passiert ist, wissen wir nicht«, warf Lou ein. »Nur, dass er die Frau erschlagen und verbrannt haben soll.«

Die Löffel, die der Anwalt gerade in der Hand hielt, fielen mit lautem Klappern auf den Tisch. »Der Mikey? Eine Frau verbrannt?«

»Das stimmt bestimmt nicht«, fügte Jenny an. »Mike würde so was Schreckliches nie tun, also echt. Er hat den

Mörder wegrennen sehen. Der hatte wahrscheinlich rote Schuhe an.«

»Wo ist Mikey jetzt? Bei welcher Polizeidienststelle? Mitte?«

Jenny nickte. Abbas nahm ein Baguette aus einem Brotkasten, schnitt es in Scheiben und stellte den Topf auf einen Untersetzer auf den Tisch.

»Ich ruf da mal kurz an. Bedienen Sie sich bitte.« Er hielt Lou einen Schöpflöffel hin und verließ das Zimmer.

Sie hörten leises Stimmengemurmel durch die angelehnte Küchentür, während sie gierig über das Essen herfielen.

»So einen netten Anwalt hätt' ich auch gern gehabt«, sagte Jenny mit vollem Mund. »Als ich vor Gericht aussagen musste, weil ich in die Wohngruppe sollte. Mein Anwalt war alt, echt streng, und er hatte Schuppen. Außerdem hatte der eine Tierhaarallergie.« Sie verdrehte die Augen, als sei Letzteres eine Charakterschwäche.

»Meine Anwältin hat sich, glaube ich, hauptsächlich für die PR interessiert, die mein Fall mit sich gebracht hat, und nicht dafür, was wirklich passiert ist«, sagte Lou. »Die Politikerin, um die es ging, Melisande Steinhagen, ist ja sehr bekannt, und das Medieninteresse war riesig. Die Anwältin hat mir zu einem Geständnis geraten, weil alle Beweise gegen mich gesprochen haben.« Ihre Verteidigerin war so weit von der Wahrheit entfernt gewesen, wie man nur sein konnte.

Jenny wirkte zögerlich, schließlich fragte sie: »Aber wenn du unschuldig warst, wie kann es sein ... Ich meine, wieso ...?« Sie brach ab.

Lou wusste, was sie hatte sagen wollen: Wie sie unschuldig sein konnte, obwohl die Beweislage erdrückend war. Wieso sie nie *ihre* Version der Dinge erzählt hatte. Sie zuckte nur mit den Schultern, als wisse sie es selbst nicht.

Wenig später kam Abbas Saidi wieder, diesmal gefolgt von einem winzigen schwarz-braunen Hundemischling. Jenny streichelte und knuddelte das Tier begeistert und ausgiebig, während Lou, deren Herz unangenehm schnell zu schlagen anfing, ihre Beine wegzog und in sicherem Abstand platzierte. Ihr Mund war trocken und in ihren Handflächen sammelte sich Schweiß. Sie zwang sich, Abbas anzusehen, und erzählte dem Anwalt vom Fund der Leiche. Und schließlich sogar davon, dass in letzter Zeit einige blonde Frauen in der Nähe des Feuersees gestorben waren.

Das Gesicht des Mannes wurde immer ernster. Schließlich legte er den Löffel zur Seite. »Ich werde gleich zu Mikey fahren. Ehrlich gesagt kann ich mir nicht vorstellen, dass er so was getan haben soll. Danke jedenfalls, dass Sie mir Bescheid gegeben haben.« Er zögerte, dann fragte er: »Und Sie? Kommen Sie klar? Ich meine, es ist sehr kalt draußen und es hat angefangen zu schneien.«

»Selbstverständlich«, behauptete Lou. Sie ertrug es nicht, wenn Leute sie mit diesem Blick anschauten.

Jenny neben ihr runzelte die Stirn, sagte aber nichts.

Der Anwalt nahm sie mit zurück in die Stadt. Als er vorschlug, sie bei einer Notschlafstelle abzusetzen, verneinten jedoch sowohl Jenny als auch Lou.

Als sie sich später durch Schneefall und eisige Kälte ins Katzenbachviertel durchschlugen, wurde Lou die ganze

Zeit das Gefühl nicht los, jemand folge ihnen. Sie konnte nicht genau sagen, wieso. Wenn sie stehen blieb und in die Nachtluft lauschte, war nie etwas zu hören oder zu sehen, und schließlich erklärte sie sich selbst kopfschüttelnd für verrückt, zumal Jenny von einem möglichen Verfolger nichts mitzubekommen schien. Trotzdem drehten sie auf Lous Vorschlag hin eine Extrarunde um den Block, als sie bei ihrem Schlaf-Hochhaus angekommen waren, nur um sicherzugehen, dass wirklich niemand sie beim Hineingehen beobachtete.

Sie richteten sich erneut ihr Altpapierlager unter der Treppe ein. Den Abend verbrachte Jenny im Licht der Taschenlampe tief über ihr Heft gebeugt. Offenbar zeichnete sie wieder. Sie hatte sich in eine Ecke zurückgezogen und hielt das Heft so, dass Lou nicht hineinsehen konnte. Irgendwann stopfte sie es mit einem leisen Fluchen in ihren Rucksack und kam zu Lou herübergekrabbelt.

Lou hatte den gesamten Abend an die verbrannte Leiche denken müssen, und ihre Nerven waren zum Zerreißen gespannt. Jedes Mal, wenn irgendjemand durchs Treppenhaus ging oder Geräusche im Haus zu hören waren, zuckte sie zusammen und brauchte danach lange, bis ihr Puls sich wieder beruhigte. Sie rückte ein Stück von Jenny weg, deren Nähe sie zusätzlich aufwühlte. Schließlich wurde es im Haus still.

Später wälzte sich Lou auf ihrem Lager herum, während Jenny ruhig schnaufend neben ihr lag. Irgendwann döste sie endlich weg, hörte dann Ellies Wimmern aus dem Nebenzimmer, das immer leiser ...

Lou wachte von einem seltsamen Geräusch auf. Als sei etwas heruntergefallen. Etwas Kleines, nicht sonderlich laut. Sie setzte sich schlaftrunken auf, ihr Herzschlag beschleunigte sich sofort. Es musste mitten in der Nacht sein. Hatten Anwohner sie entdeckt?

Sie lauschte in die Dunkelheit. Nichts zu hören. Die hätten doch bestimmt das Licht im Flur angeschaltet. Für einen kurzen Moment dachte sie an die Stadtguards. Aber die Idioten wären eindeutig lauter gewesen. Niemand war ihnen gefolgt. Niemand wusste, dass sie hier waren. Und in der dunklen Ecke unter der Treppe waren sie selbst bei Licht gut geschützt.

Sie legte sich trotzdem nicht wieder hin. Irgendetwas war da in der Stille und Dunkelheit, das ihr nicht gefiel. Sie konnte nicht sagen, was es war. Ein Geruch vielleicht, ganz leicht nach Schweiß und altem Zigarettenrauch. Der aber auch von Jenny ausgehen konnte, die jetzt unruhig neben ihr schlief. Der Tag hatte sie sichtlich mitgenommen. Immer wieder murmelte sie kaum verständliche Worte, einmal schluchzte sie. Livies winzige Krallen kratzten über den Boden ihres Käfigs, dann knabberte die Ratte an irgendetwas. Es klang unnatürlich laut. Als das Knabbern leiser wurde, hörte Lou plötzlich ein Rascheln. Das sofort wieder stoppte.

Lous Schultern spannten sich an. Da war irgendjemand, sie spürte es. Verdammt. Sie tastete nach Jennys Tränengas, das immer zwischen ihnen auf dem Lager lag. Man wusste nie, wer einen überraschte, selbst hier drin nicht.

Sie versuchte, keine Geräusche zu machen. Die Kartons

unter ihr knisterten dennoch, als sie an den Rand des Lagers kroch.

In ihrem Versteck unter der Treppe, das durch eine halbhohe Mauer zusätzlich geschützt war, konnte man kaum die Hand vor Augen sehen, aber die schwache grüne Notbeleuchtung tauchte den Flur und die Stufen, die zur Tiefgarage führten, in schummriges Halbdunkel. Lou spähte hinter der Mauer hervor in den Flur hinaus und zur Treppe hinüber, den Finger auf dem Auslöser des Tränengases. Nichts zu sehen und zu hören.

Gebückt bewegte sie sich hinter der schulterhohen Wand entlang aus ihrem Versteck hervor. Sie musste um die Ecke schauen, die Treppe hoch, und prüfen, ob dort jemand war. Schritt für Schritt schlich sie zu den Stufen hinüber, dicht an die Wand gepresst. Sah plötzlich eine Bewegung. Einen Schatten. Sie erstarrte. Jemand kam langsam die Treppe hinunter. Auf der untersten Stufe erschienen große Schuhe, in denen muskulöse Beine steckten. Noch ein Schritt, dann blieb die Person auf der Treppe stehen. Lou drückte sich gegen die Wand und hob das Tränengas.

Nichts passierte. Der Mensch, zu dem die Schuhe gehörten, stand reglos da, als lausche auch er nach Geräuschen. Eine gefühlte Ewigkeit verstrich. Dann klickte mit einem Mal ein Feuerzeug. Für Sekunden schimmerten die Schuhe im aufleuchtenden Licht rot. Dann senkte sich wieder grünliche Dunkelheit über alles.

Lou umklammerte das Tränengas fester. Zigarettenrauch zog jetzt zu ihr herüber. Sie beugte sich ein wenig weiter vor. Konnte immer noch lediglich die Schuhe und die muskulösen Unterschenkel erkennen. Eine halb gerauchte Kippe wurde jetzt auf den Boden geworfen, Glut leuchtete auf. Es raschelte, und die Luft roch unvermittelt scharf nach Desinfektionsmittel.

Wenn sie sehen wollte, wer da stand und was zum Teufel derjenige dort tat, musste sie den Schutz der Mauer verlassen. Sie atmete tief ein, ehe sie sich an der Wand entlang vor zur Treppe schob. Spähte dann um die Ecke.

Im grünen Dämmerlicht stand ein Typ mit einer schwarzen Sturmmaske und nackten Armen unter einer Weste. Er sah genauso aus wie der Mann, dem sie neulich Nacht im Tunnel begegnet war. Neben ihm befand sich ein Rucksack, aus dem etwas ragte, das Pfeil und Bogen sein konnten. Verdammt.

Der Mann hatte ihr den Rücken zugedreht. Hantierte irgendetwas auf einer der oberen Stufen. Dort lag ein weißes Tuch.

Lou beugte sich ein Stückchen weiter vor, hielt die Luft an. Auf dem Tuch befand sich etwas, das sie im düsteren Licht kaum erkennen konnte. Es ähnelte … es ähnelte zwei Spritzen und einem Fläschchen.

Jetzt klickte es, ein schwaches Licht ging an, offenbar eine kleine Taschenlampe. Der Typ nahm eine der Spritzen, stach damit in den Deckel des Fläschchens. Was für eine kranke Scheiße war das hier?

Sie musste etwas tun. Jetzt sofort. Den Überraschungseffekt nutzen.

»Was soll das werden?«, fragte sie und trat aus ihrem Versteck hervor, das Tränengas auf den Typen gerichtet.

Der zuckte zusammen, fuhr herum, ließ beinahe die Spritze fallen. Er gab ein merkwürdiges Geräusch von sich, das entfernt nach einem Lachen klang. Dann flüsterte er: »Ich bring dich um, Fleur.« Und etwas, das Lou nicht verstand, das sich wie »Famm« und »Lack« anhörte.

Sie sprang auf ihn zu und sprühte ihm eine Ladung Tränengas ins Gesicht. Und noch eine. Der Typ brüllte, die Spritze fiel ihm aus der Hand, er ging in die Knie, krümmte sich, rieb mit der Hand über seine Augen.

Lou wich schnell zurück, um den Dunst nicht selbst abzubekommen.

Der Typ brüllte erneut. Wütend und schmerzerfüllt. Animalisch.

»Jenny«, schrie nun auch Lou. »Jenny, wach auf! Wir müssen hier raus, sofort!« Sie rannte zu ihrem Lager zurück. Griff nach ihrer Tasche. Jenny richtete sich schlaftrunken auf. »Jenny, los, wir müssen weg hier. Beeil dich!«

»Was … wer schreit da?« Jenny schien überstürzte Aufbrüche gewohnt und war von jetzt auf gleich hellwach. Sie bewegte sich an den Rand des Lagers, griff nach ihrem Rucksack und dem Käfig mit Livie.

Das Brüllen des Typen ging in Fluchen über. Lou warf einen Blick zur Treppe hinüber. Sie mussten irgendwie an dem Arschloch vorbei.

»Da ist ein Irrer mit einer schwarzen Sturmmaske, der zwei Spritzen dabei hat«, flüsterte sie.

»Spritzen?« Jenny krabbelte schnell unter der Treppe hervor und warf sich den Rucksack auf den Rücken. Den Karton mit Livie behielt sie in der Hand.

»Wir müssen hier weg. Sofort«, wiederholte Lou.

Die Frage war nur, wie. Wenn sie links zur Tiefgarage rannten, gingen sie direkt auf den Typen zu. Er würde sie mit Sicherheit weder die Treppen hoch zum Hauptausgang noch zur Tiefgarage gelangen lassen. Nach rechts führte der Flur lediglich zu den Kellerräumen.

Was auch immer sie taten: Auf jeden Fall sollten sie sich beeilen, solange der Typ noch lädiert …

In diesem Moment torkelte der Mann um die Ecke, seine Augen tränten, sodass er vermutlich nicht viel sehen konnte. Trotzdem wankte er durch die grüne Dämmerung des Notlichts zielsicher auf sie zu. Langsam und bedrohlich. Seine rechte Faust umklammerte eine der Spritzen, die Nadel zeigte in ihre Richtung.

Lou schluckte. Dann hob sie das Tränengas, bereit, noch einmal zu sprühen.

»Bleib hinter mir«, raunte sie Jenny zu, die sich allerdings in Richtung der Kellerräume wandte. Was war das denn für eine bescheuerte Idee? Dort säßen sie in der Falle.

Der Typ hatte sie fast erreicht. Er war verdammt muskulös, und Lou schätzte, dass nicht mal ihr bestes Krav Maga etwas gegen ihn ausrichten würde. Allerdings wirkte er steif und nicht sonderlich wendig.

Sie wartete, wich, als der Kerl nahe genug war, blitzartig zur Seite und kickte mit ihrem Schuh gegen seine Hand, die Spritze fiel mit leisem Klappern auf den Boden. Noch einmal trat sie zu, diesmal in den Bauch des Typen, und schlug ihm die Jutetasche ins Gesicht. Der Mann, nach wie vor vermutlich halb blind, wankte nach hinten. Allerdings nicht weit, denn seine Bauchmuskeln waren stahlhart, und jetzt ...

Das Licht ging an, blendete sie. Hinter ihr klirrte es. Im nächsten Moment ertönte ein unerträglich schrilles, lautes Piepen.

Jenny kam zurück, stellte sich neben sie. Sie trug einen Feuerlöscher in der Hand, den Schlauch einsatzbereit auf den Maskierten gerichtet. Und drückte ab. Eine riesige weiße Pulverwolke stob auf den Muskelmann zu. Der würgte, hustete, drehte sich um und stolperte zurück zur Treppe und nach oben.

»Ich hab da hinten einen Feuermelder gesehen, den hab ich zerschlagen und den Alarm ausgelöst«, sagte Jenny. »Und dann dachte ich, ich kann den Feuerlöscher benutzen, um den Typen einzuschäumen. Hab ich auch mal bei meinem Stiefbruder gemacht.« Sie stellte den Feuerlöscher ab. »Gab richtig Ärger damals.«

»Du bist genial!«

Jennys Lippen verzogen sich zu einem kurzen Lächeln.

Von oben, aus dem Treppenhaus, drangen nun Stimmen zu ihnen herunter. Wahrscheinlich Hausbewohner, die der Lärm aufgeschreckt hatte.

Lou schob sich den Riemen ihrer Tasche über die Schulter und griff nach ihrer Jacke. Sie und Jenny schauten sich an. Dann rannten sie los, hinüber zur Tür, die in die Tiefgarage führte. Die automatische Beleuchtung flammte auf, als sie auf das Parkdeck stürmten. Sie spurteten hinüber zum vergitterten Ausgang. Draußen schneite es heftig.

»Lou, wir sollten vielleicht echt noch nicht raus, weil wir

nicht wissen, wo der Typ vom Haupteingang aus hingeht und …«, rief Jenny über das Schrillen des Feuermelders hinweg.

»Ich kann nicht bleiben – die rufen bestimmt die Polizei. Aber bleib du gerne hier, wenn du das sicherer …«

Jenny erwiderte nichts, sondern riss die Tür auf und rannte in das Schneetreiben hinaus.

Lou folgte ihr. Genau wie ihre Begleiterin war sie sich keinesfalls sicher, dass der Angreifer einfach so verschwinden würde, allerdings war er wegen des Tränengases und des Löschpulvers mit Sicherheit angeschlagen. Außerdem befand er sich, wenn er den Haupteingang genommen hatte, auf der anderen Seite des Gebäudes. Ihre Chance abzuhauen.

Frisch gefallener Schnee bedeckte den Boden. Lou umklammerte noch immer die Dose mit Tränengas, als sie zwischen den schwarzgrauen Betonwänden an den Müllcontainern vorbei zur Straße eilten. Sie rechnete mit einem Angriff.

Nichts geschah. Die Straße lag unberührt in der Nacht, aus Richtung der Stadtautobahn tönten Sirenen herüber, die jetzt lauter wurden. Der Typ war nirgends zu sehen, auch nicht, als sie an dem Hochhaus vorbeigelaufen waren. Entweder hatte er sich irgendwo versteckt oder war doch abgehauen.

Die dünne Schneeschicht auf dem Boden war unberührt, keine Fußabdrücke. Zum Glück. Der Schnee half ihnen, aber wenn sie die Abdrücke des Irren sehen konnten, würde er natürlich auch ihre entdecken. Sie mussten sich auf jeden Fall beeilen. Nur wohin? Das Katzenbachviertel war in der Nacht an den meisten Stellen einsam und gefährlich. Am besten sie rannten zur U-Bahnstation, da gab es Licht und eine Überwachungskamera.

Sie hasteten geradeaus, weg vom Hochhaus und dem auf der anderen Seite liegenden Haupteingang, durch den der Typ vermutlich rausgerannt war. Jenny folgte ihr wortlos. Nur ihr keuchender Atem war zu hören. Weiße Wölkchen stiegen von ihrem Mund auf. Zwei Feuerwehrautos rasten an ihnen vorbei.

Sie folgten der Straße, schauten sich immer wieder um. Offensichtlich waren sie allein.

»Was für ein krankes Arschloch war das denn?«, keuchte Jenny. »Als du geschrien hast, dachte ich erst, mein Stiefbruder wär' da und … Ich glaube, ich hab von ihm geträumt.« Sie räusperte sich. »Der war es aber bestimmt nicht. Der hat total kurze Beine und Arme und einen Bierbauch. Und ganz fette Finger mit Ringen dran und Tattoos.«

»Ich bin mir sicher, es ist der Kerl, der mich neulich mit Pfeil und Bogen beschossen hat. Und, ich weiß nicht genau, aber ich glaube, es war auch derselbe, den wir in der U-Bahn getroffen haben und in der Stadt.«

Was zum Teufel wollte der Irre von ihnen? Woher konnte er gewusst haben, wo sie Quartier bezogen hatten? Beschattete er sie etwa? Also hatte sie sich nicht getäuscht, als sie am Abend das Gefühl gehabt hatte, jemand folge ihnen!

Die Sache mit den Spritzen war krank. Was hatte der Kerl vorgehabt? Sie zu vergiften? Oder zu betäuben?

»Wir müssen die Polizei informieren, Jenny.«

»Nein, ich will nicht, dass du verhaftet wirst.« Jenny

klang beinahe panisch. »Dann bin ich hier draußen ganz alleine.« Sie schien zu zögern, ehe sie hinzufügte: »Glaubst du, das könnte der gleiche sein, der Nylah verbrannt hat? Will der uns auch töten? Aber wieso?«

»Ich weiß es nicht«, gab Lou leise zurück. »Aber wir *müssen* der Polizei Bescheid sagen. Das würde auch Mike helfen.«

Jenny schüttelte den Kopf und rannte weiter.

Bislang hatte Lou gedacht, der Typ stünde auf junge blonde Frauen, die abhängig von harten Drogen waren. Aber was, wenn das nicht stimmte und er es auf Jenny abgesehen hatte, auch wenn die hellrosa Haare hatte und, soweit Lou wusste, keinen harten Stoff konsumierte?

Sie runzelte die Stirn. Nein, der Bogenschütze hatte sie, Lou, verfolgt, nicht Jenny oder irgendjemand anders. Und auch in der U-Bahn hatte sie das Gefühl gehabt, dass der Typ mit der FFP2-Maske und der verspiegelten Brille hinter *ihr* her gewesen war. Sie war aber nicht mehr jung und hatte dunkles Haar mit grauen Strähnen darin.

Trotzdem musste es einen Zusammenhang geben. Steffi hatte dieser Ayleen vor ihrem Tod erzählt, dass sie sich verfolgt gefühlt hatte. Sie hatte Angst vor roten Schuhen gehabt. Mike hatte ebenfalls etwas von roten Schuhen erzählt. Und der Typ gerade eben hatte rote Schuhe getragen. Wie wahrscheinlich war es, dass zwei Irre mit der gleichen Fußbekleidung da draußen ihr Unwesen trieben?

Obwohl beiden mittlerweile Schweiß über die Stirn rann, drosselten sie ihr Tempo nicht. Folgten der von Straßenlaternen erleuchteten Straße, warfen weiterhin ständig

Blicke in alle Richtungen. Wichen Gebüschen und uneinsehbaren Stellen aus. Blieben gelegentlich kurz stehen, um in die Nacht zu lauschen.

Jenny schnaufte, als sie schließlich in einen kleinen Weg einbogen, der zwischen weiteren Hochhäusern durchs Katzenbachviertel hinüber zur U-Bahnstation führte. Es war noch ziemlich weit von hier. Die große Digitaluhr über dem Minimarkt zeigte 2:37 Uhr an.

Die kalte Luft brannte auf der Haut und schmerzte beim Atmen. Die Schneeflocken verwandelten sich mehr und mehr in eisigen Regen. Erst als sie eine Kreuzung überquert hatten, von der die Straße zu ihrem alten Zeltplatz im Bannwald abging, fiel Lou auf, dass sie die Bettdecke im Hochhaus vergessen hatte. Fuck. Eisige Nadeln peitschten ihr ins Gesicht.

»Vielleicht ist der Typ ja einfach ein Stadtguard«, keuchte Jenny in diesem Moment wenig überzeugend.

»Ich glaube nicht«, entgegnete Lou. »Zumal die Arschlöcher wollen, dass wir aus der Innenstadt verschwinden und uns in Brennpunktsiedlungen wie das Katzenbachviertel zurückziehen. Es würde keinen Sinn ergeben, uns hier zu vertreiben. Schon gar nicht mit einer Spritze.« Sie war so außer Atem, dass sie kaum sprechen konnte.

Jenny blieb stehen und stemmte beide Arme in die Seiten. »Ich muss mal kurz verschnaufen«, stöhnte sie.

Sie gingen weiter, langsamer, versuchten, wieder zu Atem zu kommen.

»Wenn das derselbe war, der Nylah verbrannt ...« Jenny brach ihren gekeuchten Satz ab. Ihre Stimme zitterte.

Lou nickte grimmig. Falls es wirklich derselbe Typ war, dann waren sie hier draußen allein mit einem Monster. Und er konnte überall sein, verdammt.

»Wir müssen die Polizei rufen«, wiederholte sie.

Jenny schüttelte erneut den Kopf. »Wir wissen doch gar nicht hundertprozentig, ob der Typ uns was tun wollte. Echt jetzt. Vielleicht hat er genau wie wir die Nacht nur in dem Haus verbracht. Vielleicht wollte er sich selbst was spritzen, ist dir das schon mal in den Sinn …«

»Jenny, was soll der Unsinn! Wir müssen denen mitteilen, dass hier ein Durchgeknallter unterwegs ist.«

»Du musst hierbleiben und mich beschützen. Bitte, Lou. Bitte. Wenn du im Knast bist, hab ich niemanden mehr.« Jenny packte sie am Arm, sah kleiner und verletzlicher aus als je zuvor. »Und du darfst nicht hier in der Stadt sein.«

Lou machte sich los. »Dann ruf du an und halt mich da raus!«

»Mein Akku ist leer. Echt jetzt.«

Lou gab sich geschlagen. Vorerst. Sie bogen in den Weg Richtung Katzenbacher Marktplatz ab.

»Wo sollen wir denn jetzt hin?«, fragte Jenny.

»Erst mal zur U-Bahnstation.«

Bis halb fünf würde zwar keine Bahn fahren, aber immerhin fiel dort drin kein Schnee und sie würden voraussichtlich nicht erfrieren. Und es gab die Überwachungskameras und ein Notfalltelefon. Kein besonders guter Schutz gegen jemanden, der zwei wohnungslose Frauen im Schlaf hatte vermutlich betäuben oder sogar töten wollen. Außerdem mussten sie, um die Station zu erreichen, entweder einen langen Umweg an der Hauptstraße entlang machen oder über den großen dunklen Spielplatz im Park und quer über den Campus der überregionalen Umschulungseinrichtung am Katzenbach gehen. Aber etwas Besseres fiel Lou nicht ein. Hier gab es nicht viel, wo man nachts hinkonnte, verdammt.

Sie spürte, wie der Eisregen stärker wurde und langsam ihre Jacke durchnässte. Wasser lief ihr in den Ärmel. Jenny neben ihr klapperte hörbar mit den Zähnen.

Trotzdem. Die Hauptstraße war sicherer. Dort fuhren selbst in der Nacht gelegentlich Autos.

Mit eiskalten nassen Fingern umklammerte sie das Tränengas. Hoffentlich funktionierte das überhaupt ein weiteres Mal, sie hatte vorhin ziemlich viel gesprüht.

Sie dachte kurz nach, hob schließlich zwei faustgroße Steine vom Wegrand auf, während der Regen ihr ins Genick tropfte. Kramte in ihrer Tasche nach einem Paar Socken. Im Weiterlaufen füllte sie in jede Socke einen Stein.

»Hier«, sagte sie und gab Jenny einen der gefüllten Strümpfe. »Wenn jemand uns angreifen sollte, schleuderst du das mit der Hand im Kreis herum und versuchst, ihn damit zu treffen. Am besten im Gesicht oder am Kopf.«

»Gute Idee.« Jennys Stimme zitterte so sehr, dass Lou sie kaum verstand. »Mir ist so fucking kalt. Ich spüre schon gar nichts mehr.«

Lou ging es genauso. Der Regen steigerte sich langsam zu einem prasselnden Sturzbach. Nach kurzer Zeit waren Lous Hosen völlig durchnässt. Auch die alten Schuhe, die sie trug, hielten das Wasser nicht länger ab. Ihre Oberschenkel fühlten sich beinahe taub an, die Kälte fraß sich in ihre Haut. Jennys Mantel klebte sichtlich an deren Körper. Sie schlotterte.

Sie mochten einem todbringenden Monster entkommen sein. Doch wenn sie nicht schnell irgendwohin kamen, wo es wärmer und regengeschützt war, würden sie hier draußen sterben.

Kapitel 24

Wenig später erreichten Lou und Jenny endlich die Hauptstraße. Ein Transporter raste durch eine große Wasserlache
an ihnen vorbei und übergoss sie mit einem Eisschauer. Lou
schrie wütend auf. Nicht, dass es noch eine Rolle spielte,
doch der Fahrer hatte sie gewiss gesehen und hätte ausweichen können.

Jenny neben ihr schien so fertig zu sein, dass sie nichts
mehr mitbekam. Mit gesenktem Kopf trottete sie den Gehweg entlang, die Arme seitlich über die Jackentasche gelegt,
vermutlich damit ihre Ratte nicht nass wurde, die sie mittlerweile aus dem Käfig geholt hatte, um das sperrige Ding
im Rucksack zu verstauen.

Hinter den dunklen Fenstern der Häuser leuchteten hier
und da funkelnde Weihnachtssterne und Nikoläuse, wie um
sie zu verspotten.

Lou schniefte. Ihre Haare klebten tropfnass an ihrem
Kopf, kleine kalte Bäche rannen über ihr Gesicht. Weil sie
schon jetzt völlig durchnässt waren und es Jenny offensichtlich nicht gut ging, entschieden sie sich, doch die Abkürzung durch den winzigen Park an der überdachten Stein-

bühne vorbei hinüber zur Umschulungseinrichtung am Katzenbach zu nehmen, und bogen in eine schmale Gasse mit heruntergekommenen Häusern ein. Lou war so kalt, dass sie glaubte, sterben zu müssen. Unerbittlich trommelte Eiswasser vom Himmel auf sie hinunter.

Außer dem Prasseln des Regens und dem Rauschen des Verkehrs auf der entfernten Stadtautobahn war nichts zu hören. Dennoch schaute sich Lou beständig nach allen Seiten um. Nur eine leere, regennasse Straße, die im Licht der Straßenlaternen orange und abweisend glänzte. Tiefschwarze Schatten zwischen den Gebäuden, aber nirgends ein anderer Mensch.

Jenny keuchte laut beim Gehen. Immer wieder stöhnte sie und wurde langsamer, während sie die Grünanlage betraten und an der mit einem Gitter umrandeten Steinbühne vorbeigingen, die schwarz und unheimlich in der Nacht stand. Jenny tapste sichtlich erschöpft geradeaus.

Lou hielt links das Tränengas und rechts die Socke. Am Ende des Parks bogen sie in einen kleinen Fußweg ein, der hinüber zum Campus der Umschulungseinrichtung führte. Der Campus bestand aus vier sanierungsbedürftigen Betonbauten, jeder in einer anderen Farbe angestrichen, die eine Halbkreisform bildeten, in deren Mitte sich ein Neubau mit tiefen Fenstern erhob. Im Vorbeigehen entdeckte Lou zahlreiche Tische. Wohl eine Cafeteria. Sie verbot sich den Gedanken an eine warme Mahlzeit.

Sie überquerten einen etwas erhobenen, ziemlich vermüllten Platz mit einem Springbrunnen, der zu dieser Jahreszeit kein Wasser führte und ihnen trostlos entgegengähnte. Dahinter befanden sich ein Behördenzentrum und der botanische Garten mit altmodischen Gewächshäusern und einem Fichtenwäldchen. Die Beleuchtung war hier glücklicherweise ausgesprochen hell und ein Teil der Strecke sogar überdacht. Lou lotste Jenny auf einen gepflasterten Weg, der an verwaisten Fahrradabstellplätzen vorbei hinüber zur U-Bahnhaltestelle führte.

Erneut warf sie Blicke über ihre Schulter. Das war das Schlimmste am Platte machen. Dass man nie zur Ruhe kam. Immer aufpassen musste. Es gab keine Sicherheit, zu keiner Zeit am Tag. Und nachts schon gar nicht.

Ihre Schatten zuckten im weißen Laternenlicht geisterhaft über die besprayten Wände und die Fahrradhalter. Wieder schaute Lou sich um. Sie wischte sich mit dem Ärmel kaltes Wasser vom Gesicht. Sie hatte die Schnauze so was von voll. Eine Bewegung. Lous Herz schlug schneller. Aber es war nur ein Ast, der im Halbdunkel hinter einer Straßenlaterne im Regen hin und her schwang.

Sie biss die Zähne aufeinander, konzentrierte sich auf die Geräusche der Regennacht.

Als Jenny ein paar Minuten später mehrmals stolperte und offensichtlich kaum noch laufen konnte, steckte Lou das Tränengas weg, um sie zu stützen, obwohl sie die Berührung kaum ertrug.

»Wir sind bald da«, sagte sie. »Wir müssen nur noch da vorne an dem roten Haus vorbei und …«

In diesem Moment sprang eine Gestalt zwischen zwei Betonpfeilern hervor und stellte sich ihnen in den Weg. Ein muskulöser Mann mit einer schwarzen Sturmmaske über dem Gesicht. Weißes Löschpulver klebte an seiner Weste und seiner Hose.

Jenny schrie panisch auf und stob zur Seite. Lou wollte die steingefüllte Socke schwingen, aber der Typ stürzte sich bereits auf sie, rammte sie mit voller Wucht gegen eine Wand; sie stieß sich den Ellenbogen, ihr blieb die Luft weg. Sie stöhnte vor Schmerz. Die Socke rutschte aus ihrer Hand, fiel auf den Boden.

Der Kerl klammerte beide Hände um ihren Hals und drückte zu. Panik stieg in ihr hoch, genau so hatte Jürgen das mit ihrer Mutter … Sie roch den scharfen Atem des Mannes durch die Maske, sah seine geröteten hasserfüllten Augen. Irgendwo brüllte Jenny.

Mit der linken Hand packte Lou den rechten Arm des Typen. Stieß ihm zwischen seinen Armen hindurch den Ellenbogen unters Kinn. Er zuckte zurück, der Griff um ihren Hals löste sich, sie schlug mit der Faust seitlich gegen seine Schläfe, drückte sein Gesicht nach unten und zog gleichzeitig ihr Knie hoch. Verfehlte seinen Kopf. Zog nach, traf ihn jedoch auch nicht in den Unterleib, da er sich zur Seite drehte.

Fuck, der Kerl war zu stark, befreite sich aus ihrem Griff, tänzelte ein Stück zurück, vollführte eine weitere Drehung, hatte plötzlich ein Jagdmesser in der Hand. Verdammte Scheiße.

Sie machte sich gerade darauf gefasst, den Messerarm zu blocken, als Jenny sich schreiend auf den Typen stürzte und ihm von hinten zwischen die Beine trat. Sie erwischte den Mann voll, mit einem Stöhnen sackte er zu Boden. Etwas fiel aus seiner Jackentasche auf den Boden, ein schmales Buch.

»Weg hier«, brüllte Lou.

Der Typ richtete sich bereits wieder auf, kniete auf dem regennassen Weg, allerdings sichtlich angeschlagen. Mit zwei schnellen Schritten war Lou bei ihrer selbst gebastelten Waffe, hob sie auf und hieb dem Mann ihren Stein auf den Hinterkopf. Zwar drehte er sich abermals weg, doch sie traf ihn, wenn auch nicht so hart wie geplant. Dann stieß sie ihm das Knie unters Kinn, und er sackte stöhnend aufs Pflaster.

Sie packte Jenny am Arm und zog sie mit sich. Gemeinsam rannten sie über die glitschigen Steine, an den Fahrradständern und dem roten Gebäude vorbei, passierten schließlich den Botanischen Garten, dessen dunkle blattlose Bäume im Regen ächzten. Sie schlugen den schmalen Weg hinüber zum Spielplatz ein.

Das Klettergerüst, ein Piratenschiff, erhob sich schwarz und bedrohlich in der Dunkelheit. Sie umrundeten es weiträumig, rannten weiter, bis sie endlich die erleuchtete U-Bahnstation erreichten.

Erschöpft und verschwitzt sanken sie auf eine Bank. Kalte Zugluft aus der Tunnelröhre und dem Eingang fegte über sie hinweg, kühlte sie binnen Minuten aus. Sie zitterten beide, saßen dicht beieinander, um sich trotz ihrer durchnässten Kleider wenigstens einigermaßen zu wärmen. Lou konnte spüren, wie mager Jenny war, und wie kalt. Die junge Frau dünstete einen Geruch nach Ratte und Schweiß und ungewaschener Kleidung aus. Und einfach nur nach Jenny, vor allem, als sie ihren Kopf an Lous Schulter lehnte.

Die Nähe wurde irgendwann zu viel für Lou. Sie kramte in ihrer Tasche und fand ganz unten einen lediglich feuchten Pulli, den sie Jenny gab. Danach hielt die mit verschränkten Armen zumindest ein wenig Abstand.

Kurz darauf hatte Lou das Gefühl zu erfrieren, die Kälte biss sich in ihren Körper, fraß sie bei lebendigem Leib auf. Nach einer Viertelstunde gestand sie sich ein, dass sie die Nacht so nicht überleben würden.

»Wir können nicht hierbleiben«, brachte Lou zähneklappernd heraus. »Aber ich weiß nicht, was wir sonst tun könnten. Vielleicht einfach einen Krankenwagen rufen? Kannst du mir bitte dein Handy geben?«

Jenny wühlte das Telefon aus dem Rucksack. »Leer, wie gesagt«, krächzte sie.

Dann blieb nur noch eine Möglichkeit.

Lou spürte, wie ihr Tränen in die Augen traten. Neben der Rolltreppe gab es ein Notruftelefon. Dann würde sie jetzt eben die Polizei rufen. Es spielte keine Rolle mehr, ob sie verhaftet wurde oder nicht. Sie musste Jenny helfen. Und abgesehen davon musste die Polizei erfahren, dass da draußen ein gewalttätiger Irrer herumlief. Möglicherweise war er noch auf dem Campus, und die konnten ihn verhaften.

Sie stand auf und wankte zu der Notrufsäule hinüber. Sie zitterte so sehr, dass sie zwei Anläufe brauchte, bis es ihr gelang, die rote Taste zu drücken.

Kapitel 25

Er biss die Zähne so fest aufeinander, dass seine Kiefermuskeln schmerzten. In seinen Ohren rauschte das Blut, so laut, dass es beinahe den Regen und die nahe Stadtautobahn übertönte. Ihm war heiß, er spürte das eisige Wasser kaum, das auf ihn herunterprasselte. Seine Augen brannten wie Feuer, und da, wo die Fotze ihn am Kopf getroffen hatte, blutete er. Er schritt durch die Nacht, den Griff seines Messers fest umklammert.

Keinen Schimmer, wo er war. Er hasste diese Stadt. Er hasste all die Menschen, die ihn dumm anstarrten. Die keine Ahnung hatten, wer er war. Aber vor allem hasste er Fleur und die kleine Schlampe, die ständig mit ihr herumhing. Die Wut, die sich in ihm aufstaute, war so stark, dass ihm beinahe schwindlig wurde.

Der Schlag auf den Kopf hatte ihn ziemlich mitgenommen. Und dann hatte sie ihm offenbar auch noch die Bullen auf den Hals gehetzt. Nur knapp war er entkommen. Dafür würde Fleur büßen. Er würde sie leiden lassen wie noch nie jemanden zuvor. Sie erniedrigen. Zerstören. Wochenlang. Er würde ihr bei lebendigem Leib die Haut abziehen und später die Organe herausreißen. Auf ihrer Leiche herumtrampeln.

Sein Herzschlag pochte bis in die Adern seiner Stirn. Diese

Lou-Fleur war ihm schon wieder entkommen. Das hätte nicht passieren dürfen, egal ob sie übernatürliche Kräfte besaß. Er hatte versagt. Er trat gegen einen Mülleimer, wieder und wieder, bis das Ding sich löste und über die Straße kullerte.

»Hey«, lallte eine besoffene Stimme hinter ihm. »Mach deinen Müll weg, du dreckiger Penner. Wir wollen dich hier nicht haben.«

Er wandte sich langsam um. Rote Punkte flackerten vor seinen Augen. Schemenhaft erkannte er einen weißen Golf, dessen Fahrertür offen stand. Und daneben einen Mann in einem affigen Mantel, der ein Bier und einen Autoschlüssel in der Hand hielt.

Er zog das Messer aus der Tasche. Trat auf den Mann zu, dem Bierflasche und Schlüssel aus den Fingern fielen, während er sich umdrehte, um abzuhauen.

Aber er war schneller. Packte den Mann am Mantel. Riss ihn zurück und knallte ihn mit dem Kopf gegen den Golf. Hob das Messer. Stach ihm in den Hals, ins Gesicht, in die Brust, stach immer weiter auf ihn ein, bis der Mann auf der regennassen Straße zusammenbrach. Ein paarmal stieß er noch zu. Blut spritzte durch die Luft und warm auf sein Gesicht und seine Lippen. Im fahlen Licht der Straßenlaternen färbte sich der Boden rot.

Er trat auf das reglos daliegende Bündel ein. Hörte Knochen splittern.

Schließlich wurde er ruhiger. Sog Luft durch die Nase ein. Stieß sie durch den offenen Mund wieder aus.

Erst jetzt sah er, dass der Typ einen Stadtguardschal trug. Er zuckte mit den Schultern. Das waren eigentlich gute Leute. Aber der Mann hätte ihn nicht Penner nennen dürfen. Selbst schuld.

Er schaute sich um. Er war ganz allein. Er hatte Glück gehabt. Noch einmal atmete er geräuschvoll ein. Dann drehte er sich um und ging langsam über den nassen Gehweg davon. Der Regen wusch ihm das Blut von Gesicht und Kleidung.

Als er endlich seinen Transporter erreichte, ging sein Puls regelmäßig und wieder ruhig. Entspannt.

Es kam vor, dass Wild entkam. Das war keine Schande. Schon gar nicht, wenn es sich um so bösartiges, kluges Wild wie die Frau aus dem See handelte. Er zwang sich zu einem grimmigen Lächeln. Er hatte Lou-Fleur unterschätzt. Aber das würde ihm nicht noch einmal passieren. Denn jetzt wusste er ganz genau, was er zu tun hatte.

Als er sich über die Lippen leckte, schmeckte er immer noch den eisernen Geschmack von Blut.

Kapitel 26

Die Polizei hatte Lou und Jenny geholfen und sie ohne Fragen zu stellen in eine Notschlafstelle in die Innenstadt gebracht, in der man sie mit trockener Kleidung, heißem Kaffee und ein paar Keksen versorgt hatte. Leider konnten sie nicht dort übernachten, da das Gebäude bereits überfüllt war, und so nahmen die Beamten sie mit und ließen sie im Vorraum der Polizeidienststelle bleiben.

Lou hatte den Polizisten gegenüber einen anderen Namen angegeben, den niemand angezweifelt hatte, da sie »leider ihre Papiere gerade nicht dabeigehabt« hatte. Sie hatten Anzeige wegen des Überfalls auf dem Campus der Umschulungseinrichtung erstattet, und die nette Polizistin hatte alles aufgenommen und Lou gebeten, am nächsten Tag noch einmal mit ihren Ausweisdokumenten wiederzukommen.

Es war viel los in der Nacht auf der Dienststelle, es hatte wohl eine tödliche Attacke auf einen Stadtguard gegeben, wie Lou zufällig mitanhörte. Sie wusste nicht, ob sie das freute oder wütend machte.

An Schlafen war wegen all der Leute jedenfalls nicht zu denken, auch weil die harten Plastikstühle unangenehm gegen ihre Rücken drückten. Während sie vor sich hindöste, hockte Jenny auf ihrem Platz und zeichnete in ihr Buch.

Früh am Morgen verließen sie das Polizeirevier. Immer noch war es nass und eisig draußen, aber wenigstens hatte es aufgehört zu regnen.

Lou fühlte sich schwach und ausgelaugt, ihr ganzer Körper schmerzte. Jenny klagte über Halsschmerzen. Ihr Gesicht war verquollen vor Müdigkeit, und anders als sonst sprach sie kein Wort. Augenscheinlich gehörte sie in ein Bett.

Lou ballte die Hände zu Fäusten. Sie würde später endlich versuchen, ihre Begleiterin in einer der Einrichtungen für Jugendliche unterzubringen, damit sie endlich wegkam von der Straße. Aber ob da gerade ein Platz frei war, stand in den Sternen. Und wahrscheinlich würde Jenny sowieso nicht dortbleiben.

Wie auch immer, als Erstes mussten sie was essen. Mit der U-Bahn fuhren sie zum Louisplatz, wo *Die Soziale Bäckerei* Frühstück für einen Euro anbot.

Ein großer schwarzer Hund lag auf einer Decke neben dem Eingang. Einige Frauen in viel zu kurzen Röcken und zwei junge Männer, die aussahen wie halbe Kinder, standen auf den mit Reif überzogenen Pflastersteinen und schlürften heiße Getränke aus Pappbechern. Hierher kamen viele Prostituierte vom Straßenstrich in der Römerstraße, aber auch Hausbesetzer der leer stehenden *Villa 66*, die vor einem Jahr von Studenten und Anhängern der linken Szene in Beschlag genommen worden war.

Unter den Männern befand sich auch Juri. Die Gespräche endeten seltsamerweise schlagartig, als Lou und Jenny an der Gruppe vorbeigingen. Lou grüßte mit der Hand, aber niemand erwiderte die Geste. Juri glotzte böse in ihre Richtung, während er langsam eine Schachtel Kippen in seiner Hand zerknüllte. Als sie über die Schwelle der Bäckerei treten wollten, traf Lou etwas am Hinterkopf. Sie fuhr herum.

»Wer war das? Was soll das?!«, rief sie.

Die meisten aus der Gruppe schauten zu Boden. Nur Juri stolzierte mit vorgedrückter Hüfte auf sie zu und blockierte den Eingang des Ladens. Er hatte keine Kippenschachtel mehr in der Hand, offenbar war das sein Wurfgeschoss gewesen.

»Hast du mit der Scheiße zu tun? Und es dann Mike in die Schuhe geschoben?«, fragte er. »Die Bullen waren hier. Wir haben gehört, was passiert ist. Hast du Nylah verbrannt, du Psychopathin? Du mochtest die nicht, das weiß jeder. Und du hast doch schon mal jemanden abgefackelt, oder? Das kam im Fernsehen.«

»Du spinnst ja, ich habe noch nie irgendjemanden verbrannt, und jetzt geh mir aus dem Weg«, erwiderte Lou und stieß Juri vor die Brust. Sie hatte so was von die Schnauze voll.

Juri schlug zurück, aber Lou blockte seinen Angriff mit Leichtigkeit ab. Tänzelte aus seiner Reichweite. Er spuckte auf den Boden, ging erneut auf sie los.

Jenny rannte ihm entgegen und packte seinen Arm. »Hör sofort auf, du Idiot.«

Juri schüttelte Jenny so brutal ab, dass sie hinfiel. Dabei stürzte sie beinahe auf die Manteltasche mit der Ratte darin.

»Pass doch auf Livie auf!«, schrie Jenny. »Du bist ja wohl

nicht ganz dicht!« Ihre Stimme klang heiser, und sie lispelte stark.

Juri tat einen weiteren Schritt auf Lou zu, die auf ihn wartete, den rechten Fuß bereit für einem Tritt.

»Die Lou hat überhaupt niemanden verbrannt, ihr kennt die nicht«, krächzte Jenny. »Wieso hätte sie Nylah was tun sollen? Sag mir das mal? Die kannten sich nicht mal richtig. Außerdem war die Lou sowieso die ganze Zeit mit mir zusammen. Also echt!«

Wieder spuckte Juri auf den Boden. Immerhin blieb er aber stehen.

»Hast *du* eigentlich mein Zelt zerstört, du dreckiges Arschloch?«, spie Lou ihm entgegen. »Du hast doch von Mike gewusst, wo es gestanden hat, oder nicht?«

»Bullshit.« Juri sah ehrlich irritiert aus. »*Du* bist doch die Psychopatin.«

Hinter ihnen nahmen die Frauen ihr Gespräch wieder auf. Obwohl die Stimmen wild durcheinandergingen, konnte Lou den aufgeregten Worten entnehmen, dass die meisten von ihnen nicht glaubten, sie habe Nylahs Leiche in Flammen aufgehen lassen. Wenigstens etwas.

»Da ist ein echt krankes Arschloch unterwegs. Ihr müsst vorsichtig sein«, fuhr Jenny fort. »Der hat auch versucht, uns zu töten heute Nacht. Erst wollte der uns zu Tode spritzen und dann hat der uns überfallen. Ich hab ihm in die Eier getreten.« Sie klang zufrieden.

Empörtes Raunen ging durch die Ansammlung. Selbst Juri wirkte unsicher. Wieder entbrannte wildes Stimmengewirr.

»Ich habe gehört, dass die den Mike verhaftet haben. Wegen der Nylah«, meldete sich schließlich ein junger Mann zu Wort, der einen Pulli unter der offenen Jacke trug, der ihn als Hausbesetzer outete.

»Der Mike hat die Nylah auch nicht umgebracht, genauso wenig wie die Lou, klar?«, fauchte Jenny. »Das war der Typ von heute Nacht. Echt jetzt.«

»Woher willst du das denn wissen?«, meinte der Hausbesetzer.

»Weil er heute Nacht versucht hat, uns zu töten«, wiederholte Jenny. »Hab ich doch gesagt. Und das war auf keinen Fall Mike. Der ist im Knast.«

»Das wisst ihr doch gar nicht, ob das in der Nacht der Mörder von Nylah war. Ihr wart nicht dabei, als sie gestorben ist. Oder eben doch, du Brandstifterin?«, fragte Juri Lou gehässig.

»Du kannst mich mal«, erwiderte sie.

»Er hat auch rote Schuhe getragen, wie der Schatten, den Mike gesehen hat, und eine Maske, du Schwachkopf«, bemerkte Jenny.

»Ist aber schon ein aggressives Arschloch, der Mike«, bemerkte eine der Frauen. Sie trug einen rosa Trainingsanzug mit Glitzersternchen auf den Hosenbeinen.

»Ist er echt überhaupt nicht«, entgegnete Jenny. »Und es ist total typisch, dass die Bullen einen von uns verhaften und nicht jemand anders.«

»Vielleicht hast du recht. Der Mike kann wirklich ein Netter sein«, bestätigte eine andere Frau mit einem Brötchen in der Hand, von dem sie gerade abgebissen hatte.

Wenn sie redete, spritzten kleine Bröckchen durch die Luft. »Und der Mike liebt die Ladys. Der tötet die doch nicht.«

»Der Mike hat schon mal jemanden fast umgebracht«, zischte die Frau im rosa Trainingsanzug.

»Aber das war ein Mann. Bei einem Autorennen. Als der noch ganz jung war. Das war keine Absicht.«

»Na und?«, knurrte Juri. »*Die* da hat schon mal eine Frau getötet und ein Haus abgefackelt.« Er zeigte auf Lou.

Jenny knurrte eine Verwünschung.

»Lass uns einfach in die Bäckerei gehen und frühstücken«, sagte Lou zu ihr.

Juri trat ihr erneut in den Weg.

»Verschwinde«, sagte sie.

»Spiel dich nicht auf, Juri«, rief der Hausbesetzer herüber. »Das mit Nylah war nicht der Mike. Und lass die Ladys in Ruhe. Frauen vergiften ihre Opfer. Heimlich und hinterlistig. Die zünden die doch nicht an. So was ist typisch Mann.« Er grinste besserwisserisch, während er mit lautem Zischen eine Dose Bier öffnete.

»Halt du bloß dein Maul«, bellte Juri.

»Halt doch selber dein scheiß Maul, du beschissener Versager.«

»Fick dich.« Mit wenigen Schritten war Juri beim Hausbesetzer und wischte ihm die Bierdose aus der Hand.

Der junge Mann fluchte und stieß Juri die Faust ins Gesicht, Juri packte den Hausbesetzer am Kragen und schlug zurück. Wenig später wälzten die beiden sich ineinander verkrallt über den Boden.

Der große schwarze Hund, der bisher teilnahmslos auf

seiner Decke gedöst hatte, sprang auf und bellte die beiden an. Offenbar gehörte er dem Hausbesetzer, denn er warf sich ins Getümmel und schlug seine Zähne in Juris Bein.

Der brüllte vor Schmerz auf. Der Hund knurrte.

Lou spürte eine eiskalte Lähmung durch ihren Körper kriechen. Sie starrte die Szene an, unfähig, sich zu rühren. Panik machte sich in ihren Eingeweiden breit. Plötzlich war sie wieder zwölf und lag zitternd unter ihrer Bettdecke, lauschte auf die Geräusche aus der Wohnung. Auf das bedrohliche Knurren der großen grauen Hunde im Flur und das Wimmern aus dem Nebenzimmer.

Juri brüllte erneut und riss Lou aus ihren Erinnerungen.

Wie in Zeitlupe sah sie Jenny zu den Kämpfenden hingehen. Sie wollte schreien, aber kein Laut kam aus ihrer Kehle. Sie hatte das Gefühl zu ersticken. Panisch schnappte sie nach Luft.

Ohne zu zögern packte Jenny den riesigen Hund am Halsband und drehte es ein paarmal um, sodass das Tier Sekunden später nach Luft hechelnd seine Kiefer öffnete. Sofort lockerte Jenny das Band. Sie sprach freundlich, aber bestimmt auf das Tier ein, hatte offensichtlich nicht die geringste Angst vor ihm, was der Hund zu merken schien. Keuchend und hechelnd ließ er sich von Jenny zur Seite führen. Sie streichelte ihm über den Kopf, und schließlich legte er sich wieder auf die Decke.

Inzwischen hatte sich auch der Hausbesetzer aufgerappelt, sichtbar schockiert über das, was sein Hund getan hatte.

»Tut mir leid, Mann«, sagte er. »Das hat der noch nie gemacht.«

Juri sagte ausnahmsweise gar nichts. Er krempelte seine Hose hoch, starrte auf sein Bein, auf dem sich ein dunkelroter Bluterguss abzeichnete, schien unter Schock zu stehen.

Eine der Frauen ging in die Bäckerei, kam wenig später mit Desinfektionszeug und einem Verband zurück.

Lou war immer noch wie gelähmt, auch als Jenny, die den Hund mit einer Leine an einem Fahrradständer festgemacht hatte, neben sie trat.

»Lou, hey. Ich hab echt Hunger.« Mit der Hand winkte Jenny vor Lous Gesicht. »Komm, lass uns reingehen.«

Es dauerte eine gefühlte Ewigkeit, bis Lou sich wieder rühren konnte. Ihre Beine fühlten sich an wie Pudding. Immer noch spürte sie eisige Kälte in ihrem Innern. Schließlich folgte sie Jenny, die bereits vorgegangen war. In der Bäckerei duftete es herrlich nach frischem Brot und Kaffee.

»Wieso hast du so Angst vor Hunden? Ist mir schon öfter aufgefallen«, fragte Jenny, die ihre Ratte mit einem Stück Gurke fütterte, während sie darauf wartete, dass die Frau hinter der Theke zwei Becher mit Kaffee füllte.

Lou sagte nichts, weil da schon wieder die Bilder in ihr aufstiegen, die sie so lange Zeit versucht hatte zu verdrängen. Sie spürte, wie ihr der Schweiß ausbrach.

»Hat dich mal einer gebissen?« Jenny lächelte mitfühlend. »Liegt immer an den Haltern, weißt du? Der Hund kann da echt nichts dafür. Der denkt ja, er macht alles richtig.«

Lou zwang sich zu einem Nicken. Sollte Jenny ruhig denken, es sei so einfach. Und es war ja nicht direkt eine Lüge. Sie war tatsächlich mal gebissen worden. Sie zog ihr

Hosenbein hoch, zeigte Jenny die große Narbe auf ihrem Unterschenkel.

Jenny fasste sie am Arm. »Scheiße. Das ist ja ein riesiger Biss. Was für ein Hund war das?« Ihre Stimme klang rau und ihre Hand war ungewöhnlich warm.

Lou räusperte sich mehrfach. »Mein ... also Jürgen ... das war mein Vater, bei dem ich aufgewachsen bin, nachdem meine Mutter verstorben ... Also, der hatte jedenfalls so ein Hobby. Hundekämpfe. Illegale. Und einer der Hunde hat mich ins Bein gebissen, daher die Narbe. Ich musste deshalb sogar ins Krankenhaus. Seither habe ich panische Angst vor Hunden. Als ich gebissen wurde, war ich elf.« Ein Jahr vor Ellies Tod. »Ich habe mich selbst überschätzt, dachte, ich kriege es hin, das Vieh zu streicheln und, falls es schnappt, mit ihm klarzukommen. Na ja, mit elf ist man halt ein bisschen blöd.« Sie rang sich ein Lächeln ab. Und log: »Das ist schon die ganze Geschichte.«

»Boah, Hundekämpfe, das ist das Hintervorletzte, echt jetzt, wie kann man denn so was machen?«, regte sich Jenny auf. »Die armen Tiere, kein Wunder, dass der Hund auf dich losgegangen ist.«

Hinter ihnen bimmelte das Glöckchen an der Tür. Juri humpelte herein, hielt direkt auf Jenny zu. Schien sich zu schämen.

Lou war froh über die Ablenkung.

»Tut ... tut mir leid wegen Livie und so. Dass ich dich gestoßen habe«, brachte er heraus und streckte Jenny seine Hand hin. Die Finger waren dreckig und gelb vom Nikotin.

Jenny sagte nichts und nahm die Hand auch nicht.

»Keine richtig offene Wunde, ich glaube, er hat nur ge-schnappt«, fuhr er fort und zeigte auf sein Bein. »Danke. Du kennst dich gut aus mit Hunden.«

Jenny nickte. »Ist einfach. Man darf nur keine Angst vor denen haben. Die können das riechen. Man muss ihnen zeigen, dass man der Chef ist.«

»Du hättest ihn erwürgen sollen. Dem hast du's so richtig gegeben, dem Scheißvieh!«

Jenny sah ihn mit funkelnden Augen an. »Nein, hab ich nicht. Der arme Hund. Eigentlich darf man ihnen nicht den Hals zudrücken, also echt. Aber damit er die Zähne auseinandermacht … Du hättest den Besitzer nicht angreifen dürfen! Das war deine Schuld, dass der dich gebissen hat.« Sie wirkte gequält.

Juri zeigte ihr den Vogel und verließ die Bäckerei türknallend.

Wenig später verschwand Jenny lange auf dem Klo, während Lou Kaffee und Frühstück entgegennahm. Danach quetschten sie sich an einen der kleinen Stehtische. Jennys Atem roch nach Alkohol.

»Hast du was getrunken?«, fragte Lou.

Jenny schüttelte mürrisch den Kopf.

»Du musst damit aufhören. Es löst deine Probleme nicht im Geringsten. Ich weiß, wovon ich rede, ich habe selbst einige Zeit zu viel getrunken, weil …«

»Du bist nicht meine Ma, okay«, fauchte Jenny. »Was ich mache, geht dich echt nichts an.«

Sie aßen schweigend. Lou versuchte, die furchtbaren Erinnerungen an Hunde aus ihrem Inneren zu vertreiben.

Sich auf anderes zu konzentrieren. Auf die Bäckerei. Die Wärme. Ihre Brezel, die leider schon fast aufgegessen war. Auf dem Tisch entdeckte sie kleine Karten, die zu einer Berufsberatung für Langzeitarbeitslose Anfang Januar einluden. Sie schob Jenny eine hinüber. Die tat so, als bemerke sie es nicht. Deshalb steckte Lou sich selbst eine in die Jackentasche, vielleicht konnte sie Jenny doch noch überzeugen.

Auf Jennys Handy, das sie in einer Ecke des Ladens aufgeladen hatten, checkte Lou später ihre Mails. Die Mutter der verschwundenen Vanida hatte ihr geantwortet. Die Geschichte hatte sie fast vergessen gehabt.

Sie können jederzeit in die Tanzschule kommen. Die wissen immer, wo ich zu finden bin.

»Ich denke, wir sollten mit der Mutter von dieser Vanida reden«, sagte Lou. Keine Ahnung, was die ihnen erzählen konnte, aber einen Versuch war es wert. Vielleicht kamen sie so auch auf die Spur des Typen, der sie heute Nacht überfallen hatte. Falls die Geschehnisse wirklich miteinander zusammenhingen.

»Ich fahr erst mal zu Mike in den Knast«, bemerkte Jenny immer noch mürrisch, während sie in ein Vollkorncroissant biss. Sie hatte das Heft aus ihrem Rucksack geholt und kritzelte darin herum. Diesmal konnte Lou einen Blick auf die Zeichnung erhaschen – und erkannte deutlich den durchgeknallten Typen, der sie in der Nacht überfallen hatte. Sie war erstaunt, wie außerordentlich gut Jenny zeichnen konnte. Und an wie viele Details sie sich erinnerte. Zum Beispiel hatte der Kerl in der vorderen Tasche seiner Weste ein Buch stecken gehabt. Das, das ihm später heruntergefallen war. Und die Maske über seinem Gesicht hatte tatsächlich so schief gesessen.

»In den Knast kommst du doch nie im Leben einfach so rein«, wandte Lou ein.

»Klar, dir ist das ja auch scheißegal. Du suchst dir ja bald einen Job, und dann gehst du weg.« Jenny deutete auf den Stapel mit Karten von der Arbeitsvermittlung. »Aber ich will halt einfach wissen, wie es Mike geht.«

»Du könntest ebenfalls probieren, dir einen Job zu suchen.«

»Mein Stiefbruder wird mich überall ...«

»Komm, das hat doch nichts mit deinem Stiefbruder zu tun. Ich glaube, du lügst dir da was in die Tasche.«

»Und selbst wenn? Ich hab nicht mal einen Hauptschulabschluss. Niemand stellt eine Tierpflegerin ein ohne Hauptschulabschluss.« Jenny verzog störrisch den Mund.

»Du könntest versuchen, einen Schulabschluss nachzumachen.«

»Nee, in die Schule gehe ich bestimmt nie wieder.«

»Wieso? Du könntest ...«

Jenny schüttelte den Kopf. »Lass mich in Ruhe.« Sie stopfte ihr Heft und die Stifte zurück in den Rucksack.

»Wenn du schon aufgibst, bevor du angefangen hast ...«, setzte Lou an.

»Blablabla.« Jenny stand auf, hievte den Rucksack auf den Rücken, drehte sich um und verließ den Laden, die Hände auf den Ohren.

Lou folgte ihr wenig später. Sie fand Jenny draußen,

schon wieder hielt sie ein Bier in der Hand, offenbar hatte Juri ihr eins spendiert.

»Komm jetzt, lass uns duschen gehen«, sagte sie.

Jenny begleitete sie wider Erwarten, ohne zu widersprechen, während sie demonstrativ das Bier leer trank.

»Wann willst du denn zum Knast fahren?«, erkundigte sich Lou.

»Ich … hab gedacht, ich frag diesen Anwalt, diesen Abbas, ob der mir helfen kann«, meinte Jenny.

Lou zuckte die Schultern. »Gut, ich komme mit. Aber als Erstes will ich duschen. Und frische Klamotten brauche ich auch. Die Kleiderkammer ist heute geöffnet.«

Eineinhalb Stunden später machten sie sich auf den Weg zu Abbas' Kanzlei, die sich in einer hübschen Straße am Rande der Altstadt in einem gepflegten Jugendstilhaus befand. Die ältere Angestellte, die einen Ring in der Nase trug, ließ sie, nachdem Jenny ihr Anliegen geschildert hatte, anstandslos herein, obwohl sie keinen Termin hatten, und führte sie in einen kleinen Konferenzraum mit abgenutzten braunen Ledersesseln.

Kurz darauf standen ein Teller Weihnachtsplätzchen und zwei große Tassen Kaffee vor ihnen. Das Gebäck schmeckte fantastisch. Nach der guten Zeit in der ersten Pflegefamilie und nach ihrem Leben als freie Journalistin, und machte Lou so wehmütig, dass ihr beinahe Tränen in die Augen stiegen.

Sie musste an das kleine Kärtchen der Berufsberatung denken. Dann ballte sie die Hand zur Faust. Schwachsinn.

Es war aussichtslos. Das hatte selbst ihr Berufsberater beim letzten Mal gemeint.

»Bei Ihrer Vita«, hatte er gestelzt verkündet und sich ständig geräuspert, wie er es immer tat, »bei Ihrer Vita ist es, uhm, durchaus verständlich, dass kein Arbeitgeber Sie einstellen möchte. Zumal Sie in Ihrem, uhm, Ausbildungsberuf als Journalistin wohl auf gar keinen Fall mehr arbeiten werden können. Bei der Verurteilung und mit der, uhm, noch offenen Sache …«

Sie biss wütend von einem Lebkuchen ab, versuchte, sich nur auf den Geschmack nach Nüssen, Honig und Schokolade zu konzentrieren. Während sie kaute, wurde die Tür aufgerissen und Abbas Saidi, diesmal in Jeans und dunkelgrauem Hemd, stürmte ins Zimmer. Er trug eine riesige Tasse, die er schwungvoll abstellte, ehe er ihnen die Hand hinstreckte. Nachdem er sich ebenfalls niedergelassen hatte, nahm er sich zwei Zimtsterne und legte sie vor sich auf den Tisch.

»Irgendwie habe ich eine Schwäche für dieses deutsche Weihnachtsgebäck.« Ein schelmisches Grinsen überzog für einen Moment sein Gesicht. Dann wurde seine Miene ernst und nachdenklich. »Kennen wir uns eigentlich von irgendwoher?«, fragte er und sah Lou mit seinen warmen braunen Augen an. »Ihr Gesicht kommt mir bekannt vor. Waren Sie schon mal Mandantin bei uns?«

Lou wurde kalt. »Nein, nein«, sagte sie schnell.

»Sie war überall im Fernsehen und im Internet«, platzte Jenny heraus.

Lou versuchte, sie unter dem Tisch zu treten. Fühlte

sich plötzlich nackt. Auch wenn der Anwalt offenbar immer noch nicht wusste, wo er sie einsortieren sollte. Noch nicht. Aber gleich würde der Groschen fallen; ihr Gesicht war so oft durch die Presse gegeistert. Dann wäre es vorbei mit den Weihnachtsplätzchen und dem Kaffee. Sie wusste schon, wieso sie andere Menschen normalerweise mied. Das Bedürfnis, aufzustehen und einfach zu gehen, wurde fast übermächtig. Doch sie zwang sich, sitzen zu bleiben und ein Zimtplätzchen zu nehmen.

»Sie sind diese Journalistin, der man vorgeworfen hat, sie hätte Storys erfunden. Jetzt fällt es mir wieder ein«, sagte Saidi dann auch in diesem Moment.

Lou schwieg. Die Leute wussten alles über sie. Und meistens wussten sie es sogar besser als sie. Das Plätzchen schmeckte auf einmal fad.

»Sie haben Melisande Steinhagen beschuldigt, ihre Kinder zu misshandeln«, fuhr der Anwalt fort. »Sie sollen eine Wohnung angezündet haben. Angeblich, um zu vertuschen, dass Sie Beweise gefälscht hatten.«

»Dann wissen Sie ja alles«, bemerkte Lou trocken.

Der Anwalt zuckte mit den Schultern. »Man weiß nie alles. Wenn ich eins im Leben gelernt habe, dann das«, bemerkte er. »Aber ich habe bald einen Termin. Also, was kann ich für Sie tun?«

»Ich will Mike in der Haft besuchen«, meldete sich Jenny zu Wort. »Was muss ich da machen?«

»Ich fürchte, das ist nicht möglich.« Saidi seufzte.

»Aber er ist so was wie ein Angehöriger von mir«, erklärte Jenny. »Also so eine Art Wohngruppen-Bruder.«

»Trotzdem geht es im Moment nicht.«

»Er war es nicht. Er hat Nylah nicht umgebracht. Und er mag echt unzuverlässig sein und ab und zu in Schlägereien geraten und alles, aber er ist kein Mörder. Echt nicht.« Jenny räusperte sich mehrfach.

Der Anwalt betrachtete sie. Es wirkte, als wisse er etwas, das sie nicht wussten, würde es gern sagen, durfte das aber natürlich nicht.

Jenny kramte in ihrem großen Rucksack, den sie neben ihren Sessel gestellt hatte. Schließlich zog sie das Schulheft, in das sie zeichnete, heraus. Blätterte darin.

»Hier«, sagte sie und schlug die Seite mit der Zeichnung des kranken Irren auf, der sie überfallen hatte. Schob Abbas das geöffnete Heft hin und tippte auf die Skizze. »Das könnte der Mörder sein. Der Typ hat gestern Nacht versucht, uns auch zu töten. Echt jetzt. Und als wir geflohen sind, hat er uns noch mal überfallen.«

Saidi stieß einen leisen Pfiff aus, während er ungläubig auf das Bild starrte. »Haben Sie sein Gesicht gesehen?«

»Nein, es war dunkel und er trug eine schwarze Sturmmaske«, antwortete Lou.

»Woher wollen Sie dann wissen, dass es der gleiche Mann war, der auch Nylah …«

»Die hatten beide rote Schuhe an!« Jenny faltete ihre Hände mit den abgekauten, schwarzen Fingernägeln auf dem Tisch. Ihre Augen glänzten. Sie sah aus wie ein kleiner gerupfter, kranker Vogel, der aus dem Nest gefallen war. »Und so viele Typen, die rote Schuhe anhaben und Leute angreifen, laufen da draußen ja wohl echt nicht rum, oder?«

Der Anwalt runzelte die Stirn. »Haben Sie schon mit der Polizei gesprochen?«

Lou und Jenny nickten.

»Und was haben die gesagt?«

»Wir sollen heute noch mal wiederkommen.«

»Das sollten Sie unbedingt tun.«

»Ich weiß, aber das wird schwierig«, sagte Lou. »Ich darf mich offiziell nicht in der Stadt aufhalten.«

»Und warum tun Sie es dann? Weil Sie Melisande Steinhagen immer noch verfolgen?«, fragte der Anwalt. Es klang nicht anklagend, sondern ehrlich interessiert.

Sie sagte nichts.

»Es gab einige Kollegen, die der Ansicht waren, Sie seien in der Sache nicht sonderlich gut beraten und vertreten worden«, meinte Saidi.

Lou sah ihm direkt in die Augen. »Ich habe bekommen, was ich verdient habe.«

Der Anwalt schürzte die Lippen. »Falls ich trotzdem irgendwann einmal etwas für Sie tun kann, melden Sie sich einfach.« Er wandte sich Jenny zu, fragte sie über Mike aus und spielte mit einem Kuli herum. Schließlich meinte er: »Mike hat mir gegenüber jedenfalls keinen Typen mit einer Sturmmaske und roten Schuhen erwähnt. Ich denke, das darf ich Ihnen sagen, ohne meine Schweigepflicht zu verletzen.«

»Er hatte einen Shake«, bemerkte Jenny. »Von schlechtem Heroin. Und er vertraut mir vielleicht mehr als Ihnen. Jedenfalls hat er mir wirklich was von einem Schatten mit roten Schuhen gesagt.«

»Das, was er mir erzählt hat, gibt mir bedauerlicherweise keine Anhaltspunkte für seine Unschuld.«

Jenny hob ruckartig den Kopf. »Hat er etwa gestanden, der Idiot? Echt jetzt?«

»Das kann ich Ihnen leider nicht sagen«, antwortete der Anwalt. Aber das kurze Zucken seiner Gesichtsmuskeln ließ Lou vermuten, dass Jenny ins Schwarze getroffen hatte.

Also doch Mike?

»Wieso hat er Nylah angezündet? Hat er dazu was gesagt?«, fragte Lou in den Raum, auch wenn sie wusste, dass Saidi ihr nicht würde antworten können. »Denn wenn er mit dem Feuer seine Spuren verwischen wollte, dann hätte es überhaupt keinen Sinn ergeben, sofort danach die Polizei anzurufen.« Sie legte die Hände auf dem Tisch übereinander. »Das heißt, er müsste einen anderen Grund dafür gehabt haben, Nylah nach der Tat zu verbrennen. Und das finde ich irgendwie schwer vorstellbar. Mike mag impulsiv sein und manchmal aggressiv reagieren, aber ich kann mir nicht vorstellen, dass er weitermacht, nachdem er jemanden erwürgt hat.«

Der Anwalt wiegte den Kopf hin und her.

»Aber ich kenne ihn natürlich nicht sonderlich gut«, fügte Lou hinzu.

»Mike war es nicht. Auf gar keinen Fall. Echt komisch, dass er die Tat gestanden hat.« Jenny sah ratlos aus. Dann sagte sie plötzlich: »Vielleicht will er ja zurück in den Knast? Ich mein’, der war echt fast sein ganzes Leben da. Da ist es warm und er weiß, dass er keinen Unsinn anstellen kann. Und er kriegt Substitution.«

Der Anwalt hörte ihnen ruhig zu, blieb aber skeptisch, das spürte Lou genau. Schließlich sagte er: »Ich werde Mike ausrichten, dass Sie hier waren, und ihn nach dem Mann fragen.« Er deutete auf Jennys Zeichnung. »Darf ich eine Kopie davon machen?«

Jenny nickte.

Als sie wieder vor der Tür standen, wollte Jenny wissen: »Wieso hast du mich angelogen? Wieso hast du gesagt, du hast nichts getan, aber jetzt, bei dem Anwalt, gestehst du?« Sie wirkte verletzt. »Vertraust du mir nicht? Glaubst du echt, ich könnte nicht damit umgehen, wenn du Scheiße gebaut hättest?«

Lou sagte nichts. Jenny fasste sie am Ärmel.

»Ich will jetzt die Wahrheit wissen. Stimmt das also alles, was die im Fernsehen gesagt haben? Und was ist mit diesem Au-pair-Mädchen passiert, das verschwunden ist? Ich habe im Internet gelesen, dass die vermuten, du hättest sie getötet. Bevor du Feuer gelegt hast.«

Lou starrte zu Boden. Sie war müde. Sie wollte nur noch ihre Ruhe.

Jenny rüttelte an ihrem Arm. »Sag was!«

Lou schüttelte Jenny ab.

Die schaute sie traurig an. »Also bist du doch eine Lügnerin. Echt jetzt. Es ist wahr, dass du Artikel gefälscht hast.«

Lou ballte die Hand zur Faust. »Das habe ich nicht, verdammt. Alles, was ich damals wollte, war, eine Reportage über erfolgreiche Frauen zu schreiben. Eine dieser Frauen war Melisande Steinhagen.« Plötzlich sprudelte es aus ihr heraus. Wie eine Flutwelle durch einen gebrochenen Damm. »Ein aufstrebender Stern am Politikerhimmel. Sehr angesagt. Mutter von drei Kindern. Außerdem hat sie viel für den Umweltschutz getan, wirklich sehr, sehr viel. Anfänglich habe ich sie bewundert. Bis mir das Au-pair-Mädchen der Familie, Amba, gesteckt hat, dass Steinhagen ihre Kinder misshandelt. Dass sie sie stundenlang im Schrank einsperrt und solche Dinge. Einmal soll sie den Kleinsten so geschlagen haben, dass der eine Kopfverletzung davongetragen hat. Ich wollte es anfänglich gar nicht glauben, auch deshalb, weil Amba für ihre Informationen viel Geld verlangt hat und ich dachte, ihr geht es nur darum. Möglicherweise wollte sie auch mit einer Skandalstory in die Presse kommen oder wurde von einem politischen Gegner von Steinhagen bezahlt. So was kommt häufiger vor, als man denkt. Aber ich konnte die Sache auch nicht auf sich beruhen lassen.« Sie schluckte. »Nachdem ich sie bezahlt hatte, hat mir Amba zwei Fotos der Kinder gegeben, auf denen man deutlich blaue Flecken gesehen hat, die nicht einfach beim Spielen entstanden sein konnten. Außerdem hat sie ein Filmchen gedreht, auf dem man die Politikerin schimpfen und Geräusche hört, als würde gerade ein Kind fast ertränkt, und es gab noch weitere Hinweise. Die Köchin hat zum Beispiel Andeutungen gemacht, nachdem ich mich lange mit ihr unterhalten hatte, und die Kindergärtnerin auch. Ich habe weiter nachgeforscht und noch mehr herausgefunden, und irgendwann war ich mir sicher, dass es stimmt. Dass Steinhagen eine Umweltschützerin ist, dass sie keine schlechte Politik macht, dass sie aber ihre Kinder misshandelt. Ich habe sie zur Rede gestellt. Natürlich hat sie alles abgestritten.« Lou schluckte erneut. »Ich hatte keine Ahnung, mit wem ich mich da anlege. Die Beweise, die ich gesammelt hatte, waren zwar aussagekräftig, reichten jedoch noch nicht für eine Veröffentlichung. Ich wollte aber unbedingt, dass den Kindern schnell geholfen wird, und habe Anzeige gegen Steinhagen erstattet und bin natürlich auch zum Jugendamt gegangen. Doch dann hat Amba einen Rückzieher gemacht, und die Köchin wollte plötzlich ebenfalls nicht mehr mit mir sprechen. Die Kindergärtnerin ist in eine andere Stadt gezogen und war nicht mehr auffindbar. Und Steinhagens Mann, ein angesehener Anwalt, ist auf mich losgegangen, weil ich Steinhagens Haus beschattet habe in der Hoffnung, Hinweise zu finden. Er hat mich auf Unterlassung verklagt und behauptet, ich sei eine Stalkerin.

Daraufhin habe ich um ein klärendes Gespräch mit Steinhagen gebeten, weil ich versuchen wollte, Kameras in ihrem Haus anzubringen. Womit ich eindeutig zu weit gegangen bin. Einer ihrer Bodyguards hat mich erwischt.« Lou scharrte mit den Füßen. Sie war so was von bescheuert gewesen damals, zur sehr auf die Aufdeckung des Skandals und die Rettung der Kinder aus, um besonnen zu handeln. Was vielleicht auch daran gelegen hatte, dass der kleine Junge der Politikerin sie irgendwie an Ellie erinnert hatte. »Ein paar Wochen später wurde mir durch einen mir bisher unbekannten Informanten gesteckt, wo Steinhagen gerade ihren Urlaub verbrachte, und ich bin zu ihrem einsam gelegenen Ferienhaus gefahren. Das war eine Falle, das hätte ich mir denken müssen. Aber ich war besessen von dem Fall. Und ich hätte nie gedacht, wie weit Steinhagen gehen würde, um sich zu schützen. Sie hat in dem Ferienhaus Feuer gelegt und es so hingedreht, dass ich als Täterin dastand, kannst du dir das vorstellen? Ihr Wort gegen meins. Alle Beweise standen gegen mich. Und plötzlich verschwand auch noch Amba spurlos. Praktischerweise tauchte kurz darauf ein Video von ihr auf, in dem sie mich beschuldigt, ihr den Tod angedroht zu haben. Gleichzeitig sagte die Köchin aus, sie fühle sich ebenfalls von mir bedroht. Außerdem hätte ich versucht, sie mit Geld zu falschen Aussagen über Steinhagen zu bringen, weil ich süchtig nach Journalistenpreisen wäre.

Zu guter Letzt haben Steinhagens Mann und seine Anwälte ein paar Artikel von mir ausgegraben, bei denen ich wirklich ein wenig schlampig gearbeitet hatte. Aber das waren keine Lügen, verdammt. Und natürlich hatte ich auch hier und da etwas auf dem Kerbholz, Kleinigkeiten wie Falschparken, einmal ein bisschen Alkohol am Steuer. Als Krönung ließ Steinhagen das Gerücht streuen, es gäbe Hinweise, dass ich Amba ermordet hätte – mit Erfolg. Keiner hat mir noch irgendwas geglaubt, und von da an saß nicht mehr sie auf der Anklagebank, sondern ich. Die Staatsanwaltschaft ist gegen mich vorgegangen, und schließlich wurde ich wegen Brandstiftung und ein paar anderen Dingen angeklagt.« Lou hatte sich richtig in Rage geredet. »Zu gern hätte mir die Polizei auch noch den Mord an Amba nachgewiesen, aber dafür gab es keine Beweise.« Sie schnaubte abfällig. »Die hatten ja nicht mal eine Leiche. Also wurde ich deshalb weder angeklagt noch verurteilt, was die Presse allerdings ›vergessen‹ hat zu berichten, weil es natürlich viel spannender war, mich nicht nur als Brandstifterin, sondern auch noch als potenzielle Mörderin dastehen zu lassen. Den Verdacht bin ich bis heute nicht losgeworden.« Sie schüttelte den Kopf. Schaute Jenny an, die blass und mit merkwürdig fiebrig glänzenden Augen vor ihr stand. »Ich habe mich nur mit den falschen Leuten angelegt, verstanden? Ich habe nie einen Artikel oder eine Reportage gefälscht oder erfunden oder was auch immer. Ich wollte immer, dass die Wahrheit ans Licht kommt. Bei allem.«

Der letzte Satz war eindeutig gelogen.

»Und wieso hast du dann gesagt, du hättest den Knast verdient?«

Lou winkte ab. »War nur so dahingesagt.«

Kapitel 27

Die Tanzschule öffnete erst um vierzehn Uhr, und während Lou ihre Wäsche im Waschsalon von der Waschmaschine in den Trockner beförderte und davor ausharrte, hatte Jenny bei ein paar Bekannten auf den Stufen der Lukaskirche bleiben wollen.

Als sie sich wiedertrafen, war Jenny sichtlich angetrunken. Gemeinsam mit drei Typen saß sie angelehnt an einen großen Bernhardiner auf einer Decke, hörte laut Musik und trank immer wieder aus einer Schnapsflasche, die im Kreis herumgereicht wurde.

Lou blieb in gebührendem Abstand von dem Bernhardiner stehen. »Komm«, forderte sie Jenny auf. »Es ist gleich zwei. Wir müssen zur Mutter von ...«

»Ich glaube, ich bleibe lieber hier«, murmelte Jenny verwaschen und kraulte den Bernhardiner hinter den Ohren.

»Aber willst du nicht ...«

»Nee, echt nicht. Ich bin müde.«

»Dann komme ich später wieder hier vorbei.«

Jenny zuckte mit den Schultern, drehte ihr den Rücken

zu, nahm die Flasche entgegen, die ihr hingestreckt wurde. Lachte über einen Witz.

Lou ging allein zur Tanzschule. Sie trug jetzt wieder saubere, anständige Kleider, die nur ein wenig knitterig waren, aber das würde sich glätten. Sie hatte sich noch im Waschsalon umgezogen.

Vanidas Mutter Ulrike Kienzle, eine blasse, blondgelockte Frau etwa in Lous Alter, holte sie ab, nachdem sie sich am Empfang angemeldet hatte, und führte sie in ein kleines Büro, in dem Klopapierrollen und Papierhandtuchpäckchen in einem Regal hinter einem überladenen Schreibtisch lagerten. »Bitte, nehmen Sie doch Platz.«

Lou räumte sich einen der Stühle frei, auf dem zwei Kartons mit Tanzschuhen lagen. Ulrike Kienzle nahm hinter dem Schreibtisch Platz. Schaute sie mit hoffnungsvollem Blick an.

»Sie haben eine Idee, wo Vani sein könnte?«, fragte sie und musterte Lou. Schien sie glücklicherweise nicht aus dem Fernsehen zu kennen.

»Das leider nicht«, sagte Lou, die das auch nie behauptet hatte, »aber ich versuche herauszufinden, was mit ihr passiert sein könnte.«

»Und Sie sind gleich noch?«

»Ich arbeite für eine kleine Zeitung«, log Lou und wiederholte ihren Namen so nuschelig, dass die Frau ihn garantiert nicht verstand. »Ich schreibe einen Artikel über junge Menschen, die auf der Straße leben. In diesem Rahmen gehe ich auch dem Verschwinden von einigen Wohnungslosen nach.«

Die Frau lehnte sich zurück. Sie sah jetzt viel weniger hoffnungsvoll aus. Trotzdem erkundigte sie sich: »Was wollen Sie denn wissen?«

»Alles über Vanidas Verschwinden. Wann Sie sie das letzte Mal gesehen haben. Was die Polizei gesagt hat und so. Und haben Sie vielleicht etwas zu schreiben? Ich habe meinen Block vergessen.« Extrem unprofessionell, aber es ließ sich nun mal nicht ändern, dass sie weder Papier noch Stifte besaß. Und ein Aufnahmegerät schon gar nicht.

Frau Kienzle reichte ihr Kopierblätter und einen Bleistift über den Tisch. Knetete ihre Hände. Schließlich fing sie stockend an zu sprechen: »Vani ist am siebenundzwanzigsten August verschwunden. Ein Samstag. Beziehungsweise wurde sie da zum letzten Mal gesehen. Sie …« Die Frau brach ab und rieb sich über die Augen. »Sie war an dem Abend bei so einem Hilfsmobil, das manchmal an den Feuerseeplatz kommt. Wo man Essen und Kleider bekommt und so. Sie hat dort die meisten Abende verbracht. Richtig gute Schuhe hat sie da mal geschenkt bekommen, sie hat sie mir gezeigt, und ein Regencape. Von einer netten Krankenschwester.«

»Ich kenne das Hilfsmobil.«

Ulrike Kienzle nickte langsam. »Wir waren an dem Montag danach eigentlich mit ihr verabredet, um sie in eine Entzugsklinik zu bringen. Das war ausgemacht. Sie wollte das auch. Aber sie ist nicht an unserem Treffpunkt erschienen. Wir haben gedacht, sie hat wahrscheinlich kalte Füße bekommen. Wie letztes Mal. Deshalb haben mein Mann und ich sie in der Stadt gesucht und alle Plätze abgeklappert, an denen wir sie schon das eine oder andere Mal angetroffen hatten. Niemand hat sie gesehen. Seit diesem Samstag. Bis heute.« Tränen traten in Ulrike Kienzles Augen. »Haben Sie Kinder?«

Lou schüttelte den Kopf.

»Mein Mann und ich haben nicht lockergelassen«, fuhr die Frau fort. »Wir haben, wie gesagt, herausgefunden, dass unsere Tochter das letzte Mal auf diesem Feuerseeplatz beim Hilfsmobil gesehen wurde. Ich habe mit ein paar Leuten dort geredet. Da war ein sehr engagierter Arzt, der sich an sie erinnert hat, weil sie ihn den ganzen Abend zu ihrem Drogenentzug gelöchert haben muss. Das spricht doch dafür, dass sie den Entzug machen wollte, meinen Sie nicht? Jedenfalls meinte der Arzt, er werde auf jeden Fall rumfragen und uns sofort informieren, wenn er etwas in Erfahrung bringt. Wir haben dann noch mit einer Sozialarbeiterin gesprochen. Sie und die Krankenschwester vom Hilfsmobil haben uns bestätigt, wie sehr Vani unter den Substanzen leidet, von denen sie abhängig ist. Sie hatte wohl Horrortrips. Wahnvorstellungen, dass kleine Tiere unter ihrer Haut krabbeln, und Panik, dass jemand hinter ihr her sei. Das mit dem Verfolgtwerden hat Vani mir gegenüber auch mal angedeutet. Natürlich habe ich eine Zeit lang nach ihrem Verschwinden gedacht, dass es vielleicht tatsächlich jemand auf sie abgesehen hatte. Dass ihre Angst begründet war. Ich bin dem nachgegangen. Bis mir dieser nette Arzt erklärt hat, dass es wirklich Drogen gibt, die so was auslösen. Und dass das bestimmt nichts mit Vanis Verschwinden zu tun hat.« Sie suchte etwas in einer der Schreibtischschubladen, holte schließlich ein Taschentuch hervor und rieb sich über die Augen. Schnäuzte sich.

»Hat sie irgendwas über ihren möglicherweise eingebildeten Verfolger gesagt?«, fragte Lou angespannt.

»Nein, es waren nur so allgemeine Ängste und Psychosen. Einmal dachte sie wohl, ein nackter Mann mit Pfeil und Bogen säße im Gebüsch. Ein anderes Mal beschrieb sie einen Kerl mit einer Sturmmaske und roten Schuhen. Ich meine, daran sieht man doch schon, dass ...«

»Ein schwarz gekleideter Mann mit einer Sturmmaske und roten Schuhen und ein Nackter mit Pfeil und Bogen?« Lou setzte sich aufrecht hin.

»Es war nur Einbildung, das hat sie sogar selbst gesagt, wenn sie nüchtern war.«

»Aber was, wenn ...«

»Glauben Sie mir, wir sind dem nachgegangen. Den Verfolger gab es nicht.«

Lou verzichtete darauf, Ulrike Kienzle eines Besseren zu belehren. Doch ihr Puls beschleunigte sich. Sie war auf der richtigen Spur.

Erneut rieb die Frau sich über die Augen. »Wir haben Vanis Handy geortet, gemeinsam mit der Polizei. Sie hielt sich am späten Abend und in der Nacht offenbar noch immer beim Feuersee auf, als dieses Hilfsmobil schon lange weg war. Die Polizei hat herausgefunden, dass sie mit zwei Leuten telefoniert hat. Mit einem Bekannten, Lenny heißt der, den kennt Vani noch von der Schule. Die Polizei hat mit ihm geredet. Ihm gegenüber hat sie anscheinend angedeutet, sie habe Angst vor dem Entzug und denke darüber nach abzuhauen.« Ulrike Kienzle hielt inne, Tränen liefen ihr jetzt die Wangen hinunter. »Der zweite Anruf ging an ein unbekanntes Handy. Danach hat Vani ihr Telefon offenbar ausgeschaltet, und es gibt keine Spur mehr, weder von ihr noch von ihrem Smartphone. Die Polizei ist der Ansicht, Vani sei vor dem Entzug davongelaufen. In eine andere Stadt oder so. Oder sie hätte sich … sie hätte sich was angetan und sei einfach noch nicht gefunden worden. Der nette Arzt hat … Er meinte, es komme manchmal vor, dass Drogenabhängige sich selbst … Auch wenn er für uns natürlich das Gegenteil hofft.« Sie schluchzte. »Aber ich weiß, dass sie uns zumindest eine Nachricht hätte zukommen lassen. Ich weiß es einfach.« Sie schlug die Hände vors Gesicht und weinte nun haltlos. »Bitte suchen Sie sie«, bat sie. »Wir haben eine Belohnung ausgesetzt für denjenigen, der uns unser Baby zurückbringt. Sie muss einfach noch am Leben sein.«

Lou war in niedergeschlagener Stimmung, als sie wenig später die Tanzschule verließ und sich auf den Rückweg zu Jenny machte. Ulrike Kienzle tat ihr unendlich leid.

Sie traf Jenny mit ihren Kumpels auf den Stufen der Kirche sitzend und immer noch laute Musik hörend. Jennys Gesicht war gerötet. Als sie Lou sah, versuchte sie aufzustehen, schwankte aber und fiel hin, was lautes Gelächter zur Folge hatte.

Lou half ihr beim Aufstehen. Diesmal blieb Jenny in der Senkrechten und ließ sich von ihr davonführen.

Lou hatte als Nachtlager die Frauennotschlafstelle beim *HiRa* in der Oststadt auserkoren, möglichst weit weg vom

Katzenbachviertel und dem Feuersee. Neben einem einigermaßen sauberen Bett hoffte sie darauf, sich bei den anderen Frauen wegen der verschwundenen und toten Wohnungslosen umhören zu können.

Gemeinsam fuhren sie mit der U-Bahn hin. Lou schaute sich im Abteil um, aber soweit sie das erkennen konnte, folgte ihnen niemand. Jenny döste irgendwann an Lou angelehnt ein, ihr Körper fühlte sich warm und fiebrig an. Lou zwang sich, die Berührung zu ertragen. Sie machte sich große Sorgen um Jenny, die krank zu sein schien. Sie war froh, als sie endlich in der Oststadt ankamen.

Doch schon vor dem Eingang des heruntergekommenen Etablissements war klar, dass irgendetwas nicht stimmte. Zwei Polizeiautos standen mit blinkenden Blaulichtern vor der Tür. Und ein Mann in Uniform nahm die Personalien aller Leute auf, die ins *HiRa* hineinwollten.

Kapitel 28

»Du musst alleine reingehen. Ich habe mein Glück letzte Nacht schon genug ausgereizt«, sagte Lou mit Blick auf die Streifenwagen. »Wenn die mich erkennen …«

»Ich bleibe bei dir.«

»Jenny, bitte. Du bist krank und außerdem stark angetrunken, du kannst in der Nacht nicht draußen …«

»Ich bleibe bei dir.« Ihre Stimme klang weinerlich. »Du kannst auch nicht allein draußen bleiben, echt jetzt. Wegen dem Typen. Binde dir halt einen Schal vors Gesicht und sag, du willst gleich auf ein Zimmer und schlafen.«

Lou schluckte. »Aber was, wenn die mich verhaften? Dann bist du ganz allein.«

»Dann gehen wir halt in eine andere Notschlafstelle.«

»Aber die sind alle ziemlich weit weg von hier.«

Unschlüssig blieben sie stehen. Jenny wirkte so kaputt, dass Lou schließlich entschied, das Wagnis einzugehen. Sie marschierte aufs *HiRa* zu und zog Jenny hinter sich her. An der Tür gab sie wieder einen falschen Namen an. Der Polizist musterte sie zwar, als habe er sie schon einmal gesehen, sagte jedoch nichts.

Schon beim Hereinkommen erfuhren Lou und Jenny, dass Biggi, die Frau, die seit Tagen von niemandem mehr gesehen worden war und von der Ayleen angenommen hatte, dass sie sich in einer Entzugsklinik befand, in einem Waldstück etwa einen Kilometer vom Feuersee entfernt tot aufgefunden worden war. Über die Todesursache wusste niemand etwas. Aber offenbar war die Leiche ebenfalls verkohlt gewesen.

Die Polizei durchsuchte soeben das Dachgeschoss des *HiRa*, denn Biggi hatte dort vor Kurzem wohl mal übernachtet. Beim Abendessen, bei dem neben Jenny und Lou fünfzehn weitere Frauen beisammensaßen, gab es kein anderes Gesprächsthema als Biggis Tod.

Eine Polizistin, die in den Raum gekommen war, als eine Mitarbeiterin des *HiRa* heißen Tee brachte, antwortete auf entsprechende Fragen nur ausweichend und wiederholte vage, es gäbe Anzeichen für Fremdeinwirkung und ein Gewaltverbrechen sei wahrscheinlich. Anhand der Fragen, die sie ihrerseits stellte, wurde aber zumindest klar, dass Biggi schon eine ganze Zeit tot sein musste und offenbar vor Nylah gestorben war. Und dass die Polizei Mike verdächtigte, auch dieses Verbrechen begangen zu haben.

Jenny, die extrem erschöpft aussah, während sie ihren Tee trank und an einem belegten Brot knabberte, zog irgendwann mit einer müden Bewegung ihr Heft heraus und zeigte den anderen die Zeichnung des seltsamen Typen. »Habt ihr den schon mal gesehen?«, fragte sie.

Bevor jemand antworten konnte, kam die Polizistin zu ihr herüber. »Wer ist das?«

Lou die in einer dunklen Ecke saß, lehnte sich weit nach hinten und tat, als schaue sie konzentriert aus dem Fenster.

»Wo haben Sie diese Person angetroffen?«, fragte die Polizistin Jenny.

Die schluckte und sagte: »Der hat versucht, uns was zu tun.«

»Wo? Und wer war noch dabei?«, hakte die Polizistin nach.

»Nur ich allein«, berichtigte Jenny mit einem Seitenblick auf Lou schnell. »Gestern Nacht. Der hat auch eine Freundin von mir angegriffen. Die ist neulich abends vom Feuerseeplatz in die Katzenbachsiedlung gelaufen. Und da wurde die von ihm überfallen. Bei der Unterführung unter den Bahngleisen.«

»Wann war das?«

»Schon ein paar Tage her, weiß nicht genau.«

»Und wie heißt Ihre Freundin?«

Jenny wirkte ertappt. In Lou krampfte sich alles zusammen. Ihr Mund wurde trocken.

»Ich ... ich ... Susanne«, brachte Jenny schließlich heraus. Nicht sonderlich überzeugend.

»Und weiter?«

»Weiter weiß ich nicht. Nur Susanne.«

Die Polizistin runzelte die Stirn und schrieb etwas auf. »Darf ich mir bitte Ihren Namen notieren?«

»Jenny. Jenny Lanza.«

Die Polizistin blickte auf, sie wirkte erstaunt. »Haben Sie nicht auch die Leiche von Nylah Lewinski gefunden?«

»Doch«, murmelte Jenny.

»Und Sie kennen Mike Stalder gut?«, hakte die Frau nach, in einem Tonfall, der Lou nicht gefiel.

Jenny zuckte mit den Schultern. »Na ja, geht so. Schon, ja.«

»Sie würden aber keinen Angreifer erfinden, nur um Herrn Stalder zu schützen?«

Jenny schaute die Beamtin entrüstet an. »Nein!«, sagte sie. »Der war echt da, der Typ mit der Sturmmaske.«

»Aber wie kommen Sie darauf, dass das der Mörder von Nylah Lewinski und Biggi Braun sein könnte? Oder von einer der beiden?«

»Das … wegen den roten Schuhen und der Maske über dem Gesicht«, pampte Jenny. »Mike hat auch jemanden mit roten Schuhen weglaufen sehen.«

Die Polizistin sagte nichts dazu. »Hat sonst noch jemand von Ihnen etwas von einem merkwürdigen Mann gesehen oder gehört?«, fragte sie stattdessen.

Die Frauen am Tisch schienen nachzudenken.

»Ich weiß natürlich nicht, ob das was damit zu tun hat, aber die Biggi hat doch was von einem Flitzer erzählt, der nackt im Feuersee gebadet hat«, bemerkte eine grauhaarige Frau, die von den anderen Päddi genannt wurde, irgendwann. »Vor ein paar Wochen. Da war es schon saukalt in der Nacht. Und der ist anscheinend direkt vor ihr aus dem Wasser gestiegen. Hatte anscheinend auch eine schwarze Sturmmaske über dem Gesicht, deshalb komme ich darauf. Hat sie zu Tode erschreckt. Aber er hat sie nicht bedroht, sondern nur gelacht. Dann ist er in die Büsche abgehauen.« Päddi bekräftigte ihre Worte mit einem Nicken.

»Mit Flitzer meinen Sie einen Exhibitionisten?«, fragte die Polizistin, jetzt doch interessiert.

Päddi bejahte.

»Hat Biggi noch mehr über den Typen erzählt?«, wollte Lou wissen.

Päddi schüttelte den Kopf.

»Warum ist sie nicht zur Polizei gegangen? Was glauben Sie?«, erkundigte sich die Polizistin.

»Ganz ehrlich, die fand den wahrscheinlich nicht schlimm, den Typen. Ich meine, die hatte ein paar Freier, die waren deutlich mieser als der«, meldete sich eine andere, von jahrelangem Konsum stark gezeichnete Frau zu Wort, von der Lou wusste, dass sie im Bahnhofsviertel anschaffen ging. »Ich weiß auch schon gar nicht mehr, wie normale Männer sind. Vor ein paar Tagen hatte ich zum Beispiel einen Familienvater, der darauf steht, wie ein Hund spazieren geführt zu werden und dabei einen Dildo als Knochen im Mund zu tragen.« Sie lachte rau. Einige der anderen Frauen lachten mit.

Es dauerte eine Weile, bis die Polizistin wieder so weit Ruhe in die Runde gebracht hatte, dass sie nachfragen konnte, ob jemand etwas über besagten Exhibitionisten wusste. Doch alle schüttelten die Köpfe.

»Könnten Sie mir vielleicht sagen, wo Sie Biggi Braun zuletzt gesehen haben?«, erkundigte sich die Polizistin schließlich. »War sie da vielleicht mit jemandem zusammen?«

Sue, eine ältere Wohnungslose und offenbar die Einzige, die Biggi richtig gut kannte, berichtete, sie seit Tagen nicht mehr gesehen zu haben. Sie habe sich allerdings nichts dabei gedacht. »Biggi war schon immer eine Einzelgängerin. Die hast du oft tagelang nicht getroffen. Nur manchmal kam sie zum Hilfsmobil«, sagte sie. »Die hat regelmäßig ganz allein unten beim Wehr gepennt. Kein Wunder, dass da eines Tages mal was passiert ist. Ich mein', die hat sich sowieso nie besonders um sich gekümmert. Ich glaube, wenn der Doc vom Hilfsmobil ihr nicht einen warmen Schlafsack geschenkt hätte, dann wäre die schon in den ersten kalten Nächten erfroren.«

Einige der anderen nickten.

»Ja, Doc Bayer hat sie immer ermahnt, sie soll in eine Notschlafstelle gehen«, erinnerte sich eine Frau mit einem Dutt. »Aber Biggi hat gesagt, sie mag es lieber, wenn sie Wasser um sich hat und ihre Ruhe. Genau wie Nylah, die war ja auch am liebsten draußen unterwegs und hat gern bei den verlassenen Garagen geschlafen und im Park bei den Bahngleisen. Damit niemand mitkriegt, dass sie obdachlos ist. Dabei hat man das schon gegen den Wind gerochen.«

Wieder lachten einige der Frauen.

Lou horchte auf. Bei den Garagen hatten sie die Leiche gefunden. »Wer wusste denn alles, dass Nylah und Biggi gerne allein übernachteten? Und wo?«, wollte sie wissen.

»Der Mike hat es jedenfalls gewusst«, meinte Sue bedeutungsvoll, »daher, wenn ihr mich fragt ...«

»Das hat doch jeder gewusst. Komm, wir wissen alle, wo die meisten hier pennen«, warf die Frau mit dem Dutt ein. »Ich weiß zum Beispiel, dass du immer unter dem Torbogen am Eberhardstor schläfst. Und du«, sie zeigte auf eine rothaarige Frau, »du pennst gerne am Bahnhof. Und die Streetworker wissen das ebenfalls. Und der Doc beim Hilfsmobil, der fragt doch auch jeden über den Schlafplatz aus.«

Die Polizistin notierte eifrig mit.

»Haben Biggi und Nylah sich vor ihrem Tod verfolgt gefühlt?«, fragte Lou in die Runde.

»Die Biggi schon«, meinte Sue. »Aber nicht erst seit Kurzem. Die fühlt sich verfolgt, seit so ein Arschloch von einem Stadtguard mal in der Nacht ›versehentlich‹ auf sie draufgetreten ist. Hat überall schwarz-weiße Schals gesehen. Kann man ihr nicht verdenken.«

Die Unterhaltung wurde immer angespannter und aufgeregter. Ein Teil der Frauen glaubte, mit Mike sei der Täter gefasst, andere bezweifelten das. Außerdem stellte sich heraus, dass nicht nur Biggi schon länger nicht mehr gesehen worden war, sondern auch noch eine weitere Frau, die Kisha hieß. Wobei niemand wusste, seit wann genau. Die Zeiten variierten zwischen einigen Wochen und einigen Monaten. Ein paar Frauen meinten, Kisha sei überhaupt nicht verschwunden, sondern nur in eine andere Stadt gezogen.

Die Polizistin nahm sämtliche Informationen zu Kisha auf. Lou, die Kisha nicht kannte, lauschte aufmerksam. Jenny hingegen schien unendlich müde zu sein und gähnte ständig.

Kisha war Afroamerikanerin, zweiundfünfzig Jahre alt und laut Aussage der Frauen weder drogen- noch alkoholabhängig. Sie litt unter einer psychischen Erkrankung, die sie vor einigen Jahren berufsunfähig gemacht hatte. Wenn sie sich angegriffen fühlte, wurde sie offenbar aggressiv, schimpfte und schlug um sich. Sie hatte mit den Mitarbeitern des Hilfsmobils Anfang des Jahres solche Streitigkeiten gehabt, dass sie für einige Zeit Hausverbot bekommen hatte, bis Dr. Bayer ihr erlaubt hatte, wiederzukommen.

»Meinen Sie, da draußen ist jemand unterwegs, der Frauen tötet?«, fragte Päddi die Polizistin.

Die wiegte den Kopf hin und her. »Ich denke, Sie sollten grundsätzlich vorsichtig sein. Nicht allein draußen schlafen. Organisieren Sie sich auch tagsüber am besten in Gruppen. Und informieren Sie bitte sofort die Polizei, wenn irgendetwas nicht in Ordnung ist.« Sie schaute Jenny an, der inzwischen beinahe die Augenlider zufielen. »Lieber kommen Sie einmal zu oft als einmal zu selten!«

Die meisten Köpfe in der Runde nickten.

Die Polizistin fuhr fort: »Aber tatsächlich denke ich, dass wir den mutmaßlichen Täter bereits in Gewahrsam haben.«

Jenny, die halb weggedöst war, öffnete die Augen. »Mike war's nicht!«, brachte sie heraus.

Als sie später in ihrem Dreibettzimmer waren, schlüpfte Jenny, nachdem sie Livie in ihren provisorischen Käfig gesetzt hatte, sofort unter die Decke ihres Betts.

»Ich habe ganz schön Halsschmerzen«, krächzte sie. »Und ich bin echt todmüde.«

Lou blieb auf ihrem Bett sitzen. Vor Sorge um Jenny war ihr ganz übel. Die junge Frau hatte offenbar Fieber, und wenn es schlimmer wurde, würde sie sie sofort ins Krankenhaus bringen. Nicht, dass ihr etwas passierte. Wahrscheinlich würde sie deshalb die ganze Nacht nicht schlafen können.

Lou seufzte. Unter anderem genau deshalb lebte sie lieber allein. Für so was war sie einfach nicht gemacht.

Um sich abzulenken, dachte sie über die toten Frauen nach. Nylah und Biggi waren getötet und angezündet worden. Aber was war mit Steffi, Esma und Babsi? Steffi war ebenfalls verbrannt, allerdings ging die Polizei in ihrem Fall von Selbstverschulden aus. Babsi war in einen Container geklettert und Esma an einer Überdosis gestorben. Was sie nicht wusste, war, ob Nylah und Biggi zum Zeitpunkt ihres Todes ebenfalls unter Drogeneinfluss gestanden hatten.

Alle Frauen waren jung gewesen, der Großteil blond, zumindest blond gefärbt oder hellhaarig. Genauso wie die verschwundene Vanida. Kisha passte nicht ins Bild, trotzdem würde sie sie im Hinterkopf behalten.

Sie selbst passte auch nicht ins Raster. Sofern es derselbe Täter gewesen war, der sie attackiert hatte. Sie ging geradewegs auf die fünfzig zu, und mit ihren grau melierten Haaren … Oder der Typ war doch hinter Jenny her, verdammt. Die hatte zumindest hell gefärbte Haare. Aber wenn er es auf Jenny abgesehen hatte, wieso hatte er dann *sie* verfolgt und angegriffen?

Auf der anderen Seite war sie dem durchgeknallten Typen erst begegnet, nachdem Jenny zu ihr gestoßen war. War es möglich, dass der Täter sie beseitigen wollte, um danach ungestört Jenny zu ermorden? Ach du Scheiße. Das war eine Möglichkeit, die sie bisher noch gar nicht bedacht hatte. Ihr wurde kalt.

Sie sah zum Nachbarbett hinüber, wo Jenny mit geschlossenen Augen zusammengekuschelt dalag und leise röchelte. Ihr stiegen Tränen in die Augen. Wütend wischte sie sie weg. Welches Motiv ihr Verfolger auch hatte – sie musste dafür sorgen, dass Jenny nichts geschah. Dass der Richtige hinter Gitter kam, egal um wen es sich handelte.

Und danach würde sie endlich weggehen. Für immer.

Sie zog die Blätter, die sie von Ulrike Kienzle bekommen und mit Notizen bekritzelt hatte, aus ihrer Tasche und breitete sie neben sich auf dem Bett aus. Warum auch immer er sie, Lou, verfolgt haben mochte: Der Täter schien ansonsten eine Vorliebe für junge hellhaarige Frauen zu haben. Damit war es wahrscheinlich, dass es sich nicht um Zufallsopfer handelte, die dem Täter in der Nacht spontan über den Weg liefen. Sondern dass er die Frauen bewusst aussuchte. Weil sie perfekte Opfer abgaben.

Nylah und Biggi nächtigten gern allein. Steffi hatte den Tag an abgelegenen Stellen verbracht und war offenbar auch mitten in der Nacht allein beim alten Sportpark gewesen.

»Jenny?«, flüsterte Lou, in der Hoffnung, dass die noch wach war.

»Mhm?«, kam es verschlafen vom Nachbarbett.

»Weißt du, ob Esma und Babsi Einzelgängerinnen waren? Auch nachts?«

»Mhm«, murmelte Jenny. »Möglich. Babsi war ein bisschen plemplem. Hat mit sich selbst gesprochen und sich an echt schrägen Plätzen rumgetrieben. Und Esma – keine Ahnung.«

»Jedenfalls muss der Täter sehr viel über seine Opfer gewusst haben. Ich glaube, er hat sie gezielt ausgewählt. Sie zunächst eine Weile beobachtet. Denn einige der Frauen haben sich vor ihrem Tod ja verfolgt gefühlt«, sagte Lou. »Aber wie hat er sie gefunden, wenn er beschlossen hatte, sie umzubringen? Er kann sie ja kaum nonstop beschattet haben, oder?« Sie starrte auf ihre Notizen, schob die Blätter hin und her. »Und selbst wenn: Wie könnte er das unauffällig bewerkstelligt haben? Denn es scheint ja nie jemandem etwas aufgefallen zu sein.«

»Ich glaube, der hat seine Opfer gekannt und die haben den auch gekannt und die haben sich verabredet«, bemerkte Jenny und hob den Kopf. »Ich denke, sie haben ihm vertraut. Vielleicht ist es einer von uns.«

»Das ist eine der Möglichkeiten, ja.«

»Dann könnte es der Mike gewesen sein.«

Lou sah von ihren Notizen auf. »Wieso denkst du das plötzlich?«

»Weil der echt jeden kennt.« Jenny klang unsicher. »Und der kümmert sich auch um jeden. Weiß alles. Glaubst du, er war's?«

»Keine Ahnung. Eigentlich nicht. Denn ich denke, es war derselbe, der uns überfallen hat.«

Eine Weile war es still. Nur das Kratzen von Livies kleinen Krallen war zu hören.

»Der Typ, der uns angegriffen hat, wusste auch immer sehr genau, wo wir sind. Wie kann er das gewusst haben?« Lou rieb sich übers Gesicht. Das ergab alles keinen Sinn.

Jenny antwortete nicht. Sie schien eingeschlafen zu sein.

Lou starrte in die Dunkelheit des Zimmers. Wie stellte der Täter es an, so viel über die Frauen herauszufinden?

Das Gespräch im Speiseraum ging ihr durch den Kopf.

Wer alles gewusst haben könnte, wo die Frauen übernachteten. Am meisten über Obdachlose und ihre Gewohnheiten kriegte man natürlich mit, wenn man selbst Platte machte. Oder aber wenn man bei einer Organisation arbeitete, die Obdachlosen half. Wie etwa das Hilfsmobil. In beiden Fällen wäre der Täter dann jemand, dem die aufgrund ihrer Erfahrungen oft misstrauischen Wohnungslosen vertrauten.

Für das Hilfsmobil konnte die Nähe zum Feuersee sprechen und auch, dass alle Opfer regelmäßig dorthin gekommen waren.

Vielleicht war der Täter jedoch auch ein Fremder, der sich einfach in der Gegend herumtrieb? Kannte die Frauen von irgendwoher oder lernte sie kennen und gewann ihr Vertrauen. Lockte sie mit irgendetwas nachts an den Feuersee. Denn auch das war irgendwie rätselhaft: Wieso waren eigentlich alle Opfer in der Nähe des Feuersees gewesen? Brachte der Täter sie dorthin? Warum? Und wie?

Sie musste die Todeszeitpunkte herausfinden, dachte Lou. Und so viel wie möglich über die Opfer. Ob es weitere Gemeinsamkeiten gab zum Beispiel und was für ein Motiv der Täter haben könnte.

Sie schob ihre Notizen zusammen und legte sich auf ihr Kissen, richtete die Augen zur Zimmerdecke. Ihr Herz klopfte schnell. Sie brauchte jemanden, der ihr half, Nachforschungen anzustellen. Jemanden mit Presseausweis. Auch wenn sie sich geschworen hatte, niemals wieder in die Nähe eines ihrer Kollegen …

Fuck. Sie drehte sich zur Wand.

Es gab nicht mehr viele, die sie fragen konnte. Karin, ihre

ehemals beste Freundin und Journalistenkollegin, hatte es damals nicht für nötig erachtet, auf ihre Mails auch nur zu antworten.

Die meisten anderen Reporter, die sie kannte, kamen ebenfalls nicht infrage. Es war zum Kotzen gewesen, wie die Leute reagiert hatten, als sie verhaftet worden war. Sie musste denen nicht auch noch die Genugtuung bieten, dass sie jetzt auf der Straße lebte.

Abgesehen davon hasste sie es, nicht allein arbeiten zu können. Sie war früher schon Einzelkämpferin gewesen, ganz dicht dran, immer an der Front. Sie hatte allein die wichtigen Interviews geführt, die entscheidenden Zeugen geknackt, die Skandale aufgedeckt. Sie hatte allein im Kugelhagel gestanden, wenn es hart auf hart gekommen war.

Sie umklammerte ihr Kissen. Für einen Moment dachte sie an Ari, der eigentlich Arthur hieß und sich selbst *die Kanalratte* nannte, weil er immer und überall irgendwie durchschlüpfte. Unter anderem verkaufte er gefälschte Presseausweise.

Sie bewegte den Kopf auf dem Kissen hin und her. Sie würde keinen gefälschten Ausweis verwenden. Das wäre ein Ticket direkt zurück in den Knast, und dann konnte sie gar nichts mehr tun. Verdammt noch mal.

Im Geiste ging sie erneut ihre ehemaligen Journalistenkollegen durch. Blieb schließlich bei Ronny Jones hängen, den sie aus dem Volontariat bei einer winzigen Regionalzeitung kannte. Er war damals ihr Ausbilder gewesen. Er nannte alle Frauen *Darling*, rauchte stinkende schwarze Zigarren im Nichtraucherbereich, trug einen Siegelring an seinen kurzen, dicken Fingern, sprach viel von der moralischen Verantwortung der Presse und würde für eine gute Story vermutlich seine Mutter verkaufen. Sie waren nicht gerade das gewesen, was man Freunde nannte. Aber seltsamerweise war er der Einzige gewesen, der damals ernsthaft die Möglichkeit in Betracht gezogen hatte, sie könne unschuldig sein.

Kapitel 29

Am nächsten Tag beim Frühstück schickte Lou Ronny vom Handy der ziemlich kranken Jenny aus eine kurze Mail, in der sie ihm den Fall schilderte. Ein paar Minuten später kam eine Antwort. *Okay, Darling. Bin dabei.*

Das war deutlich leichter gewesen, als sie gedacht hatte. Sie schrieb ihm Mikes Namen und den seines Anwalts und das Gefängnis, in dem er vermutlich saß.

Können wir später telefonieren?

Bin momentan telefonisch leider nicht gut zu erreichen.

Gibt's so was heute noch?

Offenbar schon.

Fahre zu dir runter. Treffen heute Nachmittag wo?

Ronny und sie waren vielleicht keine Freunde, aber eine gute Story erkannte er, wenn er sie sah. Selbst wenn sie von ihr stammte. Offenbar war er bereit, das Risiko einzugehen.

Lou schlug ein Café im neuen Einkaufszentrum vor, in dem man ungestört sitzen konnte und eine Tasse Cappuccino selbst für sie erschwinglich war. Außerdem gab es Schließfächer. Sie hatte nicht vor, mit der mittlerweile vollkommen lädiert aussehenden Jacke aus dem Hilfsmobil und einer riesigen Umhängetasche aufzukreuzen.

Es war ein trüber Morgen. Wenigstens nicht mehr ganz so kalt wie in den vergangenen Tagen, aber dafür prasselte wieder Regen an die Scheiben und schmolz den letzten Schnee auf der Straße draußen zu dreckigem Matsch. Jenny wirkte zittrig und schwach und sie hatte einen Husten bekommen, der sich ernst anhörte. Eine der Sozialpädagoginnen, die das *HiRa* betreuten, hatte ihr deshalb erlaubt, bis zum Mittag in ihrem Bett zu bleiben, und ihr eine Aspirin gegeben.

Lou hatte vor, zum Mittagessen wieder vorbeizukommen und Jenny und ihre Tasche abzuholen.

Nach einer angenehm heißen Dusche organisierte sie sich einen Schirm und marschierte in den Regen hinaus. Sie wollte mehr über Steffi, Esma, Babsi und auch über die verschwundene Vanida und Kisha herausfinden. Außerdem über Nylah und Biggi. Und vielleicht mit Rashid sprechen, Steffis ehemaligem Dealer.

Sie wanderte als Erstes an den Hauptbahnhof, wo sie noch einmal Matze befragte, der schon lange Platte machte und die meisten anderen kannte.

»Ehrliche Meinung?«, fragte er. »Die Vani war genauso durchgeballert wie der Rest von euch Weibern.« Er lachte, schüttelte den Kopf und saugte an seiner Kippe. »Ist hier rumgestiefelt in ihren High Heels. Ständig beim Hilfsmobil, um sich die besten Kleider abzugreifen, wenn's da was gab. Eitel wie sonst was. Kam sich geil vor, weil sie immer die reichsten Freier gehabt und am meisten Geld gekriegt hat. Hat sogar die Sozpäds angebaggert.« Er stieß Rauch aus. »Hübsches Mädchen, kann man trotzdem nicht anders sagen. Die Kisha war dagegen völlig abgefuckt. Hat sich angezogen wie eine Bettlerin und ständig mit sich selbst gelabert. War wahrscheinlich schon Straßenhure, als die Vani noch in die Windeln geschissen hat.« Er lachte wieder.

Lou spürte, wie sie dem Typen am liebsten eine geknallt hätte. Er stank drei Meter gegen den Wind, seine Haare waren verfilzt, Kleidung und Hände strotzten vor Dreck, er nervte Passanten mit seiner aggressiven Art zu betteln, nahm sich aber heraus, eine Frau als durchgeballert und eitel und eine andere als abgefuckte Straßenhure zu bezeichnen. Sie schluckte ihre Wut hinunter. Sie brauchte Informationen.

»Hast du eine Idee, wo Vanida oder Kisha im Moment sein könnten?«, fragte sie.

Matze trat seine Zigarette aus. »Nö. Interessiert mich auch nicht.«

»Was weißt du über Nylah und Biggi?«

»Arrogante Weiber.«

»Und sonst?«

»Sonst nichts. Hab mich von denen so weit wie möglich ferngehalten.«

»Und wo finde ich Rashid?«

»Willst du gestreckten Stoff für ein Schweinegeld kaufen?«

Lou zog die Augenbrauen hoch. »Ich will nur mit ihm reden.«

»Reden? Klar, und ich bin Jesus Christus.« Matze feixte. »Was wirfst *du* denn ein? Tippe auf LSD.«

»Kannst du mir einfach sagen, wo ich ihn finde?«

»Na, drüben in der Römerstraße«, sagte er herablassend. »Wo die Kundschaft rumhängt. Ehrliche Meinung? Du solltest einen großen Bogen um den Typen machen.«

Vor dem Bahnhofsgebäude traf Lou eine Gruppe weiterer Wohnungsloser, die sie nur flüchtig kannte und die ebenfalls keine neuen Infos über die toten Frauen beitragen konnten. Sie wollte sich gerade nach Vanida und Kisha erkundigen, als ihr auf der anderen Seite der großen Straße drüben am Busbahnhof eine Gestalt mit FFP2-Maske, Sonnenbrille und Mütze auffiel, die eine dunkle Militär-Tarnjacke und schwarze Hosen trug. Und rote Schuhe.

»Habt ihr den Typen schon mal gesehen?«, fragte sie leise in die Runde und deutete unauffällig hinüber zu den Bussteigen. »Den mit der Maske und dem Rucksack da drüben?«

Die Leute um sie herum schüttelten den Kopf.

Kurzerhand überquerte Lou die Straße und lief eilig zu dem Bussteig hinüber, an dem der Typ stand. Der drehte sich einfach weg und ging langsam davon. Sie folgte ihm.

»Hey«, rief sie. »Wer sind Sie? Was zum Teufel soll das?«

Der Typ reagierte nicht, so, als habe sie nichts gesagt. Sie war nicht hundertprozentig sicher, ob das überhaupt der Gleiche war, auch wenn eine frappierende Ähnlichkeit vom Körperbau her bestand und er Maske und Sonnenbrille trug. Dennoch machte sie weiter. »Sie verfolgen mich!« Jetzt war sie so dicht bei ihm, dass sie seinen Geruch wahrnahm, ein wenig nach Zigarettenrauch und Schweiß. Verdammt, genau so hatte der Typ in der Tiefgarage gerochen.

Der Mann lachte jetzt. Es war ein zischendes, bösartiges Geräusch, das ihr eine Gänsehaut über den Rücken jagte. Es *war* derselbe, da war sie sich plötzlich ganz sicher.

Ohne sich umzuwenden, schlenderte er an den Bussteigen vorbei, hinüber zur Hauptstraße. Sie blieb ihm auf den Fersen, hielt vergeblich Ausschau nach einem Streifenwagen.

»Wer sind Sie?«, fragte sie erneut. »Was haben Sie mit Nylah und Biggi …«

Plötzlich drehte der Typ sich um und schlug ihr mit einer blitzschnellen Bewegung ins Gesicht. Sie taumelte, ihr Schädel dröhnte, sie rutschte vom Bordstein und fiel beinahe auf die vielbefahrene Hauptstraße, konnte im letzten Moment die Kollision mit einem Auto vermeiden. Der Fahrer hupte wütend.

Der Typ mit der Maske sprintete los, hinüber zur S-Bahn.

Nachdem Lou sich gefangen hatte, lief sie ihm hinterher und sah, dass er in die Station hinunterrannte. Bis sie selbst die Rolltreppe betrat, war er allerdings verschwunden, und sie fand ihn auch nicht wieder. Als sie zwei patrouillierende Polizisten entdeckte, zögerte sie kurz, machte dann jedoch kehrt und verließ die Haltestelle.

Am Bussteig gab es mit Sicherheit eine Kamera, ebenso wie hier unten. Sie würde Ronny von ihrer Begegnung gerade erzählen. Er konnte der Sache nachgehen und die Polizei informieren. Ihm würden sie glauben. Auch wenn es wahrscheinlich wenig bringen würde, weil der Typ vermummt gewesen war. Außerdem fehlten ihr die Beweise, dass es sich bei diesem Irren um denselben handelte, der sie bei der Unterführung und im Keller der Tiefgarage angegriffen hatte. Oder dass er etwas mit dem Verschwinden und dem Tod mehrere junger Frauen zu tun hatte. Trotzdem. Ihr Gefühl sagte ihr, dass sie richtiglag.

Sie trat wieder hinaus in den Regen und machte sich auf den Weg in die Römerstraße.

Es dauerte eine Weile, bis sie sich zu Rashid durchgefragt hatte, aber schließlich fand sie den Dealer unter einem Vordach an eine Wand gelehnt in einem engen Durchgang zwischen zwei Häusern. Er flipperte auf seinem Handy. Sie erkannte ihn an dem breiten Tattoo, das über seinen Hals bis zur Unterlippe führte.

Immer noch regnete es und auf dem Boden hatten sich breite Rinnsale gebildet, die Zigarettenkippen und Kondomverpackungen mit sich zu den sowieso schon verstopften Dohlen führten.

»Hallo, Rashid«, grüßte sie, als sie sich ihren Weg durch die Wasserrinnen am Boden bis zu dem Dealer gesucht hatte. »Ich weiß nicht, ob du dich erinnerst, aber ich war vor Kurzem mit Mike hier in der Nähe und habe nach Ayleen gesucht.«

Rashid sah für einen Moment hoch, dann wandte er sich wieder seinem Handy zu. »Und?«

»Ich habe unter anderem eine Frage zu Steffi. Die beim alten Sportpark verbrannt ist.«

Abermals schaute Rashid von seinem Bildschirm auf. Diesmal mit gerunzelter Stirn.

»Ich habe gehört, dass sie normalerweise nur Koks genommen hat«, sagte Lou.

»Keine Ahnung, wovon du redest«, bemerkte Rashid gelangweilt.

»Aber als sie gestorben ist, hatte sie anscheinend eine Mischung aus Benzodiazepam und Ketamin ...«, fuhr Lou fort.

»Hatte sie nicht von mir.« Er beugte sich wieder über sein Handy.

»Rashid, bitte. Ich versuche herauszufinden, was los ist. Irgendjemand bringt hier Frauen um.«

»Ich nicht.«

»Das behaupte ich gar nicht. Es geht um ...«

»Nylah und Biggi, ich weiß. Mike wurde deshalb verhaftet. So erzählen es jedenfalls die Tauben.«

Sie trat einen Schritt näher, obwohl ihr Schuh jetzt mitten in einem der kleinen Bäche auf dem Boden stand und eisiges Wasser ihre Socke durchnässte. Sie konnte das starke, süßliche Parfüm des Dealers riechen und die Unebenheiten auf seiner Haut erkennen, so dicht standen sie beieinander. »Rashid, ich muss wissen, ob bei Steffis Tod etwas nicht mit rechten Dingen zugegangen sein könnte. Und beim Tod von Esma und Babsi ...«

»Ich kann dir nicht helfen. Sorry, Mann.«

»Ist es dir egal, dass Menschen sterben? Kundinnen?«

Rashid starrte scheinbar konzentriert auf sein Display.

Sie dachte kurz nach. Dann trat sie noch näher, berührte ihn nun fast.

»Soll ich dir mal sagen, was *mir* die Tauben erzählt haben?«, fragte sie leise. »Sie haben mir ins Ohr gegurrt, dass Steffi die Drogen von dir gehabt haben soll. Und dass mit dem Stoff was nicht gestimmt hat. Dass sie deshalb am Feuer ohnmächtig geworden ist«, log sie.

Rashid hob langsam den Kopf. Steckte sein Handy in die Jeanstasche. Rückte ein Stück zur Seite, von ihr weg. »Wer erzählt so einen Scheiß? Dieser asoziale Doc vom Hilfsmobil? Fängt der jetzt wieder damit an, dass ich ein Dealer sein soll? Und dann auch noch einer, dessen Stoffe mit irgendeinem Müll gestreckt sind?« Seine Stimme klang aggressiv. »Hat der Arsch auch den Bullen erzählt. Die waren deshalb hier, Mann. Aber ich konnte sie davon überzeugen, dass ich mein Geld auf ehrliche Art …«

Langsam wurde sie wütend. »Hör auf, diese Tour abzuziehen. Womit du dein Geld verdienst, wissen wir beide ganz genau.«

»So, wissen wir das?«

»Ich will jetzt die Wahrheit darüber hören, ob Steffi das Ketamin und die Benzos von dir gekauft hat, die sie vor ihrem Tod genommen hat.« Sie machte zwei Schritte zurück. Dabei trat sie mit dem anderen Fuß auch noch in tieferes Wasser. »Du sagst mir jetzt entweder, was du weißt, oder du bekommst richtig Probleme.«

Rashid lachte herzhaft. Dann trat er nach ihr. Schnell und geübt.

Sie wich dem Tritt aus, Wasser spritzte hoch und tränkte ihre Hose. Sie tänzelte zur Seite und boxte mit der Faust in Richtung von Rashids Gesicht, der den Schlag abblockte und seinerseits zu einem Hieb ansetzte. Sie zog den Arm hoch, blockte seine Faust ab. Riss das Knie in die Höhe, um es ihm zwischen die Beine zu rammen, aber er drehte sich blitzschnell zur Seite. Dennoch gelang es ihr, ihn so mit der Hand unter der Nase zu erwischen, dass sie ihn für einen Moment kontrollieren konnte, dann hatte sie ihren Arm von hinten in einem Hebelgriff um seinen Hals gelegt und drückte zu.

Rashid lachte immer noch, obwohl ihm sichtlich die Luft wegblieb.

»Also, was ist? Erzählst du mir jetzt die Wahrheit?«, fragte sie.

»Nicht schlecht. Streetfighterin, was?«, keuchte Rashid, dem es nicht gelang, sie abzuschütteln.

»Wenn du nicht redest, kann ich auch härter.«

»Okay, verstanden. Lass mich los.«

»Wenn du mir sagst, was Sache ist.«

Rashid bejahte. Sie ließ ihn los, und er rieb sich mit der Hand über den Hals. »Wo hast du das gelernt? Du könntest bei uns anfangen. Gute Leute brauchen wir immer.«

»Also?«

»Was genau willst du wissen, Mann?«

»Fangen wir mit Steffi an.«

»Ich verkaufe kein Ketamin. Und auch keine Benzos. Überhaupt keine Downer. Und das ist die Wahrheit«, sagte er. »Ich hab Steffi sowieso ein paar Tage vor ihrem Tod nicht mehr gesehen. Hat mich gewundert, denn die kam regelmäßig wie ein Uhrwerk. Von wem auch immer sie die Scheiße hatte, von mir war's nicht.«

Diesmal glaubte sie ihm. »Stimmt es, dass sie nur Koks genommen hat?«

»Soweit ich weiß, ja. Aber was das angeht, kannst du einem Junkie nicht trauen. Wenn Not am Mann oder der Frau ist, werfen die alles ein. Und kaufen bei egal wem. Aber Steffi war schon lange dabei. Dass sie K und Benzos zusammen nimmt, und zwar so, dass sie davon ohnmächtig wird … Komisch ist das schon. Vielleicht wollte sie einfach nicht mehr. Wäre nicht die Erste gewesen.«

Lou nickte. »Und weißt du irgendwas über Babsi, Esma, Biggi oder Nylah, die auch gestorben sind? Oder über eine Kisha oder eine Vanida?«

»Esma? Die im Herbst an der Überdosis abgekratzt ist? Unten am Feuerteich?«

Lou nickte.

»Hat schon seit Jahren gedrückt, die Esma. Dass die sich eines Tages zu Tode ballert, hat mich nicht gewundert. Obwohl die Tauben erzählt haben, dass sie anscheinend ständig beim Hilfsmobil rumgehängt und diesem gestörten Doc die Ohren vollgeheult hat. Dass sie aufhören will und so. Hat sie aber nicht, was ja nicht mein Problem ist. Aber nach Esmas Tod kam dieser Doc persönlich hier vorbei. Hat mir gesagt, ich soll aufhören, Ketamin zu verkaufen. Und wenn ich es schon verkaufe, soll ich es nicht mit Scheiße strecken. Das mach ich aber gar nicht. Wie gesagt, ich habe noch nie Ketamin angeboten und werd's auch nicht. Ist laut geworden, der Doc, und richtig beleidigend. Wie so ein Rächer aus einem billigen Kinofilm. Echt großes Maul. Nur dass er kein Karate konnte und auch sonst nichts. Hab ihn kurz angestupst, da hat der sich fast in die Hose gepisst, Mann. Ist sofort abgehauen. Was geht das den an, was die Mädels in ihrer Freizeit machen? Sag mir das mal.«

Lou verschränkte die Arme. »Weißt du sonst noch was? Über die anderen?«

Rashid schien kurz nachzudenken, dann schüttelte er den Kopf. »Sagen mir nichts.« Er grüßte mit der Hand. »War echt nett, mit dir zu plaudern. Aber ich muss langsam mal weiterarbeiten.« Mit wiegendem Schritt ging er davon.

Lou warf einen Blick auf die Uhr. Es war schon ziemlich spät. Wenn sie Jenny abholen und noch etwas essen wollte, musste sie sich sputen.

Kapitel 30

Jenny hatte ein nassgeschwitztes, verquollenes Gesicht und wollte nicht aufstehen, als Lou ins Zimmer kam, um sie zu holen.

»Wir müssen hier raus«, sagte Lou. »Die Regeln sind klar. Wenn wir uns nicht daran halten, bekommen wir Hausverbot.«

Jenny zog die Decke über den Kopf.

»Bitte Jenny, steh auf.«

Jenny reagierte nicht.

Lous Hände wurden feucht. Was sollte sie jetzt machen? Jenny sah sehr krank aus. Mit einem Kloß im Hals wandte sie sich an die Sozialpädagogin, die das *HiRa* betreute. Versuchte, eine Ausnahmeerlaubnis auszuhandeln.

»Ich würde wirklich gern helfen«, beteuerte die Sozialpädagogin sichtlich bedauernd. »Aber mir sind die Hände gebunden. Wenn kein Personal hier ist, muss das Haus geschlossen sein. Und wenn ich anfange, Ausnahmen zu machen, spricht sich das rum. Dass sie bis jetzt bleiben konnte, ist ja auch schon eine Ausnahme gewesen. Das Einzige, das ich versuchen kann, ist, ihr einen Platz bei der Einrichtung in der

Sankt Anna Kirche zu besorgen. Oder ihr geht in die Not-schlafstelle am Hegelplatz, die öffnen schon um siebzehn Uhr. Wenn ihr hier Mittag esst, sind das ja nur noch ein paar Stunden draußen. Vielleicht kannst du Medikamente holen? Beim Hilfsmobil schaut regelmäßig ein Arzt vorbei. Und wenn deine Freundin richtig krank wird, musst du sie in ein Krankenhaus bringen.« Die Frau klopfte Lou auf die Schulter. »Tut mir leid. Das sind einfach die Regeln. Ist saudoof, ich weiß.«

Lou bedankte sich trotzdem. Die Sozialpädagogin rief bei der Sankt-Anna-Einrichtung an, vergeblich. Dann gab sie Lou ein paar Aspirin und eine Packung Hustenbonbons.

Lou ging zurück zu Jenny. Sie fühlte sich hilflos, als die immer noch nicht aufstehen wollte. Schließlich gelang es ihr, sie mit der Aussicht auf Mittagessen zu überzeugen, denn es gab Kaiserschmarrn mit Apfelmus, und der Duft zog bereits durchs ganze Haus. Entsprechendes Gedränge herrschte an der Essensausgabe.

Lou bugsierte Jenny an einen der letzten freien Tische in der Ecke und stellte sich an, um für sie beide Essen zu besorgen.

Jenny stand der Schweiß auf der Stirn. Ihre Augen glänzten fiebrig, und ihre Nase war verstopft. Sie hustete noch immer, es hörte sich an, als habe sie Schmerzen dabei. Außerdem schien sie zu frieren, obwohl der Raum überhitzt war. Sie aß kaum etwas, und als sie wenig später zusammen in den kalten Regen hinaustraten, stützte sie sich schwer auf Lou.

Lou trug Jennys Rucksack und ihre eigene Tasche und versuchte, den Schirm so über Jenny zu halten, dass die nicht nass wurde. Es war schwer, so nah neben ihrer Begleiterin zu laufen, aber sie zwang sich, das drängende Gefühl, abhauen zu müssen, zu ignorieren.

»Soll ich dich ins Krankenhaus …«, setzte sie an, aber Jenny unterbrach sie mit einem heiseren: »Nein, da geh ich nicht hin.«

»Lass uns zu dieser neuen Shoppingmall drüben bei der Stadtautobahnausfahrt fahren«, schlug Lou daher vor. »Da ist es warm und es regnet nicht und wir können die Zeit bis zum Abend rumbringen.« Abgesehen davon würde sie sich dort später mit Ronny treffen.

Jenny widersprach nicht, und gemeinsam nahmen sie die U-Bahn zum Einkaufszentrum. Dort gab es neben einem Springbrunnen im Obergeschoss einige Sitzgelegenheiten für müde Käuferbeine, die sie ansteuerten.

Lou hatte sich im *HiRa* umgezogen und ihre letzten einigermaßen guten Kleider angezogen, aber mit dem fransigen, fleckigen Rucksack und der großen Tasche sah sie dennoch heruntergekommen aus, und Jenny erst recht. Es würde vermutlich nicht lange dauern, bis irgendjemand sie hinaus in den Winterregen jagte, aber bis dahin konnten sie sich ein wenig aufwärmen.

Sie ließ Jenny für einen Moment allein und versuchte, eins der Schließfächer zu ergattern, doch in der mit Weihnachtseinkäufern überfüllten Mall war keines mehr frei. Verdammt.

Während sie mit der Rolltreppe wieder nach oben fuhr, ging Lou ihr späteres Treffen mit Ronny im Kopf herum. Kurz nach ihrer Entlassung aus dem Knast hatte sie an einer Bushaltestelle einen Nachbarn von früher wiedergetroffen.

Als sie gerade dabei gewesen war, Flaschen aus dem Mülleimer zu klauben. Er hatte diesen Gesichtsausdruck gehabt,
dieses wie festgetackerte fröhliche Lächeln, das zeigen sollte,
dass er viel zu tolerant war, um auf sie herunterzuschauen.
Sie hatte ein paar peinliche Andeutungen fallenlassen, die
ihn auf die falsche Spur hätten lenken sollen, dass sie nämlich
gar nicht wohnungslos war, sondern nur für eine Reportage
recherchierte. Dabei hatte sie in seinen Augen gesehen, dass
er über sie und das Gerichtsverfahren Bescheid wusste und
ihr kein Wort glaubte. Sie hatten kurz gequatscht, über Be-
langlosigkeiten, und sie hatte seine Erleichterung gespürt,
als endlich der Bus gekommen war.

Lou verließ die Rolltreppe und ging die Geschäfte ab.
Die nette Verkäuferin einer Bäckerei spendete Jenny eine
Thermoskannenfüllung Tee und Lou einen Kaffee to go
und zwei Brezeln mit Butter. Jenny aß nichts, trank aber ein
wenig Tee, und Lou packte ihr eines der Gebäckstücke vorsichtig in den Rucksack. Außerdem fütterte sie die Ratte in
Jennys Manteltasche.

Danach ertrug sie stoisch die argwöhnischen Blicke der
Leute in der Mall, während Jenny gegen ihren Rucksack
gelehnt vor sich hindöste. Immerhin hatte bislang niemand
Anstalten gemacht, sie zu vertreiben.

Irgendwann schien Jenny wieder ein wenig fitter zu werden, was sie leider dazu nutzte, um ins Untergeschoss zu den
Imbissständen zu fahren und sich zwei Bier zu schnorren,
die sie, wieder an den Rucksack gelehnt, ziemlich schnell
hinunterstürzte.

»Du solltest nicht so viel Alkohol trinken, schon gar

nicht, wenn du krank bist«, bemerkte Lou, als Jenny das zweite Bier fast ausgetrunken hatte und Anstalten machte, sich mit ihrem letzten Geld noch eins zu besorgen.

»Du nervst«, sagte Jenny.

»Ich weiß, wovon ich rede. Ich bin seit ein paar Jahren trocken, und meine Eltern waren beide Alkoholiker.«

»Du wiederholst dich. Komm, lass mich in Ruhe. Ich bin müde, und mir geht's nicht gut. Ich trink echt nur ein bisschen Bier gegen die Halsschmerzen.«

»Hast du nicht schon genug Probleme? Willst du es dir noch schwerer machen?«

Jenny verzog das Gesicht und stieß genervt Luft aus. Dann trank sie demonstrativ den nächsten Schluck. »Du bist zum Glück nicht meine Ma und hast mir echt nichts zu sagen. Du nicht.«

»Was soll das heißen?«

»Du bist eine Kriminelle.«

»Du machst es dir ziemlich einfach, verdammt.«

Jenny zuckte mit den Schultern.

Lou warf einen Blick auf die Uhr. Es wurde Zeit, Ronny zu sehen. Sie erhob sich und stapfte grußlos davon. Jenny konnte sie mal.

Wie vereinbart wartete Lou auf ihren ehemaligen Ausbilder in dem vollen Café. Kurz dachte sie darüber nach, einfach abzuhauen und alles zu vergessen. Die toten Frauen. Den Irren. Jenny. Wozu das alles?

Dann ballte sie die Hände zu Fäusten. Sie musste da drüberstehen. Sie brauchte Informationen.

Sie sah ihren alten Chef von Weitem, wie er mit seinen kurzen Beinen auf den Eingang des Cafés zusteuerte. Das letzte Mal war sie dem Journalisten vor Jahren bei ihrer Gerichtsverhandlung begegnet. Er hatte sich kaum verändert, nur ein paar Kilo zugelegt. Mittlerweile musste er Mitte sechzig sein. Wie damals trug er abgewetzte Designerjeans, Cowboystiefel und ein weißes Hemd. Dazu einen offenen Mantel, eine Aktentasche und einen Schlapphut. Als er durch die elektrische Schiebetür getreten war und Lou erblickte, grinste er und legte zum Gruß zwei Finger an die Hutkrempe. Sie erhob sich.

»Darling, darf ich dich auf einen Kaffee einladen?«, fragte er mit seiner tiefen Stimme, nachdem sie sich die Hand gegeben hatten.

Sie nickte, und er stapfte zum Tresen.

»Du siehst aus, als seist du ziemlich abgestürzt«, bemerkte er, als sie sich mit großen Milchkaffees und Kuchen auf den Hockern an einem der Tischchen niedergelassen hatten. Ronny war noch nie jemand gewesen, der um die Dinge herumredete.

»Alles in Ordnung«, sagte sie abweisend.

Er schaute sie scharf an. »Das ist eine Lüge.«

»Aber es tut nichts zur Sache. Wir sind wegen einer Story hier. In dieser Stadt sterben Frauen und …«

»So warst du schon in der Ausbildung. Immer mit dem Kopf durch die Wand und immer allein. Muss dich viel gekostet haben, mich um Hilfe zu bitten.«

»Hast du schon irgendetwas herausgefunden?«

Er nahm einen Laptop aus seiner Aktentasche. Fuhr ihn

hoch. Setzte sich eine dicke Lesebrille mit türkisfarbenem Gestell auf, bevor er eine Datei öffnete. »Ich habe einiges. Wenn ich Glück habe, bekomme ich sogar Originalauszüge aus diversen Ermittlungsberichten. Aber dafür muss ich wahrscheinlich mit einer Polizistin schlafen. Bevor ich das mache, eine Frage: Glaubst du, dass wir es hier wirklich mit einem perfiden Serienmörder zu tun haben und nicht nur mit irgendeinem kranken Streit unter Obdachlosen, der ausgeartet ist und zwei Frauen das Leben gekostet hat? Denn du musst bedenken, dass ich inzwischen für eine vollkommen andere Art von Blatt schreibe wie du damals. Meine Leserschaft will Action und Aufreißer mit Prinzessinnen, die fremdgehen und so was, aber kein Deprizeug über psychisch auffällige Obdachlose, die andere Obdachlose im Suff totschlagen und anzünden.«

»Wann bist du so zynisch geworden?« Lou trank einen Schluck Kaffee.

»War ich schon immer, Darling.«

»Es ist in jedem Fall eine furchtbare Geschichte.«

»Habe ich nicht bestritten.« Für einen Moment sah sie echtes Mitgefühl in seinen Augen. Aber dann fragte er: »Also? Ich bin auf Verkaufszahlen angewiesen.«

Sie umfasste die Tasse mit beiden Händen. Ihre Fingernägel waren ziemlich schwarz, fiel ihr auf. »Ja, ich glaube, dass wir es mit einem Serienmörder zu tun haben. Einem, der mehr als zwei Opfer auf dem Gewissen hat. Ich halte es für sehr gut möglich, dass er nicht aus dem Obdachlosenmilieu kommt, denn wenn es derselbe ist, mit dem ich zu tun hatte, ist er gut genährt, und seine Kleidung sieht teuer aus.«

»Gut, das wollte ich hören.« Ronny zeigte auf den Bildschirm des Laptops. »Schauen wir uns mal an, was ich bereits an Fakten habe: Im Moment wird ja dieser Mike Stalder beschuldigt, zwei Frauen gewürgt und später auf etwas seltsame Art und Weise erstochen zu haben. Möglicherweise während des Geschlechtsverkehrs. Am Ende soll er sie mit Benzin übergossen und angezündet haben. Eine Nylah Lewinski, am elften Dezember. Und eine Biggi Braun, irgendwann zwischen dem zweiten und dem vierten Dezember. Bis zum zweiten Dezember war sie in einer Entzugsklinik, dort ist sie abgehauen.« Er kratzte sich am Kopf. »Ein frisch entleerter Benzinkanister wurde in der Garage gefunden, in der dieser Mike Stalder sich vor dem Mord an Nylah Lewinski aufgehalten hat, mit seinen Fingerabdrücken darauf. Außerdem hatte er Klamotten von der Lewinski bei sich. Und er hat die Taten gestanden. Spricht eigentlich alles dafür, dass die Bullen recht haben mit ihrem Verdächtigen, meinst du nicht?« Er schaute sie auf eine herausfordernde Art an, wie er das schon während der Ausbildung gemacht hatte.

»Ich kann mir meinetwegen vorstellen, dass Mike eine Frau im Affekt erschlägt. Aber ich glaube nicht, dass er der Typ ist, der nach der Tat mit Benzin …«, setzte sie an.

»Okay«, unterbrach Ronny sie. »Was zugegebenermaßen seltsam ist: Bislang hat man kaum Blut- oder sonstige Spuren an Mike Stalders Kleidung gefunden, die seine Geschichte bestätigen würden. Außer gelegentlichen Kabbeleien mit einem der Opfer, mit dieser Lewinski, gibt es außerdem kein Motiv. Und wenn ich meine Quelle richtig verstanden habe, besaß Stalder kein Detailwissen über die Morde. Wusste wohl nicht mal, dass sein angeblich zweites Opfer Biggi Braun ebenfalls tot ist.«

»Das spricht dann vermutlich dafür, dass er unschuldig ist.«

»Oder er ist geschickt und verarscht die Bullen, was natürlich auch möglich wäre. Er hat ja jede Menge Erfahrung mit der Justiz, wenn man sich seinen Lebenslauf so anschaut.«

»Was meintest du eigentlich damit, dass Biggi und Nylah auf ungewöhnliche Weise erstochen wurden?«

»Na ja«, Ronny schürzte die Lippen. »Der Täter hat sie mit einem Stich von hinten oben ins Herz getötet, ähnlich wie es ein Jäger mit einem angeschossenen Stück Wild tun würde. Und beide Frauen wurden nicht sofort umgebracht. Biggi Brauns Körper ist nicht vollständig verbrannt, und ihre Überreste sehen anscheinend so aus, als habe der Mörder lange mit ihr gespielt. Sie gewürgt und dann wieder zu sich kommen lassen, sie geschnitten und gefoltert, so was in der Art. Anders sind einige Spuren wohl nicht erklärbar. Als ob es dem Täter gar nicht nur auf das Töten ankam, sondern auch aufs Quälen. Ein Sadist, der Spaß daran hat.«

»Verdammt.«

»Ist Mike Stalder so ein Typ?«

»Glaube ich eher nicht. Nein.«

Ronny schob seine Brille, die ein wenig nach unten gerutscht war, wieder nach oben. »Über die anderen Frauennamen, die du mir geschickt hast, hab ich leider noch nichts herausgefunden. Nur über diesen Junkie, der in den Container geklettert ist.«

»Babsi.«

»Genau. Barbara Kovács. Sie hatte zu dem Zeitpunkt eine lebensgefährliche Mischung aus Benzodiazepam und Ketamin intus. Crystal war auch dabei. Die Polizei vermutet, dass sie bei dem Versuch, Klamotten aus dem Container zu holen, ohnmächtig geworden ist.«

Lous Puls beschleunigte sich. Benzos und Ketamin also auch in diesem Fall. Sie wollte gar nicht wissen, wie Ronny an die ganzen Infos gekommen war. Einfach gewesen war das mit Sicherheit nicht. Und ganz legal vermutlich auch nicht.

»Ob Biggi und Nylah auch Benzos und Ketamin im Blut hatten, als sie gestorben sind, weißt du nicht zufällig, oder?«

»Zufällig nicht, Darling. Aber das könnte ich, wie gesagt, herausfinden.«

Lou dachte nach. Der Mörder hatte also vermutlich vor dem Tod mit seinen Opfern »gespielt«, jedenfalls mit Biggi. Lou rief sich das Bild der toten Nylah vor Augen. Sah die schwarze Asche – und die Strohblume. Auch bei Esma hatte man eine Strohblume gefunden, ging ihr plötzlich durch den Kopf. »Gab es sonst noch Auffälligkeiten?«, fragte sie.

»Woran denkst du?«

»Strohblumen zum Beispiel.«

Ronny sah sie erstaunt an, dann ging er seine Aufzeichnungen auf dem Laptop durch. Schließlich nickte er. »Was Nylah Lewinski und Biggi Braun angeht, weiß ich das nicht. Aber Babsi Kovács hatte tatsächlich eine Strohblume in der Manteltasche, als sie in dem Container gefunden wurde.«

»Auf Nylahs Leiche lag auch eine, ich habe sie gesehen. Und ich glaube, bei Esma wurde ebenfalls eine gefunden, das stand in einem Artikel über sie. Die Strohblumen sind also möglicherweise eine weitere Gemeinsamkeit! Und für Esmas Tod hat Mike eindeutig ein Alibi. Da war er nämlich noch im Knast, das hat sein Anwalt erzählt.«

Ronny nickte nachdenklich. Tippte etwas in seinen Rechner ein, löschte es wieder, tippte erneut. Schließlich sah er auf. »Er tötet sie auf seltsame Art, wie ein Jäger. Und nach dem, was ich gerade gelesen habe, markieren Jäger ihr Wild anscheinend.« Er deutete auf seinen Bildschirm. »Mit einem abgebrochenen Zweig. ›Inbesitznahmebruch‹ nennt sich das. Vielleicht hat unser Täter seine Opfer mit der Blume markiert?«

Lous Atem ging schneller. »Das wäre möglich. Oder er hat sonst einen kranken Grund, wieso er Blumen hinterlässt.« Sie kaute auf ihrer Lippe herum. »Wieso legt man ausgerechnet Strohblumen zu den Toten?«, sagte sie schließlich, mehr zu sich selbst. »Kannst du mal im Internet nachschauen, was es damit auf sich haben könnte?«

Ronny rieb sich über den Nasenrücken, nahm seine Brille ab. Dann tippte er *Strohblumen* in die Suchmaschine ein.

»Vielleicht, weil sie unvergänglich sind?«, bemerkte er nach kurzer Zeit. »Sie werden auch *Immortellen* genannt, hast du das gewusst? Unsterbliche.«

»Das klingt ziemlich krank. Leute umbringen und dann unsterbliche Blumen auf die Leichen legen.«

Ronny wiegte den Kopf hin und her. »Es gibt aber eine Sache, die gegen einen Serienmörder sprechen könnte«, meinte er dann. »Der Modus Operandi bei den ersten Opfern wäre ja ein völlig anderer als bei den zwei, für die Stalder in U-Haft sitzt. Wieso hätte ein möglicher Mörder zuerst diese Vanida Kienzle verschwinden lassen sollen, dann Unfälle fingieren, wie zum Beispiel bei Kovács, und danach zwei Frauen ganz offen erstechen und verbrennen? Und wieso glaubst du, dass das nicht alles dieser Mike Stalder war? Denn falls er nicht dahintersteckt, wieso sollte er dann gestehen?«

»Wie gesagt, jedenfalls in Esmas Fall hat Mike ein Alibi. Und es gibt eine Menge Möglichkeiten, wieso er sich nicht gegen die Verhaftung wehren wollte und ein falsches Geständnis abgelegt hat. Die einfachste davon: Es ist verdammt kalt draußen. Und was den Modus Operandi angeht: Ich könnte mir vorstellen, dass ein Täter sich auf seine Art weiterentwickelt. Dass seine Fantasien sich mit den Taten verändert und gesteigert haben. Und dass er immer mutiger wird.«

Ronny schaute sie durchdringend an. Schließlich kniff er die Lippen zusammen. »Du hast gesagt, es gäbe jemanden, den du verdächtigst?«

Lou nickte. »Ich weiß nicht, wer es ist. Aber mich hat neulich ein vollkommen durchgeknallter Typ verfolgt und mit Pfeil und Bogen beschossen. Vermutlich derselbe Kerl wollte eine Freundin und mich vor ein paar Tagen im Schlaf überfallen und hat uns wenig später auf der Straße angegriffen. Und ständig läuft er mir ›zufällig‹ über den Weg.«

»Interessante Theorie. Nur dass die Toten nicht mit Pfeilen erschossen wurden.«

»Darüber habe ich natürlich auch schon nachgedacht. Vielleicht geht es ihm um die Jagd an sich? Und da gehören Pfeil und Bogen für ihn einfach dazu? Oder vielleicht hat er sie für Notfälle dabei?«

Ronny nickte langsam. Schaute auf die Tischplatte. Sagte eine Weile nichts. »Was versprichst du dir eigentlich von dieser Geschichte? Ein Comeback?«, fragte er schließlich. Seine Stimme klang hart.

Lou hatte das Gefühl, eine Ladung Eiswürfel sei über ihr ausgekippt worden. »Wie meinst du das?«, schnappte sie.

»No hard feelings, Darling. Ich will einfach ausschließen, dass du eine … nun, nennen wir es mal ›Interessenkollision‹ hast.«

»Ich dachte, du wärst einer der wenigen gewesen, die bei meinem Prozess geglaubt … Scheiße, verdammt.« Wut stieg in ihr hoch.

»Wie gesagt, ich behaupte gar nicht, dass du lügst. Ich konnte einiges von dem, was du über diese toten Obdachlosen erzählt hast, aus unabhängigen Quellen verifizieren. Aber ich weiß auch, dass mögliche ›Zusammenhänge‹ auch einfach Zufall sein können. Und ich habe noch zu gut in Erinnerung, Darling, wie unbedingt du damals Journalistin werden wolltest, als du bei uns angefangen hast. Es war dir so wichtig, dass du mir eine Geschichte vom Pferd erzählt hast beim Vorstellungsgespräch. Und du hast geradezu nach Geltung und Anerkennung gelechzt – ich habe mitbekommen, wie gern du all diese Preise entgegengenommen hast.« Er seufzte. »Was ich nicht weiß, ist natürlich, ob du deswegen angefangen hast, Storys zu erfinden. Vollkommen klar war mir hingegen, dass du nach dem Knast eines Tages versuchen würdest, wieder als Journalistin zu arbeiten. Du liebst den Job und bestimmt auch das Renommee, das er mit sich bringt. Ich hätte nur nicht gedacht, dass du dafür in eine Stadt zurückkehren würdest, in der du dich nicht aufhalten darfst, und dass es schon wieder um junge Menschen geht, die anscheinend schlecht behandelt und in diesem Fall sogar getötet werden.« Er zuckte mit den Schultern. »Ich will einfach wissen, wie hoch mein Risiko ist.«

»Ich versuche nicht, wieder als Journalistin zu arbeiten. Für mich wird es kein Comeback geben!« Lous Knie fingen an zu zittern. Aufgebracht fuhr sie fort: »Und ja, okay, du hast recht, ich habe beim Vorstellungsgespräch ein bisschen geflunkert und ein paar Referenzen erfunden, weil ich halt keine hatte.«

Ronny hätte es damals mit Sicherheit viel besser gefallen, wenn sie ihm die Wahrheit gesagt hätte. Dass sie eigentlich gar nicht Lou Endres hieß, dachte sie voller Bitterkeit und Wut. Dass sie den Namen nur zu ihrem Schutz bekommen hatte. Aber das war nie eine Option für sie gewesen.

Sie stand auf. »Und ich gebe zu, es hat mir gefallen, Journalistin zu sein und Erfolg zu haben. Aber nicht, weil ich auf Preise aus war. Sondern weil ich die Wahrheit ans Tageslicht bringen wollte. Immer. Weil ich sehr früh am eigenen Leib erfahren habe, wozu es führt, wenn alle wegschauen und schweigen.« Sie schlug mit der Hand auf die Stuhllehne, es war ihr egal, dass mittlerweile die Gespräche ringsum zum Erliegen gekommen waren und die Leute ihr offensichtlich gebannt zuhörten. »Ich kann durchaus verstehen, dass du dein Risiko abschätzen willst. Denn ja, die Anwälte und später die Kollegen vom Fernsehen hatten recht, als sie behauptet haben, ich hätte bei mindestens drei meiner Artikel ›sehr unsauber‹ gearbeitet. Ich habe wirklich Mist gebaut, als ich über die Eröffnung des Campingplatzes geschrieben habe, und auch in dem Bericht über die Lesung dieses Schriftstellers und das neue Autohaus. Weil mir die Berichte egal waren, was ich, wenn es dich beruhigt, im Nachhinein falsch finde. Aber nie, das versichere ich dir, *nie* war ich schlampig bei den wichtigen Fällen.« Sie fasste die Stuhllehne fester. »Ich bin nur ein Mensch. Menschen machen Fehler.«

Er lachte auf. »Ein Haus abfackeln nennst du einen Fehler?«

Sie kapierte plötzlich, weshalb Ronny so schnell zugesagt hatte, ihr zu helfen. Wut brodelte in ihr hoch, drohte, sie zu überwältigen.

»Du bist in Wahrheit nur deshalb gekommen, oder? Wegen mir! Ob irgendwelche obdachlosen Frauen abkratzen, kümmert dich nicht die Bohne. Du willst eine ›Homestory‹ auf dem Bahnhofsvorplatz über Lou Endres, die ehemalige *Journalistin mit den Schwefelhölzern*! Das ist genau die Art von Story, die deine tolle Leserschaft interessiert, nicht wahr?« Sie hieb ihre Faust auf die Tischplatte. Einige Leute glotzten nun ganz offen zu ihnen herüber. »Ihr habt mir alle vorgeworfen, ich hätte das Renommee der Presse beschmutzt, hätte eine Story über eine ach so wundervolle Politikerin erfunden, ein Haus abgefackelt und am besten noch ein Au-pair-Mädchen umgebracht, nur leider hat man ihre Leiche nie gefunden und kann es mir nicht nachweisen. Aber keiner von euch hat seine scheiß Arbeit anständig gemacht. Dann wüsstet ihr nämlich, was Sache ist.« Sie musste Luft holen, ehe sie weitersprechen konnte. »Ich will nie wieder auch nur eine einzige Zeile schreiben. Aber ich will diesen Irren stoppen, der junge Frauen umbringt. Ich hatte eigentlich gedacht, du wärst anders als die anderen. Ein Zyniker und ein Arschloch vielleicht, aber zumindest einer, der genau wie ich an der Wahrheit interessiert ist.«

»Du meinst eher, der Einzige, der deine Launen und Alleingänge ertragen hat, Darling?« Ronny hatte sich zurückgelehnt und ihrem Vortrag regungslos gelauscht. Jetzt schürzte er die Lippen. »Von dem du glaubst, dass er so dringend auf Verkaufszahlen und Storys angewiesen ist, dass er sogar einer verurteilten Betrügerin und Brandstifterin zuhören wird, wenn die einen Serienmörder aus dem Hut zaubert?«

Sie atmete pfeifend aus. »Nein«, brachte sie dann heraus. »Ich dachte wirklich, du seist der Einzige gewesen, der damals bei meinem Gerichtsverfahren Zweifel hatte.« Sie drehte sich weg und stürmte auf den Ausgang des Cafés zu.

Ronny folgte ihr und schloss schnell zu ihr auf. Hut und Mantel trug er in der Hand. Für einen Mann seiner Ausmaße bewegte er sich erstaunlich behände. »Ergreifende Rede, Darling. Du hast also noch den gleichen Biss wie früher. Die gleiche Arroganz. Und das gleiche Selbstmitleid.«

»Fick dich!« Sie stürmte weiter zwischen den Tischen hindurch.

»Ich glaube dir übrigens«, rief ihr Ronny hinterher, als sie die Schiebetür erreichte. »Habe ich schon bei der Verhandlung getan.«

Sie blieb ruckartig stehen. »Ach ja? Das sagst du doch nur, um mich dazu zu bringen, dir meine Story zu erzählen. Hast du dir wirklich ein Exklusivinterview erhofft?«

»Das vielleicht, aber ich glaube dir tatsächlich.«

»Und wieso?«

»Weil mir von Anfang an klar war, dass es überhaupt keinen Sinn ergibt, dass du so eine Story erfindest. Du wolltest immer Kindern in Not helfen, das ist etwas, das für mich außer Zweifel steht, egal was man sonst über dich behaupten kann. Das ist eine persönliche Sache bei dir, das hat man vom ersten Tag an gemerkt. Aber deine Story, wäre sie geglaubt worden, hätte dazu geführt, dass Melisande Steinhagen das Sorgerecht für ihre Kinder verloren hätte und sie wahrscheinlich in ein Heim gekommen wären. Und das hättest du nicht in Kauf genommen, wenn du nicht der Überzeugung gewesen wärst, dass deine Geschichte stimmt. Du weißt, was es heißt, die Mutter zu verlieren. Du hast mir ganz am Anfang mal bei einer Reportage über Kälbchen, die von ihren Müttern getrennt werden, erzählt, dass deine Mutter gestorben ist, als du noch ein Kind warst. Du meintest, sie nicht mehr jeden Tag um dich zu haben, sei das das Schlimmste gewesen, das du je erlebt hättest.« Er verzog die Lippen. »Das hättest du niemals einem anderen Kind leichtfertig angetan.« Er erhob die Stimme nicht, aber trotz des lauten Stimmengewirrs hinter ihnen im Café und vor ihnen in den Gängen des Einkaufzentrums verstand sie jedes Wort. Unschlüssig verharrte sie im Eingang.

»Ich hätte das damals auch so geschrieben.« Ronny trat zu ihr, sie standen sich gegenüber, inmitten der herein- und hinausströmenden Menschen. »Hätte nur keiner lesen wollen, und ich bin, wie gesagt, auf Verkaufszahlen angewiesen. Darauf bin ich nicht stolz.« Er sah wenigstens so aus, als habe er deshalb ein schlechtes Gewissen.

»Ich habe nie verstanden, woher dieser Hass auf mich kam«, bemerkte Lou. »Sie haben mich regelrecht vernichtet bei meinem Prozess.«

»Du hast dich vernichten lassen, Darling.«

»Na wunderbar, du gibst mir die Schuld?« Sie hätte ihn am liebsten geohrfeigt. Weil er recht hatte. Stattdessen ging sie aufgebracht weiter. Ließ das Café hinter sich.

Ronny folgte ihr. »Du warst mal gut in deinem Job«, sagte er. »Und du warst unbequem. Weil es dich nicht gekümmert hat, was andere über dich denken. Aber ganz ehrlich: Was hast du erwartet, als du Melisande Steinhagen, die große international angesehene Umweltschützerin und strahlende Politikerin mit Intentionen aufs Kanzleramt, beschuldigt hast, ihre Kinder zu misshandeln?«

Sie erwiderte nichts, stapfte einfach weiter.

»Was nicht sein darf, kann auch nicht sein, das hätte dir klar sein müssen. Steinhagen hat dafür gesorgt, dass heute jeder denkt, du seist eine eiskalte Verbrecherin«, fuhr Ronny fort. »Ich biete dir an, eine Story über dich und dein Leben zu bringen. Wie du wirklich bist. Diesmal kannst du deine Sicht der Dinge und die Wahrheit ...«

»Wie rührend und selbstlos. Aber kein Interesse.«

»Was spricht dagegen, dass du mir deine Geschichte erzählst?«

»Ich fürchte, da gibt es nichts, das nicht schon hundertmal durch die Presse gegangen ist«, behauptete sie. Ihre Stimme klang rau.

»Darling, bei allem Respekt, das glaube ich nicht. Über deine Jugend zum Beispiel wurde nie auch nur ein Wort geschrieben. Außer dass du ein Pflegekind warst. Mich hat immer schon interessiert, wieso du Steinhagen mit einem selbst für dich ungewöhnlichen Ehrgeiz richtiggehend gehetzt hat. Sogar mit illegalen Methoden. Ich habe mich gefragt ...«

»Vergiss es. Es wird keine Story über mein Leben geben.« Ihre Stimme überschlug sich.

»Ich wusste, dass es da noch einiges zu berichten gäbe«, grinste er selbstzufrieden.

»Da gibt es gar nichts, verdammt!« Sie wirbelte herum und stemmte die Hände in die Hüften. Ihre Kindheit und Jugend ging niemanden etwas an, schon gar nicht diesen Aasgeier.

Eine Weile standen sie sich wortlos gegenüber.

Lou kniff die Lippen aufeinander. Die ersten Jahre ihres Lebens war sie Martina Louise Gruber gewesen, die Tochter von Hundekampf-Jürgen, dem Zuhälter und Verbrecher. Das misshandelte, verwahrloste Mädchen mit der toten kleinen Schwester Ellie und der Mutter, die zu viel getrunken hatte und deshalb jung verstorben war. Man brauchte kein Journalist zu sein, um zu wissen, dass *Die Wahrheit über Lou Endres* eine Topstory wäre.

»Von mir aus lassen wir deine Jugend mal kurz weg. Aber du verheimlichst auf jeden Fall etwas bei der Steinhagen-Geschichte, nicht wahr? Denn da kann irgendwas nicht stimmen. Das ist nämlich das Einzige, was ich bis heute nicht verstehe: Du hast Steinhagen wie besessen verfolgt. Du behauptest immer, dass du die Wahrheit ans Licht bringen willst. Dass die Wahrheit dich antreibt. Aber wieso hast du dich dann nie geäußert während und nach deinem Verfahren? Jede Interviewanfrage abgelehnt? Bei Gericht geschwiegen? Du hättest die Dinge richtigstellen können, wenn du das Haus nicht abgefackelt hast und deine Story nicht erfunden war. Deine Sicht erzählen. Die Wahrheit. Stattdessen hatte man zeitweise das Gefühl, du befeuerst die festgefahrene Meinung der anderen durch dein Verhalten absichtlich. Ich glaube dir, wie gesagt, dass Steinhagen ihre Kinder misshandelt, und von mir aus auch noch, dass du das Haus nicht abgefackelt hast. Und dass du das Au-pair-Mädchen nicht umgebracht hast, das weiß ich sicher, weil sie vor ein paar Tagen in ihrem Heimatland ein Fernsehinterview gegeben hat. Aber irgendwas stimmt trotzdem nicht. Bei der Steinhagen-Sache stinkt etwas zum Himmel. Und ich würde wirklich gerne wissen, was.«

Lous Herz klopfte unangenehm schnell und ihre Hände wurden feucht. Sie hatte noch nie mit irgendjemandem über die Wahrheit gesprochen, nicht einmal mit ihrem Therapeuten damals, und später auch nicht mit ihrer Anwältin oder Jenny. Sie würde auch mit Ronny nicht darüber sprechen.

Über ihre Schuld. Ihr wirkliche Schuld. Die ihre kleine Schwester Ellie das Leben gekostet hatte. Die sie jede Nacht aufs Neue durchlebte.

Sie war erst zwölf gewesen. Alle dachten, sie habe geschlafen in jener Nacht.

Nur stimmte das nicht. Sie hätte Ellie retten können. Aber sie hatte sich nicht vorbeigetraut an den grauen Hunden, die Jürgen immer »zum Schutz« frei im Flur herumlaufen ließ, wenn er fortging.

Als Tante Uta am Morgen zurückgekommen war und den Krankenwagen gerufen hatte, war es zu spät gewesen. Das Hämatom in Ellies Kopf war schon zu groß gewesen.

Sie schwankte. War plötzlich wieder zwölf. Lag in ihrem Bett unter der Decke und presste sich die Hände auf die Ohren. Ellie brauchte einen Arzt. Aber das Telefon stand draußen im Flur auf dem Schränkchen. Wenn sie etwas tun wollte, musste sie dahin. Sofort. Jetzt war ihre Chance. Die einzige, wenn sie Ellie helfen wollte. Jürgen würde gleich zurückkommen. Er hatte Tante Uta vorhin angeschrien, dass Ellie keinen Arzt brauche, dass sie nur so tat, als ob sie krank sei, das unnütze Stück Scheiße. Aber Ellie war wirklich krank, das wusste Lou. Weil sie nicht mehr normal redete. Und ihre Augen ganz glasig waren. Weil sie dalag, so klein und schwach und hilflos. Sie war doch erst sechs. Jürgen hatte ihren Kopf gegen die Wand geschlagen, weil sie ein paar Süßigkeiten gemopst hatte.

Lou musste zum Telefon, bevor Jürgen, der sich irgendwo abregte, zurückkam. Oder zu den Nachbarn.

Doch ihre Beine waren gelähmt. Ihre Hände taub. Sie traute sich nicht. Nicht mal aufs Klo wagte sie sich, und wenn sie noch mal ins Bett machen würde, würde Jürgen sie totschlagen. Das hatte er gesagt. Sie zog die Decke fester um sich. Ihr Herz schlug bis in den Hals. Sie konnte sich nicht rühren. Die grauen Hunde im Flur würden sie genauso zerfetzen wie vor ein paar Tagen die niedliche weiße Katze, die Jürgen ihnen mitgebracht hatte. Sie hatten sie schon mal gebissen. Die Narbe war groß und hässlich, und damals hatte sie gedacht, die Tiere würden ihr das Bein abreißen.

Doch egal wie fest Lou die Decke auch um sich gewickelt hatte: Sie sah das Blut in Ellies Haaren und die schmerzverzerrten Augen ihrer Schwester, die sie vorwurfsvoll anstarrten.

Bis heute.

Wieso hast du bei Gericht geschwiegen? Ronnys Frage schrillte in ihrem Kopf. Ja, wieso?

Weil sie erkannt hatte, dass sie Steinhagens Kinder nicht würde retten können. Dass es keine Rolle spielte, ob sie, Lou, freigesprochen wurde oder nicht. Sie hätte natürlich versuchen können, die Dinge richtigzustellen und ihren Hals aus der Schlinge zu ziehen. Vielleicht wäre sie dann nicht wegen Brandstiftung verurteilt worden. Doch egal, wie ihr eigener Prozess ausgegangen wäre: Sie hätte es nie im Leben geschafft, Steinhagen vor Gericht zu bringen. Die Situation war aussichtslos gewesen.

Und Ellie war tot, und auch daran konnte nichts etwas

ändern. Es war ihre Schuld. Sie war keine Heldin. Sie war das Mädchen, das unter die Decke kroch, wenn es darauf ankam.

Als sie das erkannt hatte, hatte sie aufgegeben.

Plötzlich waren nur noch Leere und Müdigkeit in ihr gewesen, als Steinhagen mit einem Gutachter in den Gerichtssaal marschiert war, der den Anwesenden auf über hundert Seiten detailliert geschildert hatte, wie Lou anscheinend die Politikerin gestalkt und verleumdet hatte. Dass Lou eine notorische Lügnerin wäre und besessen von der Idee, preisgekrönte Artikel zu schreiben.

Die Kinder der Politikerin hatten Lou natürlich leidgetan. Aber als sie nach der Aussage des Gutachters die Berichterstattung ihrer ehemaligen Kollegen und Kolleginnen gesehen hatte, die genau wie der Staatsanwalt und alle anderen seit Wochen auf sie einhackten, hatte sie nur den Kopf gesenkt und an Ellie gedacht. Sie hatte die Niederlage verdient. Sie hatte es verdient, in aller Öffentlichkeit hingerichtet zu werden. Und so hatte sie ihr Urteil angenommen. Ins Gefängnis zu gehen, war ihr plötzlich wie eine Erlösung erschienen. Dort, so hatte Lou sich ausgemalt, würde sie endlich wenigstens für Ellies Tod büßen können. Die Geister der Vergangenheit besänftigen. Das hatte sie gehofft.

Bescheuert war sie gewesen.

Der Knast hatte rein gar nichts geändert.

Als sie das kapiert hatte, hatte sie aufgehört, an ihre Zukunft zu glauben.

Nach ihrer Entlassung war sie trotzdem sofort hierher in die Stadt zurückgekommen, hatte unsinnigerweise gehofft, sie könne wenigstens den Kindern von Melisande Steinhagen doch noch helfen und damit zumindest eine Sache in ihrem Leben anständig zu Ende bringen. Der Grund, wieso sie aß und trank und dafür sorgte, dass sie nicht erfror, statt sich einfach während der nächsten eisigen Nacht in den Park zu setzen und zu warten, bis die Geister der Vergangenheit ein für alle Mal verstummten.

Nur dass jetzt alles noch aussichtsloser war als zuvor.

Ronny hatte irgendetwas gesagt, aber sie hatte nicht zugehört.

»Denk einfach darüber nach«, meinte er in diesem Moment. »Ich wäre bereit, anständig zu bezahlen. Ich will alles wissen. Über deine Zeit auf der Straße, deine Kindheit und Jugend und natürlich deine Haltung im Steinhagen-Fall. Ich hätte sogar einen Wohnwagen, der steht im Winter leer. Draußen in der Heidevorstadt. Auch darüber könnten wir ...«

»Es gibt keine Story. Es ist alles gesagt.«

»Schade«, sagte Ronny. »Aber wenn sich die Sache nicht richtig für mich lohnt, Darling, weiß ich nicht, ob ich das Risiko auf mich nehmen kann, weiter in diesem Serienmörderfall zu recherchieren. Denn schließlich habe ich die Informationen von einer Frau, die ihre Reportagen erfunden haben soll.«

»Dann halt nicht.« Lou zuckte mit den Schultern. »Ich dachte, du wärst in der Lage, eine gute Story zu erkennen.« Sie drehte sich um und ging.

Ronny konnte sie mal. Sie würde es auch alleine schaffen. Wie immer.

Kapitel 31

Nachdem sie Ronny zwischen all den Weihnachtseinkäufern hatte stehen lassen, fuhr Lou ins Obergeschoss der Mall und setzte sich neben Jenny, die immer noch gegen ihren Rucksack gelehnt dasaß und schlief. Sie wollte sie nicht wecken, deswegen fing sie an, die Kleider in ihrer Tasche durchzusehen und zusammenzulegen.

Als Jenny sich irgendwann regte und die Augen aufschlug, sah sie nach wie vor müde und krank und unvorstellbar jung aus, und Lou spürte, wie ihr Ärger über Jennys Verhalten vorhin verpuffte.

»Und?«, krächzte Jenny und rieb sich die Augen. Sie stank nach Bier. »Wird er dich wieder einstellen? Und dann gehst du weg und lässt mich allein?«

»Unsinn.«

»Es gibt in echt gar keinen Serienmörder, oder?«, nörgelte Jenny weiter. »Wahrscheinlich hat echt Mike die Biggi und die Nylah umgebracht, und das andere hast du dir alles ausgedacht, damit du wieder Journalistin werden kannst.«

»Was ist denn mit dir los? Ich habe mir gar nichts ausgedacht, verdammt noch mal! Du kennst doch die Fakten, genau wie ich. Und gerade habe ich erfahren, dass vielleicht alle Toten eine Strohblume bei sich hatten.«

»Und? Was beweist das schon?« Jenny zückte eine kleine Flasche Schnaps, kippte sie und schüttelte sich.

Lou verkniff sich einen Kommentar. Sie atmete tief durch. Beobachtete, wie Jenny ein zweites Fläschchen aus ihrem Rucksack holte. Keine Ahnung, woher sie das Geld dafür hatte.

»Mein ehemaliger Kollege hat nicht angebissen, deshalb muss ich jemand anderen suchen. Im Moment weiß ich noch nicht, an wen ich mich wenden könnte, aber ich gebe nicht auf. Irgendjemand wird die Story schon …«

»Sag ich doch. Du gehst zurück und lässt mich alleine. Wie immer halt. Alle lassen mich immer alleine.«

»Was soll das?« Lou hob den Kopf und bemerkte, dass Jennys Gesicht mit einer dünnen Schweißschicht bedeckt war und dass sie am ganzen Körper zitterte. Sie sah elend aus.

Lou warf einen Blick auf die große Uhr am Ende des Flurs. Kurz nach fünf. »Ich mache dir einen Vorschlag: Ich ziehe los, um einen Platz zum Schlafen für uns beide zu finden. Und was zum Abendessen. Und wenn ich deshalb eh schon beim Hilfsmobil bin, besorge ich auch Medikamente. Du kannst hier auf mich warten, wenn du willst. Die Mall schließt erst um zweiundzwanzig Uhr. Bis dahin bin ich längst zurück.«

Jenny kippte den Schnaps.

Lou seufzte, erhob sich und war bereits ein paar Schritte gegangen, als Jenny ihr heiser hinterherrief: »Warte.«

Lou ging zurück.

»Es ... es tut mir leid«, nuschelte Jenny. Sie kramte in ihrem Rucksack, holte den kleinen Käfig für Livie hervor.

»Keine gute Idee«, sagte Lou leise. »Ich glaube, Tiere sind hier drin nicht erlaubt, daher ...«

»Ich versteck sie gleich wieder. Aber du brauchst echt meinen Mantel. Damit du zum Hilfsmobil ... Du kannst doch die Jacke nicht anlassen.« Ein Hustenanfall schüttelte sie durch. Ein älterer Mann, der vor einem Zeitschriftenladen an die Wand gelehnt einen Kaffee to go trank, sah angespannt zu ihnen herüber. Wahrscheinlich befürchtete er, dass Jenny Corona hatte.

»Stimmt, verdammt«, sagte Lou. An die Jacke hatte sie gar nicht mehr gedacht. »Danke, ich nehme den Mantel gerne. Aber nur, wenn du hier auf mich wartest und nicht weggehst.«

Jenny nickte, während sie immer noch hustete. Als der Anfall abebbte, griff sie in die Tasche ihres Mantels und setzte Livie in den Käfig. »Wir decken deine Jacke drüber. Dann sieht das echt niemand. Aber die kriegt trotzdem noch Luft, weil ich es an einer Stelle ein bisschen offen lasse«, erklärte sie. »Und ich warte auf dich. Ich ... ich hab das nicht so gemeint gerade. Echt nicht. Du bist echt nett. Ich ... egal.« Sie sah zerknirscht aus.

Als Lou Jenny ihre Jacke gab und dafür den Mantel nahm, berührten sich ihre Hände. Jennys Haut glühte.

»Schaffst du es hier allein?«, fragte Lou besorgt. »Oder soll ich dich lieber in ein Krankenhaus ...«

»Nee, bitte echt nicht. Kein Krankenhaus. Ich bin okay«, murmelte Jenny. »Und wenn ich einen Schlafplatz kriege, dann bin ich morgen bestimmt wieder fit.« Erneut hustete sie. »Je schneller du gehst, desto schneller bist du wieder zurück.«

Lou nickte. Am Ende des Flurs, bevor sie die Rolltreppe nahm, drehte sie sich noch einmal um. Jenny sah schrecklich verletzlich aus, wie sie dort saß.

Für einen winzigen Moment ging Lou durch den Kopf, dass sie Ronny doch die ganze Geschichte erzählen könnte. Damit sie und Jenny Geld bekämen und die Möglichkeit hätten, in einem Wohnwagen … Sie könnte ja etwas erfinden, irgendwelche vergleichsweise harmlosen Anekdoten über ihre Jugend mit Hundekampf-Jürgen. Oder etwas vollkommen anderes.

Sie schüttelte den Kopf. Sie kannte Ronny. Er würde so lange nachbohren, bis er die Wahrheit herausfand. Sie konnte alles ertragen. Aber nicht, dass die ganze Welt erfuhr, dass sie schuld an Ellies Tod war.

Der Mantel roch nach Jenny, aber auch ziemlich nach Schweiß und nassem Hund, und Lou vermied es, in die Taschen zu fassen, in denen die Ratte den Großteil des Tages verbrachte. Außerdem war das Ding nicht sonderlich warm, wenn auch viel, viel besser als nichts.

Wenigstens hatte es aufgehört zu regnen. Lou fuhr an den Feuersee, aß zu Abend und packte für Jenny einige belegte Brote und einen Apfel ein, die Viola ihr gab. Die Krankenschwester half heute bei der Essensausgabe, denn Vincent war nicht da. Dafür befand sich Dr. Bayer im Hilfsmobil.

Der Arzt, der immer so genau wissen wollte, wo alle Obdachlosen schliefen. Sein Name war verdammt oft bei ihren Ermittlungen gefallen, ging es Lou plötzlich durch den Kopf. Und er war jemand, der mit Sicherheit jede Menge über sie alle wusste.

Nachdem sie noch einen heißen Tee getrunken hatte, klopfte sie am Hilfsmobil.

»Einen Moment«, kam Dr. Bayers Stimme aus dem Inneren.

Lou wartete. Einer von Jennys Bekannten trat zu ihr und erkundigte sich nach Jenny. Lou erzählte ihm gerade, dass ihre Begleiterin krank und in der Mall sei, als sich die Tür des Hilfsmobils öffnete und eine bildhübsche junge Frau, wohl eine jugendliche Ausreißerin mit langen hellbraunen Haaren, die Lou schon ein paarmal hier gesehen hatte, herauskletterte, gefolgt von dem Arzt.

Jennys Bekannter grüßte mit der Hand und schlenderte davon. Lou richtete ihre Aufmerksamkeit auf Doc Bayer.

»Haben Sie einen Platz, wo Sie heute Nacht schlafen können?«, fragte der die junge Frau gerade.

Die nickte.

»Und wo?«, hakte der Arzt nach. »Es ist gefährlich draußen.«

»Wir wohnen in der alten Fabrik am Hallberg«, sagte sie und strich sich durch die Haare.

»Kein besonders guter Platz«, knurrte er. »Sie sollten sich was anderes suchen.«

»Ich komme zurecht«, entgegnete die Frau sichtlich reserviert. »Und danke für die Mütze und das ganze Zeug.«

»Gerne, Uta. Und wenn was ist: Ich bin oft hier, und das Hilfsmobil jeden Tag bis auf Sonntag.«

Die Frau ging, und Dr. Bayer wandte sich Lou zu. »Guten Abend«, meinte er. »Dann kommen Sie mal rein in die gute Stube.«

Sie stieg hinter ihm in den engen Wagen. Es stank nach abgestandenem Zigarettenrauch, Eiter und Desinfektionsmittel, aber wenigstens war es warm; sie war schon wieder völlig durchgefroren. Sie erzählte dem Arzt, dass Jenny krank war, und bat ihn um Medikamente. Dr. Bayer fragte sie über Jennys Gesundheitszustand aus und gab ihr schließlich Tabletten und Nasenspray.

Lou bedankte sich.

»Sie sagten, dass Jenny in der Mall ist? Nicht, dass sie draußen rumhängt und sich eine Lungenentzündung holt.« Der Arzt musterte Lou durchdringend.

Die zuckte nur die Schultern.

»Und wo werden Sie übernachten?«

»In irgendeiner Unterkunft. Wenn ich einen Platz bekomme.« Lou stand auf. Wieder musste sie daran denken, wie oft Bayer erwähnt worden war und dass all die toten und verschwundenen Frauen regelmäßig beim Hilfsmobil gewesen waren. Der Arzt interessierte sich wirklich auffällig für die Schlafplätze seiner Schäfchen.

»Und in welcher Unterkunft?« Die Art, wie er sie bei der Frage anschaute, gefiel Lou überhaupt nicht.

»Weiß ich noch nicht«, gab sie ausweichend zurück, während sie die Tür des Hilfsmobils öffnete. Draußen wartete ein weiterer Patient.

»Das sollten Sie aber wissen. Verflucht noch mal. Werfen Sie Ihr Leben doch nicht einfach so weg.« Bayers Stimme hatte einen frustrierten Unterton. »Es ist gefährlich da draußen.«

Sie blieb an der Tür stehen. »Sie meinen gefährlich wegen Nylahs und Biggis Tod?«, fragte sie und beobachtete ihn genau.

Bayer nickte. »Unter anderem.«

»Aber glauben Sie denn nicht, dass es Mike war?«

Der Arzt schüttelte langsam den Kopf. »Wenn ich ehrlich bin, nicht, nein. Mike wirkt mir nicht wie ein Kerl, der es schafft, hinzugehen und eine Frau zu erwürgen und dann zu verbrennen. Aber man steckt in den Leuten nicht drin.«

»Da haben Sie recht«, bemerkte Lou. Dann fügte sie hinzu: »Ist echt schlimm, dass hier in letzter Zeit so viele gestorben sind. Da gab es ja auch noch die Unfälle. Steffi und Babsi und so.« Sie bemühte sich um einen neutralen Ton, während sie den Arzt nicht aus den Augen ließ. »Ich habe gehört, dass da irgendwelche Downer im Spiel waren.«

Dr. Bayer musterte sie auf einmal sehr aufmerksam. »Und?«, fragte er.

»Ich mache mir Sorgen um eine Bekannte. Vanida heißt sie, keine Ahnung, vielleicht kennen Sie sie. Sie ist im Sommer verschwunden. Und ich habe mich gefragt, ob da vielleicht auch gestreckte Drogen im Spiel gewesen sein könnten«, improvisierte sie.

»Gestreckte Drogen führen zum Tod und nicht zum Verschwinden«, knurrte Bayer und runzelte die Stirn. »Und es kommt leider öfter vor, dass Menschen ohne festen Wohnsitz von einem Tag auf den anderen nicht mehr da sind. Diese Vanida ist ein gutes Beispiel. Vielleicht ist sie nur in eine andere Stadt gezogen. Oder aber sie ist krank oder gestorben. Und das wird Ihnen eines Tages auch so gehen, wenn Sie nicht aufpassen.«

Hatte da gerade ein drohender Unterton in seinem Satz mitgeschwungen? Oder war der Typ einfach nur besorgt? Lou konnte es nicht sagen.

»Aber es muss doch jemand mitbekommen, wenn Menschen einfach verschwinden.«

»Verschwinden? Redet ihr über Tonia? Tonia ist verschwunden«, mischte sich der Wartende von draußen ein.

»Tonia ist nicht verschwunden, Bernie«, entgegnete der Arzt, jetzt klang seine Stimme nicht mehr so knurrig. »Sie ist gestorben. Letztes Jahr. In der Klinik. An Covid 19. Das weißt du doch.«

Bernie wirkte erschüttert. »Gestorben …«, murmelte er.

»Hast du deine Tabletten genommen?«, wollte der Arzt von dem Mann vor der Tür wissen, der ihn stumpf anstarrte. »Hast du noch welche? Sonst gebe ich dir ein paar mit.«

»Nee«, sagte Bernie. »Ich brauche welche.«

Dr. Bayer stemmte die Hände in die Hüften. »Ist sonst noch was?«, fragte er Lou. »Denn ich muss mich noch um ihn kümmern und eigentlich längst los. Bin heute spät dran.«

»Nein, ich habe alles, und nochmals danke für die Medikamente.« Lou wollte gerade gehen, als der Arzt ihr hinterherrief: »Ich habe die ganze Zeit überlegt, woher Sie mir bekannt vorkommen. Sie sind doch diese Journalistin, oder?«

Lou sagte nichts. Sie verspürte keine Lust, heute ein zweites Mal über ihre Geschichte zu sprechen, daher verabschiedete sie sich und eilte Richtung U-Bahnstation davon. Die abgeschnittenen Medikamentenblister für Jenny stachen in ihre Hand.

Als sie sich noch mal umdrehte, stand Dr. Bayer, der seinen letzten Patienten offenbar schon mit Tabletten versorgt hatte, in der Tür und schaute ihr hinterher, seine stämmige, kräftige Gestalt dunkel gegen das Licht aus dem Inneren des Hilfsmobils. Als er bemerkte, dass sie ihn beobachtete, ging er schnell ins Mobil hinein und schlug die Tür zu.

Lou überquerte den Feuerseeplatz. Als der Eingang der U-Bahnhaltestelle in Sicht kam, ging ihr durch den Kopf, dass die Statur des Arztes der des Irren, der sie verfolgt und angegriffen hatte, ziemlich ähnelte. Außerdem rauchte Dr. Bayer. Und hatte er nicht immer abgewiegelt, wenn Leute mit unbequemen Fragen gekommen waren? Zum Beispiel Vanidas Mutter. Oder auch der Typ, der sich eben nach Tonia erkundigt hatte.

Sie machte kehrt und ging zu dem Mann zurück, den Dr. Bayer Bernie genannt hatte und der gerade eine Tablette aus einem Blister drückte. Sie fragte ihn nach Tonia, aber Bernie stierte sie nur mit großen Augen an und sagte nichts. Enttäuscht stapfte sie zur U-Bahn zurück.

Auf der anderen Seite war es schwer vorstellbar, dass Dr. Bayer ein Mörder sein sollte. Er mochte ein wenig knurrig oder mürrisch sein, aber bisher hatte sie ihn eigentlich für einen anständigen Kerl gehalten.

Auf jeden Fall musste sie mehr herausfinden. Und vielleicht sollte sie bis dahin Jenny die Tabletten nicht geben, die sie von Dr. Bayer bekommen hatte. Oder war sie paranoid?

Kapitel 32

Die U-Bahn, mit der Lou vom Hilfsmobil zurück in die Innenstadt fahren wollte, verspätete sich »wegen einer Signalstörung auf unbestimmte Zeit«, wie die Stimme aus dem Lautsprecher erklärte. Der Bahnsteig füllte sich zusehends. Lou fror erbärmlich, außerdem war es mittlerweile ziemlich spät. Sie machte sich Sorgen um Jenny. Sie war schon so lange weg gewesen, hoffentlich hatte man Jenny nicht aus der Mall geworfen.

Mit jeder Wiederholung der Durchsage wuchs Lous Nervosität, immer wieder schielte sie zu der großen Bahnhofsuhr empor und sah die Zeiger unerbittlich vorwärtsrücken.

Mehrmals ging sie ihre Optionen durch, kam jedoch jedes Mal zum selben Schluss: Es gab keinen anderen Weg zur Mall, und sie war gezwungen, einfach nur zu warten.

Als sie begann, auf der Stelle zu treten, um ihre vor Kälte erstarrten Füße zu wärmen, entdeckte sie am anderen Ende des Bahnsteigs Carla, eine etwa fünfzigjährige Frau, die nach der Insolvenz ihres Unternehmens und der Scheidung von ihrem Ehemann alles verloren hatte und seit mehreren Jahren Platte machte. Sie gehörte zu den guten Seelen, die Lou in ihren ersten Tagen unter ihre Fittiche genommen hatte. Kurz entschlossen ging Lou hinüber. Wenn jemand etwas über die toten und verschwundenen Frauen wusste, dann vielleicht Carla. Eine Weile unterhielten sie sich über den neuen Mittagstisch bei der Tafel und das Housing-First-Projekt.

»Ist ja ziemlich unwahrscheinlich, dass man da eine Wohnung oder ein Zimmer kriegt«, meinte Carla kopfschüttelnd. »Und ich habe es so satt, den Winter draußen zu verbringen. So satt. Ist mein achter, Lou. Der achte.«

Lou nickte.

»Ich glaube, wenn es das Hilfsmobil nicht geben würde … Ich hätte nicht überlebt. Super, wie die sich engagieren. Die sind ja zum Knuddeln, die Viola und der Neue da, dieser Vincent. Sollten viel mehr Junge da sein.« Carla grinste.

»Ich war gerade bei Dr. Bayer«, sagte Lou. »Hab Medikamente für Jenny besorgt.«

»Covid?«

»Keine Ahnung, was sie hat.« Lou verschränkte die Arme. »Dr. Bayer war sehr interessiert daran, wo wir schlafen und so. Fragt er dich das auch immer?«

Carla lachte auf und machte eine abwinkende Handbewegung. »Ich weiß. Dr. Bayer kann ganz schön nerven. Oft ist der auch ein bisschen knurrig, aber hey, so ist er halt, und er setzt sich mega ein. Wollte neulich abends die Maria gar nicht mehr gehen lassen. Hat gesagt, er fährt sie persönlich zum Krankenhaus und so. Wegen des offenen Beins. Aber die wollte nicht. Hat mir später gesagt, der Bayer sei ihr unheimlich. Vor dem hätte sie Angst. In echt wollte die nur nicht auf Alk verzichten, nicht mal für eine Nacht.« Carla lachte wieder.

»Was weißt du über Dr. Bayer?«, wollte Lou wissen.

»Wieso?«

Lou zuckte mit den Schultern. »Interessiert mich halt.«

»Der hat selbst eine drogensüchtige Tochter, hast du das gewusst?«, fragte Carla. »Ist wohl durch irgendeine Freundin auf die schiefe Bahn geraten.« Sie schnalzte missbilligend mit der Zunge. »Aber die hat zumindest in einer Wohnung gewohnt, die Tochter, und anscheinend hat sie nur Methadon genommen. Muss trotzdem beinahe abgekratzt sein. Bestimmt Beikonsum.« Sie rieb sich über die Arme.

»Aber sie lebt noch?«

»Keine Ahnung. Beikonsum ist nicht ungefährlich. War ja bei der Biggi genau das Gleiche. Die hat seit ein paar Wochen Methadon gekriegt und trotzdem alles eingeworfen.«

»Wobei sie ermordet wurde und nicht an einer Überdosis …«

»Der Horror«, bemerkte Carla. »Wie kann man denn so viel Pech haben in einem einzigen Leben?« Sie schüttelte traurig den Kopf. »Die Biggi war Kindergärtnerin und verheiratet und alles. Hat dann aber ihr Baby verloren. Ist nur ein paar Tage alt geworden. Irgend so eine scheiß Krankheit. Von so was erholst du dich nie. So ist die auf irgendwelche Medikamente und den Alk gekommen. Aber kurz hat es ja so ausgesehen, als ob sie es packen würde. Nachdem ihr Hund Jockel Rattengift oder so was gefressen hatte, da hat sie sich geschworen, wenn der überlebt, dann macht sie noch einen Versuch mit dem Entzug. Und als Jockel tatsächlich überlebt hat, hat Dr. Bayer Biggi beim Wort genommen und sie persönlich zur Klinik gebracht. Ich dachte dann … Na ja, als ich sie nicht mehr auf der Straße gesehen habe, dachte ich, die hat es wirklich geschafft und sich aufgerafft, die Biggi.« Carla seufzte schwer. »Stattdessen hat Mike sie umgebracht, und sie ist da in dem Wald verrottet.«

»Dr. Bayer hat Biggi persönlich in die Entzugsklinik gebracht?« Lou hatte auf einmal einen trockenen Mund.

»So wurde es mir erzählt, ja. Ich war ja nicht dabei. Bei so was ist der halt echt engagiert.« Carla nickte. »Ein paar Tage später hat der Doc mir sogar Grüße von Biggi ausgerichtet.«

»Wohin hat er sie gebracht?«

»Nach Klostermühle draußen. In die große Klinik.«

»Hat irgendeiner sie beim Entzug gesehen?«

»Keine Ahnung. Wieso?«

»Ist mir nur so durch den Kopf gegangen. Denn wenn sie wirklich in der Klinik war, wie konnte Mike sie denn dann ermorden?«

»Keine Ahnung. Ich nehme an, die hat sich selbst wieder entlassen. Wie jedes Mal.« Carla schürzte die Lippen.

Ein seltsamer Gedanke formte sich in Lous Hinterkopf. Was, wenn Biggi nie in der Klinik angekommen war? Was, wenn der Arzt … Aber das war schon ziemlich weit hergeholt. Warum sollte Dr. Bayer so was tun? Denn wenn er der Mörder gewesen sein sollte, wofür es nicht den geringsten Hinweis gab, würde ihn das ja hochgradig verdächtig machen.

»Und Nylah? Hat die auch Methadon bekommen?«

Carla schüttelte traurig lächelnd den Kopf. »Nee, nee, die die hat es nicht mal versucht mit dem Aufhören. Dabei ist die im Frühling fast abgekratzt. Oben in den Toiletten.« Sie zeigte in Richtung Aufgang zum Feuerseeplatz. »Wenn der Doc nicht an dem Abend da gewesen wäre ...« Sie schüttelte den Kopf. »Trotzdem hat Nylah weiterkonsumiert, als ob nichts gewesen wäre. Manche lernen es leider nie.«

»Doktor Bayer hat sie wiederbelebt?«

Carla nickte. »Zusammen mit so einem Studenten. Wie gesagt, der Doc kümmert sich. Kauft sogar manchmal Sachen für uns von seinem eigenen Geld. Biggi hat er sogar eine neue Hundeleine geschenkt, nachdem ihr Jockel überlebt hatte. Ist doch echt nett, oder? Apropos: Du hast nicht zufällig ein oder zwei Münzen übrig?«

Lou schüttelte den Kopf, und Carla zog los, um ein paar der Passanten anzusprechen.

Lou hingegen schaute unruhig auf die Uhr. Dann sah sie sich auf dem Bahnsteig um. Ziemlich viele Obdachlose standen oder hockten hier herum. Unter anderem auch die hübsche Jugendliche, die vor ihr bei Dr. Bayer gewesen war. Uta hatte er sie genannt.

Sie ging hinüber und stellte sich vor. Nachdem sie kurz Small Talk gemacht und erfahren hatte, dass Uta »keinen Bock mehr auf das scheiß System« hatte und Drogen und Alkohol als »Painkiller« betrachtete, fragte Lou sie nach Dr. Bayer.

»Scary, der alte Sack«, bemerkte Uta und kratzte am Schorf einer Wunde an ihrer Hand herum. »Die Augen von dem: total psycho. Und wie oft der schon an mich range-labert hat, er würd' sich Sorgen um mich machen. Gringe. Hat gefragt, ob er mich in eine Entzugsklinik bringen soll. Anscheinend hat der da einen Freund, der mich aufnehmen würde, wenn ich möchte. Der checkt einfach nicht, dass ich gar nicht süchtig bin. Ich hab das voll im Griff. Ich trink ab und zu ein Bierchen, na und? Und Koks nehm' ich nur, wenn ich will. Ich will halt gerade oft, weil die Zeiten be-schissen sind. Hab ich dem auch erklärt, aber der hat über-haupt nicht zugehört, der Honk. Wenn er nicht gesagt hätte, er schenkt mir 'ne warme Mütze, wär ich vorher nicht zu dem gegangen. Geht den doch überhaupt nichts an, wie ich lebe oder wo ich übernachte, oder? Das ist doch psycho, dass der das wissen will.« Sie hatte sich richtig in Rage gere-det, pulte ein Stück Schorf ab, sodass Blut unter dem Rand hervorquoll. »Der ist so was von unverschämt«, fuhr sie fort. »Labert mich ständig voll, dass ich ihn an seine Tochter erin-nere und dass das genauso angefangen hat bei der. Und dann ist es steil bergab gegangen. Blablabla. Ich meine, ich kenn die Tochter ja vom Sehen. Chrissie heißt die. Aber die hat wirklich alles eingeworfen. Und zwar ständig. Das ist was völlig anderes. Ich kann jederzeit aufhören mit dem Trinken und dem Rest, wenn ich will.« Sie zuckte mit den Schul-tern.

»Was weißt du denn sonst noch über den Arzt und Chrissie?«, fragte Lou interessiert.

Uta runzelte die Stirn. »Über den Doc? Eigentlich nicht besonders viel. Nur, dass er an der Uniklinik arbeitet. Schneidet, glaube ich, Leute auf oder so. Alleinerziehend ist der auch. Kein Wunder, dass die Mutter von der Chrissie das mit dem nicht ausgehalten hat.«

»Und was ist mit Chrissie?«

»Die ist total hübsch. Ein bisschen dunkler, mit so dichten schwarzen Haaren. Weil, die Mutter kommt, glaub ich, aus Nordafrika. Kurz vor dem Abi hat Chrissie mit den harten Drogen angefangen, nachdem ihr damaliger Freund bei einem Motorradunfall gestorben ist. Muss vor drei Jahren oder so gewesen sein. Hab ich von Biggi gehört. Mit der war Chrissie dick befreundet, die kannten sich irgendwie von früher.« Uta zog die Mütze zurecht, die sie vorhin im Hilfsmobil bekommen hatte, eine dicke lila Bommelmütze aus Wolle. »Der Doc und seine Ex haben alles versucht, um Chrissie von dem Scheiß wegzubringen, aber … Du weißt ja, wie's läuft. Wenn man wirklich süchtig ist, dann kommt man da nicht mehr raus. Biggi hat mal gesagt, dass sie sich fühlt wie eine Schildkröte, die sich in einem Fischernetz verfangen hat, das sich immer weiter zuzieht. Aber wenn sie tot ist, hat Biggi gesagt, dann wird sie endlich wieder frei rumschwimmen können. Hoffentlich stimmt das und sie ist jetzt im weiten Meer unterwegs.« Der Blick in Utas Augen war plötzlich leer. »Glaubst du, der Doc ist froh, dass Biggi gestorben ist?«

Lou horchte auf. »Wieso sollte er?«

»Der hat die Biggi doch bestimmt gehasst. Er hat ihr die Schuld daran gegeben, dass Chrissie mit den Drogen angefangen hat.«

Lou knetete ihre kalten Hände. Ihr Atem ging schneller. »Hältst du Dr. Bayer für den Mörder?«, fragte sie.

Uta schüttelte energisch den Kopf. »Nein, das jetzt nicht«, winkte sie ab. »Also nicht wirklich. Der ist ein gestörter Honk, aber … Keine Ahnung. Er ist Arzt. Ich glaube eigentlich schon, dass es Mike war. Der ist ein noch viel gestörterer Honk.«

Aber all die jungen Frauen, die in letzter Zeit gestorben sind, sahen ein bisschen aus wie Biggi, dachte Lou. Jedenfalls vom Typ her. Stellte sich die Frage, wieso Biggi dann nicht die Erste … Verdammt, vielleicht *war* sie die Erste gewesen und Nylah die Zweite. Und die anderen wirklich bei Unfällen gestorben? Oder hatte der Doc möglicherweise erst mal üben wollen, bevor er sich an sein wahres Opfer traute? Konnte Dr. Bayer so sauer auf die Freundin seiner Tochter gewesen sein, die er für deren Drogensucht verantwortlich machte, dass er junge Frauen, die ähnlich aussahen, tötete?

Das war irgendwie sehr schwer vorstellbar.

Auf der anderen Seite besaß Dr. Bayer das medizinische Wissen, um jemanden zu töten und es wie eine Überdosis aussehen zu lassen. Und er wusste viel über die Wohnungslosen. Zum Beispiel, wo sie übernachteten.

Lou fragte: »Was ist mit Dr. Bayers Tochter passiert? Wo ist sie jetzt?«

Uta zuckte mit den Schultern. »Der Doc hat sie in eine Entzugsklinik gebracht, nachdem sie so viel eingeworfen hatte, dass sie ins Krankenhaus musste. Diesen Frühling war das irgendwann. Seither … Keine Ahnung. Sie war nicht mehr auf der Straße unterwegs. Jedenfalls nicht hier in der Stadt.«

»Das heißt, sie ist verschwunden?«

»Nee, ich glaub eher, dass die nach dem Entzug mit ihrer Mutter weggezogen ist oder so. Der Doc war total hinterher, dass die woanders einen Neuanfang schafft. Gab hier ja ein paar, die dieses Jahr zu viel eingeworfen haben, verdammte Scheiße. Der Oleg zum Beispiel. Der Halbbruder vom Juri. Der hat sich im Sommer in den Hals gespritzt und fast nicht überlebt. Und Lukas hat beinahe ein Bein verloren. Chantale Bonhöfer, die ist fast verreckt drüben bei der Mülldeponie. Hat wohl Benzos und Ketamin zusammen eingeworfen, und zwar viel zu viel. Bescheuert.«

Lous schluckte. Benzos und Ketamin.

»Du meinst die Mülldeponie beim Flughafen?«, fragte sie.

»Nein, die Bannwalddeponie. Hinter dem Katzenbachviertel«, meinte Uta.

»Also nicht gerade weit weg vom Feuersee.«

»Ja, und?«

»Nur so. Wann war das denn?«

»Das muss so im Mai oder Juni gewesen sein. Jedenfalls war es wahnsinnig heiß draußen. Das weiß ich noch, weil wir uns gefragt haben, was die bei der Hitze am Sonntagmittag bei der Mülldeponie wollte, wo es überhaupt keinen Schatten gibt. Da hat die einfach im Müll gelegen. Echt gruselig. Sie wurde zum Glück rechtzeitig gefunden, weil einer der Arbeiter irgendwas bei der Deponie verloren hatte und hin ist, um danach zu suchen.«

»Hat Chantale später erzählt, was sie da gemacht hat?«

»Sie war mit irgendeinem Typen verabredet, den sie von

irgendwoher kannte. Der hat ihr, glaube ich, mal Drogen geschenkt oder so. Ich erinnere mich gar nicht mehr so genau an die Geschichte.«

»Weißt du, wo ich Chantale finden kann?«

Uta schüttelte den Kopf. »Ich seh' sie manchmal. Aber sie ist nicht mehr regelmäßig auf der Straße. Hat eine Wohnung bekommen, glaube ich.«

»Wie sieht sie denn aus? Wie alt ist sie?«, fragte Lou.

Uta musterte sie, als ob sie nicht mehr ganz dicht wäre. »Ziemlich dünn«, erwiderte sie dann. »Sie hatte einen winzigen Hund und schulterlange, krass helle Haare. Und immer knallroten Lippenstift. Ist so Mitte zwanzig, würd' ich sagen.«

Das passte genau, verdammt, dachte Lou.

»Hat sie sich vielleicht verfolgt gefühlt vor der Sache bei der Mülldeponie? Weißt du da was? Oder war sonst irgendwas seltsam?«

Uta schien nachzudenken. Schließlich nickte sie. »Keine Ahnung, ob das zusammenhängt. Aber wenn sie allein draußen übernachtet hat, dachte Chantale manchmal, da sitzt einer im Gebüsch und beobachtet sie. Wenn sie dann nachgeschaut hat, war da aber nie jemand. Sie hat mir das mal im Vertrauen erzählt. Sie kann nicht immer genau unterscheiden, was Realität ist und was nicht. Deshalb wollte sie nicht, dass jemand davon erfährt. Eines Tages hat's dann von selbst aufgehört.«

Lous Puls raste. Sie musste diese Chantale finden. Denn möglicherweise war sie ein Opfer des Mörders, das überlebt hatte, und konnte ihr etwas erzählen.

Doch zunächst musste sie einen Schlafplatz auftreiben und anschließend sofort Jenny abholen. Hoffentlich kam endlich diese verdammte U-Bahn.

Es war kurz nach 21:00 Uhr, als Lou schließlich bei der Mall aus der Bahn stieg. Die ganze Fahrt über hatte sie über Dr. Bayer und Chantale nachgedacht und über alles andere, was ihr Carla und Uta erzählt hatten.

Sie würde später die Polizei informieren. Aber erst wollte sie sehen, wie es Jenny ging, und sie zu einer Notschlafstelle bringen, in der sie vorhin die beiden letzten freien Plätze ergattert hatte.

Lou hastete durch die Drehtür des Einkaufszentrums und nahm die Rolltreppe ins Obergeschoss. Dort sah sie Jennys Rucksack und ihre Jacke liegen, aber keine Spur von ihrer Begleiterin. Eilig ging sie hinüber. Unter der Jacke stand Livies leerer Käfig. Erleichterung machte sich in ihr breit. Jenny konnte nicht weit sein, ihren Rucksack und den Rattenkäfig hätte sie nie zurückgelassen. Und die Jacke auch nicht.

Lou schaute sich um. Wahrscheinlich war Jenny nur zu den Toiletten gegangen. Oder zu dem Zeitungsladen im Erdgeschoss, um sich neuen Schnaps zu besorgen.

Lou seufzte, wartete eine Weile. Schließlich ging sie zu den Klos hinüber und betrat den Raum. Nur zwei der Toilettenkabinen waren abgeschlossen.

»Jenny?«

Keine Antwort.

War Jenny vielleicht vom Fieber ohnmächtig geworden?

Ellie hatte das manchmal gehabt, als sie noch ein Baby …
Lou bückte sich, schaute unter den Türen hindurch in die
verschlossenen Kabinen. Sah ein paar hochhackige Schuhe,
die eindeutig zu einer anderen Person gehörten. Und Kin-
dersneaker.

»Jenny?«, fragte sie erneut und stieß die Türen der un-
verschlossenen Kabinen auf. Nichts. Sie verließ den Raum,
warf sogar einen Blick ins Männerklo. Auch dort keine Spur
von ihrer Begleiterin.

Angespannt ging sie den Flur entlang, auf und ab. Die
meisten Geschäfte hatten bereits geschlossen, und ihr Gesicht spiegelte sich in den dunklen Glasscheiben. Jenny
würde niemals ihren Rucksack zurücklassen. Sie *musste* in
der Nähe sein. Außerdem hatte sie keine Jacke an, sie war
also bestimmt nicht draußen. Vielleicht besorgte sie sich in
einem der Imbissläden etwas zu essen. Oder zu trinken. Ja,
so musste es sein.

Von oben bis unten kämmte Lou die Mall durch. Nichts.
Keine Jenny. Verdammt noch mal. Sie fragte sogar die nette
Dame, die ihnen Tee und Kaffee geschenkt hatte, aber die
hatte Jenny nicht weggehen sehen, allerdings auch nicht darauf geachtet.

Lou sah sich schließlich draußen vor dem Eingang um,
den leeren Käfig in der Hand, Jennys Rucksack auf dem
Rücken, die Tasche umgehängt. Der Regen war stärker geworden und prasselte auf den Parkplatz. Sie mussten bis spä-
testens 23:00 Uhr in der Notschlafstelle sein, sonst verfielen
ihre Plätze. Wo zum Teufel war Jenny?

Lou umrundete die gesamte Mall, während der Regen,

nur abgehalten von einer Plastiktüte, die sie sich über den Kopf hielt, ihre Haare und ihre Jacke durchnässte. Nichts.

Schließlich fuhr sie mit vor Anspannung klopfendem Herzen in die Tiefgarage hinunter. Kaum vorstellbar, dass sich Jenny dort aufhielt, aber einen Versuch war selbst das wert. Sie konnte ja nicht weit sein.

Vor Erleichterung bekam Lou weiche Knie, als sie im zweiten Untergeschoss der Tiefgarage, in dem nur die Angestellten des angrenzenden Geschäftshauses parkten, einige von Jennys Bekannten mit ihren Hunden erspähte, die dort auf einer Decke saßen, sich eine Portion Pommes teilten und mehrere Schnapsflaschen kreisen ließen. Als sie näher kam, erkannte sie jedoch, dass die Frau mit den rosa Haaren, die sie aus der Ferne für Jenny gehalten hatte, jemand anders war.

Zögerlich ging sie dennoch hinüber, den Blick auf die Hunde gerichtet. In gebührendem Abstand blieb sie stehen.

»Habt ihr Jenny gesehen?«, fragte sie.

Einer der Typen, ein schlaksiger Mittzwanziger in schwarzer Lederkluft und mit hellgrünen Haaren, meinte: »Die saß vorhin oben in der Mall, ey. Wir haben ein Bierchen gezischt. Aber dann war da plötzlich der Doc, und sie hat gesagt, sie muss zu Livie zurück.«

»Welcher Doc?« Lou hatte plötzlich ein saures Gefühl im Magen.

»Na, der Doc vom Hilfsmobil«, schnarrte der Typ. »Hatte einen ganzen Sack voller Weihnachtseinkäufe dabei. Hat uns was zum Essen gekauft. Aber Jenny ist einfach weggegangen.« Er schüttelte den Kopf, als könne er das überhaupt nicht verstehen.

»Die hatte ein schlechtes Gewissen, weil der Doc sie immer überreden will, dass sie mit dem Trinken aufhört«, warf eine Frau mit maskenhaft weißem Make-up, grelllila Lippenstift und extrem schwarz geschminkten Augen ein.

»Und dann? Wisst ihr, ob Dr. Bayer Jenny gefolgt ist?« Lou war alarmiert.

»Glaub ich nicht. Wieso denn, ey? Der war fertig mit Einkaufen, hat uns noch das Curry bezahlt, und dann ist der gegangen. Der ist echt in Ordnung.«

»Bist du sicher, dass er gegangen ist?«

Der Grünhaarige nickte. »Denke schon.«

»Jenny ist nicht mehr in der Mall. Sie ist krank und hat keine Jacke dabei«, erklärte Lou. »Wo könnte sie hingegangen sein?«

Der schlaksige Typ zuckte mit den Schultern. »Weiß nicht, ey.«

Lou verabschiedete sich. Durchquerte die gesamte Mall ein zweites Mal. Inzwischen schlossen auch die Imbissstände, das Einkaufszentrum leerte sich. Schließlich wandte sie sich sogar an die Türsteher, die ihr aber keine Auskunft geben konnten oder wollten und sie auslachten, als sie darum bat, die Videoüberwachung der Mall anschauen zu dürfen.

Als das Einkaufszentrum schloss, stand sie unruhig auf dem Parkplatz im Regen. Wo zum Teufel steckte Jenny? Sie konnte doch nicht spurlos verschwunden sein. Lou starrte gedankenverloren in den leeren Käfig in ihrer Hand. Und dort sah sie plötzlich etwas unter dem Heu hervorlugen, das ihr das Blut in den Adern gefrieren ließ.

Eine Strohblume.

Kapitel 33

Es verwunderte ihn immer wieder, wie unvorsichtig die Schlampen waren. Diese hässliche Fotze mit den rosa Haaren zum Beispiel war sofort mit ihm mitgegangen, als er gesagt hatte, er würde ihr einen Schnaps ausgeben, habe die Flasche aber im Auto. Sie hatte ihm geglaubt, als er erzählt hatte, er sei früher auch ohne Wohnsitz gewesen und arbeite deshalb in der Obdachlosenhilfe.

Er musste kichern. Natürlich hatte er sich verkleidet und geschminkt, damit sie ihn nicht erkannte; seine Erfahrungen mit Make-up waren mittlerweile beachtlich. Diesmal hatte er wieder ausgesehen wie einer von ihnen. Harmlos. Ein netter Helfer. Schon allein dafür war das Krankenhaus gut gewesen. Dass er gelernt hatte, sich »sozialadäquat« zu verhalten, wie seine widerliche Therapeutin ihm als Jugendlichen ständig eingetrichtert hatte. Damals hatte er das nicht hören wollen. Hatte erst später kapiert, wie nützlich solches Verhalten war, um nicht aufzufallen, wenn er die Schlampen oft wochenlang beobachtete oder sogar mit ihnen Kontakt aufnahm.

Genau wie vorhin. Er war in das Einkaufszentrum reinmarschiert mit dem überragenden Gefühl, Fleur so nah zu sein, ohne dass sie seine Gegenwart auch nur ahnte.

Aber dann war Lou-Fleur überhaupt nicht bei der Rosahaarigen gewesen. Ein kurzer Schockmoment der Enttäuschung, bis ihm die Jacke ins Auge gefallen war, die sie bei ihrer hässlichen Freundin gelassen hatte. Sie musste also noch im Einkaufszentrum sein, draußen war es viel zu kalt ohne Winterkleidung.

Er hatte die rosahaarige Fotze eine Weile beobachtet und unzählige fade Kaffees und sogar einen Smoothie getrunken. Er war vorsichtig vorgegangen, hatte mit allen Eventualitäten gerechnet, aber es war viel, viel einfacher gewesen als angenommen. Als klar war, dass Lou-Fleur nicht so schnell aufkreuzen würde, hatte er schließlich zugeschlagen.

Jetzt lag die rosahaarige Fotze betäubt hinten in seinem Transporter. Sie stand eindeutig auf ihn, das hatte er gemerkt. Jedenfalls auf sein Geld und seinen Schnaps. Das konnte er sich zunutze machen. Auch wenn es bedeutete, dass er sie vielleicht in seine Wohnung mitnehmen musste. Mit der widerlichen Ratte. Und ihr eine Weile etwas vorspielen.

Er warf einen kurzen Blick nach hinten. Die Fotze stank ekelhaft nach Schweiß und war nicht gerade sein Typ. Außerdem hustete sie scheußlich. Hoffentlich steckte er sich nicht an.

Trotzdem ergriff ihn wilde Vorfreude, als er an Fleur dachte. Und wie er sie mithilfe der Rosahaarigen in die Falle locken würde. Sie war der perfekte Köder.

Und befand sich Lou-Fleur erst mal in seiner Gewalt, würde er beiden Schlampen die verhassten Strohblumen ins Maul stopfen.

Und dann würde er sie beide töten.

Kapitel 34

Natürlich konnte es ein Zufall sein, dass Doktor Bayer ebenfalls in der Mall gewesen war. Die meisten Leute, die Weihnachtsgeschenke nicht nur im Internet kauften, landeten irgendwann dort, vor allem wenn es regnete. Und trotzdem. Nach allem, was sie heute herausgefunden hatte, glaubte Lou nicht mehr an Zufälle. Schrecklich, dass auch noch sie selbst Dr. Bayer verraten hatte, wo Jenny sich aufhielt.

Sie wickelte die Strohblume vorsichtig in ein altes T-Shirt, packte den leeren Käfig zusammen mit der Blume in Jennys Rucksack und fuhr mit der U-Bahn in die Innenstadt. Es spielte keine Rolle mehr, ob ihre Bewährung widerrufen wurde oder nicht. Sie musste ihren Verdacht und ihre bisherigen Überlegungen der Polizei mitteilen. Die konnte bestimmt die Videoüberwachung der Mall überprüfen. Alles andere war unwichtig.

Als sie die U-Bahnstation verließ, ergossen sich wahre Sturzbäche über Lou. Durchnässt und bibbernd erreichte sie die Polizeiwache Mitte. Während sie wartete, trocknete ihre Kleidung in der Wärme und begann ekelhaft zu müffeln. Außerdem roch sie schon wieder nach Schweiß. Aber auch das zählte nicht länger.

Die Beamtin, die ihre Geschichte aufnahm, wirkte ein wenig ungläubig, als Lou ihr von all den toten und verschwundenen Frauen erzählte, von den Strohblumen und dem Mann mit den roten Schuhen, der vielleicht Dr. Bayer war, und schließlich von Jenny, die Lous Meinung nach in Lebensgefahr schwebte. Trotzdem schrieb sie alles mit.

»Ich werde das weiterleiten. Mehr kann ich im Moment leider nicht für Sie tun. Zumal mir bekannt ist, dass der Mann, der des Mordes an den beiden obdachlosen Frauen verdächtigt wird, bereits in U-Haft sitzt«, bemerkte die Polizistin, nachdem Lou geendet hatte.

»Ich denke, wie gesagt, der war es nicht«, gab Lou zurück und streckte ihr die Strohblume aus Livies Käfig entgegen. »Sie müssen Jenny Lanza suchen und ihr helfen! Sofort!«

Die Polizistin musterte die Blüte; ihr Blick zeigte deutlich, was sie von Lous Theorie hielt. Da sie einen falschen Namen angegeben hatte, wusste die Beamtin zum Glück nicht, wer sie war, dachte Lou. Sonst wäre sie vermutlich hochkant rausgeflogen.

»Sie glauben also, dass der Mörder ein Arzt gewesen sein könnte?«, fragte die Polizistin. »Auch noch einer, der Ihnen und Ihren Kolleg*innen ehrenamtlich hilft?« Die Pause für das Gendersternchen saß perfekt. Der strenge Tonfall ebenfalls.

»Es ist nur eine Vermutung. Ich dachte, Sie könnten das nachprüfen.«

»Haben Sie konkrete Hinweise darauf, dass sich Jenny

Lanza in einer gefährlichen Situation befindet? Und dass dieser Dr. Bayer …«

»Jenny hätte nie die Jacke, ihren Rucksack und den Käfig für ihre Ratte zurückgelassen, das habe ich doch schon einmal gesagt.«

»Das haben Sie. Ich meinte auch, unabhängig davon?«

»Selbst wenn Dr. Bayer nichts mit der Sache zu tun haben sollte: Jenny ist krank, sie ist vermutlich alkoholisiert, sie trägt keine adäquate Kleidung und könnte draußen unterwegs sein und erfrieren, verdammt!«

»Und wo, glauben Sie, ist Frau Lanza unterwegs?«

»Das weiß ich eben nicht.«

»Könnte sie bei irgendwelchen Bekannten untergekommen sein?«

»Wie gesagt, sie hätte nie ihre Sachen zurückgelassen.«

»Auch wenn sie alkoholisiert war?«

»Auch dann nicht.«

»Würden Sie sie als zuverlässig beschreiben?«

»Ja, eigentlich schon.« Lou wurde langsam sauer. »Sie müssen sie suchen.«

»Das Problem ist: Frau Lanza ist eine erwachsene Frau. Sie kann tun und lassen, was sie will. Wenn sie verschwinden möchte, hat sie alles Recht dazu.«

»Sie hätte nie ihre Sachen …«

»Aber Frau Lanza wurde wohl kaum aus einem Einkaufszentrum voller Menschen vollkommen unbemerkt entführt, oder? Was heißt, dass sie freiwillig …«

»Bitte, können Sie nicht wenigstens versuchen, sie auf dem Handy anzurufen? Ich selbst habe leider kein Telefon.«

Die Polizistin ließ sich schließlich erweichen. Jenny nahm jedoch nicht ab.

»Ich gebe die Sache auf jeden Fall weiter, damit die Streifen die Augen offenhalten. Mehr kann ich nicht tun«, sagte die Frau schließlich.

»Aber diese Strohblume, ich meine, das könnte ein Zeichen des Mörders ...«

»Das sagten Sie bereits. Genauso gut könnte es jedoch auch sein, dass es nur etwas ist, mit dem Frau Lanza ihre Ratte gefüttert hat. Sie können das nicht ausschließen, oder?«

Lou schluckte ihren Ärger hinunter, zwang sich, ruhig zu sprechen. »Jenny würde Livie keine Strohblumen zu fressen geben, denke ich. Aber selbst wenn niemand sie entführt hat, könnte sie da draußen erfrieren. Wissen Sie, wie kalt es ist, wenn man nichts hat, wo man hinkann?«

»Es gibt einige Erfrierungsschutzräume in der Stadt. Aus genau diesem Grund. Ich bin mir sicher, dass Frau Lanza das weiß, wenn sie schon so lange auf der Straße lebt, wie Sie sagen. Und genau so einen Erfrierungsschutzraum sollten Sie auch schleunigst aufsuchen. Hier ganz in der Nähe in der alten Kirche, da ist einer. Vielleicht treffen Sie Frau Lanza ja dort.« Sie reichte Lou einen Zettel, auf dem die Adressen verschiedener Schutzräume aufgelistet waren.

Wenig später war Lou wieder in der Kälte unterwegs. Es regnete immer noch. In ihrem Kopf rasten die Gedanken. Sie machte sich riesige Sorgen um Jenny. Gleichzeitig hatte sie die Schnauze so was von gestrichen voll. Weil sie sauer auf die Polizistin war. Und trotzdem ganz tief in sich dachte, dass die Beamtin recht haben konnte und Jenny vielleicht doch nur mit irgendjemandem mitgegangen war, der ihr einen Schlafplatz angeboten hatte. So, wie sie es beim letzten Mal auch gemacht hatte.

Nicht ohne ihren Rucksack, ihren Mantel und den Käfig, widersprach Lou sich selbst.

Oder doch? Wenn sie sehr betrunken gewesen war vielleicht?

Was sollte sie jetzt tun? Sie hatte keine Chance, Jenny in dieser riesigen Stadt zu finden. Es regnete in Strömen, es war spät, die U-Bahnen fuhren nur noch selten, sie hatte fast kein Geld mehr und verdammt noch mal kein Handy. Damit hätte sie zumindest versuchen können herauszufinden, wo der Doc wohnte. Und außerdem Abbas Saidi oder sonst jemanden anrufen.

Aber so gab es einfach keine Optionen. Sie spürte ihren Körper kaum noch. Ihre Zehen brannten. Hunger stach in ihren Magen. Schwäche machte sich in ihrem Innern breit, lähmende Schwäche. Am liebsten hätte sie sich einfach in den Regen gesetzt und gar nichts mehr getan.

Dennoch schlug sie den Weg Richtung Kirche ein. Sie brauchte Kleidung zum Wechseln. Sofort. Vielleicht bekam sie sogar eine Decke.

Es war nach eins, als Lou die schweren Flügeltüren der großen, alten Kirche aufzog. Der Gestank, der ihr aus dem Innern entgegenströmte, verschlug ihr den Atem. Instantnudelsuppe gemischt mit Schweiß, Alkohol und dem dumpfen Geruch ungewaschener Kleidung und nasser Hunde, die trockneten. Am liebsten wäre sie direkt wieder gegangen, aber ihr war so kalt, so furchtbar kalt. Sie konnte einfach nicht mehr. Sie würde sich kurz aufwärmen und dann überlegen, was sie als Nächstes tun konnte.

Sie schlug ihren klatschnassen Schal vor den Mund und betrat das Kirchenschiff, an dessen Seitenwänden sie im schwachen Licht ein Feldbett neben dem nächsten erkennen konnte. Rucksäcke und Hunde und schlafende Menschen. Unter ihnen nur ein Gesicht, das sie kannte. Juri. Keine Jenny.

Von einer Pritsche ging ein süßlich-fauliger Gestank nach Eiter aus. Rauchgeruch lag in der Luft. Lou schluckte ein paarmal, um den Brechreiz zu unterdrücken.

Wie erschöpft sie wirklich war, merkte sie erst, als sie schließlich auf eine der Kirchenbänke sank. Selbst die vielen Hunde um sie herum waren ihr egal. Sie zitterte am ganzen Leib, ihre Zähne schlugen aufeinander.

Nach einer Weile trat ein freundlich lächelnder Mann mit kurzen, schwarzen Haaren zu ihr und drückte ihr eine Tasse Suppe in die Hand, die sie mit ihren kalten Fingern nicht halten konnte. Er stellte sie neben sie auf die Bank.

»Sie brauchen was Trockenes zum Anziehen. Und ein Handtuch«, stellte er fest und verschwand wieder. Lou schloss die Augen, saß einfach nur da und hoffte, dass sich ihre Muskeln irgendwann beruhigen und sie aufhören würde zu bibbern.

Keine Ahnung, ob sie eingenickt war, aber sie fuhr hoch, als jemand sie an der Schulter anstupste.

»Sorry«, sagte der Schwarzhaarige leise und streckte ihr einen Karton entgegen. »Schauen Sie da mal rein.«

Sie war zu schwach, um die Kiste zu halten, stieß beinahe ihre unberührte Nudelsuppe auf den Boden. Der Mann half ihr. Die Auswahl war nicht groß. Außer einer langen Unterhose und einem hellgrünen Männertrainingsanzug, der ihr ein paar Nummern zu groß war, fand Lou wenig, das ihr passte. Ganz unten entdeckte der Schwarzhaarige schließlich noch einen lila Hoody, weiße Socken und ein paar abgenutzte Badeschlappen.

Es dauerte eine Weile, bis Lou es schaffte, sich in einem der Nebenräume, den der Mann extra für sie aufgeschlossen hatte, die tropfnassen Haare mit Küchenrolle zu trocknen und sich umzuziehen. Ihre Hände schmerzten, genauso wie ihre Zehen. Am Ende zog sie die Kordel der Trainingsanzughose fest. Schlüpfte in die alten widerlichen Badeschlappen. Warf einen Blick zum Fenster hinüber, betrachtete sich in der Scheibe. Sie erkannte sich kaum wieder und wandte sich ab.

Ihre nassen Klamotten, auch die aus ihrer Tasche, hängte sie zum Trocknen neben sich über die Kirchenbank. Ihre Schuhe stellte sie zwischen ihre Füße, damit sie ihr nicht geklaut wurden. Sie waren so durchnässt, dass sie vermutlich auch am nächsten Tag noch im Wasser stehen würde, aber besser, als in Badeschlappen in den Dezemberregen hinaus zu müssen.

Während sie die Suppe schlürfte, machte sich in ihrem Inneren langsam ein wenig Wärme breit.

Jennys Rucksack, dachte sie plötzlich. Vielleicht hatte Jenny ja ihr Handy im Rucksack gelassen und war vorhin deshalb nicht rangegangen. Mit schlechtem Gefühl, weil sie

Jennys Privatsphäre verletzte, wühlte Lou sich durch alte Kleider, ausgeschüttetes Rattenfutter und zwei zerfledderte Hefte. Nichts. Auch in den Außentaschen steckte das Handy nicht. Was dafür sprechen konnte, dass ihre Begleiterin doch freiwillig weggegangen war. Zumal sie ja auch Livie mitgenommen hatte.

Trotzdem hieß das nicht, dass es ihr gut ging. Und wenn die Strohblume tatsächlich … Lou biss die Zähne so fest aufeinander, dass ihr Kiefer schmerzte.

Sie trank noch zwei Tassen heißen Tee und legte danach den Kopf auf die Arme, die sie auf der Rückenlehne der Vorderbank verschränkt hatte. Versuchte, in den muffigen Stoff des Trainingsanzugs zu atmen und den Gestank ringsum zu ignorieren. Sie hätte am liebsten geheult.

Wo war Jenny? Irgendwo allein da draußen? In einer hilflosen Lage? Oder hatte dieser Widerling sie entführt? Dr. Bayer?

Es war zum Kotzen, dass das Leben für Menschen wie Jenny so gefährlich war. Jedes Arschloch konnte sie überfallen und entführen, und niemand würde sich im Zweifel darum kümmern oder überhaupt etwas davon mitbekommen. Genau wie bei den anderen verschwundenen Frauen.

Lou schlug mit der Hand auf die Lehne der Kirchenbank. Sie hasste sich selbst, weil sie so hilflos war. Eine Versagerin, die ihr ganzes Leben verbockt hatte. Die sich immer unter der Bettdecke verkrochen hatte, wenn es drauf angekommen wäre. Sie war schwach.

Eine Weile saß sie so da, widerte sich selbst an, hörte, wie das Stöhnen und Schimpfen im Raum leiser wurde und das Schnarchen lauter, spürte die harte Bank schmerzhaft in ihrem Rücken, bis die Kirchturmuhr halb drei schlug. Verdammt noch mal. Wie lange wollte sie noch dumm herumsitzen und sich selbst bemitleiden? Sie musste etwas tun. Jenny war in Gefahr, das spürte sie.

Sie erhob sich. Sie würde Jenny finden. Denn egal wie heruntergekommen sie auch sein mochte: Sie hatte nicht verlernt, wie man recherchierte, verflucht. Und sie war keine schlechte Journalistin gewesen.

Sie schlich hinüber zu dem Nebenraum, den der Mann ihr vorhin aufgeschlossen hatte. Dort hatte ein Telefon gestanden. Wenn sie Glück hatte, war der Raum noch offen.

Sie drückte die Klinke. Verschlossen. Und es gab auch nichts, womit sie sie hätte öffnen können.

Möglichst leise ging sie hinüber zu den Pritschen und schritt die Reihen der Schlafenden ab, bis sie Juri entdeckte, der laut röchelnd auf dem Rücken lag. Von ihm wusste sie, dass er ein Smartphone besaß. Sie tippte ihn an. Er fuhr mit einem Fluch hoch, klammerte sofort seinen Rucksack fest. Als er sah, dass sie es war, verzogen sich seine Gesichtszüge wütend. »Was zum Teufel ...«

»Pssst«, machte sie. »Ich brauche deine Hilfe. Dein Handy!«

»Bist du nicht mehr ganz dicht, kriminelle Schlampe? Es ist mitten in der Nacht und ...«

»Es geht um Jenny. Wenn die dir neulich nicht gegen diesen Hund geholfen hätte, dann hättest du jetzt vermutlich ein Loch im Bein. Sie ist verschwunden. Und ich glaube, sie schwebt in Gefahr. Ich muss sie anrufen.«

Juri verzog das Gesicht, zeigte ihr einen Vogel. »Bist du durchgeknallt?«

Zur Not würde sie ihm eine reinhauen, ihn auf der Matte fixieren und sich sein Handy selbst holen.

»Bitte«, sagte sie. Und dann erzählte sie Juri von den toten und verschwundenen Frauen und davon, dass Jenny krank war und ihre Sachen in der Mall zurückgelassen hatte.

Erstaunlicherweise unterbrach Juri sie nicht. Nachdem sie geendet hatte, schwieg er lange. Schließlich nickte er langsam und grimmig.

»Hab ich es doch gewusst«, sagte er. »Als Steffi verbrannt ist. Da hat was nicht gestimmt. Denn das muss viel zu heiß gebrannt haben. Niemand wollte es hören. Ich war früher Feuerwehrmann. Aber das zählt nichts mehr. Die Leute sehen in mir nur noch einen versoffenen alten Penner.«

Eine Frau von der Pritsche nebenan zischte: »Seid mal leise, Leute!«

»Du kannst mir später alles erzählen, Juri, aber können wir vorher Jenny anrufen?«, fragte Lou.

Juri nickte. Kramte sein Handy heraus. Anders als vorhin ging dieses Mal sofort die Mailbox dran. Lou sprach darauf, bat Jenny um dringenden Rückruf. Dann nahm sie das Handy erneut, zögerte, aber nur für einen winzigen Moment. Es spielte keine Rolle mehr. Sie wählte Ronnys Nummer. Der Anrufbeantworter meldete sich.

»Ich werde dir meine Story verkaufen, wenn du mir jetzt sofort hilfst«, hinterließ sie ohne Einleitung. »Meine Freundin Jenny Lanza ist verschwunden. Und es könnte sein, dass der Mörder sie entführt hat. Es könnte der Arzt vom Hilfsmobil sein. Dr. Bayer. Die Bullen glauben mir nicht. Ich brauche alle Infos, die ich kriegen kann! So schnell es geht! Und bitte, versuch du es auch noch mal bei der Polizei. Jenny ist bei der Mall verschwunden, bei der wir uns heute Mittag getroffen haben.«

Erfolglos suchte sie im Internet nach Dr. Bayers Adresse, dann gab sie Juri das Telefon zurück. »Wenn ich nur wüsste, wo Dr. Bayer wohnt. Dann könnte ich da hinfahren«, stieß Lou zwischen den Zähnen hervor.

»Dr. Bayer?«, fragte Juri irritiert.

»Der wohnt in der Südstadt«, murmelte die Frau von der Pritsche nebenan verschlafen. »Könnt ihr jetzt endlich den Mund halten?«

»Woher weißt du das? Und hast du eine genaue Adresse?«, flüsterte Lou erstaunt in Richtung der Frau.

»Ich hänge öfter in der Südstadt rum. Ich bin obdachlos, schon vergessen?« Ihre Zähne blitzten im Dämmerlicht der Schlafstätte auf, als sie grinste.

»Und wo genau?«, hakte Lou nach.

»Direkt neben der Grundschule.«

»Ich muss da hin.«

»Wie willst du das denn anstellen?«, warf Juri ein. »Um die Zeit fährt keine Bahn mehr. Es ist arschkalt.«

Außerdem waren ihre Jacke und Schuhe klatschnass. Und wenn sie zu Fuß ging, wäre sie über eine Stunde unterwegs. Gleichgültig. Ellies Gesicht tauchte vor ihr auf. Sie würde nicht noch einmal die Decke über den Kopf ziehen.

Obwohl sie Juri weder gut kannte noch leiden konnte, bat sie ihn, auf ihre und Jennys Habseligkeiten aufzupassen.

Kurze Zeit später stand sie wieder draußen im eisigen Regen. Immerhin hatte ihr Juri ein altes, löchriges Regencape geliehen, das sie über ihre durchnässte Jacke gezogen hatte. Trotzdem war es stechend kalt, und der Regen prasselte unvermindert auf sie und die Stadt herunter.

Sie dachte an die Strohblumen und die toten Frauen und an Jenny. Ihr durfte nichts passiert sein. Sie war so jung. Hatte niemandem etwas getan.

Lou stapfte durch die Nacht. Ihre Zehen waren taub, ebenso ihre Finger und die Haut auf ihren Oberschenkeln. Ihre Kopfhaut brannte. Immer wieder schaute sie sich um, aber sie war allein. Nur Kälte und Regen überall. Was sie hier tat, war lebensgefährlich. Vielleicht würde sie erfrieren. Aber dann, dachte sie grimmig, hatte sie wenigstens alles versucht.

Die Turmuhr schlug Viertel vor vier, als sie den Fluss über die Sündburgerbrücke überquerte und die Südstadt erreichte. Sie fand das Haus, das die Frau aus der Notschlafstelle gemeint hatte, problemlos, und entdeckte wenig später den Namen des Arztes auf einem der Briefkästen. Dr. Bayer wohnte in einem hübschen Mehrfamilienhaus mit einem Garten, in dem Efeu Sträucher und zwei krumme kahle Bäume überwucherte.

Lou drückte die quietschende Klinke des Gartentörchens nach unten und betrat einen schmalen Weg, den nur eine der Straßenlaternen schwach orange beleuchtete. Irgendwie musste sie ins Innere des Hauses gelangen. Wenn sie Glück hatte, war Jenny dort. Und noch am Leben. Sie verdrängte den Gedanken, Dr. Bayer, so er wirklich der Entführer war, könnte Jenny irgendwo anders eingesperrt oder gar schon zum Feuersee gebracht haben.

Ein Zweig peitschte ihr ins Gesicht, sie zuckte zurück. Ihr Herz schlug schnell. Hoffentlich wohnte Bayer im Untergeschoss, dann konnte sie zur Not ein Fenster mit einem Stein … Ein Bewegungsmelder flammte auf, als sie sich dem Haus näherte, blendete sie. Verdammt. Aber vermutlich schliefen die Bewohner alle. Sie erreichte die massive Haustür. Studierte die Namensschilder. Fand den Doc. Zweites Obergeschoss. Sie rüttelte an der Tür. Verdammte Scheiße. Kurzerhand drückte sie die Klingel. Klingelte und klingelte.

»Ja?« Die mürrische Stimme des Arztes knarzte durch die Gegensprechanlage.

Ihre eigene Stimme zitterte so vor Kälte, dass sie keinen klaren Satz herausbrachte.

»Hallo?« Wieder der Arzt.

»I…i…ich b…b…bin L…L…« Sie musste sich am Türrahmen anlehnen. Hörte, wie irgendwo über ihr ein Fenster aufging. Sie blieb einfach stehen, wo sie war. Alles war egal. Als der Summer ertönte, stolperte sie ins Haus. Wärme und ein Geruch nach Äpfeln und Gummistiefeln umfing sie. Sie sackte in die Knie.

Schwere Schritte kamen die Treppe nach unten. Dr. Bayer. Als sein Blick auf sie fiel, schien er sie zu erkennen.

»Himmel noch mal«, knurrte er. »Was zum Teufel machen Sie hier?«

Sie konnte sich nicht rühren. Versuchte, *Jenny* zu sagen, aber ihre Zähne klapperten zu stark, es klang nicht wie ein Name.

»Kommen Sie. Verflucht noch mal.« Der Doc trat neben sie, packte sie unter den Armen und zog sie hoch. Er war muskulös und stark. Sie wehrte sich nicht, sie war zu schwach. Am Rande registrierte sie, dass er dunkelrote Hausschuhe trug. Ein Geruch nach Rauch umgab ihn.

Irgendwie stiegen sie die Treppe nach oben. Gut möglich, dass sie gerade demselben Typ folgte, mit dem sie vor ein paar Tagen gekämpft hatte. Sie spürte ein Ziehen im Magen, als der Arzt sie in seine Wohnung bugsierte und die Tür hinter ihnen schloss.

Kapitel 35

Dr. Bayer lebte in einer kleinen, unpersönlich eingerichteten Wohnung, deren Mobiliar ganz in Grau und Schwarz gehalten war. Es roch schwach nach Bratkartoffeln und altem Zigarettenrauch. Er schleppte Lou ins Bad und steckte sie mitsamt Kleidung unter eine warme Dusche, wo sie langsam auftaute. Währenddessen hantierte er irgendetwas im Nebenzimmer, schließlich kam er mit einer Sporthose, Socken, Wollsocken und einem viel zu großen T-Shirt zurück.

»Ziehen Sie das an. Und hier ist eine Tüte für ihre alten Klamotten«, knurrte er. »Und da ist ein Fön. Und ein Handtuch.« Er deutet auf einen Spiegelschrank in der Ecke. Dann verließ er das Bad.

Lou zog in der Dusche ihre tropfnassen Kleider aus, ging schnell zur Tür und schloss ab. Natürlich wäre es ein Leichtes für den Arzt, das Schloss mit einer einfachen Münze oder einem Schraubendreher wieder zu öffnen, aber es fühlte sich trotzdem besser an. Sie schlüpfte in die Sporthose und die Socken, zog die Wollsocken und das T-Shirt an. Es war ziemlich durchsichtig, aber ihre Unterwäsche war so nass, dass sie sie unmöglich tragen konnte.

Wenn sie ehrlich war, passte das Verhalten des Arztes nicht sonderlich gut zu einem durchgedrehten Angreifer. Aber vielleicht verstellte er sich nur.

Ihre Klamotten stopfte sie in die Plastiktüte. Es dauerte eine Weile, bis sie in der Lage war, zu laufen ohne zu zittern. Schließlich schloss sie die Tür auf. Trat hinaus in den Flur. Der Doc schien in der Küche Wasser zu kochen. Sie ließ die Tüte mit den nassen Klamotten im Flur stehen und ging zu ihm.

Dr. Bayer trug einen grau-weiß gestreiften Schlafanzug und die roten Hausschuhe. Er brühte gerade Kaffee in einer French Press auf. Lou lehnte sich gegen den Küchentisch. Immer noch fühlte sie sich zittrig, die Kälte in ihrem Innern ließ sich nicht vertreiben.

»Ich habe noch einen Wollpulli gefunden und eine alte Jacke, wenn Sie mögen.« Er zeigte auf zusammengelegte Kleidungsstücke auf der Ablage.

Lou rührte sich nicht. »Wo ist Jenny?«, fragte sie.

Der Arzt drehte sich um. »Hä?«

Sie hatte keine Ahnung, was sie erwartet hatte. Aber sicherlich kein einfaches »Hä?«. Entweder war der Typ ein verdammt guter Schauspieler. Oder er wusste tatsächlich nicht, wovon sie sprach.

»Was zum Teufel wollen Sie von mir?«, knurrte er.

»Ich suche Jenny. Jenny Lanza. Und ich habe gehört, dass Sie in dem Einkaufszentrum gewesen sind, in dem sie auf mich warten wollte.« Das klang selbst in ihren Ohren nicht sonderlich überzeugend.

»Haben Sie irgendwas genommen?«

»Nein, verdammt, natürlich habe ich nichts genommen. Wieso denkt eigentlich jeder, dass ich ...«

»Spielen Sie bitte nicht die beleidigte Leberwurst. Es ist verflucht früh am Morgen. Sie sind einfach in mein Haus geplatzt. Also, ich frage noch mal: Was wollen Sie von mir?«

»Ich suche Jenny. Sie ist verschwunden, vorher, im Einkaufszentrum.«

Der Arzt schaute sie an, als ob sie verrückt geworden sei. »Und was habe ich damit zu tun?« Er stellte ihr eine Tasse Kaffee hin.

Sie rührte sie nicht an, obwohl sie gesehen hatte, dass Bayer auch sich selbst aus der Kanne eingegossen hatte und an seinem Becher nippte. Aber Vorsicht war besser als Nachsicht. Und wenn er wirklich der Mörder war, konnte es ohne Weiteres sein, dass er seine Opfer betäubte, bevor er sie an den Feuersee verfrachtete.

»Ich habe gehört, dass Ihre Tochter und Biggi sich kannten«, sagte Lou in die Stille.

»Und?« Bayer klang jetzt ziemlich verärgert. »Was geht Sie das an?«

Lou beschloss, alles auf eine Karte zu setzen. »Na ja. Biggi ist tot, ebenso Nylah und ...«

»Wollen Sie andeuten, meine Tochter hätte etwas damit zu tun, oder was?« Bayer stellte seine Tasse beiseite und funkelte sie böse an. »Sie sind ja völlig durchgeknallt. Ziehen Sie den Pulli und die Jacke an und verschwinden Sie.«

»Ich ...«

»Es ist mitten in der Nacht. Ich wollte nur nett sein. Und Sie beschuldigen meine Tochter, in irgendwelche Todesfälle verwickelt zu sein. Kein Wunder, dass die Sie rausgeschmissen haben bei der Zeitung.«

Lou nahm wortlos die Jacke und den Pulli, trat in den Flur, von dem zwei verschlossene Türen abgingen. Sie *war* völlig verrückt. Aber es war ihre einzige Chance, und es gab zu vieles in ihren Leben, das sie bereute, *nicht* getan zu haben.

Sie stieß die erste Tür auf. Ein Schlafzimmer, offenbar das des Arztes. Sie hörte seinen wütenden Schrei aus der Küche. Aber sie war bereits bei der zweiten Tür, bevor er sie aufhalten konnte. Wollte auch diese aufreißen. Abgeschlossen. Jenny. O Gott, war Jenny da drin? Hatte der Typ sie eingeschlossen?

»Was ist in diesem Zimmer?«, fragte sie scharf.

»Das geht Sie überhaupt nichts an«, fuhr Bayer sie an. Er packte sie am Arm. Sie schüttelte ihn ab.

»Verschwinden Sie endlich, verflucht noch mal. Ich hätte Ihnen gar nicht aufmachen sollen.«

»Öffnen Sie bitte diese Tür. Bitte. Ich will doch nur schauen, ob Jenny …«

»Jenny ist nicht hier. Sie sind wirklich verrückt. Ich rufe jetzt die Polizei.« Aus den Augenwinkeln sah Lou, wie Bayer das Festnetztelefon in die Hand nahm und eine Nummer eingab. Sie rüttelte an der Klinke.

»Jenny«, rief sie. »Bist du da drin?«

Von innen drehte sich ein Schlüssel im Schloss. Die Tür wurde aufgerissen. Eine junge Frau stand im Rahmen, Tränengas in der Hand, das sie auf Lou richtete. »Wer zur Hölle sind Sie?!«

Lou war völlig perplex. »Wer ... wer sind *Sie*?«

»Das geht Sie wirklich überhaupt nichts an!«

Lou hatte plötzlich das Gefühl, schmerzhaft auf den Boden der Realität zu knallen. Sie hatte nicht den geringsten Beweis für irgendwas, verdammt noch mal. Und wenn die Polizei sie hier verhaftete, würde sie nicht weiter nach Jenny suchen können. Hier in der Wohnung war sie wohl nicht.

»Tut ... mir wirklich leid«, brachte sie heraus. Sie hatte plötzlich Tränen in den Augen. »Ich gehe jetzt. Sofort. Ich ... Ich dachte nur, dass Jenny in Gefahr ... Sie ist ohne Jacke draußen und stark alkoholisiert. Und die Polizei glaubt mir nicht.«

»Wer ist Jenny, Papa?«, fragte die junge Frau.

Bayer verzog den Mund. »Ich schaue mal, was ich tun kann«, knurrte er und ließ das Telefon sinken. »Wo, haben Sie gesagt, ist Ihre Freundin verschwunden?«

»In der Mall.« Lou schlüpfte in ihre klatschnassen Schuhe, packte ihre Tüte und verließ die Wohnung, stolperte die Treppen nach unten. Bevor sie in den Regen trat, zog sie sich den Pulli und die Jacke von Dr. Bayer über.

Als sie draußen stand, wirbelten ihre Gedanken durcheinander: Sie war sich ziemlich sicher, sich getäuscht zu haben. Es war nur ein Gefühl, aber es hatte sie selten getrogen. Dr. Bayer war nicht der Täter. Aber wo steckte Jenny dann? Und vor allem mit wem?

Kapitel 36

Der Verkehr auf der Stadtautobahn nahm bereits zu, als sie endlich die Notschlafstelle wieder erreichte. Sie war durchgefroren, aber der Regen tröpfelte nur noch und die neue Jacke hatte einiges abgehalten.

Lou war durcheinander und immer noch unsicher, ob sie gerade einen ehrenamtlich arbeitenden Arzt fälschlicherweise des Mordes bezichtigt oder aber einen Mörder gewarnt hatte. Beides nicht sonderlich gut. Auf die Schnelle war ihr jedoch einfach nichts Besseres eingefallen. Und jetzt hatte sie keine Ahnung, was sie weiter tun sollte, verdammt.

Der Gestank in der Kirche erschien ihr noch ekelhafter als am Vorabend, und mehrere Hunde liefen frei herum. Ihr Herz klopfte wild, trotzdem bahnte sie sich ihren Weg zu Juri, der auf seinem Feldbett vor sich hindöste. Sie rüttelte ihn an der Schulter, und der ehemalige Feuerwehrmann schreckte hoch. Sie erzählte ihm leise, was passiert war, wählte erneut mit seinem Handy Jennys Nummer.

»Der von Ihnen gewünschte Teilnehmer ist zurzeit nicht erreichbar.«

»Ich weiß nicht mehr, was ich tun soll.« Lou ließ das Telefon sinken. »Kannst du mir helfen, Jenny zu suchen? Du kennst viele Leute, und sie meiden dich nicht, kannst du rumfragen, ob noch mehr mitmachen?«

Zu ihrem Erstaunen nickte Juri sofort. »Ich habe ein paar Kumpels hier, die können sich über die Stadt verteilen und nach Jenny Ausschau halten«, sagte er. »Außerdem könnten ein paar das Haus des Doc und die Klinik überwachen, in der er arbeitet. Nur zur Sicherheit. Ich stelle eine gute Truppe zusammen! Wir tun das auch für den guten, alten Mikey.« In seinen Augen flammte etwas Lebhaftes auf, das Lou vorher noch nie darin gesehen hatte.

»Eine ausgezeichnete Idee«, sagte sie. Danach probierte sie es erneut bei Ronny, doch wieder ging nur der AB dran. Da sie nicht wusste, wo sie sonst mit der Suche nach Jenny weitermachen sollte, beschloss sie, in die Bibliothek zu gehen und zu versuchen, noch mehr über die toten und verschwundenen Frauen herauszufinden. Vielleicht entdeckte sie doch noch irgendeinen Hinweis darauf, wer der Täter sein konnte, ob doch Dr. Bayer oder jemand anders, und fand einen Ansatzpunkt für die Suche nach ihrer Begleiterin. Später würden sie sich alle am Bahnhof treffen und weiterüberlegen.

Sie wusch sich notdürftig und zog schließlich Jennys Mantel an, der als Einziges noch trocken war – die Jacke, die sie aus dem Hilfsmobil genommen und bei Bayer in die Tüte gesteckt hatte, ebenso wie die neu geschenkte troffen vor Nässe. Sie packte all ihre Habseligkeiten zusammen und machte sich auf den Weg.

Vor der Bibliothek wartete sie ungeduldig, bis eine Mitarbeiterin endlich öffnete, schlüpfte als Erste hinein und schloss ihre zum Platzen gefüllte, nach nassen, ungewaschenen Klamotten müffelnde Tasche und Jennys Rucksack in einem der Schließfächer im Keller ein, argwöhnisch beäugt von zwei Erzieherinnen, die offenbar mit ihrer Kindergartengruppe die Bibliothek besuchten. Danach setzte sie sich im ersten Stock an einen freien Computer. Ellies leises Weinen füllte ihren Kopf.

Als Erstes fragte sie ihre Mails ab. Ronny hatte ihr geschrieben. Er versprach, bei der Suche nach Jenny zu helfen und selbst noch einmal mit der Polizei zu reden. Und er hatte trotz seiner Behauptung gestern, er wisse nicht, ob er ihr glauben könne, offenbar weiterrecherchiert. Er hatte herausgefunden, dass Steffi am 06. November verbrannt und Babsi am 27. November, dem ersten Advent, in dem Container umgekommen war. Jeweils in der Nacht. Nylah war am 11. Dezember gestorben.

Lou rief einen Kalender auf. Das waren alles Sonntage. Und auch Biggi war um ein Wochenende herum ermordet worden. Vani hatte man an einem Samstagabend zum letzten Mal gesehen.

Das Hilfsmobil fiel Lou ein. Sonntags war es nicht am Feuerseeplatz. Kam es dem Täter genau darauf an, weil er dann ungestört morden konnte? Oder tötete er vielleicht nur deshalb am Wochenende, weil er wochentags keine Zeit hatte? Weil er arbeitete?

Sie knetete ihre Finger. Irgendwo musste der Täter seine Informationen über seine Opfer herbekommen und die Frauen auswählen und finden. Und wieder das Hilfsmobil, dachte sie. Es verband alle bisherigen Opfer, schien der Dreh- und Angelpunkt zu sein. Deswegen würde sie damit anfangen.

Ihr Magen knurrte, aber sie ignorierte das Geräusch. Zunächst gab sie Chantale Bondörfers Namen in die Suchmaschine ein. Die Frau, die bei der Mülldeponie beinahe an einer Überdosis gestorben war, aber überlebt hatte. Die Geschichte musste nicht mit den anderen zusammenhängen, doch einen Versuch war es wert.

Sie fand mehrere Chantale Bondörfers, aber nur eine lebte in der Stadt. Und hatte offenbar eine Selbsthilfegruppe für Süchtige gegründet. Auf der Homepage fand Lou sogar Chantales Geschichte, in der sie erzählte, wie sie es nach ihrem Nahtoderlebnis auf der Müllkippe geschafft hatte, ins richtige Leben zurückzukehren, weil sie gemerkt habe, wie stark sie trotz allem noch sei. Dass sie noch kämpfen konnte.

Lou schickte eine Mail an die im Impressum angegebene Adresse, die sie an Ronny weiterleitete. Schilderte Chantale Bondörfer ihre Vermutungen zum Verschwinden und dem Tod der Frauen und bat sie um eine schnelle Antwort. Wieder verfluchte sie sich, dass sie kein Handy besaß.

Danach begann sie mit ihrer Recherche zum Hilfsmobil und nahm sich zunächst noch einmal Dr. Bayer vor. Er passte von der Statur her am ehesten zu ihrem Verfolger, und er war sehr kräftig, das hatte sie gestern Nacht festgestellt, als er sie halb die Treppe hochgetragen hatte. Bayer hatte Zugang zum Hilfsmobil und interessierte sich sichtlich dafür, wo die Obdachlosen übernachteten. Abgesehen davon war er Raucher, genau wie ihr Verfolger. Die Wohnungslosen kannten und schätzten ihn. Und er war in der Mall gewesen, aus der Jenny verschwunden war. Seine Tochter konsumierte seit Jahren Drogen, und er gab möglicherweise Biggi die Schuld daran. Biggi war tot. Und all die anderen toten Frauen waren jung und ähnelten Biggi auf die eine oder andere Weise.

Sie lehnte sich auf den unbequemen Holzstuhl zurück. Viel war das nicht. Und Bayers Interesse für die Schlafplätze konnte ohne Weiteres auch nur wohlmeinendes Interesse sein.

Lou versuchte, sich die Stimme ihres Angreifers ins Gedächtnis zu rufen. Aber der hatte nur geflüstert oder gelacht. Sie konnte nicht sagen, ob das Dr. Bayer gewesen war oder nicht. Irgendwie hatte sich der Kerl jünger angehört als der Arzt, überlegte sie. Außerdem war es wahrscheinlich, dass ihr Angreifer vom Tränengas und dem Schlag auf den Kopf zumindest noch ein wenig lädiert ausgesehen hätte. Dr. Bayer jedoch hatte völlig gesund und normal gewirkt.

Sie betrachtete Bayers Mitarbeiterbild beim Uniklinikum. Las seine Vorstellung auf der Seite des Hilfsmobils durch.

Durch die Geschichte meiner Tochter weiß ich, wie schlecht es den Menschen auf der Straße oft geht, schrieb er. *Deshalb versuche ich zu helfen, so gut ich kann.*

Sie rieb sich die Augen. Keine Ahnung, verdammt, ob Bayer ihr Mann war oder nicht. Sie wollte ihn nicht noch länger fälschlicherweise verdächtigen. Nur zu genau wusste sie, was das bedeutete. Schon allein, dass sie ihn bei der Polizei angeschwärzt und gestern Abend in seine Wohnung eingedrungen war …

Aber falls der Arzt doch schuldig war … Für einen winzigen Moment gingen ihr ihre verbissenen Recherchen gegen Melisande Steinhagen durch den Kopf. Die Fehler, die sie dort gemacht hatte, weil sie unbedingt den Kindern hatten helfen wollen, hatten dazu beigetragen, dass Steinhagen nie belangt worden war, verdammt. Wenn sie den Täter jetzt durch ihr Verhalten gewarnt …

Sie schüttelte den Kopf. Was hätte sie sonst tun sollen?

Ihr Magen schmerzte dumpf, als sie sich als nächstes Vincent von der Essensausgabe widmete, der ein Freiwilliges Soziales Jahr beim Hilfsmobil absolvierte. Er war erst seit einigen Wochen dabei. Was gegen ihn als Täter sprechen konnte, aber nicht musste.

Lou ging seine Vita durch, dann durchsuchte sie die sozialen Medien. Bei der Essensausgabe hatte Vincent mal erzählt, dass er eine Ausbildung zum Sanitäter angefangen und bald gemerkt habe, dass das nichts für ihn sei, erinnerte sie sich. Daraufhin habe er die Ausbildung abgebrochen. Jetzt mache er ein FSJ, um Leuten zu helfen und sich darüber klarzuwerden, was er mit seinem Leben anfangen wolle.

Die Realität, das fand Lou schnell heraus, sah ein wenig anders aus. Es kursierte ein Video im Netz, in dem Vincent völlig betrunken darüber lamentierte, was ihm an seiner Ausbildung zum Sanitäter nicht gefiel, darunter waren auch einige ziemlich menschenverachtende Witze über »dreckige Penner«. Auch hatte er bis vor ungefähr einem Jahr immer wieder Dinge gepostet, die ihn durchaus in die Nähe der

Stadtguards rückten, was schließlich dazu geführt hatte, dass er seine Ausbildung hatte abbrechen *müssen*.

Lou dachte an Vincent. Er wirkte freundlich und offen und überhaupt nicht herablassend. Entweder hatte er seine Einstellung gegenüber Obdachlosen grundlegend geändert. Dafür sprach ja auch die Tatsache, dass er beim Hilfsmobil arbeitete.

Oder er verstellte sich perfekt und hatte einen ganz anderen Grund, sich dort zu engagieren. Lou kniff die Lippen zusammen.

Dann gab es noch Viola. Der durchgeknallte Angreifer konnte sie nicht sein, das war eindeutig ein Mann gewesen. Sofern ihr Angreifer und der mögliche Mörder allerdings zwei verschiedene Personen waren, kam sie doch als Täterin infrage. Auch dass sie mit dem möglichen Mörder nur zusammenarbeitete, war möglich.

Lou runzelte die Stirn. Viola war ein herzlicher, liebenswerter Mensch, der seine eigenen Medikamente an wohnungslose Menschen verschenkte. Auf der anderen Seite verfügte sie als Krankenschwester über das notwendige Wissen, um eine Überdosis hervorzurufen. Und sie verteilte oft Kleidung und war wegen ihrer ruhigen, freundlichen Art sehr beliebt. Die Leute vertrauten ihr und erzählten ihr viel.

Lou versuchte, so viel wie möglich über Viola herauszufinden. Sie arbeitete im Krankenhaus und ehrenamtlich beim Hilfsmobil. Sie war alleinerziehende Mutter einer kleinen Tochter und engagierte sich im Elternbeirat des Kindergartens. Nichts auch nur annähernd Verdächtiges. Das Einzige, das die Krankenschwester neben dem Hilfsmobil mit dem Feuersee in Verbindung brachte, war die Tatsache, dass sie im Katzenbachviertel wohnte, wie sie in ihrer Vita auf der Homepage erwähnte. Ihre genaue Adresse fand Lou im Telefonbuch.

Als Nächstes stieß sie auf einen türkischen Hilfskoch, Amir, der gelegentlich beim Hilfsmobil vorbeischaute, allerdings schmächtig und deutlich über sechzig Jahre alt war und somit zumindest als Lous Verfolger nicht in Betracht kam. Über den Koch fand sie überhaupt nichts bis auf seine Vorstellung auf der Seite des Hilfsmobils, in der er mitteilte, dass er wahnsinnig gern koche und ihm seine Arbeit viel Spaß mache.

Außerdem gab es hin und wieder Studenten, die beim Hilfsmobil ein Praktikum machten. Sie waren zwar nicht namentlich erwähnt, aber als Lou ein wenig nachforschte, fand sie eine Simone Katz, einen Nick Arburger und einen Jens Genser. Katz und Arburger studierten Medizin und hatten im Rahmen eines Projekts des Uniklinikums, für das auch Bayer arbeitete, ein paar Wochen beim Hilfsmobil ausgeholfen. Nick Arburger im Februar des Jahres, Simone Katz im April. Jens Genser hingegen war angehender Sozialpädagoge und hatte das Hilfsmobil mehrere Monate im Vorjahr begleitet. Lou entdeckte einige Fachveröffentlichungen von ihm, die sich alle um das Thema Obdachlosigkeit drehten. Eine davon fiel ihr besonders auf, da sie den Titel *Wohnungslose als Opfer von Straftaten* trug. Der Artikel war allerdings nicht sonderlich aufschlussreich. Dennoch schrieb sie sich alles heraus, auch die Uni, an der Genser studierte.

Über Arburger fand sie einiges in den sozialen Medien.

Er war ein Sohn reicher Eltern, stammte aus einem Ort namens Clairvaux-les-Lacs, lebte seit seinem ersten Lebensjahr in Deutschland und schien sich gern mit coolen Getränken in der Hand, angelehnt an luxuriöse Autos, ablichten zu lassen. Immer trug er teure Kleidung und fette Uhren und kam sich offenbar ziemlich wichtig vor. Oft in Begleitung junger blonder Frauen. Was nichts bedeuten musste.

Lou wiegte den Kopf hin und her und scrollte weiter. Ein Foto, vor ein paar Monaten ins Internet gestellt, erregte schließlich ihre Aufmerksamkeit. Darauf posierte Arburger mit einem toten Hirsch. Er schien Jäger zu sein.

Auch das nicht kriminell. Zumal Arburger im Februar beim Hilfsmobil gearbeitet hatte, die erste Frau jedoch, soweit Lou das wusste, erst im Sommer verschwunden war.

Sie durchforstete weitere Fotos, entdeckte aber keine Jagdmotive mehr. Und eine Telefonnummer oder Adresse oder einen Hinweis darauf, wo Arburger wohnte, fand sie auch nicht.

Zu Simone Katz gab es lediglich ein paar Hochzeitsbilder, sonst nichts.

Neben den ehrenamtlichen Freiwilligen und den Studenten halfen gelegentlich auch Wohnungslose selbst beim Hilfsmobil aus. Lou ging die kurze Liste durch. Mike und Juri standen darauf, außerdem eine Sarah und eine Aischa, die sie beide nicht kannte.

Mike saß im Knast. Theoretisch hätte er Biggi, Nylah, Babsi und Steffi töten können. Aber nicht Esma und Vani. Denn zu der Zeit war er ebenfalls im Gefängnis gewesen.

Als Nächstes dachte sie über Juri nach. Seine Statur

passte nicht, aber er war durchaus kräftig, und wenn er gefütterte Klamotten getragen hätte … Er rauchte. Roch öfter nach Schweiß. Und als ehemaliger Feuerwehrmann kannte er sich gut mit Feuer aus.

Sie biss auf ihrer Unterlippe herum. Hatte sie etwa ausgerechnet den Mörder gefragt, ob er ihr beim Ermitteln half? Woher allerdings hätte er genug Geld für gefütterte Klamotten und Benzin hernehmen sollen? Und für die Jagdausrüstung?

Lou konnte den Typen vielleicht nicht leiden, doch dass er nachts um den Feuersee schlich und Frauen umbrachte, glaubte sie trotzdem nicht. Aber es kam nicht auf ihren Glauben an. Deshalb ließ sie ihn auf der Liste.

Lou lehnte sich zurück. Sah sich noch einmal alle Namen an. War sie vollkommen auf der falschen Fährte? Hatte das Hilfsmobil gar nichts mit der ganzen Sache zu tun? Es gab jede Menge anderer Wohnungslosentreffs, die vielleicht genauso von allen toten und verschwundenen Frauen besucht worden waren. Und vielleicht arbeitete der Täter nicht einmal selbst bei einer solchen Einrichtung, sondern hatte nur einen Helfer oder eine Helferin dort.

Sie schlug die Hände vors Gesicht. Es war im Grunde aussichtslos.

Trotzdem musste sie weitermachen. Vor ihrem inneren Auge sah sie das Foto von Nick Arburger mit dem toten Hirsch.

Nick, dachte sie plötzlich. Nick. Den Namen hatte sie neulich irgendwo gesehen oder gehört. Sie wusste bloß nicht mehr, wo.

Eine Weile suchte sie noch so viel wie möglich über das Hilfsmobil heraus, dann schickte sie Ronny eine Mail mit allem, was sie herausgefunden hatte. Was leider fast gar nichts war, wie sie zugeben musste. Sie bat Ronny, nach den Adressen der Hilfsmobilmitarbeiter zu forschen, die ihr fehlten, und außerdem darum, einige andere größere Wohnungslosentreffs abzutelefonieren, um mögliche weitere Zusammenhänge zwischen den Opfern aufzudecken.

Schließlich durchsuchte sie das Internet noch einmal nach allem, was sich zum Thema »Strohblumen« finden ließ. Nichts Neues. Wieso hatte der Mörder solche Blüten zu seinen toten Opfern gelegt?

Mit der flachen Hand schlug sie auf den Tisch. Nichts. Sie hatte nichts.

Die nahe gelegene Turmuhr schlug halb zwölf. Lous Angst um Jenny wuchs. Sie beschloss, zum Bahnhof zu gehen, weil sich dort viele von Jennys Bekannten aufhielten und Jenny in den letzten Tagen gern dort gewesen war. Vielleicht hatte sie doch nur irgendwo übernachtet, wie letztes Mal? Vielleicht saß sie jetzt schon auf dem Vorplatz an einen der großen Hunde angelehnt und trank ein Bier? Vielleicht war die Blume in Livies Käfig doch nur Rattenfutter?

Der Regen hatte aufgehört, aber es war kalt und diesig. Die Luft stank nach Heizungsrauch, Abgasen und Nässe. Lou ging an der großen Straße entlang. Sie musste Jenny finden. Sie musste einfach. Sie versuchte die Bilder zu verdrängen, die in ihrem Kopf entstanden. Jenny, tot auf dem Boden. Erwürgt. Mit einem Messer im Genick. Wie jemand sie mit Benzin übergoss und anzündete. Ihre schwarz verkohlte Leiche mit einer Strohblume darauf. Für einen Moment musste sie stehen bleiben, weil ihr so schlecht war, dass sie sich beinahe übergeben musste.

Wie hatte der Täter Jenny eigentlich gefunden, falls es nicht Dr. Bayer gewesen war? Wie zum Teufel hatte er es geschafft, sie beide immer wieder aufzuspüren?

An Zufall glaubte sie nicht und auch nicht daran, dass ein einzelner Täter sie die ganze Zeit beobachtete. Das war kaum vorstellbar. Waren es also mehrere? Wenn der Irre zum Beispiel einer Gruppe wie den Stadtguards angehörte, dann wäre das möglich. Das konnte für diesen Vincent sprechen, der das Freiwillige Soziale Jahr machte.

Oder war es etwas anderes? Gab es etwas, das den Täter zu ihr und Jenny geführt hatte? Lou ging jede ihrer Begegnungen mit dem Maskierten noch einmal durch. Angefangen hatte es am Feuersee. Sie hatte die Jacke geklaut und danach ... Die Jacke! Verdammte Scheiße. Sie blieb ruckartig stehen.

Aber Jenny ... Auch das ergab Sinn. Jenny hatte in der Mall mit ihr Jacken getauscht, sie, Lou, hatte Jennys Mantel getragen und Jenny hatte ihre geklaute Jacke bei sich gehabt. Lou schnellte herum. Taumelte beinahe auf die Straße. Ein Auto fuhr durch eine große Pfütze direkt neben ihr, spritzte sie nass. Sie spürte es kaum. Rannte los. Sie musste zurück zur Bibliothek.

Kapitel 37

Ihre mit kaltem Wasser durchnässte Hose klebte an ihrem Bein, als sie zu den Schließfächern eilte, wo ihre und Jennys Habseligkeiten eingeschlossen waren. Mit zitternden Händen öffnete sie den Spind. Riss die nasse, müffelnde Jacke aus der Plastiktüte. Tastete Zentimeter für Zentimeter das Innenfutter ab. Die Ärmel. Nichts. Dann das Rückenteil. Nichts. Sie war schon fast der Überzeugung, sich getäuscht zu haben, als sie seitlich im Kragen etwas Hartes bemerkte, das da nicht hingehörte. Sie versuchte, das Futter aufzureißen. Es war fest vernäht. Verdammt. Sie riss und zerrte. Rubbelte mit dem Stoff schließlich über eine raue Ecke der Wand. Mit einem leisen Ratschen platzte der Kragen endlich auf. Lou bohrte ihren Finger ins Innenfutter. Und hielt wenig später ein kleines schwarzes Ding in der Hand. Einen Peilsender. Sie stieß keuchend Luft aus. Der Täter hatte sie getrackt! Den Sender in einer Jacke versteckt, die bei diesem Wetter für jede Wohnungslose unwiderstehlich sein würde.

Was für ein krankes Schwein. Lou brach der kalte Schweiß aus. Wahrscheinlich hatte der Mörder so alle seine Opfer stets wiedergefunden. Er hatte einfach Kleider mit eingenähten Peilsendern verteilt. Und wenn man davon ausging, dass er sich seine Opfer gezielt aussuchte, musste er auf jeden Fall jemand sein, der Zugang zum Hilfsmobil hatte.

Dr. Bayer, dachte sie. Also doch. Nein. Nein, er *konnte* es nicht sein. Sondern Viola. An dem Abend, an dem sie die Jacke geklaut hatte, war Viola beim Hilfsmobil gewesen. Und hatte Nylah nicht erzählt, dass Viola ihr einen Schal, eine Mütze und Handschuhe geschenkt hatte? Und Vani, die verschwunden war. Sie hatte »von der netten Krankenschwester« Schuhe bekommen.

Lou wurde eiskalt. Hatte also Viola all die Frauen getötet? Warum? Lou ballte die Hand zur Faust. Ihr Angreifer war eindeutig ein Mann gewesen. Was wohl bedeutete, dass Viola mit ihm zusammenarbeitete. Die Krankenschwester und Dr. Bayer? Oder Viola und jemand anders?

Lou tastete die Jacke, die sie in der Nacht von Bayer bekommen hatte, ab, aber in deren Innenfutter schien nichts zu stecken, was dort nicht hingehörte. Sie schloss alles wieder ein und rannte die Treppe zu den Computern hoch, Jennys Mantel schlabberte um ihre Beine. Verdammt, alle Plätze waren belegt. Sie wandte sich an eine freundlich aussehende ältere Frau, fragte, ob sie für einen Moment den Rechner benutzen dürfe, sie müsse eine eilige Mail verschicken. Die Frau wollte erst etwas erwidern, aber als Lou sie an der Schulter packte und auf sie einredete, nickte sie erschreckt, erhob sich und entfernte sich schnell. Lou rief ihre Mails auf. Eine Nachricht von Chantale Bonhöfer. Mit klopfendem Herzen öffnete sie sie.

Ich möchte mit der alten Geschichte nichts mehr zu tun haben. Keiner hat mir damals geglaubt. Aber ich war mir sicher, dass mit dem Nick was nicht gestimmt hat, das war ein Medizinstudent, der ...

Jemand tippte ihr von hinten auf die Schulter. Ein Securitytyp der Bibliothek, vermutlich alarmiert von der Frau, die sie vertrieben hatte.

»Ich würde Sie bitten, jetzt zu gehen!«, sagte er.

»Einen Moment. Ich bin gleich weg. Ich muss noch eine Mail ...«

Der Typ packte ihren Arm und wollte sie von ihrem Stuhl wegziehen. Sie befreite sich aus seinem Griff, aber der Typ packte erneut zu, diesmal war es aussichtslos, wenn sie ihn nicht ernsthaft verletzen wollte.

Der Mann brachte sie erst zum Schließfach und dann zum Ausgang, erteilte ihr Hausverbot und warf sie in die Kälte hinaus. Sie stürmte hinüber zur U-Bahnstation. Sie musste Ronny mitteilen, was sie herausgefunden hatte, und am besten auch der Polizei. Dass es möglich war, dass Viola gemeinsam mit diesem Medizinstudenten Nick Arburger Frauen mit Peilsendern versah und später tötete. Und das konnte sie nur am Bahnhof mit Juris Handy.

Danach würde sie zu Viola fahren und notfalls aus ihr herausprügeln, wo sich Jenny befand.

Plötzlich fiel ihr auch ein, wo sie den Namen Nick vor Kurzem gelesen hatte: auf einem der Tattoos auf Violas Arm.

Während der quälend langen Bahnfahrt dachte sie fieberhaft nach. Dann kramte sie mit zitternden Händen in Jennys

Rucksack und förderte deren Zeichenhefte zutage, um zu prüfen, ob ihr Angreifer diesem Nick Arburger ähnelte.

Jenny konnte fantastisch zeichnen, und das Buch war voll mit Bleistiftskizzen, die verschiedene Leute zeigten, möglicherweise Bekannte von Jenny, und jede Menge Bilder von Livie und von Hunden. Recht weit hinten fand Lou neben der Zeichnung ihres Angreifers, die Jenny der Polizistin im HiRa gezeigt hatte, noch weitere, sowohl von dem Angriff im Keller des Hochhauses als auch bei den Fahrradständern. Sie betrachtete alles noch einmal ganz genau. Wirklich erstaunlich, wie viele Details Jenny in so kurzer Zeit und in einer solchen Stresssituation und bei schlechten Lichtverhältnissen hatte aufnehmen und später wiedergeben können. Sie musste außerordentlich begabt und offenbar mit einer Art fotografischem Gedächtnis ausgestattet sein. Sie hatte sogar das Buch, das ihrem Angreifer aus der Tasche gefallen war, skizziert. Sie hatte es gezeichnet, wie es im Regen auf dem von den Straßenlaternen erleuchteten Boden lag. Ein altes Buch. Ein Märchenbuch vielleicht. *La Femme du Lac.* Neben dem Titel hatte Jenny den Teil eines Kopfs einer hässlichen, krötenartigen Frau skizziert, die den Fuß eines Kindes umschlungen hielt, das offenbar verzweifelt versuchte abzuhauen. Lou schauderte, sie hatte Märchen, die mit Grausamkeiten meist nicht sparten, nie gemocht.

Der Zug hielt, und sie stieg aus und rannte zum Bahnhof hinüber. Vor dem Haupteingang hatte sich eine große Gruppe Stadtguards versammelt. Sie trugen Schilder mit der Aufschrift *Solidarität mit unserem erstochenen Kameraden* und *Obdachlose = Mörder.*

Als Lou ins Gebäude hineinwollte, wurde sie von zwei Typen dumm angepöbelt, die den Bahnhof zur »pennerfreien Zone« deklarierten. Auch wenn sie gute Lust hatte, den Idioten eins in die Fresse zu zentrieren, diskutierte sie nicht lange, sondern tat so, als entferne sie sich, lief um den Bahnhof herum zum Nordeingang. Dort gelangte sie unbehelligt in die Halle.

Sie fand Juri mit einer kleinen Gruppe Wohnungsloser ein wenig versteckt hinter einem Kiosk. Er blutete aus einer Wunde an der Schläfe und erklärte ihr auf ihre Frage, er sei mit einem Stadtguard kollidiert.

Lou gab ihm eine Zusammenfassung ihrer bisherigen Rechercheergebnisse und bat ihn, noch einmal sein Handy benutzen zu dürfen. Nachdem sie Ronny eine WhatsApp geschickt und ein weiteres Mal versucht hatte, Jenny zu erreichen, suchte sie im Internet nach dem von ihrer Begleiterin in ihrem Zeichenheft skizzierten Buch. Vielleicht hatte es der Angreifer nicht zufällig dabeigehabt und es enthielt irgendeine nützliche Information.

Die Geschichte hieß *La Femme du Lac* und handelte von Fleur, der uralten Frau aus dem See, einer mittelalterlichen französischen Sagengestalt. Ihr wurde nachgesagt, dass sie Menschen ertränkte, indem sie unter Wasser im Schlamm auf sie lauerte und sie schließlich in die Tiefe zog. In einer anderen Variante der Sage verunreinigte sie das Wasser mit ihrem giftigen Blut, sodass ihre Opfer jämmerlich zugrunde gingen, wenn sie sie damit besprietzte. Fleurs Haut glich der einer Kröte, sie hatte die Augen eines Fischs, und ihre Haare bestanden aus Blutegeln, Wasserschlangen und

Würmern. Die Seefrau wurde als Personifizierung der Angst angesehen. Deshalb galt sie als unbesiegbar. Wer sie dennoch überwand, in einem offenen Kampf, erlangte Unsterblichkeit. Dafür musste derjenige aber etwas finden, vor dem die Seefrau selbst Angst hatte, und das war noch nie jemandem gelungen. Denn wovor sollte die Angst selbst sich fürchten?

Viele hatten es der Sage nach versucht, aber alle waren gescheitert und grausam umgekommen, sodass die Seefrau bis heute ihr Unwesen in den Gewässern trieb. Das Einzige, das sie zumindest besänftigen konnte, waren Strohblumen. Sie liebte deren Blüten, und jedes Jahr hielten die Leute zu ihren Ehren ein Strohblumenfest ab und wählten eine Strohblumenkönigin, die der Seefrau ein Geschenk aus den schönsten Blumen überreichte. Interessanterweise stammte Fleur aus derselben Gegend wie Nick Arburgers Eltern. Clairvaux-les-Lacs.

Lous Atem ging schneller. Nur: Was hatte eine krötenartige, alte Frau, die Leute ertränkte, mit jungen verbrannten Wohnungslosen zu tun?

Offenbar war die Seenähe ja für die Taten wichtig. Lou bat Juri daher, mit seiner kleinen Truppe erst zur Polizei und im Anschluss zum Feuersee zu fahren und die gesamte Gegend nach Jenny, Viola und Nick Arburger abzusuchen. Sie mahnte sie, vorsichtig zu sein und gegebenenfalls Abstand zu Nick und Viola zu wahren. Außerdem sollten ein paar Leute auch die Klinik überwachen, in der die Krankenschwester arbeitete.

Juri und eine der Frauen aus der Gruppe versprachen, sich gleich auf den Weg zur Polizei zu machen, die anderen wollten sich aufteilen und die verschiedenen Orte absuchen. Die beim Hilfsmobil geklaute Jacke und den Peilsender überließ Lou Juri mit der dringenden Bitte, sie auf dem Revier abzugeben. Sie selbst würde sofort zum Krankenhaus fahren und Viola zur Rede stellen.

In diesem Moment betraten einige Stadtguards den Bahnhof und näherten sich ihrer kleinen Ansammlung.

»Verdammte Scheiße«, entfuhr es Lou.

»Wir halten sie auf«, flüsterte Juri. »Dann kannst du zur U-Bahn abhauen.«

Lou nickte und verschwand Richtung Rolltreppe, während Juri und seine Gruppe Obdachloser geschlossen auf die Stadtguards zumarschierten.

Nachdem Lou sich in der Klinik durchgefragt hatte, erfuhr sie, dass Viola heute freihatte, sodass sie sich wenig später ins Katzenbachviertel aufmachte.

Viola wohnte in einem der heruntergekommenen Hochhäuser. Vor dem Gebäude türmte sich ein riesiger Berg Sperrmüll neben großen Restmüllcontainern. Eine Stehlampe mit einem Gestell aus seltsam verbogenen Drähten ragte in den Weg, direkt vor der Haustür lag ein stinkender Haufen Hundekot.

Das Klingelschild verriet Lou, dass die Wohnung auf dem fünften Flur liegen musste. Die Eingangstür war nicht verschlossen. Sie betrat das Haus und fuhr in einem über und über mit Graffiti beschmierten Aufzug nach oben, der gefährlich ruckelte. Klingelte an der Tür. Nichts rührte sich. Sie klingelte wieder. Klingelte und klopfte. Niemand öffnete. Wo war die Frau? Sie *musste* mit ihr sprechen. Sollte sie einfach warten? Aber was, wenn Jenny in der Zwischenzeit etwas passierte? Oder war sie etwa schon tot?

Lou verbot sich den Gedanken und betete, dass es Juri und den anderen gelungen war, an den Stadtguards vorbeizukommen und die Polizei zu informieren. Und dass die ihnen glaubte und jemanden herschickte. Und hoffentlich hatte sich auch Ronny inzwischen auf den Weg in die Stadt gemacht.

Eine Weile stand Lou unschlüssig im Flur. Dann betrachtete sie die marode Wohnungstür mit Violas Namensschild genauer. Viele ehemalige Bewohner hatten ihre Kerben hinterlassen. Das Ding sah nicht sonderlich stabil aus. Durch eine breite Ritze unter der Tür fiel schwaches Licht in den Gang. Vermutlich gab es kein Sicherheitsschloss.

Lou hatte sich eigentlich geschworen, nie wieder ein Schloss zu knacken, aber sie musste da rein, um einen möglichen Hinweis auf Jennys Aufenthaltsort zu finden. Vielleicht befand sich Jenny ja sogar in Violas Wohnung.

Die Lampe, dachte sie plötzlich. Die Stehlampe aus Draht. Sie lief die Stufen nach unten und vors Haus. Zog, zerrte und bog an der alten Lampe, bekam schließlich ein langes Stück Draht ab. Es war nicht sonderlich biegsam, keine Ahnung, ob es ihr helfen würde.

Zurück vor der Tür der Krankenschwester versuchte sie, den Draht unter der Türritze durchzuschieben und damit von innen die Klinke zu erreichen, aber schnell merkte sie, dass es ihr nicht gelingen würde, egal wie geschickt sie sich anstellte. Verdammt noch mal.

Wieder stieg sie die Treppe nach unten. Öffnete einen Müllcontainer nach dem nächsten. Endlich fand sie, was sie suchte: ein flaches Stück Plastik, das sie schließlich seitlich zwischen Violas Tür und Rahmen einführte und nach unten drückte. Mit einem leisen Klicken sprang die Tür auf.

Sie betrat die Wohnung. »Viola?«

Niemand antwortete.

Sie schritt durch einen engen Flur, an dessen Wänden Kinderbilder und Fotos hingen und von dem vier Türen abgingen. Ein kleines, sehr sauberes Bad. Ein Kinderzimmer, das laut eines neonbunten Namenschildes einer Lucy gehörte und vollgestopft war mit rosa Plastikspielzeug. Ein düsteres Schlafzimmer mit grauem Bettzeug, einem Betttischchen mit Büchern und einem Schreibtisch. Schließlich ein helles Wohnzimmer mit einer abgenutzten, orangefarbenen Couchgarnitur. Alles war klinisch sauber.

Nach dem ersten kurzen Rundgang blieb Lou stehen. Ihr Herz klopfte ihr bis in den Hals. Sie betrat das Schlafzimmer. Trat hinüber zum Schreibtisch, auf dem ein ordentlich zusammengefalteter Schlafsack lag. Und Nadel und Faden. Im Mülleimer unter dem Tisch eine Verpackung, auf der ein Chip abgebildet war, der aussah wie der Peilsender in Lous Jacke. *Happytracker*, so nannte sich das Ding. Mit zitternden Fingern tastete sie den Schlafsack ab. Fand schließlich die kleine, harte Stelle.

Verdammt. Sie hatte recht gehabt. Auch wenn sie sich schwer vorstellen konnte, dass Viola, die so nett zu ihnen gewesen war, gemeinsam mit diesem Nick Frauen umbrachte.

Was für einen absurden Grund mochte die Krankenschwester wohl haben?

Lous Hände waren feucht, als sie die Schreibtischschubladen aufzog. Alle leer. Sie schaute sich im Raum um. Hinter der Tür stand ein dunkelgrau gestrichener Kleiderschrank. Sie öffnete die Schranktüren. Links ordentlich gestapelt Violas Kleidung. Rechts mehrere durchsichtige Kisten, die offenbar ebenfalls Klamotten enthielten. Sie wühlte alles durch, warf die Sachen achtlos zu Boden. In einer der Kisten stieß Lou auf eine dünne Akte, in der Viola einige ältere Arztbriefe von sich abgeheftet hatte. Offenbar litt sie an einer *asthenischen Persönlichkeitsstörung*, was auch immer das sein mochte, sowie an einer Angststörung. Lou überflog die Papiere. *Frau Waldmann ordnet eigene Bedürfnisse denen anderer extrem unter, auch über ihre ethischen und moralischen Grenzen hinaus ... starke Abhängigkeit vom jeweiligen Lebenspartner, für den sie alles tun würde ... Angst, verlassen zu werden ... Keinerlei Krankheitseinsicht ...*

Das konnte erklären, wieso Viola Nick half. Lou wühlte die Kiste weiter durch und fand ein Foto, das einen Mann zeigte, den sie vorhin schon im Internet gesehen hatte: Nick Arburger.

Schnell ging sie zurück in den Flur und dann ins Wohnzimmer. Leider nirgends in der Wohnung ein Telefon. Vermutlich gehörte die Krankenschwester zu den Menschen, die lediglich ein Handy besaßen, das sie ständig bei sich trugen.

Lou zögerte. Sie sollte sofort abhauen und zur Polizei gehen. Aber die Fahrt in die Stadt dauerte lang, und sie brauchte erst einen Hinweis darauf, wo Jenny steckte, verdammt. Sie kehrte ins Schlafzimmer zurück. Durchsuchte alles noch einmal, sah sogar unter dem Bett nach. Nichts, das ihr weiterhalf. Als sie mit dem Schlafzimmer fertig war, machte sie im Wohnzimmer weiter, danach mit der Küche. Und dort, zwischen den Putzmitteln, entdeckte sie einen zusammengefalteten Zeitungsartikel, den Viola offenbar versteckt hatte. Die Schrift war verblichen, er musste schon älter sein. Und der Text war auf Französisch geschrieben.

Leider hatte Lou nie Französisch, sondern Latein in der Schule gehabt, aber sie erkannte die Wörter *Clairvaux-les-Lacs, Police* und *mort*. Und das Wort *squelette*, von dem sie annahm, dass es »Skelett« hieß. Neben dem Artikel zeigte ein Foto eine ungefähr dreißigjährige, magere, ein wenig verlebt aussehende Frau mit hellen Haaren, die einen Blumenkranz auf den Haaren trug. *Cathérine Grellier. Reine de l'immortelle.* Sie war offenbar Königin von irgendetwas gewesen, diese Cathérine.

Lou starrte die Bildunterschrift an. Irgendwoher kam ihr das Wort »immortelle« bekannt vor. Sie hatte es vor Kurzem schon einmal … Unsterblich? Königin der Unsterblichen? Was sollte das … Nein, Immortellen, jetzt wusste sie es wieder! So wurden Strohblumen auch genannt, das hatte Ronny ihr erzählt. Cathérine Grellier war offenbar mal die »Strohblumenkönigin« gewesen! Die der »Frau aus dem See« das Blumengeschenk überreichte!

Lou versuchte, den Artikel zu verstehen. *Cathérine aimait les fleurs de paille par-dessus tout. À cause de leur immortalité. Elle portait toujours une couronne d'immortelles sur la tête.* Keine

Chance. Irgendwas mit Blumen und Unsterblichkeit und Kopf, aber was, verdammt? War diese Cathérine gestorben? Wenn ja, was hatte sie mit den jungen toten Wohnungslosen zu tun? Die Sache mit den Strohblumen und der Frau aus dem See konnte aber unmöglich Zufall sein. Lou steckte den Artikel ein.

Sie wollte gerade den nächsten Schrank unter die Lupe nehmen, als sie hörte, wie sich der Schlüssel im Türschloss drehte.

Kapitel 38

Kalte Wut machte sich in ihm breit. Er beobachtete die Wohnung der Sklavin auf dem Bildschirm. Gut, dass er die Überwachungskamera mit dem Bewegungsmelder angebracht hatte.

Fleur war einfach eingebrochen. Und die Sklavin war schon wieder nachlässig gewesen, hatte den Schlafsack auf dem Tisch und die Verpackung im Mülleimer liegen lassen, sodass Fleur alias Penner-Lou sie gefunden hatte. Dafür würde er die Sklavin später bestrafen. Schrecklich bestrafen. Schade, dass er sie nicht töten konnte, denn er brauchte sie noch.

Zum Glück nicht mehr lange. Der Tod der Sklavin würde ihm ein besonderes Vergnügen bereiten.

Fleur durchwühlte gerade die Küchenschränke. Irgendetwas hatte sie gefunden … Es sah aus wie … Verflucht, es sah aus wie einer der Artikel über Cathérines Tod, die er auf dem Dachboden in seiner alten Schatzkiste … Das konnte doch gar nicht sein. Was maßte sich die Sklavin an, dass sie einen Bericht über Cathérine versteckte?

Diese Lou-Fleur mochte unglaubwürdig sein, eine verurteilte Lügnerin, dennoch war das eine gefährliche Situation. Außerdem wusste sie irgendwas. Keine Ahnung, wie sie herausgefunden hatte, dass die Sklavin mit drinsteckte.

Er spürte, wie sich die Härchen auf seinen Armen aufstellten. Er hasste dieses Gefühl. Fleur war gerissen und schwer zu besiegen. Er schlug mit der Faust auf den Tisch. Gleichgültig. Diesmal würde er triumphieren.

Denn er hatte etwas herausgefunden, was noch nie jemand herausgefunden hatte und von dem keine einzige Sage berichtete: Die Frau aus dem See konnte doch Angst verspüren. Und er wusste auch, wovor sie sich fürchtete. Vor Hunden. Doch vor allem davor, dass der rosahaarigen Fotze in seinem Keller etwas passierte.

Wieder schaute er auf den Bildschirm. Fleur durfte nicht entkommen. Zeit für Plan B. Die Sklavin war auf dem Weg, sie würde ihm Fleur bringen. Deshalb hatte er sie hingeschickt. Dem Tracker zufolge stieg die Sklavin gerade die Treppe zu ihrer Wohnung hoch.

Er lächelte kalt.

Die Schonzeit war vorbei. Heute noch würde er die Schlampen töten. Erst die rosahaarige Fotze, um Macht über die Frau aus dem See zu bekommen. Und dann Fleur selbst.

Danach würde er unbesiegbar sein. Und unsterblich.

Kapitel 39

Viola kam nach Hause. Ausgezeichnet. Lou sah sich fieberhaft um, während sie instinktiv ins Schlafzimmer hinüberlief. Sie würde sich zunächst irgendwo verstecken. Jetzt waren Schritte in der Wohnung zu hören, die über den Flur tappten. Lou presste sich hinter die angelehnte Schlafzimmertür und machte sich bereit. Sie würde keinerlei Probleme damit haben, Viola zu überwältigen. Sie würde …

»Komm raus, Lou«, erklang die Stimme der Krankenschwester in diesem Moment. »Wir wissen, dass du hier bist.«

Das war unerwartet, aber es spielte keine Rolle. Ohne zu zögern trat Lou aus dem Schlafzimmer, hielt auf die Frau zu, die zurückwich. »Wo ist Jenny?«, fragte sie.

Viola sagte nichts. Starrte Lou nur mit ihren großen Augen an. Aber Lou konnte deutlich darin lesen, dass die Krankenschwester die Antwort auf die Frage kannte.

»Wieso ermordest du Frauen?«, fauchte sie.

Viola schwieg.

»Du nähst Peilsender in Klamotten und Schlafsäcke ein

und verschenkst sie an ausgewählte Obdachlose, nicht wahr? Damit du sie später aufspüren kannst.«

Viola lächelte. »Ich mache es nur für ihn. Ich liebe ihn und will nicht, dass er böse wird.«

Lou fielen mehrere Hämatome auf, die sich um Violas Hals zogen wie ein grausamer Schal. Sie schluckte. »Wer ist ›er‹? Nick Arburger?«

Die Krankenschwester sah erstaunt aus, bevor sie nickte.

»Und dann tötet ihr zusammen, oder was? Wieso tut ihr das? Ich habe immer gedacht, du arbeitest beim Hilfsmobil, weil du ein netter Mensch bist.«

Viola schüttelte trotzig den Kopf. »Meistens mache ich nicht mit, wenn er sie tötet. Nur wenn er sagt, dass ich muss. Und die Frauen haben es verdient, sagt Nick. Es sind obdachlose Schlampen, und er tut der Welt einen Gefallen.«

»Du weißt, dass das nicht richtig ist, und du musst ihm auch nicht helfen. Bitte, verrate mir, wo Jenny ist. Lass uns zur Polizei gehen.«

»Er hat gesagt, dass du so was sagen würdest. Weil du uns auseinanderbringen willst. Aber nichts kann uns trennen.«

»Er lügt dich an, Viola. Er ist ein Mörder und misshandelt dich!«

»Er ist mein Freund. Er kümmert sich um mich. Hat mich sogar aus dieser schrecklichen Therapie geholt, wo die mir einreden wollten, dass ich krank sei. Dabei bin ich das gar nicht. Nick ist Arzt. Er weiß das. Wir werden bald heiraten.«

»Ihr werdet niemals heiraten. Ihr …«

»Halt den Mund, Lou! Du bist ein böser Mensch«,

zischte Viola. So hatte Lou die Krankenschwester noch nie sprechen hören, wie eine Fremde kam sie ihr vor. Ihre Pupillen waren unnatürlich groß, und Lou fragte sich, ob Nick sie vielleicht zusätzlich zu ihrer offensichtlich krankhaften Abhängigkeit von ihm unter irgendwelche Drogen gesetzt hatte, die sie gefühllos und gefügig machten. Sie trat noch einen Schritt auf Viola zu, packte sie.

»Hey, du tust mir weh.« Viola versuchte, sich zu befreien, aber Lou griff nur noch fester zu. Schlang ihren Arm um den Hals der Frau und drückte zu. »Wo ist Jenny?«, fragte sie. »Ihr müsst sie gehen lassen.«

Viola holte keuchend Luft und machte eine Bewegung, die wohl ein Kopfschütteln sein sollte.

»Bitte, Viola. Lass uns zur Polizei gehen. Bestimmt hast du das alles nicht gewollt, und wenn du Jenny rettest, wird dir das später helfen.« Lou lockerte den Griff um Violas Hals etwas.

»Willst du zu ihr?« Die Stimme der Krankenschwester klang jetzt tonlos. »Ich kann dich zu ihr bringen.«

»Ja, bring mich zu Jenny, danke. Aber wir sollten vorher auf jeden Fall die Polizei anrufen und …«

»Nein, nur du«, sagte Viola. »Sonst wirst du nie erfahren, wo Jenny ist. So will es Nick.«

»Gut, dann lass uns fahren.« Dieser Nick war zwar stark, aber kein sonderlich guter Kämpfer, sie würde ihn vermutlich …

»Dann los, beeil dich. Nicht, dass wir zu spät kommen.«

»Was meinst du damit?« Lous Stimme geriet schrill. Eis pulste durch ihre Adern.

Viola blieb ihr die Antwort schuldig, schlurfte einfach zur Tür und trat in den Hausflur. Lou folgte ihr aus der Wohnung, zum Auto hinunter, das in einer abgeranzten Tiefgarage stand. Lou wandte sich zur Beifahrerseite. Auf der Fahrt würde sie versuchen, die Frau umzustimmen und doch zur Polizei …

»Ich muss dich betäuben«, sagte Viola in diesem Moment. Sie öffnete den Kofferraum und holte etwas heraus.

»Auf keinen Fall.« Lou blieb stehen. Das war Wahnsinn, zumal sie nicht einmal wusste, ob Jenny noch lebte. Sie wusste nicht mal hundertprozentig, ob die beiden Jenny überhaupt in ihrer Gewalt hatten oder nur ein übles Spiel mit ihr trieben.

»Schade«, meinte Viola und zuckte mit den Schultern, als ginge es um nichts. »Dann wirst du nie erfahren, was mit deiner Freundin ist.«

»Hör zu, Viola. Bring mich einfach zu Jenny. Ich habe einem Journalistenkollegen von früher alles mitgeteilt, es ist nur eine Frage der Zeit, bis die Polizei kommt, und dann …«

»Du lügst.«

»Ich lüge nicht. Wenn du mich kurz telefonieren lässt, dann …«

Die Krankenschwester lachte auf. »Du bist feige und ängstlich und schwach. Das hat er auch gesagt.«

»Woher soll ich wissen, dass du die Wahrheit sagst?« Lou kämpfte gegen aufsteigende Panik an. »Vielleicht ist Jenny schon lange tot? Oder ihr habt sie gar nicht?«

»Jenny lebt noch. Aber nicht mehr lange. Nick ist bei ihr. Er hat gesagt, wenn wir in einer Stunde nicht bei ihm sind, verbrennt er sie bei lebendigem Leib und schickt dir den Film. Also sollten wir uns lieber beeilen.«

»Viola, ich flehe dich an! Lass uns wenigstens Hilfe rufen.«

Die Krankenschwester wirkte abwesend und reagierte nicht.

»Was will er? Wieso tut er das?«, fragte Lou.

Viola schaute zu Boden. »Du bist die Frau aus dem See«, murmelte sie. »Er muss dich töten. Dann wird er unsterblich. Ich liebe ihn. Ich will, dass er glücklich ist.«

»Er ist verrückt! Bitte, Viola, verdammt noch mal, hilf mir doch! Du bist kein böser Mensch, du willst das doch bestimmt gar nicht.«

Viola holte nur wortlos ihr Handy aus der Hosentasche. Tippte darauf herum.

Für einen Moment dachte Lou, sie würde wundersamerweise doch die Polizei rufen, aber Sekunden später streckte die Krankenschwester ihr das Handy entgegen. Darauf war Jenny zu sehen. Gefesselt und geknebelt. Sie blutete aus einer Wunde im Gesicht und starrte panisch in die Kamera.

Lou war versucht, Viola das Telefon aus der Hand zu reißen und 110 zu wählen, ließ es jedoch bleiben. Wenn Nick bei Jenny war, würde das Dreckschwein seine Drohung bestimmt sofort wahrmachen.

Die Krankenschwester steckte das Telefon wieder ein.

»Wenn ich mitkomme, lasst ihr Jenny dann gehen?«, fragte Lou. Ihre Stimme überschlug sich.

Viola lächelte traurig.

Lou dachte an ihre Mutter. Wie sie eines Tages einfach

weggewesen war. Daran, wie sie selbst sich unter der Bettdecke versteckt hatte, als es darauf angekommen wäre, Mut
zu beweisen. Wie Ellie, als sie am nächsten Morgen auf der
Trage gelegen hatte, ihre Hand genommen und sie mit gla-
sigem Blick angeschaut hatte, halb tot schon. Lou hatte ihr
zugeflüstert, dass alles gut werden würde. Aber auf der Fahrt
ins Krankenhaus war Ellie ins Koma gefallen und nie wieder aufgewacht.

Sie wusste, was sie zu tun hatte.

»Gib mir dein Wort«, forderte sie Viola auf und blickte
ihr diesmal direkt in die trüben Augen. »Dass ihr Jenny gehen lasst, wenn ihr mich habt. Er kann mich töten, aber ihr
müsst Jenny freilassen.«

»Ich fürchte, du bist nicht in der Situation, um Forderun-
gen zu stellen.«

»Er will *mich*. Aber er wird mich nicht bekommen, wenn
du mir nicht versprichst, dass ihr dafür Jenny gehen lasst.«

Viola schien nachzudenken, schließlich nickte sie und
wandte sich ab.

Nicht sonderlich vertrauenerweckend, jedoch ihre einzige Chance.

»Einverstanden, dann betäub mich«, brachte Lou heraus.

Viola wirkte, als sei eine schwere Last von ihr abgefallen.
»Steig bitte in den Kofferraum«, sagte sie.

Jetzt klang sie wieder genauso freundlich und zuvor-
kommend wie als Krankenschwester des Hilfsmobils.

Kapitel 40

Fleur lag betäubt und gefesselt in der alten Pferdebox. Sie sah billig und heruntergekommen aus in ihren scheußlichen Kleidern. Aber er ließ sich nicht täuschen. Wusste er doch, wie mächtig sie war. Dass sie sich nur verstellte. Lou Endres.

Hatte sie etwa gedacht, er würde sie nicht erkennen und nicht merken, dass sie Fleur war? So oft, wie er sich ihr schon entgegengestellt hatte? Sogar im Feuersee hatte er gebadet, wohin sie ihm aus Clairvaux gefolgt war. Er lachte hämisch. Im Grunde war sie genauso dumm wie all die anderen Schlampen auch.

Er sah er auf die Frau hinunter. Er hatte sich zusammenreißen müssen, ihr nicht gleich den Hals zuzudrücken und sie abzustechen, solange sie bewusstlos war. Aber das erforderte keinen Mut. Wer Fleur wirklich besiegen wollte, musste ihr Auge in Auge gegenübertreten. Dazu jedoch musste er der Blutgott sein.

Deshalb hatte er die Rosahaarige so lange am Leben erhalten. Sie qualvoll zu töten und sich mit ihrem warmen Blut einzureiben, bevor er sich der Frau aus dem See stellte, würde ihm die nötige Stärke verleihen, um Fleur an den Feuersee zu bringen und endgültig zu besiegen.

Danach würde er unsterblich sein.

Er kontrollierte noch einmal die Fesseln. Wenigstens das hatte die Sklavin anständig hinbekommen. Dass ihr beim Hilfsmobil aufgefallen war, dass Fleur Angst vor Hunden hatte, war genauso nützlich gewesen. Vielleicht würde er ihre Strafe also ein wenig verkürzen. Später. Wenn Fleurs Tod ihn milde gestimmt hatte.

Er spuckte auf die am Boden liegende, regungslose Gestalt. Lächelte. Spürte schon jetzt, wie die Macht in ihm wuchs.

Kapitel 41

Das Erste, was Lou hörte, als sie aufwachte, war der Regen, der aufs Dach prasselte. Sie lag auf eiskaltem Steinboden. Dämmerlicht herrschte um sie herum. Ihr Körper fühlte sich steif an, ihre Hände schmerzten dumpf. Sie konnte sie kaum bewegen. Über ihr hingen mehrere Büschel Strohblumen, an ein marodes Brett genagelt, auch um sich herum auf dem Boden entdeckte sie überall getrocknete Blüten. Zuerst wusste sie nicht, was passiert war, aber dann kam die Erinnerung schlagartig zurück. Viola. Ihre eigene Einwilligung, sich von der Krankenschwester betäuben zu lassen.

Immer noch leicht benebelt versuchte sie, sich aufzusetzen. Es ging nicht. Ihre Handgelenke und ihre Beine waren fest verschnürt. Angst stieg in ihr hoch. Ihr Herz schlug schnell.

Von irgendwoher ertönte das leise Bellen eines Hundes, und Lous Furcht verwandelte sich in Panik. Auch wenn das Tier ein Stück entfernt zu sein schien. Sie schaute sich um, so weit die Fesseln es zuließen. Sie lag in einer engen Kammer zwischen groben Holzwänden mit Gitterstäben am oberen Ende. Eine Pferdebox vielleicht. Die Box war ziemlich heruntergekommen und die vollkommen verschmutzte Glasscheibe an der hinteren Wand ließ kaum noch Licht von draußen durch. Offenbar wurde es langsam Abend, sie musste mehrere Stunden lang betäubt gewesen sein.

Und sie war allein. Wo steckte Jenny? Die hatten ihr Wort nicht gehalten. Das war ja eigentlich zu erwarten gewesen. Verdammt. Eine Welle verzweifelter Panik überrollte sie. Übelkeit schüttelte ihren Körper, sie würgte und schluckte. Ruhig, sie musste ruhig bleiben. Durch die Nase atmen. Ganz, ganz ruhig.

Wieder das Knurren und Bellen des Hundes, das von irgendwoher zu ihr drang. Angst drohte sie zu lähmen. Doch sie kämpfte dagegen an, atmete mehrmals tief ein und aus. Vielleicht konnte sie Jenny noch retten. Es durfte nicht zu spät sein. Jenny musste einfach noch am Leben sein, sie musste. Sie würde Jenny retten.

Vom Liegen auf dem eisigen Boden war ihre linke Seite taub und kribbelte unangenehm, und sie bewegte sich, um sich ein wenig aufzuwärmen und die Muskeln zu lockern. Sie musste sich konzentrieren, verdammt. Ruhig handeln und keinen Fehler machen.

Ihre Handgelenke waren mit groben Stricken vor dem Körper zusammengebunden, die Beine an den Knöcheln mit breitem Klebeband verschnürt. Ein Seil, das um ihren Brustkorb geschlungen war, führte zu den Gitterstäben oben an der Box hinauf.

Wenn es ihr irgendwie gelang, die Fesseln zu lösen, wäre es eventuell möglich, über die etwa kopfhohe Vergitterung zu klettern. Aber dazu musste sie erst einmal den Strick und das Klebeband abbekommen.

Sie lauschte in die Dämmerung. Im Moment schien niemand in der Nähe zu sein, bis auf den Hund, der da draußen irgendwo umhertappte.

Sie durfte keine Zeit verlieren. Wenn Viola oder dieser Nick sie angriffen, während sie gefesselt dalag, hatte sie keine Chance, Jenny zu befreien. Falls die überhaupt noch lebte. *O bitte,* dachte Lou, *Jenny musste leben!* Es durfte nicht sein, dass sie nur deswegen gestorben war, weil sie, Lou, eine Jacke geklaut hatte.

Sie betrachtete den Strick um ihre Handgelenke. Grob und faserig. Vielleicht konnte sie den irgendwie durchscheuern. Sie rollte sich ächzend auf den Rücken und zog die schmerzenden Beine an. Bekam mit ihren gefesselten eiskalten Händen ihre Schnürsenkel zu fassen. Ihre linke Hand lief bereits lila an, pulsierte stechend. Sie pfriemelte das Bändchen aus dem Schuh. Immer wieder entglitt die Schnur ihren halb erfrorenen Fingern. Schließlich gelang es ihr. Mühselig schob sie den Schnürsenkel zwischen ihren gefesselten Händen durch, er fiel auf den Boden, sie klaubte ihn lautlos fluchend wieder auf. Versuchte es erneut, nahm ihre Zähne zu Hilfe. Endlich hatte sie den Strick einmal mit dem Senkel umwickelt. Die beiden Enden hingen lose nach unten.

Draußen war die Sonne untergegangen, und Dunkelheit füllte die Scheune. Mehr tastend als sehend knotete Lou an jedes Ende des Schnürsenkels eine Schlaufe, fummelte eine Ewigkeit herum, bis es ihr gelang. Sie würde ihre Füße hineinstecken und dann die Beine wie beim Fahrradfahren bewegen, sodass die Reibungshitze den Strick versengte. Ein Trick, von dem sie im Knast gehört hatte. Keine Ahnung, ob er wirklich funktionierte.

Bevor sie es probieren konnte, musste sie allerdings erst ihre Beine befreien. Gegen alle Schmerzen stemmte sie sich in eine sitzende Position, die Schnur um ihren Oberkörper schnitt ihr in den Brustkorb und machte das Atmen schwer. Lou keuchte, hielt den Atem an, lauschte erneut in die Dunkelheit. Immer noch schien sie allein zu sein. Sogar der Hund war verstummt.

Sie versuchte, mit ihren gefesselten Händen das Klebeband an den Beinen abzupfriemeln. Ein ausgesprochen mühsames Unterfangen. Ihre kalten, geschwollenen Finger wollten nicht so wie sie. Der Strick um die Handgelenke behinderte sie, das Seil, das sie an der Wand hielt, schnürte ihr die Luft ab.

Als es ihr schließlich gelang, das Band abzuziehen, war sie schweißgebadet. Sie stülpte sich die Schlingen des Schnürsenkels um jeden Schuh. Begann, die Füße hin und her zu bewegen, so schnell sie konnte. Spürte ihre Muskeln brennen und die schmerzhafte Hitze an ihren Handgelenken. Blasen bildeten sich und platzten. Aber der Strick blieb ganz. Verdammte Scheiße, was sollte sie jetzt tun?

Plötzlich ertönten entfernt ein Schrei und das wilde Knurren des Hundes.

Ihr wurde eiskalt. *Jenny*, dachte sie, *das musste Jenny sein*. Wieder ein Schrei, gefolgt von einem Wimmern. Was tat dieses Schwein Jenny an?

Lou zerrte an dem Seil, mit dem sie an die Gitter gebunden war, versuchte, den Knoten des Handstricks an der rauen Stallwand aufzureiben. Ihre Haut an den Handgelenken riss auf, fing an zu bluten. Der Strick hingegen hielt; verursachte, wo er ins nackte Fleisch der aufgeplatzten Brandblasen schnitt, höllische Schmerzen.

Erneut brüllte jemand auf, Jenny, das war eindeutig Jenny. Dann wechselte das Schreien zu einem verzweifelten Flehen, tränenerstickt und panisch.

»Nein«, hörte Lou, »nein, bitte, bitte nicht. Noch ein lauter, qualvoller Aufschrei. Dann war es totenstill.

In der Stille knurrte der Hund.

O Gott. Sie musste es hier rausschaffen. Sofort. Sie musste einfach. Sie musste Jenny helfen. Sie durfte nicht zu spät kommen. Noch einmal strampelte Lou, ertrug neue Brandblasen. Gab auf, als ein Wadenkrampf ihre Muskeln blockierte. Den Strick an ihren Händen durch Reibungshitze durchzuschneiden oder an der Wand durchzurubbeln funktionierte nicht. Sie musste sich anders befreien. Nur wie?

Vielleicht konnte sie die Fesseln irgendwie absprengen? Sie spannte ihre Bauchmuskeln und ihren Bizeps an. Holte aus und riss dann mit einem Ruck die Ellbogen hinter den Körper. Brennende Schmerzen rasten durch ihre Handgelenke, wo die Fesseln ihre blasige, blutige Haut abschabten. Sie stöhnte. Doch der Strick gab einfach nicht nach. Verdammte Scheiße. Wieder holte Lou tief Luft, hob die Arme und wiederholte das Manöver. Tränen schossen ihr in die Augen, und sie fluchte zwischen zusammengebissenen Zähnen.

Als sie Kopf und Arme hängen ließ und gegen die Enttäuschung, den Frust und den Schmerz anschluckte, ertasteten ihre Finger am Boden eine der getrockneten Strohblumen, die ihr unangenehm in die Kuppen piekste.

Die Blüten!, schoss es ihr durch den Kopf. *Das Brett!* Im Dunkeln konnte sie es nicht mehr deutlich sehen, aber sie war sich sicher, dass die Blumen auf das Holz genagelt waren.

Taumelnd kam Lou auf die Beine, stützte sich an der Wand ab. Ihr wurde schwarz vor Augen und sie brauchte eine Weile, bis die tanzenden Punkte vor ihren Augen verschwanden. Ein paarmal atmete sie tief durch, bevor es ihr gelang, die Arme zu heben und die Holzwand abzutasten. Ein Splitter bohrte sich in ihre Haut, zweimal musste sie die Hände senken und neu ansetzen, bis sie in Kopfhöhe gegen das Brett mit den Strohblumen darauf stieß. Ihre Finger fanden, was sie suchte. Den runden Kopf eines Nagels. Rostig, schartig und scharfkantig. Sie schob die Hände darüber, platzierte den Strick sorgsam, scheuerte ihn hin und her. Ignorierte die Tränen, die ihr der Schmerz in die Augen trieb. Das Blut, das von ihren Handgelenken tropfte. Dachte an Jenny. Scheuerte weiter.

Sie spürte einen Ruck, hörte ein Ratschen, ihre Arme fielen herab. Der Strick war gerissen.

Lou lehnte den Kopf gegen die Wand, fühlte das Prickeln in den Händen, lauschte. Von Jenny war nichts mehr zu hören. Was hatte dieses Arschloch mit ihr gemacht? Was? Wenn er sie getötet hatte, würde er dafür bezahlen. Das schwor sie. Sie würde nicht noch einmal den Kopf unter die Decke stecken oder schweigend in den Knast wandern. Nie wieder.

Lous Hände zitterten, als sie versuchte, das Seil um ihren Brustkorb zu lösen. Es saß zu eng und der Knoten ganz oben hinter den Gitterstäben. Unerreichbar, egal wie weit sie die Hände zu dem Brett mit den Strohblumen ausstreckte. Beim Versuch hochzuklettern rutschte Lou mehrfach ab, das Seil um ihren Körper wurde immer strammer. Schließlich gab sie auf. Stattdessen zerrte und zog sie an der Fessel, das Seil musste sich doch lockern lassen, wieso lockerte es sich nicht?

Neue Tränen stiegen ihr in die Augen. Und diesmal hatten sie nichts mit Schmerz zu tun. Sie würde es nicht schaffen.

Sie hieb die Faust gegen die Wand. Senkte den Kopf.

Ruhig bleiben. Sie musste ruhig bleiben und nachdenken. Vielleicht konnte sie das Seil wie den Strick einfach durchscheuern. Das Brett mit den Nägeln war zu weit weg, aber an der rauen Boxenwand ginge es vielleicht doch, oder … Ein leises Klappern aus der Nachbarbox ließ sie innehalten und mit laut klopfendem Herzen horchen. Nichts.

Sowieso egal, sie musste weitermachen. Hier raus. Wenn das Schwein Jenny etwas getan … Wenn sie wieder zu spät kam, wie bei Ellie.

Ellie.

Die Kette. Die Kette, die Ellie ihr geschenkt hatte und die immer um ihren Hals baumelte. Der Dosenverschluss.

Das Seil um ihren Brustkorb klemmte die Schnur fest,

doch mit den Händen gelang es Lou, von unten den Verschluss der Dose zu packen und abzureißen. Sie bog ihn hin und her, bis er brach, und begann, mit den scharfen Kanten zu sägen. Nach mehreren Versuchen riss das Seil an einer Stelle, und sie konnte es abstreifen.

Ihr Herz pochte wie verrückt, als sie erneut in die Dunkelheit lauschte. Nichts, nur das Jaulen des Hundes. O bitte, Jenny musste noch am Leben sein.

Mit tauben Beinen wankte Lou hinüber zur Tür, streckte den Arm, versuchte, an den Riegel auf der anderen Seite der Box zu kommen. Sie erreichte ihn zwar, doch war er mit einem kleinen Vorhängeschloss gesichert.

Sie holte tief Luft, probierte, sich an den Gitterstäben der Boxenwand auf die Betonmauer hochzuziehen. Rutschte ab und stürzte beinahe auf den Boden. Versuchte es ein zweites Mal. Und ein drittes. Wieder und immer wieder. Das rostige Metall schnitt in ihre Handflächen. Ihr Atem ging keuchend. Sie zog sich hoch. Rutschte nach unten. Hoch. Wieder rutschte sie ab. Ihr wurde schwindlig. Die Mauer war viel höher, als sie gedacht hatte. Und sie war einfach nicht in Form. Zu schwach. Keine Ahnung, wann sie das letzte Mal etwas Richtiges gegessen hatte. Oder womit Viola sie vorhin betäubt hatte.

Sie sah Ellies Augen, die sie voller Vertrauen anschauten. Dann schob sich Jennys Gesicht davor. Lou packte die Gitterstäbe. Ihre Hände brannten wie Feuer und waren nass von Blut, die Muskeln in ihren Armen fühlten sich an wie Wackelpudding. Aber sie würde über diese verdammte Mauer kommen!

Ihre Arme zitterten vor Anstrengung, als sie sich ein weiteres Mal an den Gitterstäben nach oben zog. Der Schmerz ließ sie stöhnen. Dennoch gelang es ihr, mit dem Fuß den Mauervorsprung zu fassen, sich langsam mit dem ganzen Körper hochzuarbeiten. Schließlich stand sie an die Metallstäbe geklammert oben, ihren galoppierenden Herzschlag in den Ohren. Jetzt musste sie nur noch über das Gitter klettern.

Sie schaute den Gang entlang. Trotz der Dunkelheit erkannte sie am anderen Ende ein geöffnetes Tor, das nach draußen führte.

Von dort ertönte in diesem Moment ein schriller Schmerzensschrei. Jenny lebte noch.

Lous Blick fiel in die Nebenbox. Angebunden an einen Metallring lag dort eine nackte, regungslose Gestalt. Weiblich. Sie sah aus wie Viola. Lou verzog grimmig das Gesicht. Um die würde sie sich später kümmern.

Zuerst musste sie zu Jenny. Und sich diesen Nick vornehmen. Sie würde das Arschloch töten, allein für all das, was er Jenny angetan haben mochte.

Sie sah sich nach einer Waffe um. Riss schließlich das marode Brett mit den Strohblumen ab. Warf es in den Gang hinunter. Mit letzter Kraft stieg sie über das Gitter und ließ sich an der anderen Seite so leise wie möglich hinabgleiten, riss sich die Haut auf. Blut rann über ihren Arm.

Sie packte das Brett und eilte den langen Gang entlang auf den Ausgang zu. Durch die Ritze unter der Schiebetür einer Scheune gegenüber drang Licht. Lou verließ den Stall, rannte durch die Dunkelheit und den kalten Regen darauf zu. Es stank nach Benzin. Ein Schatten bewegte sich im Inneren. Wahrscheinlich dieser Nick.

Lou umklammerte das Brett mit den Strohblumen, sah sich für eine Sekunde nach einer besseren Waffe um, während der Regen sie durchnässte. Nichts. Nicht einmal eine alte Mistgabel oder ein rostiges Stück Metall. Dann musste sie es eben so schaffen.

Das Wimmern von vorhin klang inzwischen erstickt. Aber Jenny war noch am Leben. Beharrlich betete Lou sich das vor. Klammerte sich daran und schöpfte Kraft daraus.

Sie wollte gerade die Schiebetür so leise sie konnte aufschieben, als von innen plötzlich ein Hund dagegen sprang und grollend zu bellen anfing. Er schob seine Schnauze durch den Spalt, um den Lou das Tor bereits geöffnet hatte, und bleckte die Zähne, versuchte wie rasend, zu ihr nach draußen zu gelangen. Ein riesiges schwarzes Ungetüm.

Sie sprang zurück. Blieb wie angewurzelt stehen. Sah die geifernde Schnauze und eine Pfote, die sich durch den Türspalt quetschte. Lähmung erfasste sie. Sie konnte sich nicht mehr rühren. Regen lief ihr übers Gesicht. Wie durch Watte sah sie die spitzen Raubtierzähne, die nach ihr schnappten. Und dahinter, im Licht einer schwachen Glühbirne, einen schwarz gekleideten Mann, der über einer zierlichen reglosen Gestalt kniete, die mit einem Strick an den Füßen an einen Balken gefesselt war. Der Mann hatte ein Messer in der Hand.

Jetzt hob er die Klinge.

Ellie. Jenny.

Die Lähmung löste sich plötzlich. Lou packte das Brett

mit beiden Händen. Ihr Herz pochte wie verrückt. Die Angst war übermächtig. Trotzdem. Sie zwang sich, wieder zur Tür zu gehen. Schrie laut und entschlossen. Schob die Schiebetür auf. Und trat mit voller Kraft in Richtung der Hundeschnauze. Jaulend wich das Tier zurück. Der Mann, der neben Jenny kniete, erhob sich langsam. Drehte sich zu ihr um. Es war Nick. Jenny rührte sich nicht, das Wimmern war verstummt. O Gott, kam sie zu spät?

Nicks Gesicht verzog sich zu einer bösartigen Fratze. Ohne die Maske über dem Gesicht sah er trotzdem weniger bedrohlich aus. Er war muskulös, wirkte aber ungelenk. Und schimmerte da nicht etwas in seinen Augen, das aussah wie Angst?

Lou trat ein. Der Hund stürzte ihr entgegen, knurrte und bellte, Schaum um den Mund. Diesmal fühlte sie keine Furcht, sie fühlte gar nichts mehr. Noch einmal trat sie zu, traf erneut den Kopf, und jaulend zog sich das Tier zurück.

Lou richtete den Blick auf Nick. Der Gestank nach Benzin war hier drin unerträglich, und es roch noch nach etwas anderem, nach dem süßlichen Duft vertrockneter Pflanzen. Überall lagen und hingen Strohblumen.

Nick wich ein Stück zurück, und Lou riskierte einen Blick zu dem Bündel auf dem Boden. Jenny rührte sich immer noch nicht. Und da war Blut. Ziemlich viel Blut auf dem Betonboden, Jenny musste verletzt sein, und eine andere Flüssigkeit, vielleicht Benzin, das erklärte den Gestank. Ein paar Messer lagen auf einem Heuballen neben Jenny.

»Du widerliches Stück Scheiße«, schrie Lou und hob das Brett. Sie stürzte vorwärts auf Nick zu, plötzlich war der

Hund wieder da und setzte zum Sprung an, Lou holte zum dritten Mal mit dem Bein aus. Doch diesmal war das Tier schneller, warf sie zu Boden, sein scharfer Atem direkt in ihrem Gesicht. Es würde ihr die Kehle durchbeißen. Sie brüllte auf und stieß das Brett in sein offenes Maul. Drückte den Hund damit von sich weg. Trat nach ihm. Das Vieh war stark, aber mit dem Brett, in das es sich verbissen hatte, gelang es ihr, es wegzutreiben. Noch einmal trat sie nach dem Hund, traf ihn in die Weichteile, und schließlich verzog er sich heulend in eine Ecke. Sie rappelte sich auf, hielt auf Nick zu, der noch weiter zurückgewichen war. Und plötzlich Pfeil und Bogen von einem Heuballen nahm und auf sie anlegte.

Kapitel 42

Die Sklavin hatte schon wieder einen Fehler gemacht, Fleur hatte überhaupt keine Angst vor Hunden. Irgendwie hatte sie sich befreit und versuchte nun, ihm mit ihren nassen Haaren Angst einzujagen.

Eine Welle des Hasses überrollte ihn. Fleur war so was von erbärmlich. Aber er durchschaute sie jetzt. Er durfte das giftige Wasser in ihrem Haar eben nicht berühren, dann würde ihm nichts geschehen. Er musste nur versuchen, sie ein Stück zurückzudrängen, bis er sich mit dem Blut der rosahaarigen Schlampe eingerieben hatte, denn noch durfte er Fleur auf keinen Fall töten. Dafür musste er erst der Blutgott sein. Danach die Scheune in Brand setzen. Die Rosahaarige restlos vernichten, um seine Macht zu stärken.

Dann würde er Fleur an den Feuersee bringen und im Wasser ausbluten lassen, um den Kreislauf des Lebens zu schließen.

Kampfunfähig machen konnte er sie allerdings jetzt schon. Er spannte den Bogen.

Kapitel 43

Nick spannte die Sehne und ließ los. Lou wollte sich hinter den Balken werfen, an den Jenny gefesselt war, aber sie war zu langsam und der Pfeil traf sie seitlich am Oberschenkel. Mit einem Schrei stürzte sie rücklings zu Boden, direkt neben Jenny. Sie spürte, wie ihr vor Schmerzen schwarz vor Augen wurde, sah undeutlich, dass Nick nach dem nächsten Pfeil griff. In einer Ecke winselte der Hund.

»Hey«, schrie sie das Arschloch an.

Er hielt inne.

»Fleur, Frau aus dem See«, sagte er. Seine Stimme klang kalt und seltsam hoch. »Ich werde dich endgültig besiegen.«

»Das wirst du nicht, du dummes, feiges Stück Scheiße«, brüllte sie und hob den Kopf. Der Typ war geisteskrank. Offenbar hielt er sie wirklich für diese komische Sagengestalt.

Sie zog sich an einem Heuballen nach oben, der Pfeil steckte in ihrem Oberschenkel, brannte wie Feuer. Der unerträgliche Schmerz raubte ihr den Atem. Blut lief warm ihr Bein hinunter. Als sie sich schüttelte, spritzte Regenwasser von ihren Haaren auf den Boden, was Nick seltsamerweise dazu veranlasste, zurückzuweichen. Weg von den Pfeilen.

Ihre erste Begegnung schoss Lou in den Sinn, vor Tagen in der Unterführung. Sie hatte sich gewundert, warum der Angreifer stehen geblieben war. Jetzt verstand sie es. Er hatte Angst gehabt. Angst vor dem Wasser auf dem Boden. Fleur, die Frau aus dem See, vergiftete ja ganze Gewässer mit ihrem Blut.

Der Typ fürchtete sich also vor *ihr*, das musste sie nutzen. Sie musste dafür sorgen, dass er keinen zweiten Pfeil auf sie abschoss. Oder auf Jenny.

Sie humpelte auf ihn zu, in den Raum hinein. Der Typ starrte sie an und wich noch ein Stück zurück. Legte das Messer beiseite, während er den Bogen weiterhin umklammert hielt. Zückte mit der freien Hand ein Zippo, entzündete eine an einem Balken lehnende Fackel und streckte sie ihr entgegen. Flammen züngelten über die nach Benzin stinkende Flüssigkeit am Boden. Hatte er vor, Jenny und sie beide bei lebendigem Leib zu verbrennen?

Sie hielt weiter auf Nick zu, der jetzt grausam auflachte und sie verhöhnte. »Feuer ist dein Feind, Fleur. Ich bin der Gott des Feuers.« Mit einem animalischen Brüllen richtete er sich zu voller Größe auf, stieß die Fackel in ihre Richtung.

Sie wich einen Schritt zurück. Er steckte die Fackel in einen Heuballen. Stürzte sich dann plötzlich auf sie und warf sie zu Boden. Sie versuchte, sich unter seinem kräftigen Körper herauszuwinden, aber er hielt sie unten. Der Pfeil in ihrem Bein schmerzte höllisch, ihr wurde übel. Hinter Nick kippte die Fackel aus dem Heuballen und entfachte ein Flammenmeer, das sich rasend schnell ausbreitete.

Nick fluchte und schrie, als sei er tödlich verwundet, drückte Lou aber weiter zu Boden. Sie spürte die Hitze des nahenden Feuers, und wie es ihre Haut versengte. Ihre nasse Kleidung würde sie nicht lange schützen.

Sie brüllte und wand sich, schlug um sich, trat, wehrte sich gegen den Irren mit Händen, Füßen, mit allem, was sie aufzubieten hatte.

Er war zu stark, presste sich auf ihre Schultern und drückte sie nieder. Die Flammen krochen um sie herum, leckten in Windeseile durch den ganzen Raum, griffen mit ihren feurigen Fingern bis zu Jenny hinüber.

Nicks muskulöser Körper über ihr, sein stinkender Atem in ihrem Gesicht. Sein hasserfüllter Blick. Genau wie Hundekampf-Jürgen.

»Fleur, du widerliche Fotze«, knurrte Nick. »Du wirst nie wieder jemanden töten.«

Die Flammen verbrannten ihren Arm.

Ellie auf der Trage, wie sie Lou anschaute, die Augen glasig.

Jenny durfte nicht sterben. Nicht Jenny.

In diesem Moment wurde Lou klar, was sie tun musste. Das giftige Blut der Frau aus dem See.

Sie packte den Pfeil, der immer noch seitlich im Fleisch ihres Oberschenkels steckte. Riss ihn vor Schmerzen brüllend heraus.

Für eine Sekunde war Nick offensichtlich erstaunt und erschreckt, lockerte den Griff ein wenig. Das reichte. Sie rammte ihm den Pfeil direkt ins Auge.

Er schrie auf, dann löste sich seine Umklammerung, es

gelang ihr, sich unter ihm hervor zu winden, sie krabbelte davon, vor Qualen halb ohnmächtig richtete sie sich auf. Auch Nick taumelte auf die Füße, wankte mitten durch die Flammen, gellte und schrie.

Sie humpelte so schnell sie konnte hinüber zu Jenny, spürte ihr Bein pulsieren, brennen, stechen.

Jenny rührte sich nicht. Neben ihrem Kopf breitete sich Erbrochenes aus. Mit Fleischstücken darin, die offenbar von einer Ratte stammten. Lou erkannte den Rattenschwanz. Dieses kranke Schwein.

»Jenny!«, ächzte sie. Keine Reaktion. Sie legte zwei Finger an Jennys Hals, spürte einen schwachen Puls. Glücklicherweise hatte Nick das Benzin offenbar hauptsächlich im vorderen Bereich der Scheune verschüttet und nicht hier, wo er Jenny vermutlich hatte töten wollen. Noch brannte es nur in ein paar Schritten Entfernung, aber die Flammen züngelten immer dichter zu ihnen herüber.

Immer noch heulte und brüllte Nick im Hintergrund. Lou warf einen Blick zu ihm hinüber, aber im Moment schien er mit sich selbst und dem Feuer beschäftigt zu sein und nicht in der Lage, einen Pfeil auf sie abzuschießen.

Mit einem der Messer, die auf dem Strohballen bereitlagen, schnitt Lou die Schnur durch, mit der Jenny gefesselt war. Die Flammen kamen immer näher. Der Fluchtweg zur Tür brannte schon lichterloh. Sie versuchte, Jenny hochzuheben, aber die junge Frau war schwer wie ein nasser Sack. Und glitschig. Der Typ hatte sie mit mehreren Schnitten verletzt, überall war Blut. Keine Ahnung, ob er ihr zusätzlich eine Überdosis Drogen verabreicht hatte.

Lou packte Jenny unter den Armen und zog und zerrte sie durch das Inferno. Die Wunde in ihrem Oberschenkel verursachte beißende Schmerzen, das Feuer versengte ihr Haut und Haare. Sie stöhnte, rang verzweifelt nach Luft, Tränen rannen über ihre Wangen, Flammen loderten ihr ins Gesicht, der Rauch ließ sie husten. Sie zwang sich weiter, Schritt für Schritt, immer auf die Schiebetür zu.

Und dann war sie plötzlich draußen, im Regen, ließ Jenny vorsichtig ins nasse Gras gleiten, als Nick sich von der Seite auf sie stürzte. Seine Hose brannte, der Pfeil steckte nach wie vor in seinem Auge. Er schlug wild um sich, ein Messer blitzte auf – er stieß es ihr in den Bauch.

Lou nahm es kaum wahr. Mit letzter Kraft packte sie den Pfeil und drückte ihn tiefer in Nicks Kopf hinein.

Vor ihren Augen flimmerte es, sie sackte zu Boden. Bevor sie in die Schwärze hinüberglitt, sah sie Ellie. Ihre kurzen Zöpfe mit den roten Spangen hüpften auf und ab, als sie auf sie zu rannte. Sie lächelte und streckte Lou ihre kleine Hand mit dem Schmetterlingsring entgegen. Lou nahm sie in ihre. Alles um sie herum wurde warm und still.

Kapitel 44

Die beiden schlichten Urnen standen auf einem kleinen Podest aus Beton am Südende des Friedhofs, dort, wo sich ganz in der Nähe hinter einer kahlen Hecke die Pfeiler der Stadtautobahn erhoben. In diesem Teil des Friedhofs, der aus einer Wiese mit simplen Holzkreuzen bestand, war das Rauschen der Autos laut zu hören und es roch immer ein wenig nach Abgasen. Gelegentlich wurden Zigarettenkippen und Müll aus einem vorbeifahrenden Fahrzeug auf die Wiese hinuntergeworfen.

Im winterlich kahlen Rasen befanden sich zwei offene Schächte, in die die Urnen versenkt werden sollten. Es war drei Tage vor Weihnachten.

Lediglich fünf Trauergäste waren gekommen, die schweigend im kalten Dezemberregen standen.

Lou kannte nur Mike, der mit feuchten Augen Schnaps in sich hineinkippte. Die Frau vom Sozialamt, die für die beiden toten Frauen zuständig war, sagte ein paar Worte. Sie hatte offenbar weder Nylah noch Biggi gekannt und wusste nur wenig über sie zu erzählen, aber zumindest schien es ihr ein Anliegen zu sein, die beiden nicht völlig wortlos zu bestatten.

Lou beobachtete schweigend, wie die beiden Urnen in die Löcher hinuntergelassen wurden. Schließlich wendete sie den Rollstuhl, auf den sie nach ihrer Entlassung aus dem Krankenhaus noch angewiesen war, und fuhr den holprigen Pfad zurück zum Parkplatz.

Vor dem Friedhof wartete Ronny in seinem Auto auf sie. Auf dem Rücksitz saß eine blasse Jenny. Sie hatte gesagt, sie wolle nicht mit zu den Urnen, das würde sie zu sehr an Livies Beerdigung erinnern. Dann hatte sie wieder geschluchzt.

Lou hievte sich neben Ronny ins Auto. Er klappte den Rollstuhl zusammen und verstaute das Gefährt im Kofferraum. Als er einstieg und den Motor startete, sah Lou dankbar zu ihm hinüber. Er hatte Dr. Bayer und Abbas Saidi kontaktiert. Die Informationen aus Lous Mails und das, was Juri und seine Truppe der Polizei erzählt hatten, nachdem sie den prügelnden Stadtguards gerade noch entkommen waren, hatten ausgereicht, dass die Beamten Violas Wohnung durchsuchen und Nicks Aufenthaltsort hatten ermitteln können.

Lou schloss den Anschnallgurt. Das Einsatzkommando hatte Jenny und sie gerade noch rechtzeitig vom Hof von Nicks verstorbener Großmutter gerettet. Ein paar Minuten später, und Jennys und ihre Asche läge jetzt nicht einmal in einer schmucklosen Urne, sondern im Gras eines verlassenen Gehöfts im Umland der Großstadt.

Nick hatte den Stich ins Auge nicht überlebt. Viola hingegen war stark unterkühlt aus ihrer Pferdebox gerettet worden. Nach ihrer Entlassung aus dem Krankenhaus war sie dem Haftrichter vorgeführt worden. Im Moment durchsuchten Taucher den Feuersee, in dem Violas Aussage zufolge Nick seine ersten Opfer versenkt hatte, vermutlich auch Vanida und Kisha. Warum genau er die Frauen getötet hatte, hatte sie nicht zu sagen vermocht, aber offenbar hatte er sich durch das Töten und das Blut seiner Opfer mächtig gefühlt. Immer wieder beteuerte die Krankenschwester, dass Nick ein guter Kerl sei, der sich von einer Dämonin verfolgt gefühlt und lediglich den Wunsch gehabt habe, diese zu besiegen. Das alles sei nur die Schuld seiner Stiefmutter, die sei total gestört gewesen. Sie, Viola, habe einen Zeitungsartikel in Nicks Wohnung gefunden, in dem über die Stiefmutter berichtet worden sei. Die Frau habe sich für etwas Besseres gehalten und immer einen Kranz aus Strohblumen auf dem Kopf getragen. Das sage ja schon alles.

Das alles hatte Ronny herausgefunden, während Lou noch im Krankenhaus gelegen hatte, und ihr erzählt.

Ronny fuhr den kleinen Weg entlang hinüber zur Stadtautobahn. Wenig später rollten sie auf die große Straße, überquerten schließlich den Feuerseeausläufer. Kalt und abweisend lagen das winterliche Gewässer und der Feuerseeplatz unter ihnen. Lou konnte das Hilfsmobil sehen.

Dann ließen sie den See hinter sich und fuhren Richtung Südstadt und von dort hinaus aufs Land, immer weiter, weit weg von der Stadt.

Hin zu einer betreuten Wohngruppe für junge Obdachlose auf einem Bauernhof, in der Jenny ihren Schulabschluss nachholen wollte. Außerdem würde sie dort eine Therapie gegen ihre Alkoholsucht beginnen. Lou hatte den Hof vom

Krankenbett aus ausfindig gemacht, und da er zwei Stunden von der Wohnung ihres Stiefbruders entfernt lag, hatte Jenny zugestimmt.

Die ganze Fahrt über sprachen sie kein Wort.

Als sie das malerisch gelegene Gut endlich erreichten, sah Lou Jenny dabei zu, wie die ihren winzigen Koffer aus dem Auto zog, während sie selbst in ihren Rollstuhl kletterte, den Ronny für sie ausgeklappt hatte. Dann umarmte sie sie kurz und vorsichtig, da Jenny eine angebrochene Rippe und mehrere tiefe Schnittwunden davongetragen hatte, die noch nicht vollständig verheilt waren.

Lou spürte einen Kloß im Hals, als sie sagte: »Da musst du jetzt allein reingehen. Wenn du wirklich willst.«

»Ich werde dich nie vergessen, Lou«, erwiderte Jenny. »Echt jetzt, wieso kannst du nicht bleiben? Wir könnten zusammen wohnen.«

»Ich ... ich kann einfach nicht. Und es ist auch besser für dich. Ich muss eine Politikerin hinter Gitter bringen. Und diese Frau wird nicht kampflos aufgeben, sie ist gefährlich.«

»Und was, wenn ich es nicht schaffe? Wenn ich rückfällig werde oder die Schule schmeiße und ...«

»Du wirst es schaffen. Ich glaube an dich. Du wirst diejenige von uns beiden sein, die es auf jeden Fall aus dieser Scheiße hier rausschafft, verstanden? Du wirst ein gutes Leben haben und Tierpflegerin werden. Und lass dich von niemandem davon abbringen, verdammt.«

Jenny drückte sich noch einmal an sie. Sie kämpfte sichtlich mit den Tränen.

Lou machte sich schnell los. »Warte, ich habe noch was

für dich.« Sie drehte sich weg und lenkte ihren Rollstuhl zu Ronnys Kofferraum, holte den kleinen Karton heraus, den sie am Morgen mit Geld, das sie von Ronny hatte leihen müssen, gekauft hatte. Die Schnauze einer jungen, schwarzen Ratte schnupperte durch eines der Luftlöcher in der Seitenwand. Sie streckte Jenny den Karton hin. »Kümmere dich gut um sie, ja? Sie heißt Lou.«

Jenny nahm das Geschenk, schaute hinein, strahlte für einen Moment übers ganze Gesicht. »Rufst du … rufst du mich mal an oder so?«, fragte sie.

Lou starrte zu Boden.

»Du kannst mich mal.« Jenny weinte jetzt. Presste den Karton an sich, packte den Griff ihres Koffers und ging auf eine Schiebetür zu, die aufglitt, als sie sich näherte, und sich hinter ihr wieder schloss. Innen drehte sie sich noch einmal um. Hob zum Abschied die Hand.

Lou winkte. Spürte, wie ihr Tränen in die Augen traten.

Aber es war notwendig, dass sie sich trennten. Wenn sie sich erneut mit Melisande Steinhagen anlegte, um deren gequälten Kindern zu helfen, durfte sie nicht erpressbar sein. Sie durfte Jenny auf keinen Fall noch einmal in Gefahr bringen.

Schnell rollte sie zum Auto zurück und rutschte auf den Sitz. Ronny verstaute den Rollstuhl für sie.

»Wann machen wir das eigentlich mit dem Exklusivinterview, Darling?«, fragte er, während er knirschend den Rückwärtsgang einlegte und vom Hof rollte. »Ich hab dir schließlich nur deswegen das Leben gerettet.«

»Sobald wir Melisande Steinhagen in den Knast gebracht

haben. Und Jennys Stiefbruder und dessen Vater«, erwiderte sie. »Außerdem würde ich davor auch gerne noch Porträts über die von Nick Arburger ermordeten Frauen schreiben, damit sie für die Leute nicht nur irgendwelche ›namenlosen Obdachlosen‹ sind, und über die Stadtguards werde ich ebenfalls berichten. Von mir aus auch über Prinzessinnen, die fremdgehen. Damit du was kriegst für dein Geld. Dann sehen wir weiter.« Sie räusperte sich. »Aber was ich als Erstes brauche, wenn ich wieder für dich arbeite, ist ein großer starker Kaffee.«

Ronny verzog den Mund zu einem schiefen Grinsen. Dann schüttelte er den Kopf. »Ich glaube, was du als Erstes brauchst, wenn du wieder für mich arbeitest, ist ein Presseausweis, Darling«, sagte er.

Die Community für alle, die Bücher lieben

Das Gefühl, wenn man ein Buch in einer einzigen Nacht verschlingt – teile es mit der Community

In der Lesejury kannst du

★ Bücher lesen und rezensieren, die noch nicht erschienen sind

★ Gemeinsam mit anderen buchbegeisterten Menschen in Leserunden diskutieren

★ Autoren persönlich kennenlernen

★ An exklusiven Gewinnspielen und Aktionen teilnehmen

★ Bonuspunkte sammeln und diese gegen tolle Prämien eintauschen

Jetzt kostenlos registrieren: www.lesejury.de

Folge uns auf Instagram & Facebook:
www.instagram.com/lesejury
www.facebook.com/lesejury